SEDUCTION IN DEATH
by J. D. Robb
translation by Hiroko Kobayashi

イヴ＆ローク 13

薔薇の花びらの上で

J・D・ロブ

小林浩子［訳］

ヴィレッジブックス

そうとも、夢の話だからな。
眠っている頭から生まれた子供、
つまらない空想がこしらえたものにすぎないんだ。
——ウィリアム・シェイクスピア

それでも男はそれぞれ、愛する者を殺すのだ。
みんなよく聞くがいい。
ある者は冷酷な顔つきで、
ある者は甘い言葉で。
臆病者はくちづけで、
勇者は剣で！
——オスカー・ワイルド

薔薇の花びらの上で

Eve&Roarke
イヴ&ローク
13

おもな登場人物

イヴ・ダラス	ニューヨーク市警の警部補
ローク	イヴの夫。実業家
ディリア・ピーボディ	イヴの助手
ライアン・フィーニー	ニューヨーク市警電子探査課（EDD）の警部
イアン・マクナブ	フィーニーの部下
サマーセット	ロークの執事
ジャック・ホイットニー	イヴの上司
ナディーン・ファースト	チャンネル75のキャスター
チャールズ・モンロー	公認コンパニオン
メイヴィス・フリーストーン	イヴの友人。歌手
トリーナ	美容師
ルイーズ・ディマット	医師
ケヴィン・モラノ ルシアス・ダンウッド	特権階級の家に生まれた青年

1

死が夢のなかにはいりこんでくる。彼女は子供だった。だが、ただの子供ではない。亡霊に立ち向かっているのだ。いくたび手を血まみれにしても、けっして死なない男の亡霊に。

室内は墓場のように寒く、汚れた窓ガラスからさしこむ赤い灯のまたたきで、ぼんやりかすんでいる。赤い灯は床を照らしている。血潮の海を、男の体を。血だらけのナイフを握りしめたまま、片隅にうずくまる少女を。

強烈な痛みが駆けめぐる。苦痛の波は際限なく押し寄せ、渦を巻きながら細胞のひとつひとつに流れこんでいく。腕の骨は折られ、頬はぞんざいに拳で殴られ、体の中心はレイプされたときにまたもや裂けた。

全身を覆う、息苦しいほどの痛み、ショック、男の血。

八歳だった。

あえぐ自分の息が見える。小さな亡霊たちが、まだ生きていることを教えてくれる。口のなかに血の鮮烈な味がひろがる。なまなましい死臭にまじってウィスキーの悪臭が嗅ぎとれる。

自分は生きているけれど、あいつは死んだ。自分は生きているけれど、あいつは死んだ。頭のなかで何度もくりかえし唱え、その意味を理解しようとした。

自分は生きている。あいつは死んだ。

そのとき、あいつが両目をかっと見開き、こちらを見すえた。

そして、にやりとした。

〝そうやすやすとは追い払えないぞ、おチビちゃん〟

息遣いが荒くなり、悲鳴をあげようとあえぐ。叫びたいのに、弱々しい泣き声しか出てこない。

〝またへまをやったんだろ？　どうしても言いつけを守れないんだな〟

ひどく楽しそうだ。上機嫌な声になるときは、なにより危ない。そうやって笑っているあいだも、切りつけた傷口からは血が流れでている。

〝どうした、おチビちゃん？　なぜ黙ってる？〟

あたしは生きてる、あんたは死んでる。あたしは生きてる、あんたは死んでる。

〝そうかな？〟　あいつは指を振る。じらすように動かす指先から赤い血がはじけとび、思わず恐怖のうめきがもれる。

ごめんなさい。そんなつもりじゃなかったの。もうぶたないで。傷つけないで。どうしてこんなことをするの？

〃おまえがばかだから。言うことを聞かないからだよ！　ほんとのことを教えてやろうか――俺にはなんでもできるからだ。おまえを好きなようにできるし、そんなことしてもだれも気にとめない。おまえなんか虫けら同然の、かすなんだ。それを忘れるな、この、チビのあばずれめ〃

彼女は泣きだしていた。冷たい涙が血にまみれた頬を伝う。あっちへ行って。お願いだからどこかへ行って、あたしをほっといて！

〃そうはいかないな。そいつは無理だ〃

恐ろしいことに、あいつはひざまずいた。ヒキガエルの悪魔みたいにかがみこみ、血だらけで、にたにたしている。そうして、こちらを見つめている。

〃おまえには山ほどつぎこんである。時間と金をな。おまえが屋根の下にいられるのは、だれのおかげだ？　腹がくちくなるのは、だれのおかげだ？　この偉大な国じゅうを旅してまわれるのは、だれのおかげなんだ？　おまえぐらいの年のガキはなんにも見てないのに、おまえは見てる。だが、何か学んだか？　いや、学んじゃいない。精いっぱい努力してるか？　いや、してない。だが、これからはそうするんだ。俺が言ったことを覚えてるか？　そろそろ、自分で食いぶちを稼ぎだすんだよ〃

あいつは立ちあがった。大きな体のわきでゆっくりと拳を固めながら。

〃だがまず、こらしめなきゃな〃父親はよろよろと一歩踏みだした。〃おまえは悪い子だ〃

さらに、もう一歩。〝とても悪い子だ〟

彼女は自分の悲鳴で目が覚めた。

汗みずくで、寒さに打ち震えていた。なんとか息をつきながら、悪夢にのたうちまわったせいでロープのように体に巻きついていたシーツを引きはがそうとした。

父親に縛りあげられたこともある。それを思いだし、獣じみた声をもらして、シーツと格闘した。

体が自由になると、ベッドから転がりおりて暗闇のなかでうずくまった。逃げる間合いをはかっているか、闘う覚悟を決めているかのように。

「ライト！　全光で。なんだっていうのよ」

明かりがきらめき、ひろく美しい部屋からわずかな物陰をも追いだした。それでも、隅々まで目を走らせ、亡霊を探した。さっき見た夢のあまりのおぞましさに、内臓を突かれるような余韻が残っていた。

涙がこみあげてくるのを抑える。泣いたところでなんにもならないし、だいいち弱々しい。夢におびえるなんて、無益なうえに柄でもない。たかが亡霊ごときのせいで。

けれど、這うようにして巨大なベッドの端にすわっても、震えはとまらなかった。

主のいないベッド。ロークはアイルランドへ行っている。だからひとりで、夢を見ずに眠ろうとしたが、その試みは完全に失敗だった。

情けない？　ばかげている？　それとも、結婚するとみんなそうなるのか。

丸々と太ったギャラハッドが大きな頭を腕にぶつけてきたので、抱きあげた。警察官歴十一年のイヴ・ダラス警部補は、すわりなおし、テディベアを抱く子供みたいに猫を抱いてみずからを慰めた。

胃がむかむかする。イヴはなおも自分をなだめながら、吐いたりしてこれ以上みじめな晩にならないようにと祈りつづけた。

「時刻表示」と命じた。ベッドサイドの時計がともる。午前一時十五分。すばらしい。悲鳴で目が覚めるまで一時間しか眠っていない。

猫をわきにおろして、イヴは立ちあがった。老女のように用心深く壇からおり、バスルームへ向かった。

水を出し、我慢できるだけ冷たくして顔を洗っていると、ギャラハッドがふわふわのリボンみたいに脚のあいだにもぐりこんできた。

しんとした部屋に猫が喉を鳴らす音が響くなか、イヴは顔をあげ、鏡をじっと見つめた。顔はしたたる水とおなじくらい色がない。目はどんよりと暗く、傷つき疲れているように見える。髪はもつれ、茶色い帽子のように頭にのっている。頰骨はとがりすぎ、いまにも突きだしそうだ。口は大きすぎる。鼻の形はありきたりだ。

いったいロークは、こんな顔のどこがいいのだろう。

もう電話をかけてもいいころだ。アイルランドは朝の六時過ぎで、ロークは早起きだから。まだ眠っていたって、かまうものか。リンクをつないで呼びだせば、ロークの顔がスクリーンにあらわれる。

だがロークは、この目に悪夢の名残を見てとるだろう。それはどちらにとっても、なんの役にも立たない。

既知の宇宙にある大部分を所有している男なら、妻に思いわずらわされることなく出張できるようでなければ。それに、今回はただの商用の旅ではない。亡くなった友人の葬儀に列席しているのだ。なおのこと、こちらからストレスや心配の種を増やしてはいけない。

あらためて話したことはないけれど、ロークが家を留守にするのを最小限に抑えているのは知っている。ロークがそばにいる夜は、ひどい悪夢を見ることはめったにない。

それにしても、これほどひどい夢ははじめてだ。殺したはずの父親が話しかけてくるなんて。その内容は、父親が生きていたらまちがいなく言いそうなことだった。

心理学の第一人者にしてニューヨーク市警察治安本部《NYPSD》の犯罪心理分析官《プロファイラー》のドクター・マイラなら、その意味やら象徴性やらなんやらをわけなく解明するだろう。

それもまた、なんの役にも立たないに決まっている。だから、このささやかな秘密は胸にしまっておくつもりだ。シャワーを浴び、猫を連れて自分のオフィスにあがろう。ギャラハッドといっしょに、寝椅子で体をのばして眠るのだ。

朝までに、夢の記憶は薄れてしまうだろう。

〝俺の言いつけを忘れるな〟

それはできない。そう思いながらシャワー室にはいり、水圧を最強で三十八度を命じた。

覚えていることなどできない。

思いだしたくもない。

シャワー室から出るころには、かなり落ちつきを取りもどしていた。そして、哀れがましいけれど、気休めにロークのシャツをひっかけた。猫を抱きあげたとき、ベッドサイドのリンクが鳴った。

ロークだ。そう思ったとたん、心が浮きたった。

ギャラハッドの頭に頬をこすりつけながら、応答する。「ダラス」

通信指令。ダラス、警部補イヴ……


死は夢にだけ訪れたのではなかった。

六月の火曜日、ニューヨークの未明の涼気のなかで、イヴは死を見おろしていた。歩道は封鎖されている。センサーと遮蔽物が、歩道と建物の入り口を飾る陽気なペチュニアの鉢のまわりを四角く囲っている。

ペチュニアは大好きだが、目を楽しませてはくれなかった。この先もとうぶん愛でる気にはなれないだろう。

その女は歩道にうつ伏せになっていた。体の角度、血の飛び散りかたや血だまりから考えると、顔面はおおかた残っていないはずだ。イヴは堂々としたグレーの高層ビルを振りあおいだ。半円形のバルコニーと昇降グライドの銀色の筋が見える。死体の身元が明らかになるまで、落下地点を突きとめるのに苦労するだろう。踏みはずしたのか、飛びおりたのか。あるいは押されたか。

ひとつだけ、たしかなことがある。いずれにしても、かなりの高さから落ちたにちがいない。

「指紋を採取して、照合して」イヴは命じた。

視線をさげると、助手のピーボディがしゃがみこんで捜査キットを開いている。定規をあてたようにまっすぐな黒っぽい髪、その上にきっちりのった制帽。手つきは危なげないし、目も利く。「死亡時刻を割りだしてみたら」

「わたしが？」驚いたような声できききかえしてきた。

「身元と死亡時刻を調べといて。現状も記録しなさい」

陰惨な現場にいるのに、ピーボディの顔には興奮の色がよぎった。「了解しました。警部補、最初に駆けつけた警官が有力な目撃者をおさえています」

「目撃者は上にいたの、それとも下？」

「下です」

「話をきいてみましょう」だが、イヴはしばらくその場にとどまり、ピーボディが死体の指紋を採取するのを観察した。手足はシール剤で覆っていたものの、死体には触れずに手際よく読みとっている。

それでよろしいとうなずいてから、イヴは封鎖線のわきに立っている制服警官のほうへ歩きだした。

午前三時に近いはずだが、物見高い野次馬は集まっていて、立ちどまらないよううながしたり、締めだしたりする手間をかけさせる。記者たちもすでに到着し、声を張りあげて質問している。少しでも情報を仕入れて、通勤前の放送電波にのせようという魂胆なのだ。

商魂たくましいグライドカートの店主はチャンスとばかり、見物人相手に時間外販売をしていた。グリルが煙をあげ、ソイドッグや水でもどしたタマネギのにおいを空中にまきちらしている。

商売はけっこう繁盛しているようだ。

二〇五九年の初夏も、死は生きている観客や便乗してひと稼ぎする方法を知る者たちをひきつけていた。

タクシーがブレーキを踏もうともせず疾走していった。ダウンタウンのかなたから、サイレンの悲鳴が聞こえてくる。

イヴはその音を無視して、制服警官のほうを向いた。「目撃者がいるそうね」

「はい、警部補。ヤング巡査がパトカーに乗せて、墓場荒らしどもから遠ざけています」

「よろしい」イヴは封鎖線の向こうにいる人々の顔に目をやった。そこには恐怖、興奮、好奇心、それにある種の安堵が浮かんでいる。

自分は生きているけれど、あいつはちがう。

連想を振り払い、ヤング巡査と目撃者を探した。

まわりの環境を考えて――いくらたたずまいが立派でペチュニアが飾られていても、この建物はミッドタウンの喧騒とダウンタウンの猥雑さとの境にあるから――目撃者と聞いて予期したのは、獲物を求めてうろつく公認コンパニオンか薬物常用者かヤクの売人といったところだった。

意外にも、待っていたのは洒落たドレスをまとった小柄なブロンドで、その愛らしい顔には見覚えがあった。

「ドクター・ディマット」

「まあ、ダラス警部補？」ルイーズ・ディマットが小首をかしげ、耳元のルビーがさらさらの血のようにきらめいた。「隣に来る、それともわたしが外に？」

イヴは親指を立て、車のドアをひろくあけた。「出てきて」

ふたりの出会いはこの冬。カナル・ストリート・クリニックという診療所で、ルイーズは時流にさからい、ホームレスや希望をなくした《ホープレス》者の治療に従事していた。裕福で由緒正しい家柄の血が流れているものの、自分の手を汚すことだっていとわないのを、わけあってイヴは知っている。

あのきびしい冬、ルイーズは醜い争いにけりをつけようとしたイヴに協力し、危うく死ぬところだったのだ。

イヴは停止信号のような赤いドレスに視線を走らせた。「実家に帰ってたの？」

「デート。健全な社交生活を維持しようとする人間もいるのよ」

「どうだった？」

「タクシーをひろって帰ってきたわ。首尾は判断してちょうだい」ルイーズは蜂の巣状のショートヘアを指ですいた。「男ってどうして退屈なやつばかりなのかしら」

「日夜悩まされてる問題よ」相手が笑いだすと、イヴもにっこりした。「とにかく、また会えてよかった」

「クリニックに寄ってくれるかと思ってたのに。あなたの寄付がどれほど役立ってるか確めに」

「ああいうのはふつう、ゆすられたって言うんじゃないの」

「寄付でも強請《ゆすり》でも、こまかいことはいいじゃない。何人もの命を救ったのよ、ダラス。満足感は命を奪う連中を捕まえるのと大差ないでしょ」

「今夜、ひとつ失われた」イヴは死体のほうを振りかえった。「あの女性、知ってる？」

「よくは知らない。この建物の住人だと思うけど、ああ様子が変わってちゃ、はっきり言えないわ」深いため息をついてから、うなじをさする。「悪いわね、あなたみたいに慣れてないの。落ちてくる人間を抱きとめそうになるなんて、初体験よ。人が死ぬのは見てきたし、いつも穏やかとはかぎらないけど。それにしてもこれは……」

「わかった。すわりたい？　コーヒーでもどう？」

「ううん、だいじょうぶ。話をさせて」ルイーズは気を落ちつかせ、少し肩を怒らせて背筋をのばした。「退屈だったから、デートの相手を見捨ててタクシーをひろった。ディナーのあとアップタウンのクラブに行ってたのよ。ここに着いたのは一時半ごろだと思う」

「この建物に住んでるの？」

「そう。十階の一〇〇五号室。タクシー代を払って、歩道におりた。心地よい夜だった。こんなすてきな夜なのに、あのろくでなしのせいで無駄にしてしまったと思ったわ。それでしばらくその場にたたずんで、今夜はもうおとなしく帰ろうか、それとも散歩しようかと考えた。結局、部屋にあがって、バルコニーでお酒でも飲もうと決めたの。で、正面玄関に向かって一歩踏みだし、どうしてだかわからないけど上を見た——何か聞こえたわけじゃないのよ。でも、見あげると、あの女性が落ちてくるところだった。髪が翼みたいにひろがってた。二、三秒もなかったはずよ。自分が目撃してるものがかろうじてわかった瞬間、彼女は地面にたたきつけられた」

「どこから落ちたか見なかった？」

「ええ。落ちてくるのを見ただけ。それもあっという間だった。ぞっとするわ、ダラス」ルイーズはたまらず息をつき、まぶたの裏に残る光景をぬぐい去った。「激しい勢いでたたきつけられて、しばらく夢に出てきそうなほど恐ろしい音がした。わたしがいた場所からせいぜい五、六フィートってところだもの」

ルイーズはふたたび息を吸いこんでから、死体のほうに目をやった。いまは恐怖より哀れみのほうが強いようだ。「もう終わりだと思いこんじゃうけど、なすすべがないと思うんだろうけど、でも、それはちがう。かならず何か方法は残ってるはずだわ」

「自分で飛びおりたってこと？」

ルイーズはイヴに視線をもどした。「ええ、だって……何も聞こえなかったって言ったでしょ。声ひとつあげなかった。悲鳴も、叫びも。髪が風にはためいてただけ。上を見たのはそのせいかも」いま気づいたというようにつけくわえる。「やっぱり何か耳にしたんだわ。鳥の羽ばたきみたいなものを」

「そのあとは、どうした？」

「脈を診たわ。反射的に」ルイーズは肩をすくめた。「死んでるのはわかってたけど、とにかく調べた。それから携帯リンクを取りだして911に通報した。突き落とした人間がいると思ってるの？ それで、あなたが来てるのね」

「まだ白紙の状態」イヴは振り向いて、建物を見やった。到着したときには、数か所しかついていなかった明かりが増えて、銀と黒の垂直のチェス盤のように見える。「殺人課はこういう飛び降りにも目を光らせるの。そういう決まりなのよ。それじゃ、なかにはいって、鎮静剤をのんで、ぼうっとしてなさい。マスコミにうまいこと言われても、何もしゃべらないこと」

「ご忠告ありがとう。それと……彼女の身に起こったことがわかったら教えてくれる？」

「いいわ、そうする。警官につきそってもらいたい？」

「だいじょうぶよ」ルイーズはもう一度死体に目をやった。「ひどい夜だったけど、わたしのほうがまだましね」

「同感」

「ロークによろしく」ルイーズはそう言い足すと、玄関へ歩きだした。

ピーボディは命じられた仕事を終え、パームリンクを手にして立っていた。「身元がわかりました、ダラス。ブリナ・バンクヘッド、二十三歳、混血人種。独身。住まいはこの建物の一二〇七号室。勤務先は〈サックス・フィフス・アヴェニュー〉のランジェリー売り場。死亡時刻は〇一一五時になりました」

「一時十五分？」イヴはききかえし、ベッドサイドの時計の表示を思いだした。

「そうです。二度測定しました」

イヴは眉をひそめて、測定器、捜査キット、死体の下の血だまりをにらんだ。「目撃者によれば、落下時刻は一時半ごろだということだった。９１１への通報は何時になってる？」

不安そうな面持ちで、ピーボディはリンクで記録を点検した。「〇一三六時にはいっています」息を吐きだし、まっすぐに切りそろえた豊かな前髪がひるがえった。「きっと測りそこなったんだと思います。すみません――」

「謝るのはそう決まってからにしなさい」イヴはかがみこみ、自分の捜査キットをひろげて器具を取りだし、三度目の測定をみずからおこなった。

「あなたの出した死亡時刻《TOD》は正確よ。記録して。被害者の身元はバンクヘッド、ブリナ。死因は確定されていない。死亡時刻は〇一一五時。ＴＯＤはピーボディ、巡査ディリアと主任捜査官ダラス、警部補イヴにより確認された。彼女をひっくりかえして、ピーボディ」

ピーボディは口から出かかった質問をのみこみ、こみあげた吐き気をこらえた。とりあえず頭をからっぽにするが、あとからきっと、ねばねばの液体や折れた棒が詰まった袋をひっくりかえすようだったと思いおこすだろう。

「衝撃で顔面がひどく損傷を受けている」

「うわ」ピーボディは食いしばった歯のあいだから息を吸いこんだ。「そうですね」

「手足と胴体の損傷もひどく、生前の負傷があったかどうかを目視によって確定するのは不可能と思われる。死体は裸である。イヤリングをつけている」イヴは小型拡大鏡を取りだし、耳たぶをつぶさに眺めた。「金台にさまざまな色の宝石をちりばめてあり、右手中指の指輪と揃いのものである」

イヴが被害者に顔を寄せた。唇が喉に触れそうだ――それを見て、ピーボディはまた吐き気がこみあげてきた。「警部補……」

「香水だわ。香水をつけてる。ピーボディ、午前一時に自分の部屋でくつろぐのに、洒落たイヤリングや高級な香水をつける？」

「午前一時に自分の部屋で起きていれば、たいていウサちゃんのスリッパを履いています。ただし……」

「そう」イヴは体を起こした。「お客が来てれば別だけど」鑑識班のほうを向いて、「遺体袋に入れていいわ。検死官に優先させるようタグをつけておいて。性交の痕跡や生前の傷があるかどうかを調べてもらいたいの。じゃ、部屋を見にいきましょうか、ピーボディ」

「身投げじゃないんですね」

「証拠は反対を示してる」イヴはつかつかと建物にはいっていった。ロビーはこぢんまりして静かだった。防犯カメラがあたりを見渡している。

「あとでセキュリティディスクを入手しといて」イヴはピーボディに言いつけた。「とりあえずロビーと十二階のを」

しばらく無言のまま、ふたりはエレベータに乗りこんだ。イヴは十二階を命じた。ピーボディが体重を移動しながら、つとめてさりげなくきく。「じゃあ……電子探査課《ＥＤＤ》も借りだすんですか」

イヴは両手をポケットにつっこんだまま、窓も光沢もない金属のドアをにらみつけた。ＥＤＤのイアン・マクナブとピーボディの恋愛関係は、最近破綻した。イヴは苦々しい気持ちになった。わたしの言うことに耳を貸してさえいれば、ぼろぼろに壊れたりしなかったのに。もともとそんな関係は存在しなかったのだから。

「ぐずぐず言わないで、ピーボディ」

「手順についての当然の質問です。他意はありません」

その口調はこわばっていて、屈辱感やいらだちが伝わってくる。まったく、すぐ感情を表に出すんだから。「捜査中、ＥＤＤの助けが必要だと主任捜査官であるわたしが判断すれば、そう指示するわよ」

「名前も口にしたくないあの男以外の者を要請することもできますよね」ピーボディはつぶ

やいた。

「EDDのボスはフィーニー。わたしはどの部下にしろなんて指図しない。いいかげんにしてよ、ピーボディ。この事件にかぎらず、いつかはイアン・マクナブと働かなきゃならないの。だから、最初から寝なきゃよかったのに」

「いっしょに働けますよ。ちっともかまいません」そう言うと、十二階で足音高くエレベータから出ていく。「これでもプロですから。気の利いたことを言ったり、職場にへんてこな服装で来てひけらかしたりするだれかさんたちとちがって」

ブリナ・バンクヘッドのアパートメントの戸口で、イヴは眉をあげた。「わたしがプロらしくないって言うの、巡査？」

「とんでもない！　わたしが……」肩の緊張がゆるみ、目にユーモアの色がもどる。「あなたの服装をへんてこだなんて言うはずないじゃないですか、ダラス。まちがいなく男物のシャツを着ていらしても」

「いらいらがおさまったなら、記録して。被害者の部屋にはいるためにマスターを使用する」イヴは口述しながら、ロックを解除し、ドアをあけて点検した。「内側のチェーンとスナップロック式の錠はかかっていない。リビングエリアの明かりはやや暗め。なんのにおい、ピーボディ？」

「ええと……キャンドルか、香水かも」

「何が見える？」

「リビングエリアはきれいに飾りつけてあり、ちゃんと片づいています。ムードスクリーンがついていて、春の草地を選んであるようです。ソファテーブルの上には、ワイングラスがふたつ、栓をあけた赤ワイン。夜に来客があったことを示しています」

「まずまずね」もう少し深く観察してほしかったが、イヴはうなずいた。「何か聞こえない？」

「音楽。オーディオシステムから流れてきます。バイオリンとピアノ。曲名はわかりません」

「曲名じゃなくて、曲調。ロマンスよ。もう一度見まわしてみなさい。すべてあるべき場所におさまってる。すっきりと整えられ、あなたが言ったように、ちゃんと片づいてる。なのにワインの栓はあけっぱなしで、使ったグラスもそのまま。どうして？」

「片づける暇がなかった」

「明かりやオーディオやムードスクリーンを消す暇もなかった」イヴは部屋をつっきって、隣のキッチンをのぞいた。調理台はきれいで、ワインの栓抜きとコルクのほかは何ものっていない。「ワインをあけたのはだれ、ピーボディ？」

「おそらくデートの相手ですね。彼女だったら、部屋の様子からして栓抜きをしまい、コルクをリサイクラーに投げこんだでしょうから」

「ふむ。リビングエリアのバルコニーのドアは閉まり、なかから鍵がかけてある。これが自殺か事故による転落なら、場所はここじゃない。よし、つぎはベッドルーム」

「自殺か事故だとは考えていないんですね？」

「まだ何も考えてない。わかってるのは、被害者が独身女性で、きれい好きであること。それに証拠が示すところでは、今晩、部屋でしばらくいっしょに過ごした相手がいたこと」

イヴはベッドルームにはいった。ここでもオーディオが夢見るような流麗な調べを奏でていて、開いたバルコニーのドアから吹きこむそよ風にのって漂っているかのようだった。ベッドは整っていなかった。乱れたシーツにはピンクの薔薇の花びらが散らばっている。黒のドレス、黒の下着、黒のイブニングシューズがベッドのそばに重ねてあった。

かぐわしい香りを放つキャンドルが、部屋のあちこちに飾られている。

「状況を読みとって」イヴは命じた。

「被害者は死に先だち、性交を結んでいたか、あるいは結ぼうとしていた模様です。ここにもリビングエリアにも争った形跡はありません。つまりセックス、あるいはその意図が合意のうえであることを示唆しています」

「セックスじゃない、ピーボディ。誘惑よ。だれがだれを誘惑したのか、それを突きとめなきゃ。ここを記録してからセキュリティディスクを回収してきて」

シール剤で覆った指で、イヴはサイドテーブルの抽斗《ひきだし》をあけた。「お楽しみ箱か」

「はい？」

「セックス用品がしまってあるのよ、ピーボディ。独身娘のそなえ、コンドームとかも。被害者は男好きだった。趣味のいいボディオイルが二瓶、自分で慰めたくなったときのためのバイブレータ、バギナ用の潤滑剤。ありふれた、旧式といってもいいストレート用の品々。ここにあるおもちゃや支援品は、どれも被害者に同性愛の傾向があるとは示してない」

「すると、デートの相手は男だった」

「でなければ、バンクヘッドの視野をひろげようとした女か。まずはセキュリティディスクを確認してみましょう。それに運がよければ、検死官の報告書で精子が見つかるかも」

隣のバスルームはぴかぴかに磨きあげられ、リボンの縁取りがあるハンドタオルがまっすぐ並べてあった。洒落《しゃれ》た石けん皿には高級石けん、ガラスと銀の瓶には香りのいいクリーム。「どうやらベッドのお相手は、ぐずぐず手を洗ったりしなかったようね。鑑識を呼んできて」イヴは命じた。「われらがロミオは何か残してくれたかな」

イヴは鏡つきの戸棚を開き、中身を点検した。ありきたりの市販薬ばかりで、強い薬はない。あとは二十八日周期の経口避妊薬が半年分。

洗面台のわきの抽斗は入念に整頓されており、美容用品が詰まっていた。口紅、マスカラ、フェイス用とボディ用のペイントなどなど。

この鏡の前で過ごすことが多かったのね。かわいい黒のドレス、ワイン、キャンドルから推測すると、今夜は相当長く鏡の前にいただろう。男に会う支度をするために。

ベッドルームのリンクのところにもどり、最新の通信を再生して立ったまま耳を傾けた。黒のドレスでめかしこんだブリナ・バンクヘッドは、シーシーというブルネットと夜の大事な予定について話していた。

——ちょっぴり不安だけど、わくわくしちゃう。とうとう会うのよ。あたしどう見える？

——とってもすてきよ、ブリー。だけど、現実のデートはサイバー・デートとはちがうのを忘れないで。慎重に、今夜は人前で会うだけにするのよ、わかった？

——もちろん。でも、彼とはずっとまえから知り合いだったような気がするのよ、シーシー。だって共通点がすごく多いし、何週間もeメールのやりとりをしてたんだもん。それに、会おうって言いだしたのはあたしなの。彼はそれならどこかの店で軽く飲もうかって。だからぜんぜん心配してないし。彼って、すごく思いやりがあって、すごくロマンティックで、たいへん、遅れちゃう。遅れるのはやだわ。じゃ、行くわね。

——忘れないで、ちゃんと教えるのよ。

——あした、全部話すわ。幸運を祈ってて、シーシー。彼こそ、運命の人かもしれない。

「そうね」イヴはつぶやくと、再生をとめた。「わたしもそう思う」

2

コップ・セントラルのオフィスで、イヴは事件当日の建物のセキュリティディスクを入念に調べていた。居住者や訪問客が行き交う。ロビーを並んでこそこそ通る双子のブロンドは、公認コンパニオンだろう。快楽も二倍ってわけね。ひとりが携帯リンクでつぎの段取りをつけるかたわらで、もうひとりは手帳に分け前を記入している。

午後六時四十五分、ブリナ・バンクヘッドが買い物袋をふたつひきずり、頬を真っ赤にして駆けこんでくる。

うれしそう。わくわくしている。早く部屋にもどって、買ったばかりの服を試したいのだろう。めかしこみながら、衣裳を取っ替え引っ替えしてみる。ことによると何か軽いものを食べるかも。緊張しすぎて胃がきりきりしないように。

まさにデートを楽しみにしている典型的な独身女性だ。だが、そのデートが終わらないうちに死者の数に加えられることになるとは、つゆほども知らない。

七時半ちょっとまえに、医師のルイーズが帰ってくる。やはり急いでいるが、それはいつものことだ。アバンチュールへの期待などまるでない。気もそぞろで、ちょっと疲れているようだ。

ドクター・ディマットには買い物など必要ないのだろう。手にしているのは、医療キットとアイダホみたいに巨大なバッグだけだ。

ぜんぜん典型的な独身女性じゃないわね。今夜は楽しくなさそうだと、すでに決めこんでいるかのようだ。

だが、その夜が墜落した死体とともに終わるとは、つゆほども知らない。

ルイーズのほうがブリナより支度が早かった。いかした赤のドレスに着替えて、八時四十五分にエレベータからあらわれた。その洗練された外見からは、勤勉で、鉄の意志を持つ、使命感に燃えた戦士には見えない。

ファッショナブルで、セクシーで、女らしく見える。

ちょうど玄関からはいってきた男もおなじことを思ったらしく、颯爽と出ていくルイーズの尻を目で追っている。ルイーズのほうは気づいていないのか、気にしていないのか、振り向きもしなかった。

十八歳ぐらいの若者が肩をそびやかせてエレベータから出てきた。頭のてっぺんからつま先まで黒革で身を固め、エアスクータを小脇にかかえている。ドアを押しあけるとエアスクータをさっとおろし、ほれぼれするほど機敏な身のこなしで飛びのって、夜の闇のなかに去っていった。

イヴはコーヒーを飲みながら、ブリナが九時直前に建物を出るのを見ていた。いまにも駆けださんばかりだ。デート用のおしゃれな靴ではくるぶしをくじきかねないのに、遅れたくないのだろう。つややかな髪は黒い塔のように結いあげている。淡いキャラメル色の肌は期待と不安にほてっている。小さなイブニングバッグを持ち、きらきら光るすてきなイヤリングをつけている。

「建物の周囲一ブロック以内でタクシーをひろってるかどうか確認して、ピーボディ。急いでるようだから、待ち合わせが近くじゃないなら、タクシーに飛びのるかも」イヴは眉をひそめながらディスクを早送りし、人の出入りがあるときだけゆっくり映した。

「美人だった」イヴは言った。「頭も悪くなさそうだし、小ぎれいな住まいや、まともな仕事もある。そんな女性がネットなんかでデートの相手を探そうとする？」

「あなたは簡単に言えるけど」ピーボディはそうつぶやいて、にらまれた。「だって、ダラス、あなたは既婚者でしょ。それ以外の者にとっては、まわりはサルやヘビやヒヒだらけのジャングルなんです」

「あなたもネット恋愛みたいなことするの？」

ピーボディは体をもぞもぞ動かした。「場合によっては。でも、そのことは話したくありません」

おもしろがりながら、イヴはスキャンを再開した。「結婚生活より独身時代のほうがずっと長かったけど、電脳世界《サイバーワールド》で間にあわすほど落ちぶれたことはないわ」

「すらりとしていて、野生の猫みたいな目をして、顎にセクシーなくぼみがあれば、そりゃそうでしょう」

「わたしに気があるの、ピーボディ？」

「それはものすごいもんですよ、ダラス。だけど、警官とデートするのはやめました」

「賢明ね。おや、カップルのご帰還だ。画面をとめて」

時刻は二十三時三十八分。二時間あまりで、ブリナがサイバー恋人と打ちとけているのが見てとれる。ふたりはたがいの腰に腕をまわし、笑いながらはいってきた。

「かっこいい」ピーボディがモニターに身を乗りだす。「乙女の理想ですよ。長身、黒みがかった髪、ハンサム」

イヴは返事のかわりに小さくうなった。男は身長六フィート一インチ、体重百九十ポンドぐらい。肩まで届く黒っぽい髪をきつめにカールし、後ろに撫でつけている。肌は詩人のように青白く、口元と右の頬骨のてっぺんにつけたエメラルドのピアスが光って、より白さが際立つ。目はピアスとおなじ鮮やかなグリーン。顎の中央には細長いひげを垂らしている。

ダークスーツを着こみ、エメラルドグリーンのシャツの襟元をあけ、ストラップつきの黒革のカバンを肩からさげている。

「美男美女のカップルだわ」ピーボディがつけくわえた。「彼女、かなり飲んでいるみたいですね」

「ただのカクテルじゃない」イヴは指摘し、ブリナの顔を大写しするようコンピュータに命じた。「あの目の光り方は薬物ね。男のほうは？」男の顔にズームインする。「完全にしらふだわ。死体保管所《モルグ》に連絡して、優先事項に毒物検査を加えさせて。コンピュータ？」

作業中……

「わかってるわよ、ちょっとマルチタスクを試してみようか」念願かなって新しい機種を手に入れていたから、見込みはある。「画面上のこの男性を身元銀行《IDバンク》で検索して。名前が知りたい」

IDバンクを開いています。対象は市内全域、全州、全国、全世界のどれにしますか？

イヴはマシンの側面を撫でた。「へえ、そうこなくちゃね。ニューヨーク市からはじめなさい。セキュリティディスクの再生は通常でつづけて」

作業中……

コンピュータが静かな音をたて、画面上の映像が動きだした。エレベータの前で、男はブリナの手を取り、てのひらに唇を押しあてた。

「再生終了、エレベータ2の再生を二三四〇時から開始」

映像がぱっと切り替わる。エレベータ内では十二階に着くまで睦《むつ》みあいがつづいた。男は相手の指をそっとかじりながら、耳元でなにやらささやいている。誘いかけているのはブリナのほうだった。男を引きよせ、積極的に体を押しつけて唇を重ねた。

密着した体のあいだに手を這わせ、相手をまさぐったのもブリナだった。

ドアが開くと、ふたりは抱きあったまま、体を入れ替えながら外に出た。イヴはふたたびディスク交換を命じ、アパートメントに向かうカップルを追った。ブリナが何度かしくじってから、ドアのロックを解除する。ちょっとバランスを崩して、男にもたれかかった。ブリナがなかにはいっても、男は戸口に立っていた

申し分ない紳士だこと。男はやさしい笑顔で、問いかけるような目をしている。なかへはいってもいいの、と。

ブリナはさっと腕をのばし、男のジャケットをつかんだ。そして室内にひっぱりこみ、ドアが閉じた。

「彼女のほうが誘いかけていますね」ピーボディは眉をひそめ、画面に映るがらんとした廊下をにらんだ。

「そうね、誘ってる」

「だから死んでもしかたないと言っているんじゃありません。男のほうが無理強いしたわけじゃないってことです。エレベータのなかで彼女が積極的に出ても、彼は図に乗っていない。多くの男が――いえ、たいがいの男が――あの時点でスカートのなかに手を入れていたでしょう」

「たいがいの男はシーツに薔薇の花びらをまいたりしない」イヴは早送りし、アパートメントのドアが開くと停止を命じた。

「正体不明の男が被害者のアパートメントから退出する時刻を見て。〇一三六時。911の通報が記録されたのと同時刻よ。ルイーズは被害者の脈を診たって言ってた。ショックから回復するのに数秒、死体に駆けよるのに数秒かかったとして、それから脈を調べ、携帯リンクを取りだして通報する。つまりそのあいだに、男はバルコニーを離れ、部屋を通り抜けて玄関から出たということね。コンピュータ、再生をつづけて」

「震えていますね」ピーボディがつぶやいた。

「そう、それに冷や汗もかいてる」だが、男は駆けだしていない。廊下の左右に視線を走らせながら、エレベータに急いでいる。が、駆けだしてはいない。

エレベータ内では、背中を壁に押しつけ、革カバンをしっかり胸にかかえこんでいる。だが、頭は働いているようだ。ロビーではなく地下まで行き、正面玄関ではなく配送用出入口を利用する知恵があった。

「室内に争った形跡はなかった。たとえ争ったとしても、死亡時刻と落下時刻とのあいだに痕跡を隠すような暇はない。でも、落下するまえに彼女は死んでた。男に投げおとされるまえに」と、イヴはつけくわえた。「彼女は違法ドラッグを飲んでたが、アパートメントに違法ドラッグはなかった。ワインの瓶とグラスの中身について、鑑識に入れ知恵しときましょ。あとは帰って少し寝なさい」

「フィーニーに応援を要請するんですか。被害者のコンピュータから容疑者とやりとりしたeメールを見つけ、アカウントの追跡をしてもらうために」

「そのとおりよ」イヴは立ちあがり、よくないとは思いつつ、オートシェフにコーヒーのおかわりを命じた。「個人的なゴタゴタはゴミ箱に放りこんで、仕事に専念しなさい」

「マクナブにもおなじ命令をしていただけると、ありがたいんですけど、警部補」

イヴは振り向いた。「マクナブがうるさくするの？」

「ええ。いえ、そういうわけでもなくて」ピーボディはため息をつく。「ちがいます」

「どっちなの？」

「自分が寝たセクシーな女たちのことを全部、わたしが知るように仕向けるんです。わたしと切れてから、とんぼ返りしそうなほどうきうきしているっていうことを。おまけに、礼儀知らずにも直接言わないで、人づてに噂が届くようにするんですよ」

「マクナブが別の女に走ったように聞こえるけど。縁を切ったのはあなたのほうなんでしょ、ピーボディ。それにチャールズともつきあってるじゃない」

「チャールズとはそんなんじゃありません」ピーボディは断言した。そのセクシーな公認コンパニオンとは、友人としてつきあうようになった。恋人だったことは一度もない。「ご存じでしょう」

「でも、マクナブには打ちあけてないでしょ。これはあなたの問題だし」ピーボディに口をはさませないように、すばやくつづけた。「とにかく、その件にはかかわりたくないの。マクナブがニューヨーク五区の女全員とやりたがっても、仕事に支障がなければ、わたしの知ったことじゃない。あなたにも関係ないこと。モルグと鑑識に優先扱いを要請してから、帰りなさい。〇八〇〇時に来て」

ひとりになると、イヴはデスクの前にゆったりすわった。「コンピュータ、身元確認検索の状況を」

八八・二パーセント終了。適合する人物は見つかりません。

「検索を州内全域に拡大して」

了解しました。検索中……

イヴはコーヒー片手にくつろぎ、該当者があらわれるのを祈った。ブリナ・バンクヘッドのために正義がすばやく実現することを祈った。

カフェインを摂取したのに、オフィスの床では自宅の大きくてからっぽのベッドよりも安らかに眠れた。目覚めると、それまでのところ実りのない身元確認の検索範囲をさらにひろげた。何杯めかのコーヒーを持って更衣室へ行き、顔と手を洗い、髪を指で撫でつけ、ロークのシャツの袖をまくりあげた。

EDDのフィーニー警部のオフィスを訪ねたのは、ちょうど八時をまわったころだった。フィーニーは専用のオートシェフの前に立ち、こちらに背を向けていた。イヴとおなじくワイシャツ姿で、武器用ハーネスをつけている。赤褐色のこわい髪には出がけに櫛を入れてきたのだろうが、ぼさぼさのイヴの髪とさして変わらない。

なかにはいって、イヴは鼻をくんくんさせた。「なんのにおい？」

フィーニーはさっと振り向いた。バセットハウンドみたいにだらりと垂れた顔に、驚愕がひろがっている。ははあ、うしろめたいのだな、とイヴは思った。

「べつに。なんの用だい？」

イヴはもう一度においを嗅いだ。「ドーナツ。ドーナツがあるのね」

「シー、静かに」フィーニーはイヴのそばをすりぬけて、そっとドアを閉めた。「警官全員が押し寄せてきてもいいのか？」ドアを閉めただけでは足りないと判断して、鍵をかける。

「用はなんだ？」

「ドーナツがほしい」

「あのな、ダラス、女房が健康食品にはまってるんだ。このところわが家では、豆腐だの乾燥野菜だのばっかりで、まともなものが口にできない。人間はたまに脂肪や砂糖をとらないと体に悪いだろ」

「同感。連中だってそう。だからドーナツちょうだい」

「勝手にしろ」フィーニーはゆっくりもどって、オートシェフの扉をあけた。なかには半ダースものドーナツが低温で温められていて、おいしそうな香りが漂ってくる。

「すごい。できたてじゃない」

「この先のベーカリーで、毎朝、本物のドーナツを数ダース作ってる。こんな代物が、一個いくらするか知ってるか?」

イヴはすばやく手をのばし、ひとつ取ってかぶりついた。「その価値はある」脂とクリームを口いっぱいにほおばりながら言う。

「わかったから、静かに食べてくれ。おいしそうな音をさせてるぞ。ドアがたたき壊される」フィーニーはドーナツを取り、うっとりと口をつけた。「だれも永遠に生きたいわけじゃない、そうだろ? 女房には言ってある。なあ、僕は警官だ。警官は日々、死と向かいあってるんだって」

「仰せのとおり。ジャムのやつもある?」

手がのびてくるまえに、フィーニーはオートシェフを閉めた。すばやく。「そこでだ、死と向かいあったりなんだりの毎日なんだから、動脈にちょっとばかり脂肪を供給してやったってかまわないだろ？」

「しかも、すごく上等な脂肪をね」イヴは指についた砂糖を舐めた。脅かせば二個目をせしめることもできたけれど、どうせ胸が焼けるだけだ。「ゆうべ、歩道でぺちゃんこになった人がいるの」

「身投げか？」

「ううん。落ちたときはすでに死んでた。検死官と鑑識の報告待ちだけど、どうも痴情のはての殺人みたい。サイバー・ボーイというか、メル彼とデートしてたのよ。被害者の住まいに出入りした男の映像はあるけど、身元を検索しても該当者はいなかった。彼女のコンピュータから、その男を突きとめてくれないかな」

「ユニットはあるんだね？」

「ええ。証拠物件として押さえてある。被害者はバンクヘッド、ブリナ。事件ファイルH78926B」

「だれかにやらせる」

「助かるわ」イヴはドアのところで立ちどまった。「フィーニー、マクナブをよこすなら、頼んでほしいんだけど。なんていうかその、ピーボディには手加減するようにって」

ドーナツで輝いていたフィーニーの顔が曇って、困りきった表情になる。「おい、ダラス」

「そりゃわかるけど。でも、こっちはピーボディの面倒を見なきゃなんないんだから、そっちもマクナブをなんとかしてよ」

「ふたりを一室に閉じこめればいい。自分たちで決着をつけさせるんだ」

「それは選択肢としてとっておきましょ。被害者のユニットから何か見つかったら知らせて」

身元検索はなんの成果もあがっていない。たいして期待もせず、イヴは範囲を世界じゅうに拡大した。部長に提出する予備報告をまとめ、内部通信で送った。そしてピーボディに鑑識とモルグをせきたてるよう命じてから、公判中の事件で証言するために裁判所へ向かった。

二時間半後、弁護士全員をののしりながら裁判所から飛びだした。コミュニケータのスイッチを入れ、ピーボディを呼びだす。「状況を」

「検査結果はまだ出ていません、警部補」

「あ、そう」

「裁判は荒れたんですか、ダラス?」

「弁護側の考えによれば、罪のない依頼人のホテルの部屋や服に被害者の血をまきらしたのはNYPSDなんですって。口論中に妻をめった刺しにするイカレた旅行者に見せかけようとして」

「そんな悪評がたって困るのは商工会議所でしょ」

「はは」

「バンクヘッドが死んだ夜、リンクでしゃべっていた女性の身元を突きとめました。シーシー・プランケット。サックスのランジェリー売り場の同僚です」

「車をつかまえて。向こうで落ちあいましょう」

「了解。よろしければ、六階のすてきなカフェでランチでもいかがですか。タンパク質が必要ですよ」

「ドーナツを食べたから」悪魔のような笑みを浮かべ、驚きと羨望に息をのむピーボディを残して通信を切った。

ランチタイムの交通渋滞につかまったせいで、気分はいっこうに晴れなかった。車はぶつかってくるわ、動きはとれないわで、いっそのこと車を置いて、歩いていこうかとも思った。

それも、歩道の雑踏を見てあきらめた。

空までもが混雑している――広告飛行船、エアバス、観光トラムが空間を求めてひしめきあっている。途方もない騒音だが、どうしたわけか、刺々しい気分がやわらいでいく。マディソン街と三十九丁目の角で信号につかまったときには、窓から身を乗りだしてグライドカートの店主に陽気に声をかけていた。

「ペプシちょうだい」

「サイズはどれがいい、きれいなお嬢さん？」

イヴの眉があがり、前髪の下に隠れた。そんなに愛想のいい商人はドロイドか新参に決まっている。「ラージにして」と言って、ポケットの小銭を探った。

店主が金を受けとろうとかがんだとき、ドロイドでも新参でもないのがわかった。健康に留意してきた九十歳といったところか。笑顔を見せると、たいがいのグライドカートの店主とは桁違いに清潔な歯があらわになった。

「すばらしい日だね」

イヴは通りの交通量を見やり、この界隈の空をふさいでいる乗り物の大群を見あげた。

「冗談でしょ」

店主はなおもにこにこしている。「生きてるだけですばらしいんだよ、お嬢さん」

イヴはブリナ・バンクヘッドの身を思いやった。「そうかもね」

缶をあけて、ペプシを飲みながら考えにふけり、マディソン街をじりじり進んだ。五十一丁目でエンジンを切り、二重駐車して公務中の標示をつけた。

それから気をひきしめてサックスへ、化粧品販売員たちの列へと足を踏みいれた。

最新のファッションをまとったドロイドたちが、目もくらむほどつぎつぎに寄ってきて、素通りするのが困難になる。後方には人間の美容コンサルタントがひかえ、ブースやカウンターを受け持ったり、通路を見回ったり——おそらく逃げようとする者に目を光らせているのだろう——している。あたりは香りでむせかえりそうだ。

照明弾のような赤紫の髪をした女のドロイドが、フロアをするすると横切って前進をはばんだ。

「こんにちは、サックスへようこそ。本日おすすめの香水は――」

「一滴でも、ほんの一滴だけでもつけたら、そのスプレーを喉に押しこむわよ」獲物を仕留めにかかったドロイドに警告する。

「あら、マダム、オルガズマをほんの一滴で、夢の恋人を魅了できるんですよ」

イヴはジャケットの前を開き、武器を指でたたいた。「ほんの一発で、そっちをゴミ箱行きにできるのよ、赤毛ちゃん。さあどいて」

ドロイドはあっという間に立ち去った。連絡に応えるセキュリティの声を耳にしながら、顧客とコンサルタントの壁をかきわけていく。ふたりの制服ドロイドが突進してくると、バッジをさっと示した。

「NYPSD。公務よ。香りの押し売りどもを近づけないで」

「かしこまりました、警部補。何かお手伝いできますか?」

「ええ」イヴはバッジをポケットにもどした。「ランジェリー売り場はどこ?」

やれやれ、めざすフロアに着くとイヴは心中でつぶやいた。ここでは下着を振りまわしながら突進してくる者はいない。とはいえ、セックスを売り物にするのが当節はやりと見えて、ファンデーションやナイトウェア姿のモデル・ドロイドが売り場を歩きまわっている。人間の店員だけは服を着ているのがせめてもの救いだ。

シーシー・プランケットはすぐに見つかった。品物の包装をすますのを待ってから声をかけた。

「ミズ・プランケット？」

「はい。いらっしゃいませ」

イヴはふたたびバッジを取りだした。「内密に話せる場所はありますか」

薔薇色の頬から血の気がひく。きれいなブルーの目を見開いた。「やっぱり。ブリーのことでしょ。ブリナに何かあったのね。仕事にも来てないし、リンクにも応えない。怪我をしたんだわ」

「ふたりきりで話せるところは？」

「それは――ええ、あります」こめかみをに手をあてて、シーシーはあたりを見まわした。「あの、試着エリアが。でも、持ち場を離れられないから。あたし……」

「ちょっと」イヴはすけすけの黒のブラとパンティをつけたドロイドを捕まえた。「ここを見てて。どっち？」シーシーに尋ねながら、カウンターをまわって腕を取る。

「この奥です。ブリーは入院してるんですか？　どこの病院？　お見舞いに行きます」

狭い試着室にはいると、イヴはドアを閉めた。片隅に置かれたちっぽけなスツールにシーシーをいざなう。「すわって」

「悪い話なんですね」シーシーはイヴの腕を握りしめた。「かなり悪いのね」

「ええ、残念だけど」安易な方法などない。ずばり言ってやるしかない――一寸きざみに切らないで、すばやく心臓を突くのだ。「ブリナ・バンクヘッドは夜ふけに亡くなりました」

シーシーは首を振った。ゆっくり振りつづけながら、最初の涙が頬を伝った。「事故にあったの？」

「原因を究明しているところです」

「きのう話したばっかりなのに。ゆうべ。ブリーはデートに出かけようとしてた。いったい何があったのか教えてください」

メディアはすでにその死と、わかるかぎりの状況を報じていた。名前までは探りだしていないにしても、それがわかるのも時間の問題だろう。

「彼女は……バルコニーから落ちたんです」

「落ちた？」シーシーは立ちあがりかけたが、また腰をおろした。「そんなはずないわ。ぜんぜんありえない。安全壁があるんだから」

「それも調査中です、ミズ・プランケット。二、三質問に答えていただけると、ひじょうに助かります。記録してもいいですか」

「落ちたはずないわ」その声には怒りがこもっていた。憤りが、友人の死のショックを突き抜けてきた。「彼女は愚かでもうっかり屋でもなかった。落ちたはずないのよ」

イヴはレコーダーを取りだした。「真実を見つけだします。わたしの名はダラス。イヴ・ダラス警部補」イヴはシーシーに聞かせつつ、記録用の口述をはじめた。「ブリナ・バンクヘッドの死を調べている主任捜査官です。これより、故人の友人であるあなた、シーシー・プランケットに事情をうかがいます。昨夜、あなたはブリナ・バンクヘッドとリンクで話をしましたね。時刻は九時数分前、彼女が部屋を出る直前に」

「ええ。そうです。彼女がかけてきたんです。すごくそわそわして、興奮してました」声がかすれてくる。「ああ、ブリー」

「どうして、そわそわして、興奮していたの?」

「デートのまえだったから。ダンテとのはじめてのデートだから」

「その男性のフルネームは?」

「知りません」ジャケットのポケットに手をつっこんでティッシュを取りだしたが、頬をぬぐうわけでもなく、びりびりにちぎった。「ネットで出会ったんです。たがいの苗字なんて知らない。そういう決まりだった。安全のためです」

「その男性と連絡を取りあうようになってどのくらい?」

「三週間ぐらい」

「どうやって出会ったの?」

「詩のチャットルームで。何世紀も昔からの偉大なロマン派の詩について語りあう部屋で……ひどいわ」シーシーは身を折り、両手に顔を埋めた。「親友だったのに。なんでこんなことになったの?」

「あなたには心の内を明かしていた?」

「あたしたちはなんでも打ち明けあってました。女同士の友情って、どんなものかわかるでしょ」

多少はね。「ダンテとははじめてのデートだったんですね?」

「ええ。だからあんなに興奮してたんです。ドレスと靴を新調したり。すてきなイヤリングまで……」

「はじめてのデートの相手を部屋に誘いこむのはいつものこと？」

「とんでもない」シーシーは涙ぐみながら笑った。「ブリーはセックスや交際の手順に古くさいこだわりがありすぎて。彼女が名づけた三十日間テストに合格した相手としか寝なかったわ。ひと月もたったら新鮮さも何もないじゃないって言ったこともあるけど、でも彼女は……」声が尻すぼみになっていく。「何が言いたいの？」

「事情を把握しようとしているだけです。違法ドラッグに手を出したことは？」

シーシーはまだ涙が光る目をけわしくした。「そういう質問は気に入らないわね、警部補」

「きく必要があるんです。こっちを見て。こっちを見なさい」イヴはくりかえした。「わたしには彼女もあなたも貶《おとし》めるつもりはありません。ブリナ・バンクヘッドがどんな女性だったかを知らなければならないの。彼女を正当に評価するために」

「いいえ、違法ドラッグはやってなかったわよ」シーシーはつっけんどんに答えた。「自分を大事にしてたから、とってもね。そういう女性だったの。頭がよくて、愉快で、ちゃんとしてた。違法ドラッグに溺れたりしないし、バルコニーなんかから落ちたりもしない。飛びおりたんでもない。だからこれを自殺で片づけようなんて思わないで。バルコニーから落ちたのがほんとなら、だれかに押されたのよ。つまり……」

自分の言葉にぴんときて、シーシーの怒りが燃えあがった。「だれかに殺された。ブリーはだれかに殺されたのよ。あの男――あのダンテ。あいつがデートのあとでつけてきて、なんとか部屋にはいりこんだ。そして殺した。あいつが殺したんだわ」そう言いながら、イヴの手首に指を食いこませた。「あいつを見つけて」

「見つけます」イヴは断言した。「シーシー、まだ事実がすっかりわかったわけではないけど、かならず見つけるわ。だから、ダンテという名で通っている男のことをくわしく教えて。ブリナから聞いた話で覚えていることをすべて」

「まだ信じられない。ごめんなさい。でも、どうしても信じられなくて」シーシーは立ちあがり、化粧台に置かれた冷水のピッチャーのほうへのろのろと歩いていった。ピッチャーを持つ手が揺れ、水がはねるのを見て、イヴはそばに行ってグラスに注いでやった。

「ありがとう」

「ちょっと休んだら。すわって、水を飲んで、ひと息入れましょう」

「だいじょうぶ。もうだいじょうぶ」だが水を飲むには、グラスを両手で支えなくてはならなかった。「なんでも、自分で事業をやってるって話です。金持ちみたい。自慢したわけじゃないけど、言葉の端々からわかるって、ブリーが言ってました。彼が行ったことのある場所とかで。パリ、モスクワ、オリンパス・リゾート、それにビミニだったかな」

「どんな事業？」

「具体的な話はしなかったようです。向こうもブリーがここで働いてるのを知らないはずだった。でも、知ってたんです」

イヴの目つきが鋭くなる。「どうしてそれがわかったの?」

「先週ここにピンクの薔薇を贈ってきたから」

ピンクの薔薇。ピンクの薔薇の花びら。

「ほかには?」

「イタリア語が話せる。それからえーと、フランス語とスペイン語。ロマンス語です」シーシーはつけくわえ、目尻の涙とマスカラを手の甲でこすった。「ブリーはそういうロマンティックなものにすっかり夢中になってました。彼ほどロマンティックな人はいないって。だからあたしは、なるほどすてきね、でも顔はどうなのって言いました。ブリーはただ笑って、気持ちが通じあえば外見なんてどうでもいいって言うだけで。でも、外見がすてきでも困りはしなかったでしょう」

だんだん落ちついてきたのか、シーシーは手のなかでグラスをまわしている。「警部補……ブリーはレイプされたんですか」

「わかりません」イヴはセキュリティディスクからプリントアウトした写真を取りだした。「この男に見覚えは?」

シーシーはダンテの顔をしげしげと眺めた。「いいえ」声に疲れがにじんできた。「一度も見たことありません。この男がダンテなんですね。ふうん、外見もよさそうじゃない。この下衆野郎。卑劣な野郎」そう言って写真をちぎりはじめたが、イヴはとめなかった。

「ふたりはゆうべ、どこで会う予定だったの?」

「ごたいそうな〈レインボールーム〉で。ブリーがロマンティックだと思って選んだんです」

試着エリアから出ると、ピーボディがレースのボディスーツを未練がましく見つめていた。

「そんなの、五分と着てられないわ」イヴは言った。

「これの効き目があれば、五分も着ていなくていいんですよ。プランケットといっしょに試着エリアにいるとドロイドが言っていたので」

「話を聞いたわ。あいつはダンテという名で通ってて、詩とピンクの薔薇がお気に入りみたい。あとでくわしく教える」

「これからどちらへ？」

「モルグ、〈レインボールーム〉に寄ってから」

「なんだか……おかしな取り合わせですね」

たしかに、クロムと大理石でできた殿堂と、陰気な白い箱を比べればそう思う。だが、イヴは展望レストランで、ゆうべ勤務についていた給仕たちの名前と住所を突きとめた。

死体置き場でも、ツキに恵まれた。

「おやおや、贔屓《ひいき》のおまわりが、がみがみ言いにおでましか」主任検死官のモリスがレーザーメスのスイッチを切って、にっこりした。透明の外科用キャップの下で、黒っぽい長髪を半ダースほど三つ編みにしているのが見える。粋な深紫のシャツとスラックスの上には透明の仕事着をはおり、おぞましい体液のはねかえりを防いでいる。

「いま切りきざんでるの、わたしのじゃないわね、モリス」

「ちがうよ、残念ながら」モリスは黒人の若者の死体に目を落とす。「この哀れな男は見たところ――いやというほど――鋭く長い刃を持つ器具に後ろ向きでぶつかっていったようだ。ふつうなら一回でやめたと思うだろうが、そうじゃない。自分の体を激しくナイフにぶつけつづけている。死んで倒れるまで」

「学習しないやつ」イヴは口をすぼめ、死体のみごとな勃起をしげしげと眺めた。「経験から言わせてもらえば、勃起具合を見るかぎり、ゼウスを加えたエキゾチカをやってたようね。混合ドラッグを使用すると、本人がだめになったあとも道具のほうはずっと元気だから」

「同感だね。とりわけおたくのバクスター刑事の報告では、この死にたての男は熱心にその道具を兄嫁に用いていたそうだから」

「そうなの？　じゃ、ファックをやめて、気分転換にナイフを相手にすることにしたってわけか」

「兄貴の話ではな。女房のほうは高所から転落して顎を骨折したが、まだ生きていて快方に向かっている」

「ものは言いようね。バクスターが兄貴を拘留してて、死因もわかってるなら、なんでわたしのを優先してくれないのよ？」

「こっちへおいで」モリスは指を曲げて合図し、スイングドアから隣の解剖室にはいった。そこにはブリナ・バンクヘッドの亡骸が安置されていた。ステンレスの台に横たえられ、薄いグリーンのシーツに首まで覆われている。

モリスの心遣いだろう。死者を尊重しているのだ。

「若く魅力的な女性だったんだろうな」

イヴはめちゃめちゃになった顔を見おろし、バスルームの鏡や、美容用品がきっちり整理された抽斗を思いうかべた。「ええ。どうして死んだのか教えて、モリス」

「もうわかっているんじゃないのか。きみの割りだした死亡時刻は正確だ。彼女には墜落の恐怖も、歩道の衝撃も、死にかけているという意識さえもなかった」モリスはコートした指先で、そっと死者の髪に触れた。「二時間半ないし三時間のあいだに、合成ホルモニバイタル・シックスを二オンス以上摂取している。高価で、きわめて入手困難な薬物だ」

「通り名は娼婦《ホアー》。自制心遮断薬」イヴはつぶやいた。「昔は一般にデートレイプに使われてた」

「というわけでもない」モリスが訂正する。「その派生物のほうがひろく出回っているし、効き目ももっと弱い。だが、遺体から検出されたのは純粋なものだ。二オンスと言ったら、ダラス、末端価格で二十五万以上する。街頭で手に入れられたらの話だが、無理だろうね。わたしも死者の体内にその痕跡を見つけたのは十五年ぶりだ」

「噂を聞いたのは学生時代よ。ほとんどが都市伝説のたぐいばかりだけど」

「そうとも、ほとんどが都市伝説のたぐいだ」

「彼女を殺したのはその薬？　過剰摂取なの？」

「ただの過剰摂取じゃない。アルコールとの併用は危険だが、死にいたるほどではない。だが、われらがヒーローはやりすぎた。この半分の量で、確実に全面的な協力を得られたはずだ。彼女に盛った量からすると、八時間から十時間は服従させておけただろう。やがて、彼女は最悪の二日酔い状態で目が覚める。頭痛、嘔吐、悪寒、記憶や時間感覚の欠如。全身から薬が抜けるのに七十二時間はかかるだろう」

考えただけで、イヴはむかむかした。「だけどそうならなかった。どうして？」

「男がほかにも与えたからだ。それで相手を昏睡状態におちいらせた。おそらく、刺激的なセックスを求めた結果だろう。最後のワインに少しばかりアネミニフィン・コラクスBが混ざっていた。ワイルド・ラビットだ」

「万全の準備をしたってわけね？」イヴは静かに言った。

「ワイルド・ラビットは神経と呼吸器系に衝撃を与える。彼女の体はすでに弱っていた。薬を併用したことで、心臓に負担がかかりすぎたんだ。ワイルド・ラビットを摂取して二十分以内に心臓はとまっただろう。そのまえにホアーを過剰投与されていたから、彼女には何が起こっているのかわからなかった」

「自分から進んで飲んだ可能性は？」

モリスはブリナの顔にそっとシーツをかぶせた。「最初に自制心遮断薬を投与された段階で、この娘は何ひとつ自分の意志ではやっていない」

「犯人はドラッグを使って彼女をレイプし、さらにドラッグを与えて殺してしまった。それから、古くなった人形みたいに窓から投げ捨てた。自分の罪を隠そうとして」

「名検死官の見立てではそうなる」

「じゃあ、わたしを喜ばせてよ、モリス。あいつが体内に精液を残してたと言って。DNAが手にはいったと言って」

モリスは少年のように顔を輝かせた。「ああ、手にはいったよ。そいつをひっぱってこい、ダラス。檻に閉じこめる手伝いをしてやる」

3

「たちの悪い変態野郎は、錆びたスプーンでタマをえぐりとられるべきですね」

イヴは車の座席にゆったりともたれた。「遠慮しないでいいのよ、ピーボディ。正直なところを聞かせて」

「いまいましいったらないです、ダラス。台の上の遺体を見ていたら、生前のきれいな顔や、あの大ばか野郎と会う話を友だちにしていたときの興奮ぶりを思いだして、たまりませんでした。ロマンティックで、それに、紳士的な男だと思っていたでしょう。その紳士的な男がずっともくろんでいたのは……」

「死ぬまでファックすることだけ？　はじめからその気だったのかどうかは、わからない。だけど、結果はそうなった。殺人の手段に違法ドラッグを使用したことで第一級謀殺にできるかもしれないけど、おそらく、第二級謀殺どまりでしょうね。でも、かっかしないで、ピーボディ、やつを終わりにしてやるから。強姦および証拠隠滅罪を加えると、二度と太陽は拝めない」

「そんなんじゃ足りません」ピーボディがこちらを向いた。その目に涙が浮かんでいることに、ふたりともびっくりした。「それじゃ軽すぎると思えるときがあります」

イヴはフロントガラスの向こうを見つめ、ピーボディが落ちつきを取りもどすのを待った。学校から解放された子供たちが、エアボードで横断歩道を渡っていく。ジグザグに進みながら、歩行者たちを混乱におとしいれている。

死者の家から半ブロックしか離れていないせいか、子供たちの生き生きとした姿は胸が締めつけられるほど無垢ではつらつとして見える。

「足りなくない。それがわたしたちにできることだから。わたしたちはブリナ・バンクヘッドのために殺人犯を連行する。そのあとは……」イヴは法廷で被告弁護人が狡猾に法をねじ曲げたのを思いだした。「そのあとは司法が正義をおこなってくれることを信じて、頭から追い払う。そうしないと、たまっていくから。死者が山積していくのよ」ピーボディに見つめられて、つけくわえた。「前が見えなくなるほど積み重なったら、仕事にならない」

「頭から追い払えますか。できるんですか」

それはイヴが考えまいとしている疑問だった——だが、しょっちゅう自問せずにはいられなかった。「殺人課の警官はたいがい、長い年月、死者とかかりあう。それはそれはおおぜいの死者と。やがて心がむしばまれだして、しまいには食いつくされてしまう。わたしにはこの仕事以外できない。だから死者に食いつくされるつもりはない」イヴは深いため息をついた。「でも、理想の世界なら、錆びたスプーンって選択肢もありかもね」

「警部補のもとで働きはじめたとき、殺人課の刑事が自分にできる最高の仕事だと思っていました。あれからかれこれ一年になりますけど、いまでもそう思っています」

「わかった」イヴは混雑のなかへ破壊器具のように割りこんでいった。「カナル・ストリート・クリニックに寄るわ。さてと、EDDの相棒のほうははかどってるかな」

イヴはダッシュボードのリンクでフィーニーのオフィスに連絡した。マクナブのにやけた顔が画面にあらわれたとたん、ピーボディの体がこわばるのがわかった。

「やあ、警部補」マクナブの視線が動いて、口元をほころばせる。だが、その微笑はピーボディの肩とおなじくらいこわばっている。「ピーボディ」

「警部を出して」イヴは命じた。

「席をはずしたところです」

「もどりしだい連絡するように言って」

「ちょっと待った、切らないで」マクナブが身をのりだして、顔が画面いっぱいにひろがる。「何も聞かないうちに追い払わないでください。警部からアカウント調べを指示されてるんです」

イヴは狭い隙間に割りこんで車線を変え、車を半ブロック進ませた。「電子探査課の有能な捜査官がやるにしては、ごく基本的な作業ね？」

「ええ、まあ。技術者が思わぬ障害にぶつかると、有能捜査官の出番なんです。おたくのサイバー・カサノヴァはさまざまな障壁をこらしてて。しかし、有能ぶりを発揮して壁をよじ登り、アドレスにたどりつきました」

「ちょっと自慢をやめて、情報を教えてくれない?」

「いいですよ、警部補。でも、聞いても時間の無駄だけど。アドレスはカルパティア山脈だから」

「いったいどこ、それ?」

「東欧にある山脈。ちゃんと知ってる」ブロンドの長いポニーテールが元気よく揺れる。「調べたんです。それから、われらが犯罪者は東欧の山奥でいったい何をやってるんだってきかれるまえに答えますけど、何もしてません。アドレスはダミーです。いとこのシーラのおっぱいとおなじで、まったくの偽物」

「わたしのために壁をよじ登ってくれたようには聞こえないんだけど、マクナブ」

「ダラス、このとんでもない山をよじ登りましたよ。偽のアドレスからあて先不明で返ってきたメールの痕跡をたどってます。あと一時間で割りだせるでしょう」

「それじゃさっさと割りだすまで、話しかけないで。それからマクナブ、いとこのおっぱいのことなんか知ってる男は変態ね」

マクナブが笑いこけると同時にイヴは通信を切り、ピーボディに言った。「いらいらさせられる男かもしれないけど、腕はいい。きっと突きとめてくれる。それがこんなに時間がかかってるのは、容疑者が並外れたハッカーだってことね。自分の身を守ったうえでログインしてる。法廷に持ちこめれば、使い古された言い方をするならそれも命取りになる」

イヴはピーボディの横顔をちらりと見た。「ふてくされないの」

「ふてくされてなんかいません」

怒りの声をあげて、イヴは車のサンバイザーをおろし、ミラーをさげた。「その顔をよく見てみなさい。マクナブとかかわらなきゃならないたびに取り乱すって、相手に知らせたいの？　プライドはどこ行ったのよ、ピーボディ」

ピーボディは自分の顔をじっと眺め、むっつりした表情がイヴの言葉でふくれっ面になるのを見ると、サンバイザーをもどした。「考え事をしていただけです」

イヴはさっと方向転換してカナル・ストリートにはいり、市場のような喧騒のなかを進んでいった。安い商品が豊富にあり、ブラックマーケットがうまい汁を吸っている地区だ。ご多分にもれず旅行者がいいカモにされ、苦情を言おうにも、店舗はサーカスのテントよりも頻繁かつ効率よく移動してしまう。

とはいえ、ロレックスがラージ・ピザ一枚とおなじ値段で買えると信じるようなマヌケなら、金をだましとられてもしかたないだろう。

数ブロック先では、お祭りさながらに賑わう地区はホームレスや公民権を剥奪された者のはきだめに取って代わられる。惨めな絶望のコミュニティに、路上生活者が段ボール小屋やテントを建てている。許可証を持つ少数と、許可証さえ持たない多くの物乞いが街をさまよい、自家製の酒を買えるだけのクレジット・トークンをせしめ、もうひと晩を生き抜こうとする。

その夜を切り抜けられなかった者たちは、NYPSDに属する路上処理隊《サイドウォーク・スクーパーズ》という愛称とも言えないような名で知られる係の手で、モルグに搬送されることになるのだ。

どれほど山のような死体が運ばれ、市の費用で火葬されても、モルグ行きの候補者はあとを絶たない。

それはだれにも、とりわけ市の有力者には断ち切れないサイクルのようだった。そしてこの、不浄と絶望の真っ只中に、ルイーズ・ディマットはカナル・ストリート・クリニックを開いていた。彼女にもこのサイクルは断ち切れないが、その回転がいくらかでも弱まるよう努力しているのだろう。

履いている靴さえ狙われる地域では、へたに車をとめることはできない。防護服とロケット・レーザーを装備したドロイドに囲まれているのでもないかぎり。じっさい、パトロールカーにはそういった要員が配置されている。

好都合なのは駐車スペースがたっぷりあることだ。

イヴは道端のおんぼろ車の後ろに車をとめた。かつてはセダンだったかもしれないが、残っているのがシャーシと壊れたフロントガラスだけなので、定かではない。

車をおりて、地下鉄の通風孔から悪臭まじりの蒸気が噴きだす外に出ると、すべてのドアをロックし、すべての警報装置を作動させた。それから歩道に立って、四方八方に目を走らせる。戸口をうろつく不審者が数人、客をひこうとしているやつれた街娼がひとり。

「わたしはＮＹＰＳＤのダラス警部補」イヴは叫ばなかったが、自分のほうに顔を向けさせる程度に声を高めた。「このポンコツは市の公用車である。わたしがもどってきたとき、このポンコツがこのままの場所に、このままの状態で置かれてなかったら、警官隊を出動させて手入れをおこない、五ブロック以内の人間をひとり残らず逮捕させる。麻薬犬も帯同するから、あんたたちが隠してる大事なものも根こそぎ見つけて没収するわよ。ものすごく不愉快な出来事になるでしょうね」

「いけ好かないおまわりめ！」

ののしりが発せられた方角を突きとめ、イヴは向かいの建物の三階の窓を見あげた。「ピーボディ巡査、あのあほんだらの言葉を裏づけてくれない？」

「了解しました、警部補。あのあほんだらはまちがっていません。警部補は最上級のいけ好かないおまわりです」

「だったら、わたしの車に手を触れた者はどうなるの？」

「この世の生き地獄を見るでしょう。その者たちの友人も家族も、生き地獄の苦しみを味わいます。それに、その者たちにとっては赤の他人も」

「そのとおり」イヴは冷ややかな会心の笑みを浮かべた。「そうしてやるわ」そう言うと、身をひるがえしてクリニックの玄関へ向かった。

「しかも、楽しみながらやるでしょう」

「もういいわ、ピーボディ。じゅうぶんでしょ」ドアをひいて、なかにはいる。一瞬、イヴはよそのクリニックに来たのかと思った。この冬に訪れたときの記憶では、待合室は混みあい、壁は黒ずみ、椅子もぼろぼろなうえに不足していた。それがいまは、ひろびろとしたスペースが低い壁で仕切られ、壁際には青々とした植物が茂るシンプルな植木鉢が置かれている。両側には椅子やソファが並べてあり、どの席もほとんどふさがっているが、整然とした感がある。

壁はきれいな薄緑色で、子供が描いたとおぼしき絵が額に入れて飾ってある。しきりに咳きこんだり、ぜいぜい言ったり、病気や怪我を嘆いたりする声は聞こえる。だが、この冬のときとはちがって、怒りや絶望の気配は漂っていない。

室内をつくづく眺めていたとき、壁とおなじ色のジャンプスーツを着た女性が戸口にあらわれた。「ミセス・ラシオ、お待たせしました」

患者が移動するのをしおに、イヴは受付に近づいた。窓越しに、新しくなった設備が見える。待合いエリア同様、整然とした効率のよさも感じとれる。

受付にいたのは、ヒナギクのように明るく無邪気な顔をした青年で、にっこりほほえみかけてきた。まだ二十歳にもなっていないだろう。

「こんにちは。どうしました？」

「ドクター・ディマットに会いたいの」

「そうですか。あいにく、本日の午後は予約でふさがっています。急患ならば――」

「個人的にお会いしたいんだけど」イヴはバッジをカウンターに置いた。「公務なの。ドクターの手が離せないようなら、体があきしだい連絡してもらえないかしら。コップ・セントラルのダラス警部補に」

「ああ、ダラス警部補ですか。お見えになるかもしれないって、ドクター・ディマットが言っていました。診察中なので、よろしければしばらくお待ちいただけますか。ドクターのオフィスで。いらしたことは知らせておきます」

「ありがとう」

若者は電子ロックを解除してドアをあけ、イヴたちを通した。診察室とおぼしき部屋が廊下の両側に並んでいる。その先はひろい連絡通路になっていて、カウンターの上に研究設備がのっている。近くから子供の笑い声が聞こえてくる。

「拡張したのね」

「はい。隣の建物を買いとれたので」にこやかな笑みをうかべたまま、若者は連絡通路を進み、別の廊下に案内した。「ドクターは収容設備やスタッフを拡張してすっかり新しくしたうえ、小児科を加えました。現在ここには六人の医師がいます。常勤がふたりと、非常勤が四人。それに完全装備の研究室も」

若者はドアをあけた。「ドクター・ディマットはカナル・ストリートの天使です。ご自由にオートシェフを使ってください。ドクターもまもなく来ると思います」

ルイーズ・ディマットのオフィスはあまり変わっていなかった。狭苦しくて、ごちゃごちゃしたままで、コップ・セントラルの自分のオフィスを思いだす。

「へえ、ほんとになんらかの手を打ったんですね」ピーボディが言った。「二百万はかかったはずですよ」

「そうでしょうね」けれど、イヴがクリニックに寄付したのは――じゃなくて、ルイーズを買収するために払ったのは――五十万だから、カナル・ストリートの天使は寄付金集めにかなり熱を入れ、きわめて短期間のうちに成功したことになる。

「設備も充実しているし、きっと運営もうちの近所の医療センターよりきちんとしていますよ」ピーボディは口をすぼめた。「こっちに変えようかな」

「いいんじゃない」イヴにとっては、どんな医療施設だろうとちがわない。どれもみんな地獄の空間なのだ。「電子メモ、持ってる？　ドクターには伝言を残しておくだけにしましょう。セントラルに帰りたいから」

「たぶん、あるはず」ピーボディがポケットを探っていると、ルイーズが駆けこんできた。

「ちょっと休憩。コーヒーが飲みたくて」ルイーズはオートシェフに直行した。「燃料補給のあいだに話して」

「ブリナ・バンクヘッドと知り合いだった？」

「いいえ」

「ピーボディ、写真」イヴは助手が書類入れから取りだした身元証明写真を受けとって、さしだした。「見覚えある？」

ルイーズはコーヒーを口に運び、もう片方の手で髪をすきながら写真に目をこらした。聴診器と赤い棒つきキャンディが診察着のポケットからのぞいている。「ええ。エレベータでときどきいっしょになったし、行きつけのマーケットで見かけたこともある。話しかけたかもしれないわね。それほど親しくない近所の人にあいさつするみたいに。殺されたの?」

「そう」イヴは容疑者の写真をさしだした。「この男はどう?」

「いいえ」ルイーズはコーヒーを置き、写真を手に取ってよく見た。「一度も見たことないわ。この男が殺したの? どんな理由で?」

イヴは写真をピーボディに返した。「いままでに性欲亢進《こうしん》剤が原因の患者を治療したことは? ホアーとかラビットとか」

「ええ。ER勤務のときには、ラビットの酔いから醒めた患者が月に数回あった。でも、たいていはラビットのクローン薬か、エキゾチカとゼウスの混合薬。本物はすごく高価だから。ホアーの患者は処置したことないわね。処置したって話も聞いたことない。ホアーもその派生物も違法ドラッグのトレーニングで学ぶけど、入手不能リストに載ってるのよ」

「もうそうじゃない」

「その男はそんなことをしたの? ホアーを与えたってわけ? ホアーとラビットを。なんてひどい」ルイーズは両手で顔をこすった。「アルコールと混ぜたのね。いっそ、頭をレーザーで吹き飛ばせばよかったのに」

「医者仲間にきいてみてもらえないかな。ホアーがまた使用されだしたのを知らないか」

「わかった。ホアーなんて、いかにも男がつけそうな名前でしょ。出始めたころのこと、知ってる？」

「いいえ、教えて」

「そもそもは、恐怖症や社会不安障害みたいな症状の治療に試験的に用いられた。ところが、ちょっと効果がありすぎた」

「どういうこと？」

「ホルモンにも影響をおよぼしたの。性機能障害に薬効あらたかなことがわかったのよ。希釈して注意深くチェックした量を投与したら、性欲や性機能が高まることが実証された。そこで、公認コンパニオンのトレーニング用の補助薬として利用されるようになったんだけど、まもなく、常習性はないけど危険なまでに不安定な薬物だってことが判明した。でも、巷《ちまた》ではもちろん、みんながほしがる商品になったわ。特に金持ちの男子学生や若手重役たちのあいだで。美女を乱れさせようと、飲み物にこっそり混ぜるってわけ」ルイーズはこみあげる怒りをコーヒーで飲みこんだ。

「それで、そんな通り名がついた」ルイーズは話をつづけた。「アルコールと混ぜればものすごく開放的になって、摂取した者はロックフェラーセンターのスケートリンクで裸でファックされてもほいほい従う。行為に積極的にかかわる運動神経はかならずしも残されてる必要はないし、自分が何をしてるのかもわかってないでしょう。でも、要求に唯々諾々《いいだくだく》として従うのはまちがいない」

「ラビットを加えたら？」

「もう、アメリカ海兵隊の全員と関係するでしょうね。意識がなくなり、心拍数が高まって、脳波パターンが平らになるまで」

「医師ならそれを知ってるわね」イヴは問いかけるように言った。「化学者、薬剤師、看護師、医療技術者とか、医薬の実用的な知識がある者なら、二剤を混ぜたら命にかかわることは知ってるでしょ？」

「ええ、だれでも知ってるはず。そいつがばかじゃないかぎり。あるいは楽しみがつづくなら、ほかのことはどうでもいいっていうやつじゃないかぎり」

「わかった。それじゃ尋ねてみてね。何かぴんときたら連絡して」

「まかせて」

「それにしても、ずいぶん立派になったじゃない」イヴはつけたすように言った。

「そうでしょ？」ルイーズは飲みおえたカップを丸め、ゴミ箱にシュートを決めた。「あなたの三百万がどれだけ役に立ったか」

「三百万？」

「約束の五十万に飛びつこうと待ってたら、ボーナスまでもらえるなんて」

「いつ……」イヴは舌先で歯を撫でた。「いつボーナスをあげたの？」

ルイーズは口を開きかけてから閉じて、ほほえんだ。「知らないはずないでしょ」

「念のためよ、ルイーズ。わたしはいつ三百万をあげたの？」

「あなたじゃなくて、代理人。二月よ」

「で、わたしの代理人っていうのは？」

「洒落たビジネスマン、〈モンブラン、シスラー＆トリークル〉のトリークルだって名乗った。二回に分けて払ってくれた――まず約束の五十万、それから〈ドーハス〉っていう、ロワー・イーストサイドに新設された女性と児童のための虐待サポートセンターで奉仕することを条件に、もう二百五十万。ドーハスっていうのはね」ルイーズは微笑を浮かべたまま言った。「ゲール語で希望だそうよ」

「そうなの？」

「ええ。すごい男を捕まえたものね、ダラス。飽きたら、いつでもわたしが引きうけるから」

「覚えておくわ」

「警部補が全部負担したんですか」ピーボディがイヴのあとを小走りに追いながらきいた。

「いいえ、してない。あれはわたしのお金じゃないから。そうでしょ？　みんなロークのお金。ふん、わたしは警官なのよ。警官には宇宙ステーションがいくつもいっぱいになるほどのお金なんてないから、気前のいいところは見せられない」

「まあ、そうですけど。怒ってます？」

イヴは歩道で立ちどまり、深呼吸した。「さあ、怒ってるかどうかもわからない」だが万一のために、街灯の基部を蹴飛ばしておいた。「ロークもひとこと言ってくれればよかったじゃない？　教えといてくれたら、こんな思いはしなかったし、間の抜けた気分にもならずにすんだ」

　ピーボディはクリニックを振りかえった。感じやすい心がもう動かされている。「でも、立派な行為じゃないですか」

「口答えしないで、ピーボディ。わたしが最上級のいけ好かないおまわりだってこと、忘れたの？」

「とんでもない。それに警部補の車は、きちんとそのままの場所にそのままの状態でありますから、このへんの連中も忘れていませんよ」

「ついてないわね」ちょっと残念そうに、イヴはあたりを見まわした。「とっちめるのを楽しみにしてたのに」


　セントラルにもどると、イヴはランチがわりのキャンディバーをつかみ、考えこみながらバンクヘッド殺人事件に関連する薬物のデータを呼びだし、さらに考えてから、マクナブをいびることにした。

「アドレスをちょうだい」

「二十三ありますけど、それでいいんですか」

「どういうことよ？」

「あの、会議室を取ろうと思うんですけど。警部補のオフィスは狭苦しくて。おなじ階の」

マクナブはしゃべりながら、左側にあるキーボードを手動で操作している。「ええと……四二六号室だ。警部補の名前を使ったらうまく取れました」

「マクナブ――」

「じかに説明するほうがわかりやすいし、話が早いんで。ちょっと、お時間拝借」

どなりかけたとたん、通信を切られた。やり場のない怒りはピーボディに向けるしかない。「四二六会議室。ぐずぐずしないで」

イヴはオフィスを飛びだし、刑事部屋を通り抜けていった。殺気だった目におそれをなして、だれも話しかけてこない。会議室に乗りこんだときには、頭から湯気をたてていて、手頃な相手に怒りをぶちまけずにはいられなかった。

運悪く、フィーニーが真っ先にはいってきた。

「あなたのところは、いったいどういう教育してるのよ」イヴは詰問した。「マクナブがわたしに命令することになってるの？　話の途中で一方的に通信を切ってもいいの？　勝手にわたしの名前で部屋を申しこんだうえ……そのうえ、命じられたデータを渡すことも拒否してる」

「待ってくれよ、ダラス。僕は善意の第三者なんだ」

「お気の毒さま。そういうやつがいつも、とばっちりを食うのよ」

ひょいと肩をすくめて、フィーニーはポケットを重くしているナッツの袋をがさごそいわせた。「僕はあいつから、いっぺんに報告をすませたいからここに来てほしいって言われただけだ」

「主任捜査官はわたしよ。EDDが要請されたのは補佐と専門的意見でしょ。こっちはまだ特別捜査チームの編制もしてないし、部長の許可ももらってないっていうのに。わたしが何か命じるまで、マクナブは黙々と働いてればいいのよ」

フィーニーは袋をまさぐるのをやめて、首をかしげた。「それは僕にもあてはまるってことかい、警部補？」

「わたしが主任捜査官であるかぎり、あなたの階級なんか屁でもない。その階級も、部下に正しい序列や手順も教えられないようじゃ、自分の課でもなんの役にも立たないでしょうけど」

フィーニーは靴先がイヴのブーツにぶつかるまで前進し、鼻先がぶつかるまで顔を近づけた。「僕の指導方法にまで口を出すな。きみを鍛えたのは僕だ。いまでも尻を蹴飛ばしてやれるんだから、叱りとばせるなんて思うなよ」

「さがってよ」

「ふざけるな。いいかげんにしろ、ダラス。きみは僕の指揮の執り方が気に入らないって、言ったんだぞ。はっきりそう言ったんだ」

イヴの頭のなかで、何かが爆発したがっていた。いままでなぜ気づかなかったのだろう？心のなかで叫んでいるのに。それが聞こえていなかった。だから、イヴのほうがそっと一歩さがった。「あいつはホアーとラビットを飲ませたのよ。ベッドに薔薇の花びらを敷きつめ、そこで彼女が死ぬまでファックした。そのあと窓から投げ捨てて、彼女は裸のまま歩道にたたきつけられた」

「なんてことだ」痛ましさに、フィーニーの声がとがる。

「モリスにそれを聞いてから、ずっと気にかかってたみたい。ひどいこと言って、ごめんなさい」

「もういい。きみはときおり、きつい打撃になる事件に出くわすことがある。だれかに当たらなきゃやってられない」

「男の顔はわかってるの。DNAも手に入れたし、通信も押収した。最初にホアーを飲み物に混ぜたクラブのテーブルもわかってる。支払いは彼女がデビットカードですませたけど。それだけわかってても、まだ捕まえられない」

「捕まえるさ」そのとき、ピーボディとマクナブがつづいてはいってきたので、フィーニーはそちらを向いた。ふたりとも顔が紅潮している。「捜査官、この部屋で会議を開く許可を主任捜査官に求めたか？」

マクナブは目をしばたたいた。「そうしたかったんですが――」

「質問に答えなさい」

「求めたとは言えません、警部」ピーボディがにやにやしているのが、マクナブには見なくてもわかった。「出すぎた真似をしてすみません、ダラス警部補。この情報が、そのつまり、ご報告すべき情報が捜査にとって重要なので、内部通信よりも直接伝えたほうがいいと思って」

マクナブの喉元にくすんだ赤みがさしてくるのを見て、イヴは満足した。「じゃ、報告しなさい、マクナブ」

「かしこまりました」サクランボ色のズボンに、ぴっちりしたラッパ水仙色のセーターというでたちで、まじめくさった顔をするのはむずかしい。しかしマクナブは、なんとかその表情を取りつくろった。「偽の発信元から容疑者のアカウントを追跡して、登録に使われた呼称を突きとめました。〈ラ・ベル・ダム〉という企業と称しています」

「称している、か」

「そうです。ニューヨーク州にはその名で事業活動をしている企業や団体はありません。会社の所在地というのが、なんとグランド・セントラル駅ですから」

「それが大騒ぎするほどの情報だというのは……？」

「はい、何層にもなった覆いを引きはがしていって、実際の発信元に行きあたりました。彼が送信した地点です。これまでにわかったところでは、二十三か所あります。どれも一般のサイバーカフェやクラブで、場所はマンハッタン、クイーンズ、ブルックリン。これまでにわかったところでは」マクナブはまたくりかえした。「彼はあちこち移動して、公共の場所のポートから送受信しています。その幽霊会社のアドレスでeメールのやりとりをした相手は、ブリナ・バンクヘッドだけでした」

「彼女のためにこしらえたのか」イヴはつぶやいた。

「この隠蔽用アカウントで、ほかのスクリーン・ネームも使われているかもしれませんが」マクナブはつづける。「ブロックを突破できないんです、目下のところは。このアカウントを作った男が何者にしろ、サイバー関連に熟知していますね。つまり、腕がよくて、そのうえ注意深い」

「彼女の親友は、男に見覚えがなかった。アパートの聞き込み捜査でも、男を見かけた隣人はあらわれてない」イヴは歩きまわった。「バンクヘッドと知り合いでもなく、殺人の晩以前にアパート内や周辺で目撃されたこともないなら、彼女を標的に選んだのはチャットルームだということになるわね」

「彼はバンクヘッドの職場を知っていました」ピーボディが口をはさんだ。

「だけど、彼女は男に気づかなかったし、同僚も気づいてない。ということは、ふりの客かも。相手が常連かデパートの従業員なら、気づいただろうから。それに、女性の下着売り場を男がうろついてたら、いやでも目にとまるはずよね。でもいちおう、彼の写真をデパートの人事課にまわしてみましょう。

それから、彼は公共の場所を利用してる。社交的だからか、あるいは人が多い場所のほうが目につかないからか。両方かもね。ネットカフェにも写真を配布しましょう」

「警部補」マクナブが手を振った。「ニューヨークにいくつサイバースポットがあるかご存じですか」

「いいえ、知りたくもないけど。でも、あなたが一軒ずつ訪ねれば数えていけるわよ」イヴはフィーニーのほうを見た。「ホイットニーの許可がおりたら、加わってくれる？」

「もう加わってるんじゃないかな」

「リストを作って」イヴはマクナブに命じた。「それを分けて、ふたりずつ組んで動きましょう」そして、そっとため息をつく。「マクナブとフィーニーはこの分野の専門家よ。ここで一度だけきくけど、このチームでペアを組むのに支障のある人はいる？」

　マクナブは白いペンキのくすんだ色合いに魅せられたかのように天井を見つめている。ピーボディはただ足元をにらみつけている。

「どうやらいないようね。ピーボディ、マクナブと組んで。フィーニーはわたしと。あなたたちはウェストサイドからはじめて。われわれはイーストサイドから。できるだけ多くのサイバースポットを訪ねること。時間はそうね……」腕時計《リスト・ユニット》に目をやって、判断する。「二一〇〇時まで。概況説明《ブリーフィング》は明朝〇八〇〇時、わたしのホームオフィスに集合。フィーニー、ホイットニーに掛けあいに行きましょう」

　フィーニーは口笛を吹きながらイヴのあとから廊下に出た。「別の組み合わせにもできただろう」

「ええ」イヴは会議室のほうに目を向け、見込みちがいにならないよう祈った。「でも、とことんやりあったほうが、またもとの正常な状態にもどれるんじゃないかと思って」

　グライドに飛び乗りながら、フィーニーは勝者を考えた。「ピーボディに二十」

「ずるい」イヴは両手をポケットに押しこんだ。「わかったわ。でも、わたしがマクナブのやせこけた尻に賭けなきゃならないんなら、ハンディをつけてよね。三対五よ」

「のった」

いっぽう会議室では、ピーボディとマクナブが席を動かずにいた。

「きみと組むのなんか、なんてことない」マクナブは言った。

「そりゃそうでしょ。こっちだって、ちっともかまわないわ」

「上等だ」

「上等よ」

ふたりはそれぞれ、天井と靴をもう二十秒見つめていた。口を切ったのはマクナブだった。「どっちにしても、俺を避けてたのはきみのほうだぜ」

「べつに。どうして避けなきゃいけないの？　もうとっくに終わってるのに」

「だれが終わってないって言った？」マクナブはピーボディがいとも冷静にその言葉を発したことにかっとなった。こっちはずっと彼女のことばかり考えているのに。

「だったら、わたしが避けてるなんて考えないで。気になるなら別だけど」

「ちぇっ。なんのために？　俺は忙しいんだよ、ナイスバディ《シー・ボディ》。忙しすぎて、非番のときに公認コンパニオンといちゃついてる強情な制服警官のことなんか気にしてられるか」

「チャールズをひきこまないで」はらわたが煮えくりかえって、ピーボディはさっと立ちあがった。またもや、胸に小さな穴があいた。

「俺にはね、プロを物色する必要なんかないんだ。相手が素人でもうまくつきあえるから」

マクナブは床を蹴りつけて立つと、なんとかせせら笑ってみせた。「だけど、そんなことはどうでもいいよな？　俺たちには仕事がある。それが肝心だ。きみが対処できればの話だけど」

「そっちができることならなんでもできるわよ。もっと上手に」

「けっこう。俺がリストを作ったら取りかかろう」

4

「やつの面は割れてないよ」

イヴは鑑識課長のディッキー・ベレンスキーをにらみつけた。ディッキーには取りいるような笑みを浮かべる癖があり、ぐず《ディックヘッド》なんてありがたくない愛称がつくような振る舞いをし、自分を女たらしだと思いこむような人格上の欠陥があるかもしれないが、繊維やら体液やら細胞などといった分野では天才だった。

「忙しい最中に呼びだしておいて、何を言うかと思えば、やつの面は割れてないですって?」

「知りたがるんじゃないかなと思ったから」ディッキーはデスクを押して椅子を回転させると、別のモニターの前に移動し、キーボード上で、蜘蛛の脚のような細長い指を踊らせた。

「なんだかわかる?」

イヴはぼやけた画像に目をこらした。「抜け毛ね」

「ご名答。だけど、なんの毛かはわからないだろうから、教えてあげる。これは容疑者の毛髪ではない。被害者の毛髪でもないし、どちらかの体毛でもない。ウィッグの毛だ。人毛を使った高級品」

「どこの商品か突きとめられる？」

「調査中だ」また椅子を動かして、別のデスクに向かう。「これはわかる？」

　モニターには、色つきの模様や円や数字が並んでいる。イヴは息を吐きだした。謎解きゲームは好きではないが、ディッキーが相手となれば、対処法は心得ている。「わからないわ、ディッキー。教えてくれない？」

「化粧品だよ、ダラス。下地クリーム９０５／４番。ベッドのリネン類からその痕跡が見つかった。死亡した女性が使用してたものとは一致しない。まだある」画像を切り替える。

「フェイス用パテ。顎や頬骨なんかを高くしたいときに使う代物だ。顔の形整《フェイス・スカルプ》だかなんだかまではしたくないやつがね」

「そして、彼女はフェイス用パテを使用してなかった」

「お嬢さん、またまたご名答！　男のほうがウィッグをつけ、フェイス用パテやメーキャップを施してた。やつの素顔は割れてない」

「まあ、ほんとにすてきなニュースだこと、ディッキー。ほかにないの？」

「やつの陰毛が数本。こっちは本物だ――濃くも薄くもない茶色。こいつを調べれば、もっといろんなことがわかる。それに、やつの指紋が採れた。ワイングラス、ボトル、死体、バルコニーのドアや手すり、あちこちから。やつを見つけろよ。きれいに整えてやるから」

「何かわかりしだい連絡して。遺留品のブランド名も突きとめてね。あすの朝までに」

「おい！」出ていこうとするイヴに呼びかける。「礼ぐらい言ってもいいだろ」

「はいはい、ありがとさん」


帰りの道中、イヴは自由に思考をめぐらせ、この殺人者の内面を見極めようとした。その心をのぞくのは気の進まない作業だけれど。男は頭が切れる――外見を変えて、防犯カメラやブリナ・バンクヘッドに素顔を知られないように図る知恵がある。だが彼には、ブリナを連れだしたときも、部屋にもどってきたときも、殺す意志はなかった。それはたしかだ。

犯人はブリナを誘惑するつもりだったのだ。

けれど、抑えがきかなくなり、気がつけば、女は薔薇の花びらの上で死んでいた。犯人はショックを受け、パニックにおちいるか怒りに駆られるかして、彼女を放り投げた。パニックだ！　ブリナの部屋から出てきたとき、男に怒りはなかった。

犯人は金を持っている。たとえ自分にはないとしても、裕福な人物がそばについている。ロークと出会って一年以上もたてば、金のにおいはわかる。殺人者が着ていたスーツの仕立てのよさも、上等な靴の輝きさえも見分けられた。

だが、店の支払いはブリナにさせた。一挙両得というわけか。行動の証拠となる文書を残さず、なおかつ女に払わせることでエゴを満足させる。

犯人にはたしかなハイテク技術と化学の知識がある。あるいはやはり、自分にはないとしても、そばに両方そなえた人物がいる。

犯人は性的に倒錯している。屋敷の門に近づきながら、それにおそらく独身だ、とイヴは判断した。不能なのかもしれない。屋敷の門に近づきながら、それにおそらく独身だ、とイヴは判断した。過去にも、長くつづいた関係や健全な関係を築いたことがあるとは思えない。そういう相手を探したとも思えない。彼は相手を完全に支配したいのだ。ロマンティックな演出は自分のためのものであって、相手のためのものではない。

幻想。空想のなかの理想の恋人を演じているのだ。

完全なる支配を手に入れたら、犯人はつぎのいずれかの行動に出るだろう。恐怖や罪の意識に駆られて身を潜めるか、あるいは、ふたたび狩りをはじめる。

イヴの経験からすると、略奪者が一度で満足することはめったにない。

屋敷がぼんやり見えてきた。意匠をこらした豪華な外観が、黄昏のなかにぼうっと浮かんでいる。数えきれないほどの窓が、夕日に照り映えている。名前も知らない観賞用の木々や茂みは花盛りで、あたりにはかぐわしい香りがほのかに漂い、都会の真ん中にいることを忘れてしまいそうになる。

とはいえ、この石の壁と鉄の門の奥にある異様だが完璧な空間が、別世界のような思いにとらわれることがある。自分はたまたま迷いこんでしまった住人なのだ、と。

それでも、だんだんこの家を愛しはじめていた。一年前には、そんな気持ちになるなんてありえないことだった。たしかにすばらしい。その完全な美に、おびただしい部屋や財物に、怖気づいたし魅了もされた。が、愛するようになるとは思いもよらなかった。屋敷の所有者である男を愛してしまうとは思いもよらなかったように。

どうせロークはいないのだから、引きかえしてしまおうか。セントラルで夜を過ごすのだ。

そうは考えてみたものの、これがロークに心を開くまえの自分だったらどうやって憂さを紛らわせていたかと思うと気がめいって、屋敷の正面に車をとめた。

古びた石の階段をのぼり、正面玄関のドアを引き、宵闇が迫る戸外からきらびやかなホワイエへと足を踏みいれた。

サマーセットは例のごとく、骨と皮ばかりの体を黒服につつみ、すっと立っていた。いかめしい顔にぴったりのいかめしい声で言う。

「警部補、真夜中にお出かけなさいましたが、行き先もお帰りの時間もお知らせいただけませんでした」

「えー、パパ、罰として外出禁止?」

サマーセットがいやがるだろうし、ロークの執事をいらいらさせるのは保証つきの生きがいのひとつだから、イヴはジャケットを脱ぐと、磨きこまれた主階段の親柱めがけて放り投げた。

イヴがいやがるだろうし、ロークの警官をいらいらさせるのは日々の楽しみのひとつだから、サマーセットは傷だらけの革のジャケットを細い指でつまみあげた。「外出と帰宅の予定を知らせるのは、最低の礼儀です。どうしてもご理解いただけないようですが」

「わかった、わかった。わたしたち、理解しあってるじゃない。とにかく、夜通しパーティだったの。鬼のいぬ間に、ってやつよ」ロークの帰宅予定を知っているかどうか、ききたくてたまらなかったが、そんなことはできなかった。

サマーセットなら知っているだろうと思いながら、イヴは階段をあがった。あいつはなんでも知っているんだから。それより、自分でロークに連絡してみればいいとも思ったが、なんだかばからしくなってきた。たった二十四時間前に話をしたばかりではないか。用事をすませて、あと二日もすれば帰ってくると言っていたではないか。

寝室にはいり、シャワーと食事のことを考えた。どちらの気分でもない。オフィスにあがって確率分析をしたり捜査メモに目を通したりするほうがいいかもしれない。イヴは武器用ハーネスをはずし、肩の凝りをほぐした。そして、仕事をする気分でもないと悟った。

必要なのは、じっくり考える時間だ。

屋上庭園《ルーフガーデン》にのぼるのは、めったにないことだった。高所が苦手なのだ。それでも、だだっ広い家にもかかわらず屋内では息がつまる気がした。それに、新鮮な空気が頭をすっきりさせてくれるかもしれない。

ドームを開放すると、星明かりがさして、盆栽の緑や植木鉢から咲きこぼれている花々を照らした。池の噴水がとくとくと流れ、風変わりな魚が宝石のようにきらめく。

翼のある妖精が刻まれた壁際までゆっくりと歩いた。その壁はこのルーフガーデンを取り囲んでいる。

ここで何度か客をもてなしたことがある。ロークのような立場にいる男にとっては、もてなしも仕事のうちだ。それにしても、イヴにはどうにも理解できなかった。ロークはそれを楽しんでさえいるのだ。

これまでひとりでここへ来たことがあっただろうか。それを言うなら、ロークとふたりだけで来たおぼえもない。だれがこのおびただしい花々や木々や魚の面倒を見、タイルを光らせ、椅子やテーブルや彫像をきれいに保っているのだろう。

相手が人間であろうとドロイドであろうと、屋敷のなかで使用人らしき姿を見かけることは、サマーセット以外ほとんどない。しかし、巨大な富と力を持つ人間ならわけもなく、部下に音をたてず姿も見せずに日常の雑事をこなすよう命じられることはもうわかっていた。だが富と力があるにもかかわらず、ロークは友人の死の始末をつけにみずから出かけていった。

そしてイヴは、他人の死の始末をつけながら日々を過ごしている。

イヴは頭をからっぽにしてから、ブリナ・バンクヘッドのことを考えた。

若く、ひたむきで、ロマンティック。それに几帳面。きれいなものに囲まれ、それをきれいに飾りつけていた。クロゼットには洒落た服がきちんと並べられていた。

死を招くデートで身につけていたドレスも靴も新品で、そのカード利用代金がログブックにきっちり記録されていた。丹念にマニキュアと化粧を施し、その日の午後買い求めたイヤリングをつけていた。

女らしさに満ちあふれた、詩を愛する女性。

つまり殺人犯の狙いは、若く、ロマンティックで、いかにも女らしい相手だということだ。

ブリナのキッチンにはワインが二本あった。白と赤。いずれも、テーブルに出しっぱなしになっていたワインとは格段の差がある安物だ。高級ワインのほうは犯人が持参したのか。あの黒革のカバンに入れて、違法ドラッグや薔薇の花びらやキャンドルといっしょに？

とっておきの品をしまう抽斗にはコンドームが常備されていたが、犯人はそれを使っていない。ブリナはドラッグでハイになりすぎて、そういった予防措置を要求できなかった。そして犯人は、避妊のことも、ＤＮＡ鑑定による証拠を残すことも気にしていなかった。

なぜなら、たとえブリナが生きていても、犯人のほんとうの人相を説明できなかっただろうから。おまけに、何が起こったのかさえ覚えていなかっただろう。ふたりは公共の場所で酒を飲んだ。テーブルを担当した給仕の証言によれば、ひじょうに親密だったという。ブリナは相手の手を握り、キスをし、くすくす笑い、熱のこもった目でじっと見つめていた。恋人同士だと思った、と給仕は言っている。

防犯カメラもその証言を裏づけるばかりでなく、補強している。ブリナは男を部屋に入れただけでなく、自分からひっぱりこんでいるのだ。

なんと抜け目のない方法だろう。犯人はただ待っていて、相手に行動を取らせている。のちのちのことまで考えて。

たとえブリナが生きていたとしても、彼はなんなく逃げきれただろう。

逃げきれるといえば、以前にも、こんなことをしたことがあったのだろうか。

いや、それはない。イヴは壁に沿って歩きだした。再犯なら、薬の量をまちがえたりはしない。どう見ても、はじめての犯行のようだ。だが念のため、確率を出してみよう。

初犯でなければ、犯人を突きとめる別の糸口が見つかる。犯人をとめることができる。

イヴはメモブックを取りだし、キーワードを打ちこんでいった。

チャットルーム
詩
高価で入手しにくい違法ドラッグ
ウィッグ、美容用品
ピンクの薔薇
ピノノワールの四九年もの
性的倒錯者
ハイテク技術
化学の知識

それらの言葉を眺めてから、メモブックをポケットにもどした。やっぱりシャワーを浴びて、食事をとり、仕事をしよう。

そう決心して振り向いたとき、ロークが目にはいった。

いっしょになって一年以上たとうが、それは関係ない。たぶんこの先もずっと、ロークを見るたびに胸が高鳴り陶然となるのではないか。

でもいつかは、どぎまぎすることもなくなるかもしれない。

ロークはまるで、空想の世界から抜けでてきたようだ。黒ずくめのすらりとした体は、ケープをひるがえしても傷ついた鎧をつけても、違和感なく映るだろう。

シルクのように流れる黒髪に縁取られた容貌は、詩人にも戦士にも似つかわしい。彫りの深い顔に、肉感的な口元。危険をたたえたみごとなブルーの目に見つめられると、いまだに膝が抜けそうになる。

いいえ、どぎまぎがとまることなどない。

ぞくぞくしなくなることなど、けっしてないだろう。

「早かったのね」

「ちょっとね。ただいま、警部補」

その、かすかなアイルランド訛りのあるはずむような声を耳にするだけで、身内が震えるのを感じる。そして、ロークはほほえんだ。唇の両端をほんの少しだけ持ちあげて。イヴはそちらへ一歩踏みだし、二歩目にはもう走りだしていた。

ロークは途中でイヴを抱きとめ、軽々と持ちあげながら唇を探りあてた。

熱い唇にさっと触れたとたん、その奥のやさしい温かさがじわじわと体の芯まで伝わってきた。

これぞわが家だ。イヴにまとわりつくこの数日の悲しみと疲労を味わいながら、ロークは思った。ようやく、わが家に帰ってきた。

「お帰りの予定をお知らせいただけませんでしたね」イヴはサマーセットの口調をけっこう上手に真似てみせた。「双子のラップダンサーと刺激的なデートを楽しもうと思ってたのに、キャンセルしなきゃ」

「ほう、ラーズとスヴェンか。かなり独創的だって噂は聞いた」ロークは頬ずりしたまま、イヴを下におろした。「こんなところで、何してるんだい？」

「よくわからない。なんだか落ちつかなくて、空気を吸いたかったの」イヴはそっと体を離し、ロークの顔を見つめた。「だいじょうぶ？」

「ああ」

だが、イヴは首をかしげて、ロークの顔を両手でつつんだ。「ほんとに、だいじょうぶ？」

「楽ではなかった。思ったよりつらかった。もう平気だと思っていたのに」

「友だちだったんだもの。何があったにしろ、友だちだった」

「やつは死んだが、僕は死ななかった。納得していたはずだった」ロークはイヴの額に額をくっつけた。「だが、そう思っていただけかもしれない。通夜にはブライアンが望んだとおり、昔の友人がおおぜい駆けつけた。やがて、ミックが埋葬されるのを見ていたら……たまらなくなったんだ」

「いっしょに行けばよかったわね」

ロークはかすかにほほえんだ。「会葬者のなかには、警官がいると少々居心地の悪くなるやつがいるだろう。たとえ、僕のお気に入りの警官でも。そうだ、ブライアンから伝言を預かっている。きみに伝えてくれと〈ペニー・ピッグ〉のカウンター越しに頼まれた。正気に返って僕と別れる気になったら、いつでもおいで、だとさ」

「いつだってスペアを確保しとくのは悪くないわ。食事はすんだの？」

「いや、まだだ」

「ちょっと役割を交換してみない？　あなたに安定剤を盛った食事をとらせて、それからベッドに押しこむの」

「きみこそ、目の下に隈ができている。食事とベッドが必要なのはきみのほうだと思うが。ゆうべは帰らなかったとサマーセットが言っていた」

「なんでも告げ口するんだから。事件があったの」

長い指でイヴの髪に触れると、その多彩な茶色や金色がこぼれんばかりにきらめいた。

「どんな事件か話したい？」

否定することもできたが、いずれにしても、うまく聞きだされてしまうことはわかっている。「あとでね」イヴはロークの腕のなかにもどり、しっかり抱きしめた。

「会いたかったよ、イヴ。こうして抱きしめたかった。きみのにおいが、その味が恋しくてたまらなかった」

「不足を取りもどせばいいじゃない」顔をあげて、ロークの顎を唇で撫でた。

「そのつもりだ」

「思うのは簡単よ」今度は歯を使いはじめた。「行動のほうがいいわ。いますぐ、ここで」

ロークはイヴに押されるまま、ふわふわの長椅子のほうへあとずさりした。「ラーズとスヴェンはどうするんだい？」

「あとで埋め合わせするわ」

ロークはにっこりして体を入れ替え、イヴを先に長椅子に寝かせた。「ぐったりして、ラップダンスどころじゃなくなると思うが」

「さあ、どうかしら。エネルギーがありあまってる感じなの」イヴは両脚でロークをはさみこみ、目をみはった。「あら、あなたもね」

「元気を回復したみたいだ」ロークはイヴのシャツのボタンをひとつはずして、手をとめた。「これは僕のじゃないかな？」

イヴは一瞬びくっとしてから平静をよそおった。「だから？」

「だから」ロークは感動と喜びの入りまじった気持ちで、残りのボタンをはずした。「返してもらわないと」

「へえ、五百枚も持ってるような人がそんな……」ロークの指が胸をなぞりはじめて、声が尻すぼまりになる。「いいわ、どうしてもって言うなら」

「どうしても」ロークは唇を重ねた。

じわじわと、イヴに埋没していく。口中にひろがる味、手ざわり。その感触に、刺激され、癒され、魅惑される。その姿態――長い脚、くびれた胴、小さく引きしまった胸――は尽きせぬ喜びだ。

イヴはふたりのシャツを、ロークが着ているシャツと、ロークから借りていたシャツの前をはだけた。肌が触れあう。体を弓なりにそらすと、ロークはさらに顔を沈めてきた。

夜の空気は涼しいが、ふたりの血はたぎっていた。口がふたたび出会ったとたん、イヴはため息をもらし、唇を開いた。たがいの舌を求め、長く情熱的なキスは徐々に狂おしさを増していった。

ロークの唇がさがり、容赦のない愛撫がはじまると、イヴのため息はあえぎに変わった。もっと。すべて。何もかもがほしい、とロークは思った。やがて、考えることも忘れた。イヴの喉元から肩へと唇を這わせ、それから胸にかぶりつき、心まで味わうように味わいつくす。

身震いして、イヴは屈服し、さらに身をゆだねながら、ロークの背中に手を走らせた。

夢想だにしないほどの欲望があおられる。体を重ねるたびに、新たな欲望が炎のように燃えあがる。唇と指で潤った場所を撫でられると、イヴは椅子の端を握りしめ、愉楽の激しい嵐につつまれた。

頭上の空で星がきらめくのが見えたとき、イヴのなかでも星が炸裂した。体の力が抜けてぐったりとなる。それから、ゆるやかでしなやかになったロークのリズムに合わせた。

狂おしさは頂点を超えて、やさしさへ変わっていった。肌を通じて、耳に快いささやきのような、静かな対話が交わされる。

イヴは指先でロークの髪をすき、唇で喉のカーブをなぞり、脈打つ胸に顔をうずめた。ロークがはいってくると、目を開き、視線をからませた。

震える息をつきながら、イヴは思った。だれもいない。こんな目で見つめてきた人はいままでいなかった。そのまなざしは、自分がかけがえのない人間なのだという気にさせてくれる。

抑制された清らかなダンスのリズムにのって、イヴはロークにぴたりと身を寄せてはまた身を離した。絹のように優美でゆるやかなリズムを保ったまま、ふたりの唇はふたたび重なった。

ロークが自分の名を呼ぶ声が聞こえ、唇から伝わってきた。「イヴ」

ロークに腕をまわし、しっかり抱きしめて、ふたりは同時にたがいの心の拠りどころにすべりこんだ。

ロークはどこからかローブを見つけてきた。この屋敷には養蚕場が隠されているのではないかと思うことがある。主がシルクのローブを切らしたためしはないからだ。今夜のローブは黒で、暖かな初夏の晩に戸外で食事をするのにちょうどいい軽さだった。

なんといっても、キャンドルのともったガーデン・テーブルで、本物の牛の肉をレアで焼いたステーキとフルボディの赤ワインを味わうのはたまらない。夢のようなセックスのあとともなれば、なおさらだ。

「ほんとによかった」イヴは食べながら言った。

「何が？」

「あなたが帰ってきて。ひとりじゃ、豪華な食事もつまらない」

「サマーセットがいるだろう」

「もう、食欲がなくなるじゃない」

ロークはイヴがステーキをたいらげていくのを眺めた。「そうは見えないけど。何も食べてなかったの？」

「ドーナツを食べた。文句はやめて。ピノノワールの四九年っていくらする？」

「銘柄は？」相手の口調とおなじくらい、さりげない調子で尋ねた。

「えーと、なんだっけ」イヴは目を閉じ、頭にボトルを思い浮かべた。「メドン・ド・ラック」

「洗練された好みだね。一本五百ドルくらいかな。確認してみなければはっきりわからないが、そのくらいだろう」

「あなたのところの？」

「そうだが、どうして？」

「殺人の凶器のひとつなの。十丁目にアパートを持ってる？」

「十丁目のどのアパート？」

イヴは怒りの声を発して頭のなかのファイルをめくり、住所を言った。

「うちのじゃないようだ」ロークはのんきにほほえんだ。「どうして目をつけそこなったのかな」

「おもしろい。まあ、あなたの持ち物じゃない殺人現場もあるとわかってうれしいわ」

「五百ドルもする上等のワインが、どうやって凶器になったんだい？　毒か」

「そうとも言える」イヴは五秒間、葛藤してから、詳細を伝えた。

「eメールで近づき、詩を道具に口説き、これまで考案されたなかでもっとも卑劣な違法ドラッグを二剤、彼女のグラスにこっそり入れる」

「それも、一杯じゃないのよ」イヴは補足した。「彼は飲み物をしつこくすすめた」

「そして、舞台を――ロマンスと誘惑の舞台を――整え、彼女を利用する。彼女を使い果たす」ロークは穏やかに言った。「その間ずっと、相手も楽しんでいると自分に言い聞かせていたのだろう。これはレイプではない、誘惑だ、ロマンスだと。暴力によらない、官能的で、たがいに満足している行為だと」

イヴはフォークを置いた。「なぜ、そう思うの？」

「彼は変装していたと言ったね。彼女の部屋にはいりこめて、しかも相手がドラッグの影響を受けているとなれば、どうでも好きなように扱えただろう。痛めつけたいと思うなら、暴力で興奮するたちなら、そうすることもできた。だが、彼はキャンドルや音楽や花を用意した。そして、相手が積極的になって欲情が高まるようなドラッグを与えた。相手もその気だというだけでなく、強く望んでいるという幻想を求めた。自我を満足させるためか、肉体的に可能な状態になるためか、あるいはその両方か」

「いいわね。いいところを突いてる」イヴはうなずきながら賛成した。「わたしは男の気持ちになって考えてなかった。変装も誘惑の一部なわけね。高価な服、偽物の髪に、メーキャップ。彼は理想の人物になりたかった……」

イヴは言葉を切り、目の前の並外れた人物を見つめた。

「なんだ、彼はあなたみたいになりたかったのよ」

「どういうこと？」

「まるっきりおんなじじゃないけど——彼の長髪にはきついカールがかかってるし、目もグリーンだから。でも、あなたみたいなタイプ。空想の世界から抜けでたような人」

「ダーリン、照れるじゃないか」

「心にもないことを。わたしが言いたいのは、見た目も彼の幻想の一部だってこと。彼は理想の恋人に、異性をひきつけずにはおかない容貌になりたいのよ。彼のキャラクターというか、彼がなりきってる人物は、裕福で、さまざまな国を飛びまわり、博識で、洗練されてるけど、そのじつ、どうしようもないほどのロマンティスト。女が是が非でも標的にしたがるタイプってのがあるの」

「だけど、きみはちがうだろ、警部補」ロークはにやりとしながら言った。

「わたしがあなたと結婚したのはセックス目当てだもの」イヴはふたたびフォークを手に取った。「それに、定期的に赤身の肉が食べられるから。そういえば、ルイーズ・ディマットがそのアパートに住んでるの」

「そうなのか？」

「そして、バンクヘッドが歩道にたたきつけられたとき、近くにいた」

ロークはふたりのグラスを満たした。「それは気の毒に」

「きょう、クリニックに寄って、最新情報を伝えてきた。あそこもずいぶん様変わりしたわね」

「そうかい」

「ええ、そうよ。クリニックに三百万ドル寄付したことを、どうして教えてくれなかったの？」

ロークはグラスを取りあげ、口に運んだ。「いちいち報告していないが、寄付はあちこちへしている」笑みを浮かべて、「これからはデータのコピーを渡そうか？」

「小賢しい口をきかないでよ、相棒。わたしが知りたいのは、なぜ、わたしに隠して約束の五倍もの金を追加したのかってこと。なぜ、彼女に協力を頼んだその避難施設のことをわたしに黙ってたのかってことよ」

「彼女の仕事に賛同しているんだ」

「ローク」イヴはロークの手に触れ、握りしめた。「その避難施設はわたしのためのものなのね。それを話したら、わたしが動揺したり怒ったりするとでも思ったの？」

「施設のことは数か月前から計画していた。きみのために」そう言うと、手を裏返して、イヴの指にからませた。「僕のためにも。僕たちには行き場がなかった。そうだろ、イヴ？たとえあったとしても、僕は行かなかっただろうが。強情で、憤っていたからね。たたきのめされて耳から血を流していても、逃げこまなかっただろう。だが、そういう場所が必要な者もいる」

ロークは結びあった手を持ちあげ、たがいの手がぴたりと合わさって、しっかりつながっている様子を眺めた。「それでも、きみのためじゃなかったら、こんなことは考えなかったと思うよ」

「でも、教えてくれなかった」

「避難施設はすっかり完成したわけじゃないんだ。開設して、ゲストと呼んでいる人たちを受けいれてはいる。だが、まだ詰めなければならない問題があるし、実行されていない計画もある。そのためには——」ロークはそこで弁解するのをやめた。「そう、きみには教えていなかった。話していいものかどうか迷っていた。はたしてきみが喜ぶのか悲しむのか、わからなかったから」

「名前は気に入ってるわ」

「よかった」

「甘っちょろい名前だけど。でも悲しいのは、そんな立派なことをしてるのに、わたしに教えてくれなかったことよ。わたしもそんな場所へは行かなかったと思う」ロークが口をはさまずに見つめているので、イヴはつづけた。「あいつに恐ろしいことを吹きこまれたから。そういう施設は大きな暗い穴ぐらのようなところだって。わたしはあいつを恐れるのとおなじぐらい暗い場所が怖かった。だから、行かなかったでしょう。でも、そういう場所が必要な者もいる」

ロークはイヴの手を口元に寄せた。「そうだね」

「ほんとに、あなたときたら。ダブリンの悪ガキが、いまやコミュニティの柱となる者、慈善家、社会的良心の主導者」

「やめてくれよ」

「おおらかで甘い心を持ったタフなやつ」

「いいかげんにしないと、お仕置きするぞ、イヴ」

「聞こえる？」イヴは小首をかしげた。「わたしの膝ががくがくいってる音」イヴは椅子の背にもたれ、帰宅したときにロークの顔に張りついていた憂いが消えているのを見て満足した。妻の役割とやらも、なかなか板についてきたようだ。

「さて、セックスもさせてあげたし、食事もつきあってやったし、おかげで目下の欲求はみんな満たされたから、仕事するわ」

「お言葉ですが、たしか僕を寝かしつけてくれるんじゃなかったかな」

「ちょっと待っててよ、相棒。確率を分析したいし、犯人が使ってる偽アカウントの情報もほしいの。フランス語なのよ。ラ・ベル・ダム」

「キーツ」

「何、それ?」

「ものじゃないよ、俗人め。人の名前だ。ジョン・キーツ。十九世紀の偉大な詩人だ。彼の作った詩に〈ラ・ベル・ダム・サン・メルシ〉、つれなき美女というのがある」

「なんでそんなこと知ってるの?」

「すごいだろ?」ロークは笑いながら、イヴの手を引いて立たせた。「その詩を見せてあげる。それから、いっしょに仕事に取りかかろう」

「お気遣いなく――」

ロークは火のような熱いキスでイヴの口を封じた。「ちょっと聞いてくれ。きみが民間人の協力や口出しは無用だと言いだして、僕がそれについての健全で理にかなった利点を指摘したとする。僕たちは二十分間、激しい議論をしたあげく、やはり僕のほうがきみより手っとりばやくデータを入手できることに落ちつき、ひとりよりふたりで知恵を出しあったほうがいいとかそんな結論になって、仕事に取りかかる。それなら、無駄な時間は省略したほうがいいだろう」

イヴは怒りの息を吐きだした。「わかったわよ。でも、ちょっとでもしたり顔を見せたりしたら、尻を蹴飛ばすから」

「ダーリン、もちろんだよ」

5

顔は知られていない。恐怖が灼熱の蟻のように肌を這いまわるたびに、そのきわめて重要な事実だけをくりかえし言い聞かせた。

警察には面が割れていない、だから捕まることもない。

大手を振っておもてを歩けるし、タクシーにも乗れる。レストランで食事もできるし、クラブをうろつくこともできる。だれかに問いただされることも、指をさされることも、警官を探しにいかれることもない。

人を殺してしまったが、自分は安全だ。

本質的な意味では、自分の人生は何も変わっていない。それでも、不安は消えなかった。

もちろん、あれは事故だった。不運な判断ミス。つい熱がはいりすぎただけで、無理もないことだ。それどころか、一部始終を見ていた者なら、半分は女の落ち度だと思うだろう。

いや、女のほうがずっと悪い。

ぶつぶつ言いながら親指の爪をきつくかじっていたら、相棒がため息をついた。

「ケヴィン、うろうろ歩きまわったり、おなじことを何度も言ったりしなきゃならないなら、よそでやってくれ。気が散ってしょうがない」

二十二歳のケヴィン・モラノは、長身痩軀の体を柔らかい革張りのウィングチェアに沈め、手入れされた指先で椅子の袖をたたいた。しわのない顔、落ちついたブルーの目、ふつうの茶色でふつうの長さの髪。

平凡ではあるが好印象を与えるその容貌も、少しでも批判がましいことを言われるとふてくされる癖のせいでだいなしになることがままある。

いまもふくれっ面で、いちばん古くからのいちばん信頼をおける相棒をにらんでいる。そういう友人なら、同情と励ましを寄せて当然だと感じているのだ。

「心配する理由があるんだ」その声には、いらだちと哀れっぽさが入りまじっていた。「もうおしまいだよ、ルシアス」

「よせよ」意見というより命令に近い口調だった。ルシアス・ダンウッドはケヴィンに命令しなれていた。ケヴィンは指示されなければ何もしないやつだと思っているから。

ルシアスは広々とした研究室で計算と測定をつづけた。必要と欲望を満たすよう、みずからデザインと装備を担当した部屋だ。いつものように、ルシアスは自信たっぷりに研究に取りくんでいた。

子供のころは神童と呼ばれた。赤い巻き毛ときらめく瞳をしたかわいい少年で、数学と科学に並外れた才能を示した。

ちやほやされ、甘やかされ、英才教育を施され、賞賛された。

その神童の心のなかには、ずる賢く根気強い怪物が住んでいた。

ケヴィンと同様、ルシアスも裕福な特権階級の家に生まれた。ふたりは兄弟のように育った。じつのところ、彼らはおなじ目的と手段で創りだされたから、自分たちのことを兄弟以上の関係だと思っていた。

はじめから、よちよち歩きのころから、ふたりはたがいを認めた。その柔らかな小さな体の奥に潜むものを見抜いた。

彼らは一貫しておなじ学校に通った。学力面でも社交面でもよきライバルで、いっしょにいると楽しかった。ケヴィンもルシアスも社会の常識にとらわれない人間であるが、それを理解できるのは自分たちだけだということに、どちらも気づいた。

ケヴィンの母親は彼を産んだのち、子育ては金を払って人任せにし、自分はおのれの夢を追い求めた。ルシアスの母親は彼を片時も放さず手元に置き、息子に夢を託した。

そしてふたりとも、たっぷり与えられ、好き放題に振る舞い、秀才への道を進まされ、手にはいらないものは何もないと教えられた。

もう大人になったのだから、なんでも望みどおりのことができる、とはルシアスの口癖だ。

どちらも生活のために働いていないし、その必要もない。軽蔑の対象でしかない社会に貢献するなんて、とんだお笑い種だった。共同で購入したタウンハウスで、ふたりは彼らのルールにのっとった彼らだけの世界を創りあげていた。

なにより遵守すべきは、けっして退屈しないというルールだ。

ルシアスはモニターに向かって、スクリーンにつぎつぎあらわれる成分や化学式を確かめた。やはり、まちがいない。完璧だ。結果に満足すると、一九四〇年代に作られた光沢のあるアンティークのバーへ行き、飲み物を用意した。

「ウィスキー・アンド・ソーダ。これを飲めば、たちまち元気になる」

ケヴィンは手を振って、大きなため息をついた。

「まさか退屈してるんじゃないだろうな、ケヴ」

「ああ、ごめん。人を殺しちゃったから、くさくさしてるだけだ」

くすくす笑いながら、ルシアスはハイボールのグラスを持っていった。「気にするな。くよくよしてると怒るぞ。薬の用量と選択については、僕の言ったとおりだった。ふたつを混ぜちゃいけなかったんだよ、ケヴィン」

「わかってる」ケヴィンは不機嫌そうにハイボールを受けとり、グラスの中身をにらみつけた。「すっかり夢中になっちゃったんだ。あれほど完全に僕の虜になった女ははじめてだったから。あんなふうになるとは思わなかったよ」

「そこがこのゲームのポイントだろ?」ルシアスはほほえんで乾杯の仕草をしてから、グラスに口をつけた。「僕らが望むような女なんていやしない。ちぇっ、僕らの母親を見てみろよ。うちのは意気地がない、おまえの母親は情がない」

「そっちはおまえに興味があるだけいいじゃないか」

「おまえは自分がどれほど幸運かわかってない」ルシアスはグラスを持ったまま手を振った。「うちのばばあときたら、顔を見ればペンダントみたいに首にぶらさがるから、うっとうしくて近づけやしない。おやじがほとんど、こっちにいないのも無理ないな」

ルシアスは伸びをした。「それはともかく、本題にもどろう。女だ。僕らに興味がある女は、知性がないか、がめついろくでなしかのどっちかだ。僕らにはふさわしくないんだよ、ケヴィン。僕らは望みどおりの女を何人でも好きなようにしていいんだ」

「そうだよ。もちろんだ。だけど、ルシアス、彼女が死んだってわかったとき――」

「それ、それ」ルシアスは揃いの椅子に腰をおろし、勢いこんで身を乗りだした。「もう一度話してみろよ」

「彼女はすごくセクシーだった。きれいで、魅惑的で、自信たっぷりで。僕がいつも望んでるような女だ。それに、僕にずっとさわってるんだ。やろうと思えば、タクシーやエレベータのなかでもできたよ。彼女の部屋にはいるまえに、かなり得点を稼いだ」

「あとですぐ計算しよう」ルシアスはせかすように手を振った。「つづけて」

「向こうがあせるから、落ちつかせなきゃならなかった。急いで終わらせたくなかったからね。あくまでも相思相愛のロマンスなんだ。誘惑は徐々に段階を追って進めたい。それにもちろん……」そこではじめて、おもしろがるような表情が浮かんだ。「制限時間内にできるだけ得点を重ねたい」

「当然だな」ルシアスはうなずいて乾杯した。

「もののみごとに運んだよ。彼女は僕が望むことをなんでもした。楽しみながら」

「うん、うん。それで?」

「僕は彼女を待たせて、ベッドルームの演出をした。計画どおりに。完璧だった。なにもかも申し分なかった。明かり、音楽、香り」

「そして、彼女はおまえに身をゆだねた」

「ああ」ケヴィンはため息をつき、そのときの記憶をどっとよみがえらせた。「彼女をベッドルームに運んだ。時間をかけて服を脱がせてるあいだも、彼女は僕を求めて震えていた。泣きそうになってせがみつづけた。だが、突然、眠ったようになっちゃったんだ」

ルシアスがグラスを揺らし、氷が音をたてた。「量が多すぎたんだ」

「わかってるって。だけど、満足できなかったんだよ」唇をゆがめ、声には怒りがにじんでいた。「ドロイドみたいにただ寝転がってるだけじゃ、だめなんだ。もっと興奮して、乱れまくってくれなきゃ。こっちはあれだけの準備や努力をしたんだから」

「ああ、たしかにそうだ。それでラビットを与えた」

「薄めるべきだったのは知ってる。でも、用心して、ほんの数滴、舌にのせただけだ。ルシアス……」ケヴィンは唇を湿らせた。「彼女は激しく乱れた。興奮して、叫んだ。奪ってくれと哀願した。哀願したんだよ、ルシアス。僕らは野獣のように交わった。ロマンスから誘惑へ、そして本能のままに。あんな体験ははじめてだった。果てたとき、生まれ変わったような気がした」

ケヴィンは身震いして、ハイボールを飲んだ。「事が終わると、僕は彼女の上で、しばらく余韻に身をまかせていた。キスをしたりやさしく撫でたりして、僕が満足したことを伝えてやった。そして、彼女に目をやったら、こっちを見あげていた。ただ、見あげているだけだった。最初はわけがわからなかったが、そのうち……死んでることがわかった」

「おまえは生まれ変わり、彼女は死んだ。まさに究極の体験だな」ルシアスはグラスを口に運び、考えこんだ。「考えてもみろよ、ケヴィン。彼女は僕らが誕生したのとおなじ手段で死んだんだ。ドラッグにうながされた異常な行為。一方は実験によって生まれた好成果。僕らのことをそう呼ぶならね」

「ああ、そうさ」ケヴィンは笑いながら同意した。

「もう一方はゲームだ。はじめてにしては、うまくやったよ。さあ、今度は僕の番だ」

「何を言ってるんだ？」ケヴィンはルシアスが腰をあげると同時に、さっと立ちあがった。

「冗談だろ。そんなことやれるわけない」

「もちろんできるさ。おまえだけに楽しい思いはさせられない」

「ルシアス、頼むから――」

「窓から放り投げたのはまずかったな。そのままにして逃げだせば、死体の発見はもっと遅れただろう。へたな戦略は減点の対象だ。僕はミスなんかしない」

「どういうことだ？」ケヴィンはルシアスの腕をつかんだ。

「ケヴ、僕らは一心同体だ。計画も実行も。これをはじめたとき、僕らは気晴らしのつもりだった。セックスの経験の幅をひろげる座興のようなものだ。一点につき一ドルのたわいない勝負事、おもしろければそれでいい」

「傷つく者は出ないはずだった」

「おまえは傷ついてない」ルシアスは指摘した。「ほかのやつなんか、どうでもいいだろ？僕らのゲームなんだ」

「ああ」きわめて明白な論理に、ケヴィンの気持ちはまた落ちついてきた。「そのとおりだ」

「そこでだ」ルシアスはくるりとまわって、両手を突きだした。「これは、ひじょうに興味深い輪だと言えるんじゃないか。誕生と死。この皮肉が、この美がわからないか？ 僕らがこの世に生まれるのに使用されたまさにその薬で、おまえはよそのだれかの命を絶ったんだ」

「そうだな……」ケヴィンはそのスリルにひきつけられていくのを感じた。「そうだけど――」

「危険度は高いが、それだけおもしろさも増す」ルシアスは振りかえり、ケヴィンの腕を力強く握って祝福した。「ケヴィン、おまえは殺人者だ」

ケヴィンは顔色を失ったが、ルシアスの目に尊敬の色が浮かんでいるのを見て、ちょっと得意になった。「あれは事故だったんだ」

「おまえは殺人者だ。僕にできないわけがない」

「つまり……」腹の底から興奮がわきあがってくる。「わざとやるってこと？」

「こっちを見ろ。正直に言うんだ。僕に嘘をつけないのはわかってるな。自分の手で彼女を殺したことにもスリルを感じなかったか？　すごくぞくぞくしたんじゃないのか？」

「それは……」ケヴィンはグラスをつかみ、ぐっと飲んだ。「ああ、たしかにそうだよ」

「僕がおなじ思いをしたっていいだろ？」ルシアスは友の肩に腕をまわし、エレベータのほうへ連れていった。「どっちにしろ、やつらはたかが女じゃないか」


彼女の名前はグレース。なんて愛らしく古風な名前。グレースはニューヨーク市立図書館に勤務し、リーディングルームで研究や勉学に打ちこんだり文学に興じたりする利用者のもとへ、ディスクや貴重な本を届ける仕事をしている。

彼女は詩を愛している。

年は二十三、恥ずかしがり屋で、おおらかな心ときれいな淡いブロンドの髪を持っている。彼女は恋に落ちた。ドリアンと名乗る男に、安全な電脳空間《サイバースペース》で口説かれたのだ。

彼のことはだれにも話していない。だれも知らないほうが、より特別で、よりロマンティックだから。はじめてのデートのために、彼女は服を新調した。ゆったり流れるロングスカートは、虹のようにとりどりの色合いを持つ。

狭い部屋を出て地下鉄でアップタウンに向かうころには、とても大胆な気持ちになり、大人の女のような感じがしてきた。結婚すると信じて疑わない男と〈スタービュー・ラウンジ〉でカクテルを飲んでいる場面を想像する。

彼はハンサムに決まっている。そうでなければならない。彼は裕福で、しっかりしていて、旅行家なのを知っている。そして、自分とおなじように、本と詩をこよなく愛しているのだ。

ふたりは相性抜群のソウルメイトだ。

あまりに幸せすぎて、不安などどこかへ行ってしまった。今宵の成り行きを確信していて、疑いのはいりこむ余地などなかった。

彼女は真夜中までには死んでいるだろう。

彼女の名前はグレース、そして彼にとってははじめてだった。はじめて殺した相手というだけでなく、はじめての女だったのだ。ケヴィンでさえ知らないことだが、ルシアスはセックスで最後まで行くことができなかった。今夜までは。

あの粗末なアパートメントの狭いベッドのなかで、彼は神だった。自分の下にいる女に悲鳴をあげさせ、もっと責めてくれと泣きながら懇願させた。女は彼への愛を唱えつづけ、どんな要求にも従った。何をされても、ドラッグでとろんとした目で彼を崇めるように見つめていた。

女が処女だったことには驚いた。最初はあっけなく果ててしまったのだが、それでも彼女はすばらしかったと言った。ずっとあなたを待っていたのだ、あなたのために操《みさお》を守ってきたのだ、と。

女にたいする嫌悪感から、よけい興奮した。

バッグから最後の薬瓶を取りだし、彼はそれを女に見せた。キャンドルの明かりを受けて、ガラスとなかの液体がきらりと輝く。口をあけろと命じると、女は言われたとおりにした——餌を口に入れてもらうのを待つ小鳥のように。

激しく突きたてながら、女の心臓が早鐘を打つのが感じられた。いまにも破裂しそうだ。ケヴィンの言ったことは正しかった。新たな自分が生まれるような心地だった。

さんざん使い果たしてから、ルシアスは、もつれたシーツと薔薇の花びらの上で冷たくなっていく女を眺めた。そして、もうひとつの事実に気づいた。これは自分の権利なのだ。彼女はありふれた女だ。彼の要求を無視したり、役立たずと言ってそっぽを向いたりした女たちと変わらない。彼を拒み、否定し、あざ笑ってきた女たちのひとりだ。

この女も、もとをただせば、つまらない人間だ。

ルシアスは服を身につけ、スーツの袖のほこりを払い、袖口からシャツのカフスを出した。そしてキャンドルはともしたまま、落ちついて部屋をあとにした。家にもどってケヴィンに報告するのが待ち遠しい。

イヴは快適な気分だった。セックスと睡眠、これ以上の組み合わせはない。目覚めればひと泳ぎして、レンガを砕くほど強い本物のコーヒーをたっぷり飲んで一日がはじまる。これほどごきげんな暮らしがあるだろうか。

せっかくいい気分なのだから、悪党どもはおとなしくしていたほうが身のためだ。

「休養じゅうぶんだね、警部補」ロークはふたりのオフィスをつなぐ戸口に寄りかかっていた。

「いつでも始動可能よ」イヴはコーヒーカップの縁越しにロークを見やった。「あなたはやることがいろいろありそうね」

「やる気満々の朝だ」

イヴは鼻を鳴らした。「そりゃ、けっこう。でも、わたしが言ってるのは仕事のことよ」

「ああ、そっちも手をつけはじめたよ」ロークは近づいてきて、イヴをデスクとのあいだにはさんだ。身を寄せながら、リンクを布のように覆っている猫を撫でた。

「迫ろうっていうのね、相棒。仕事中よ」

「まだ五分ある」

顔を傾けてリスト・ユニットを見た。「ほんとだ。五分ある」イヴはロークの腰に腕をまわした。「それだけあれば……」ロークの下唇を嚙んだとき、こちらに向かってくる足音が聞こえた。聞きまちがえようのない警官靴の音。「ピーボディったら早いわね」

「気づかなかったふりをしよう」ロークはイヴの口元をかじった。「彼女なんか見えないかじったあとを舌でなぞる。「名前さえ知らない」

「おもしろそうだけど——」ロークが本気でキスをしようとしているのがわかって、心がとろけそうになった。「だめよ、いい子にしなきゃ」そうつぶやいたとき、ピーボディが威勢よくはいってきた。

「あらま。えへん」

ロークはそちらを向き、ギャラハッドを抱きあげてその耳をかいた。「おはよう、ピーボディ」

「どうも。お帰りなさい。えーと、キッチンに行って、コーヒーでも淹《い》れてきます」

だが、その矢先に、ロークは手をのばして指でピーボディの顎を持ちあげ、顔をしげしげと見た。顔色は青ざめているし、目はよどみ、目の下に隈ができている。「疲れているようだね」

「あまり眠れなかったからでしょう」ピーボディはぼそぼそ言った。「だから、コーヒーが飲みたくて」そう言うなり、急いで逃げだした。

「イヴ」

「やめて」指を立てて、穏やかに切りだそうとするロークを制した。「その話はいま、したくないの。いつだっていやだけど、いまはとくにしたくない。ピーボディとマクナブの関係がもつれたら面倒なことになるって言ったでしょ。わたしの話に耳を貸してさえいれば、こんなこと話しあわなくてもすんだんじゃない？」

「まちがっていたら訂正してくれ。きみはいま、その話をしているように思えるんだけど」

「黙れ、黙れ。ピーボディは感情を抑えて仕事をするわよ。マクナブもそうなの」イヴはデスクにひとつ蹴りをくれてから、その後ろから出てきた。「さあ、あっち行って」

「心配なんだね」

「ふん、彼女が傷ついてるのがわからないとでも思うの？　それでわたしが怒らないとでも思うわけ？」

「ちゃんと知っているよ。きみはわかっているし、怒っている」

さらに何か言おうと口を開いたとき、またもや廊下に足音が聞こえた。「もういいわ」小さく言ってから声をあげた。「ピーボディ、フィーニーの分もお願い。薄めで甘くして」

「なんで僕だとわかった？」フィーニーがそう言いながらはいってきた。

「足を引きずるから」

「そんなことするもんか」

「するの。あなたは足を引きずる。ピーボディはどすんどすん歩く。マクナブは跳ねるように進む」

「僕だって、あいつみたいな靴を履いてたら、軽やかに歩くよ。やあ、ローク、帰ってたのか」

「ゆうべ着いたところだ」イヴに向かって、「あと一時間かそこらはホームオフィスで仕事をしているよ。それからミッドタウンのオフィスに行く。本はここにあるから」つけくわえるように言った。「必要なら、ディスクにコピーすればいい」

「なんの本だ？」フィーニーがきいた。

「詩。犯人はキーツとかいう男が数百年前に書いた詩から、幽霊会社の名前をとったらしいの」

「そいつは十中八九、韻を踏んでないね。スプリングスティーン、マッカートニー、レノンといった連中なら、韻の踏み方を知ってる。名曲ばかりだ」

「韻を踏んでないだけじゃなくて、異様で、暗くて、何が言いたいんだかわからないのよ」

「鋭い解釈が出たところで、僕は失礼しよう」猫を抱いたまま、ロークは自分のオフィスに向かった。「マクナブの跳ねる音が聞こえたようだ」

マクナブは鮮やかなアップルキャンディ色のエアブーツを履いていたものの、元気のなさはピーボディに負けていなかった。せいぜい気にしないようにつとめながら、イヴはデスクの端に腰かけ、新たにわかった情報をチームに伝えた。

「変装してたんじゃ、サイバースポットで手がかりが得られないのも無理ないですね」マクナブが口をはさんだ。「そいつを見た者がいないはずないんだ」

「モーフィング処理という手があるな」フィーニーが考えながら言った。「画像を少しずつ変化させて、いちばん該当しそうな顔立ちと肌の色の組み合わせを出すんだ。だが、基本的には、顔写真なしに捜査を進めることになる」

「わたしもちょっと蓋然性を検討してみたの。犯人にもっとも該当しそうなのは、二十五歳から四十歳までの独身男性。高所得者層で、高度な教育を受け、性機能に障害があるか、あるいは性的に倒錯してる。ほぼまちがいなく、この街の住人。フィーニー、高価なドラッグはどこで手に入れたと思う？」

「ラビットを扱う売人は、限られた高級客層を相手にしてる。人数はそれほど多くない。僕がこの街で知ってる売人はひとりだけだ。だが、違法麻薬課と協力して、もっといないか確認してみよう。ホアーを扱ってるやつはひとりも知らない。コストパフォーマンスが悪いからだろ」

「でも、一時はセックス療法や公認コンパニオンの訓練に使われてたんでしょ」

「ああ、だが、値が張りすぎるし、薬物自体が不安定すぎるからな」

「わかった」しかしイヴにとっては、手がかりが増えることになる。「とりあえず、サイバースポットからは手を引きましょう。マクナブ、モーフィングに取りかかって。フィーニーは違法麻薬課から何かききだせるかやってみて。わたしはぐず《ディックヘッド》の尻をたたいて、パテや化粧品やウィッグのブランドを突きとめさせる。そしたらその線も洗えるわね。ワインについて調べたの。情報筋によれば、あの銘柄であの年のものは、このへんでは三千五十本売れたそうよ。ピーボディとわたしは、そっちをあたる。それに、ピンクの薔薇の出所を突きとめられるかどうか、やってみるわ。犯人はずいぶんお金を使ってる――ワイン、花、美容用品、違法ドラッグ――そこに手がかりを残してる。それを見つけましょう。ピーボディ、いっしょに来て」

車に乗りこむと、イヴは深呼吸した。「眠れないなら、薬をのむといいわ」

「あなたがそんな助言をするなんて意外です」

「じゃ、命令だと思いなさい」

「わかりました」

「ほんとに、やんなっちゃう」イヴはエンジンを始動させ、ドライブウェイを猛スピードで飛ばした。

ピーボディはフロントガラスを突き破らないのが不思議なくらい顎を突きだしている。

「わたしの個人的な問題で不快な思いをされているなら、お詫びいたします、警部補」

「皮肉なら、もっとうまく言いなさい」門をさっと通り抜けてから、イヴは急ブレーキをかけた。「休暇がほしい?」

「いいえ、サー」

「その口調でサーって言うのはやめなさい、ピーボディ。じゃないと、この場でお尻を蹴飛ばすわよ」

「わたしのどこがいけないのかわかりません」声が弱々しくなっていた。「マクナブなんか好きでもないのに。いけ好かないろくでなしで、アホ丸出しのくせに。セックスがすごいからって、それがなんだっていうんです? まあ、いっしょにいれば笑うこともあったけど。だから何よ? 本気でもなんでもなかった。わたしに最後通牒を突きつけたり、失礼なことを言ったり、早合点したりする権利はないんです」

「チャールズとはまだ寝てないの？」

「はあ？」ピーボディは見るみる真っ赤になった。「寝てません」

「寝たほうがいいかもね。たぶん。なんだって、こんな話をしてるのか自分でも信じられないけど、たぶんあのあたりのストレスが軽くなれば、気持ちもすっきりするとか、そんなことよ」

「わたしたちは……チャールズとわたしは友だちです」

「そう。あなたは超高級コンパニオンと友だちよ。彼なら喜んで助けてくれそうな気がするけど」

「給料日まで二十ドル借りるのとは、わけがちがいます」そう言って、ため息をついた。

「でも、考えてみるのもいいかもしれません」

「急いで考えなさい。彼に会いにいくんだから」

ピーボディの背筋がぴんとのびた。「なんですって？　いまから？」

「公務よ」イヴはふたたび車を発進させた。「彼はセックスの専門家でしょ？　セックスを高める違法ドラッグについて、専門家のご意見をうかがってみましょう」


セックスの専門家は、午前中は休みをとっていた。青いシルクのパジャマのズボン姿で、戸口にあらわれた。

おいしそうな男はいろいろいるが、彼の魅力は常軌を逸している。彼をひと口かじるために金を払う客が多いのももっともだと思える。

「警部補に、ディリア。朝からなんてすてきな眺めだろう」

「たたき起こしてごめんなさい」イヴは言った。「ちょっといい？」

「あなたのためなら、かわいい警部補さん、いつだって時間はあるよ」チャールズは後ろにさがり、ふたりをなかへ通した。「朝食をいっしょにどう？ オートシェフにクレープがあるんだ」

「また今度ね」イヴはピーボディにうなずく間も与えず断った。「ひとり、それともゆうべ満足しすぎちゃったお客がまだいる？」

「ひとりだけど」眠気が覚めはじめる。「仕事でみえたの？」

「捜査中の事件のことで。あなたの意見が参考になるんじゃないかと思える点があるの」

「僕の知っている人？」

「バンクヘッド、ブリナ。住まいはダウンタウン」

「部屋の窓から飛びおりた女性でしょ？ 自殺じゃなかったのか」

「殺人よ」イヴは断言した。「メディアにもまもなく知れ渡る」

「すわったら？ コーヒーを淹れてくる」

「ピーボディ、あなたが淹れてきたら？」イヴはリビングエリアの椅子に腰をおろした。設備の整った部屋を見ていると、セックスも正しくおこなえば儲けが多いということがわかる。「あなたへの質問や、あなたと話しあうかもしれない内容は、すべて内密よ」

「わかった」チャールズはイヴの向かいにすわった。「じゃあ僕は、今回は容疑者じゃないってことかな」

「専門的な助言をしてくれる民間人として、意見をききたいの」イヴはレコーダーを取りだした。「公式に」

「なるほど、セックスが醜い頭をもたげたということか」

「公認《L》コンパニオン《C》のモンロー、チャールズとの協議」イヴは口述を開始した。「主導者、ダラス、警部補イヴ、事件ファイルＨ７８９２６Ｂの主任捜査官としての権限のもと。同席者、ピーボディ、巡査ディリア。ミスター・モンロー、この件について助言することに異存はありませんか」

チャールズはなんとかきまじめな表情を取りつくろった。「社会に関心のある市民として、できることはなんでもご協力します」

「ホアーという通り名で知られる違法薬物について、どんなことを知っていますか」

たちまち、チャールズの表情が変わった。「あの気の毒な女性はホアーを盛られたの？」

「質問に答えてください。チャールズ？」

「なんてことだ」立ちあがって歩きだしたとき、ピーボディがコーヒーのトレイを持ってもどってきた。「ありがとう、ハニー」カップを取って、ゆっくり口をつけてから話にもどった。「僕がトレーニングを受けはじめたときには、すでに違法になっていた。だけど、その話はよく耳にした。駆け出しのころ、性的倒錯者についてのセミナーに出たことがある。すべきことと、してはいけないこと、みたいなやつ。違法ドラッグはどんなものであれ、してはいけないことだった。禁を破ればライセンスを剝奪されてしまう。もちろん、だからといってすべてのLCや顧客が、ある種の……支援品を用いないわけではないけど。でも、これだけは使わない」

「なぜ？」

「なによりまず、実習生を、言わば従順にするために利用されたから、コンパニオン業界ではとても評判が悪い。性の奴隷という設定もロールプレイング・ゲームのなかでならいいけど、現実にはいやなものだ。僕らはプロフェッショナルな性のパートナーなんだ、ダラス。街娼や操り人形とはちがう」

「それを使っていた人は知らないのね？」

「古いプロのなかには何人かいた。噂によれば、たいがいなんらかの虐待みたいなものがからんでいる。実験だよ。実習生に投与してセックスする。まるで僕らがモルモットでもあるかのように」その声には嫌悪がにじんでいた。

「それでも、選り抜きの薬物なわけよね。だれかくわしい人を知らない？」

「いや、でも調べてみることはできる」

「慎重にね」イヴは警告した。「ラビットについてはどう？」

チャールズはしごく優雅に一方の肩をすくめた。「ラビットを自分に使ったり相手に与えたりするのは、素人と変質者だけだ。僕らの世界では、悪趣味で侮辱的なことだとみなされている」

「危険性は？」

「使用者がマヌケか不注意なやつなら、危険だね。アルコールなどの興奮性の飲み物と併用してはいけないし、過剰摂取《OD》もいけない。もっともODはめったにないけど。金《きん》を溶かした液より高価だから」

「それを扱っている売人とか、使用している顧客に心当たりは？」

チャールズはイヴをじっと見つめ、苦しそうな顔をした。「まいったな、ダラス」

「あなたの名前は出さないから」

チャールズは首を振ってから、窓辺まで歩いてプライバシーブラインドをあげた。明るい外光がさっと流れこむ。

「チャールズ、ほんとうに大事なことなの」ピーボディがそばまで行って、腕にそっと触れた。「必要じゃなければ、きいたりしないわ」

「僕は違法ドラッグに手を出さないよ、ディリア。きみも知ってるよね」

「ええ」

「だけど、使用している顧客をどうこう言う権利は僕にはないんだ。他人に倫理を説いたりしない」

イヴは手をのばして、レコーダーのスイッチを切った。「オフレコで、チャールズ。それに、違法ドラッグを使用してることで顧客の罪を問うことはないと約束する」

「彼女の名前を教えるわけにはいかない」チャールズはこちらを向いた。「信頼を裏切ることはできない。でも、僕が直接話すことはできる。売人の名前をききだしてみるよ。それをあなたに伝えるということで」

「助かるわ」そのとき、イヴのコミュニケータが鳴った。「キッチンを借りるわね」

「チャールズ」イヴが部屋を出ると、ピーボディはチャールズの腕を撫でた。「ありがとう。やっかいな《センシティブ》立場に追いこんでしまったわね」

「機密を要する《センシティブ》立場は僕の専門だよ」にっこり笑ってから、「疲れてるみたいだね、ディリア」

「ええ。そう言われてばっかり」

「今週、ディナーに誘ってもいいかな？　穏やかですてきな夜を過ごそう。予定を確認してみる」

「うれしいわ」

　チャールズがかがんで唇を寄せてくると、ピーボディは目を閉じ、スリルを感じるのを待った。だが、スリルがやってこないと、叫びだしたくなった。まるで男の兄弟とキスをしているようなものだ。自分の兄弟のなかに、こんなゴージャスな男性がいればの話だけれど。

「何を悩んでるんだい、スイートハート」

「いろいろ」ピーボディはぼやいた。「いろんなくだらないこと。解決しようとがんばってるんだけど」

「僕でよかったら、いつでも聞くからね」

「ええ、わかってるわ」

イヴはキッチンからもどってくると、まっすぐ玄関へ向かった。「行くわよ、ピーボディ。できるだけ早く名前をききだしてね、チャールズ」

「ダラス？」ピーボディはすまなそうにチャールズをちらっと見てから、上司のあとを追った。「どうしたんです？」

「また事件よ」

6

犯人は彼女をベッドに寝かせたままにしていった。脚を猥褻なまでにひろげ、目を見開いている。肌にはピンクの花びらがいくつか張りついていた。テーブル、小さなドレッサー、床、安物の派手なラグの上に置かれたキャンドルは、蠟が溶けて燭台に冷たい固まりを作っている。

簡易アパートの狭い部屋の主は、グレース・ラッツという若い女性で、明るく居心地のいい住まいにしようと、フリルのカーテンをさげたり、安物の額に入れた安物の絵を飾ったりしていた。

その部屋にはいま、死臭と、セックスのむっとするにおいと、キャンドルの残り香が漂っている。

ワインの瓶もある。今度はカベルネだ。そして今度は、ほとんど空になっていた。ソファベッドのかたわらの安いオーディオ機器から音楽が流れている。

ムードスクリーンやビデオスクリーンのたぐいはなく、リンクがひとつあるきり。だが、本はそろっていた。壁際のペンキを塗った棚に、大切に保存され、誇らしげに並べられている。写真も飾られていた。いっしょに写っている男性と女性は、おそらくグレースの両親だろう。ドレッサーの上には小さなガラスの花瓶があり、縁からあふれんばかりにヒナギクが生けてあった。

キッチンは独立した部屋というより、火口がふたつのガスコンロと、ちっぽけな流し台と、ミニ冷蔵庫が置いてある一角にすぎなかった。冷蔵庫のなかには、代用卵が一カートン、クォートサイズの牛乳、イチゴジャムの小さな容器がはいっていた。

殺人の道具となったもの以外に、ワインはなかった。

グレースは倹約家だったのだろう。服にもお金をかけていないことは、クロゼットをのぞけばわかる。だが、図書館につとめていたにもかかわらず、本に使うお金は惜しまなかった。

それに、新調らしきドレスにも惜しまなかったようだ。いまはぞんざいに床に丸めてあるけれど。

「今回ははじめから殺すつもりだった。混乱のあとはみじんもない。ここにあるのは、周到さだわ」

「被害者たちの外見はまったくちがいますね」ピーボディが指摘した。「この女性は平凡で、体つきも小柄。爪は短く切りそろえてあって、マニキュアは塗っていない。おしゃれとか華々しさからはほど遠い感じです」

「そうね、経済的に見て、ふたりはちがうグループに属してる。社交面でもそう。こっちは家にこもりがちなタイプ」シーツにこびりついた血や、遺体の内腿についた血の痕を眺めた。「検死官は処女だったと断言するわね」イヴは前かがみになった。「あざができてる。太腿、腰、胸。今回は手荒く扱ったものね。セキュリティを確認してきて、ピーボディ。どんなやつを相手にしなきゃならないのか見てみましょう」

「了解」

なぜ、犯人は彼女を傷つけたのだろう。イヴは遺体を見つめながら考えた。なぜ、痛めつけたがったのだろう。

死者のかたわらにしゃがみこむと、部屋の片隅で縮こまっている自分が見えた。骨が折れ、あざができ、血だらけだった。

〝俺にはなんでもできるからだ〟

イヴは連想を追い払いながら立ちあがった。苦痛は官能を刺激することもある。誘惑の手段でもありうる。だが、ロマンティックではない。それでもまだ犯人は、舞台を整えている。薔薇の花びらやキャンドル、ワインに音楽。

どうしてこの舞台はロマンスの真似事に見えるのだろう。陳腐なまでの真剣さが足りない。ワインを飲みすぎれば酔っぱらう。テーブルやラグにもワインがこぼれたあとがあった。キャンドルの蠟はあちこちに落ちている。新しいドレスの袖は引き裂かれていた。

今回は暴力があった。最初の殺人のときにはなかった悪意が感じられる。抑えがきかなくなっているのだろうか。セックスより殺人のほうが興奮すると気づいたのか。

ピーボディがもどってきた。「防犯カメラは正面玄関にあるものだけです。ゆうべのディスクを回収してきました。廊下やエレベータにカメラはありません」

「わかった。じゃ、隣人に話をききにいこう」

近親者に訃報を知らせるのは楽ではない。何度やっても、けっして慣れることはない。イヴはピーボディとともに、ちんまりとした四角い二軒一棟住宅のちんまりとした四角いポーチに立っていた。玄関の両側には、赤と白のゼラニウムが陽気な合唱隊のように並べられている。上げ下げ窓の両側には、白いフリルのカーテンがさがっている。

振り向けば、緑葉をつけた木々や、家々の小さな庭や、狭くて小ぎれいな通りが目にはいる。あたりは教会のように静かだった。

軍隊のような秩序、箱のような庭、無用のフェンスに囲まれた郊外の暮らしが、イヴには理解できなかった。郊外に家を持つことが、いつかは叶えたい夢だと思う者が多いことも理解できなかった。

イヴに言わせれば、いつかはみんな棺桶行きになるのに。

呼び鈴を押すと、なかでチャイムが三度響くのが聞こえた。玄関のドアがあいて言うべきことを告げたら、この家もまた、きのうまでとは何もかもすっかり変わってしまうだろう。

応対に出たのは、きれいなブロンドの女性だった。ドレッサーに飾られた写真の女性だ。母親にちがいない。娘とおもざしが似ている。

「ミセス・ラッツですか」

「ええ」反射的にほほえんだものの、目には当惑の色が浮かんでいる。「何かご用でしょうか」

「ダラス警部補と申します」イヴはバッジを示した。「ニューヨーク市警からまいりました。こちらは助手のピーボディ巡査。なかへ入れていただいていいですか」

「いったいどういうことですか」ミセス・ラッツは片手をあげて髪を払った。そのかすかな手の震えに、はじめて不安が認められた。

「娘さんについてです、ミセス・ラッツ。グレースのことです。はいってもよろしいですか」

「グレーシーのこと？　面倒に巻きこまれたんじゃないですよね？」笑顔を取りつくろおうとしたが、ほほえみらしきものが浮かんだのは一瞬だった。「うちの子にかぎって、そんなことはありません」

しかたがないが、明るい花々が兵隊のように並んだこの戸口で伝えるしかない。「ミセス・ラッツ、お気の毒ですが、グレースは亡くなりました」

母親の目がうつろになった。「そんなはずないわ」声にはいらだちが混じっている。「もちろん、そんなことありません。なんてひどいことを言うの。もうお引きとりください。とっとと帰って」

イヴはドアをつかんで、面前で閉まるのをふせいだ。「ミセス・ラッツ、娘さんは昨夜死亡しました。わたしは事件の主任捜査官です。このたびはほんとうにご愁傷様です。なかでお話ししたほうがよろしいかと」

「わたしのグレースが？　あの子が？」

イヴは何も言わず、女性の腰に腕をそっとまわした。ドアの向こうのリビングエリアには、ふわふわのブルーのソファとしっかりした椅子が二脚置かれていた。イヴは母親をソファにすわらせ、その隣に腰をおろした。

「どなたかに来ていただきましょうか、ミセス・ラッツ？　ご主人は？」

「ジョージ。ジョージは学校におります。ハイスクールで教えてるんです。グレース」ミセス・ラッツはあてもなく視線をさまよわせた。まるで娘が部屋にはいってくるかもしれないというように。

「ピーボディ、連絡して」

「きっと何かのまちがいです。そうですよね？」硬直した指で、イヴの手を握りしめる。「それだけのことよ。あなたがたは人違いをしてる。グレースはニューヨークで働いてるんです。五番街の図書館で。娘に電話してみれば、すっきりするわ」

「ミセス・ラッツ、まちがいではありません」

「まちがいに決まってるわ。ジョージと日曜日に会いにいって、いっしょに夕飯を食べてきたばかりだもの。娘は元気そうだった」怒りとショックが涙となって流れた。「元気だったのよ」

「お気持ちはお察しします」

「うちの子に何があったの？　事故？」

「事故ではありません。殺されたんです」

「そんなこと、ありえない」ミセス・ラッツは見えない糸にひっぱられているかのように、首を横に振った。「絶対にありえません」

イヴはしばらく泣かせておいた。悲しみを吐きださせたほうが、少しは楽になるから。

「こちらに向かっています」ピーボディが小声で報告した。

「よかった。彼女にお水か何か持ってきてあげて」

むせび泣く母親の隣にすわったまま、イヴはリビングエリアを見回した。ここにも本があり、宝物のように棚に並べられている。あらゆるものに落ちついた秩序があり、まじめな中流生活者の堅実さが感じられる。額にはいったグレースのホログラムがテーブルにのっていた。

「うちの子に何があったの？」

イヴは体の向きを変え、ミセス・ラッツの取り乱した顔をのぞきこんだ。「ゆうべ、グレースはeメールやチャットルームでやりとりをしていた男性と出かけました。デートのあいだに、その男が娘さんの飲み物に薬物を加えたとわれわれは判断しています。デートレイプに使用されるドラッグです」

「まあ、ひどい」ミセス・ラッツは自分を抱きしめるようにして、体を揺らしはじめた。

「なんてことを」

「判明しているところでは、男は娘さんの部屋にいっしょにもどってからも、違法ドラッグを定量以上与えつづけました」

「あの子は違法ドラッグを使用したことなどありません」

「ドラッグを与えられていることを本人が知っていたとは思えません、ミセス・ラッツ」

「その男は目的があってドラッグを与えたのね。娘を……」母親は白い線のようになるまで唇をぎゅっと結んだ。それから耳ざわりな息を吐きだした。「レイプをするために」

「われわれもそう思っています。じつは……」どこまで言うつもり？　どれほどの助けになるというのか。「ミセス・ラッツ、慰めにはならないかもしれませんが、グレースに恐怖はありませんでした。苦痛もなかったんです」

「なぜ、あの子を傷つけようなどと思うの？　罪もない若い女性にそんなことをするなんて、いったいどんな人間なんです？」

「それはまだわかりませんが、かならず見つけだします。そのためにも、あなたの力が必要なんです」

ミセス・ラッツは頭を後ろにそらせた。「あの子がいなくなってしまったのに、わたしに何ができるというんです？」

「娘さんにボーイフレンドはいませんでしたか」

「ロビー。ロビー・ドワイヤー。ハイスクール時代のボーイフレンドで、大学に行ってからも最初の数学期はつづいていたと思います。気持ちのいい青年で、彼の母親とわたしはおなじ読書クラブにはいっています」声が震えてきた。「わたしたちはふたりがもっと親しくなるのを期待してたんですが、ただの友だちでロマンスまでは発展しなかった。グレースは都会へ出たがった。ロビーはこちらで教師の職についた。ふたりの仲は疎遠になっていったんです」

「疎遠になりはじめたのはいつごろですか」

「ロビーがこんなことをやったとお考えなら、見当違いもはなはだしいです。彼のことは赤ん坊のころから知ってますから。それに、すてきなガールフレンドもできたばかりですし」

「娘さんに意中の人がいるとか、娘さんに好意を寄せている人がいるという話は聞いたことありませんか。ニューヨークで出会った人で」

「いいえ、とくに聞いていません。仕事が忙しいし、勉強もしてましたから。娘は引っこみ思案で。うちのグレーシーは引っこみ思案で、新しい知り合いを作るのも容易じゃないんです。だから、家を出ることに賛成したのに……」ミセス・ラッツはふたたび泣きはじめた。「ジョージはそばにいてほしいと思っていました。教師になって、居心地のいいわが家にいてほしいと。わたしは外へ出るようにすすめたんです。そっと背中を押す程度ですけど。娘に巣立ってほしかったから。その結果、娘を失ってしまった。娘に会わせてくれますね？

ジョージが帰ってきたら、娘のところへ連れていってくれますね？」
「ええ、お連れします」

ホイットニー部長はリンクに出たまま、なかへはいるよう手招きした。だが、椅子をすすめもしなかったし、イヴもすわろうとは思わなかった。部長の大きな顔にはしわが寄っていた。ストレスと交戦と権威を示す地図だ。スーツは濃いコーヒー色で、肌とおなじような色合い。そのスーツを着ていると、がっしりしてたくましく見える。その様子は、現場にいてもデスクについていても似つかわしく思える。

溝のついたボウルがデスクの右端に置いてある。青い水が満たされ、底のほうで光沢のあるカラフルな石がちらちら光っている。なんだろうと頭をひねっていると、赤いものがよぎった。

「家内の趣味だ」通信を終えたホイットニーが言った。「オフィスが明るくなるからだとさ。わたしをリラックスさせようというんだろうが、魚なんか、どうしろというのかね」

「なんとも申しあげられません」

しばらく、ふたりはボウルのなかを泳ぎまわる魚を見ていた。部長の妻がファッションや装飾に熱心なのを知っているので、イヴは頭のなかで適切な意見を探した。

「速いですね」

「ばかなやつで、一日じゅう、ああして、ぐるぐるまわりつづけている。見ているだけで、こっちが疲れてしまう」

「あんな具合じゃ、数週間もしないうちにくたびれて死んでしまうでしょう」

「神の耳に届きますように。助手はどうした、警部補？」

「被害者たちの情報を照合させています。ふたりのつながりを示す証拠はまだ見つかっていません。どちらも本好きで、とくに詩を愛していました。どちらもサイバールームに出入りしていました。ですが、いまのところ、ふたりが同時刻におなじチャットルームやクラブにいたことは確かめられていません」

ホイットニーは椅子の背にもたれた。「これまでに判明したことは？」

「ラッツの遺体を発見したのは、隣人のアンジェラ・ニッコです。ふたりは毎朝、いっしょにコーヒーを飲んでいました。ラッツがあらわれず、ドアをたたいても返事がないので心配になり、預かっていた鍵を使ってなかにはいったそうです。ミズ・ニッコは元図書館員で、九十代の高齢です」

そして嘆き悲しんだ。イヴはやりきれない気持ちで思いだした。ニッコは事情を説明しながら、はらはらと涙を流していたのだ。

「現時点では、アパートの住人で被害者と交流のあったのはニッコだけです。ラッツはもの静かで上品な女性で、平凡な日常を変えることはめったにありませんでした。仕事に出かけ、帰ってくる。週に二回、近くのマーケットで買い物をする。ニッコ以外に、近しい友人はいませんし、恋人もいませんでした。仕事のかたわら、通信教育で図書館学の学位を取ろうとしていました」

「正面玄関に一台。第一の現場に残された証拠から、容疑者は変装していることがわかっていますので、今回もその手を用いたと思われます。鑑識の報告を待っているところです。彼の容貌はすっかり変わっていました。短くてまっすぐなブロンドの髪、突きでた顎、ひろい額、焦げ茶の目、淡い金色の肌」

イヴは魚を眺めた。めまいがしそうだが、目をそらすことができなかった。「態度も変わっています。犯行に、最初の殺人のときにはなかった落ちつきや喜びがあらわれていました。目下のところ、第一の事件に使われたウィッグや美容用品の購入先を洗っています。さらに、サイバー方面の捜査、それに被害者の共通点の洗い出しをおこなっています。ドクター・マイラに協力を要請し、これまでのファイルや報告書を送りました」

「メディアはまだ二件のつながりに気づいていない。だが、そのうちばれるだろう」

「そういうことでしたら、メディアを味方につけてはどうでしょうか。危険がひそんでいることに女性たちが気づけば、容疑者も相手を物色しにくくなる。チャンネル75のナディーン・ファーストに情報を少し流したいと思うのですが」

ホイットニーは口を引き結んだ。「流しすぎて、収拾がつかないなんてことにならんようにな」

「わかりました。違法ドラッグについてもいくらか情報源があります。それからフィーニーにも、違法麻薬課とのコネを活用してくれるよう頼んでありますドラッグはいずれも一般的なものではありません。売人が見つかったら、交渉の余地が必要になると思います」

「売人が見つかったら、なんとかしてみよう。だが、余地はそれほどないぞ。違法ドラッグは社会的論議の中心になっている問題だ。売人に甘くすれば、さまざまな団体から非難を浴びる。フェミニストグループ、社会の均衡を求めるグループ、公衆道徳の監視人グループらが手ぐすね引いて待ちかまえているんだ」

「ですが、売人と交渉することがいくつかの命を救うとしたら？」

「あいつらにとって、そんなことは関係ない。彼らが論じるのは原則で、個人のことじゃないんだ。多方面からあたってくれ、警部補。容疑者を絞って、一刻も早くろくでなしを捕まえるんだ。これ以上死人が出るまえに。それに広報が悪夢のような状況にならないうちに」

イヴには広報のことなどどうでもよかった。内部情報を提供するともちかけられて口止めもされなかったのだから、ナディーンが疑わしそうな顔をするのも当然だ。

「どういう風の吹きまわし、ダラス？」

イヴは熟慮のすえ、家にもどってからナディーンに連絡した。セントラルからより自宅からのほうが、仕事を離れた親密な雰囲気が作れると思ったのだ。

「ほんの親切心からよ」

放送用のメイクをすませていたナディーンは、完璧な弧を描く眉をあげ、サンゴ色の濡れた唇をゆがめた。「お口がお堅いおまわりさんが、みずから友愛の精神を発揮して、捜査中の事件の情報を提供してくれようっていうのね」

「そのとおり」

「ちょっと失礼」ナディーンの顔が十秒だけ消えた。「気象学者に確認してみたかったの。あんまりめずらしいから地獄が凍っちゃったんじゃないかと思ったけど、そんなことはないって」

「はは、おかしくて笑いがとまらない。ほしいの、ほしくないの？」

「もちろん、ほしいわよ」

「警察のトップによれば、ブリナ・バンクヘッドとグレース・ラッツの事件は関連性があるそうよ」

「ちょっと待って」ナディーンのあらゆる感覚が研ぎ澄まされ、すばやくキャスター・モードに切り替わった。「バンクヘッドの死亡が事故か自殺か他殺なのかは、いまのところまだ確認されてないわよ」

「他殺よ。まちがいない」

「ラッツのほうはセックスがらみの殺人だっていう話だけど」ナディーンの声はきびきびしていて、すっかり仕事の態勢になっている。「バンクヘッドのほうもそうだってこと？　被害者は知り合いだったの？　同一人物による犯行なの？」

「質問はしないで、ナディーン。独占インタビューじゃないんだから。被害者はふたりとも若い独身女性で、どちらも死んだ晩に、eメールやチャットルームでやりとりをしてた人物と会ってる」

「なんのチャットルーム？　どこで会ってたの？」

「黙ってて、ナディーン。証拠がさししめすところによれば、被害者はふたりともその夜、違法ドラッグを与えられてた。おそらく、本人たちの知らないうちに」

「デートレイプ用のドラッグ？」

「鋭いわね。情報提供者は否定も肯定もしません。さあ、どうぞ受けとって、ナディーン。好きに使っていいわ。きょうのところはここまで」

「九十分後に抜けられるわ。どこへでも会いにいく」

「今夜はだめ。時間と場所は連絡する」

「待って！」できることなら、ナディーンはリンクのスクリーンを突き破りたかった。「容疑者について、何か教えて。人相や名前はつかんでるの？」

「あらゆる方向からきびしい追及が進んでる、なんてところね」ナディーンののしりを耳にしながら、イヴは通信を切った。

満足して、イヴはキッチンにはいり、コーヒーを命じた。そして窓辺にたたずみ、深まる暮色を眺めた。

犯人もその暗闇のなかにいるだろう。どこかに。すでにつぎの標的を見つけただろうか。いまこのときにも、夢見る女性の空想の世界にはいりこんでいるのだろうか。

夜が明けてあすになれば、また嘆き悲しむ友人や家族を作らなければならないのだろうか。

ラッツ家が完全に立ちなおることはないだろう。これからも生きつづけるし、しばらくすれば、寝ても覚めても考えることはなくなるかもしれない。笑いを取りもどし、働き、買い物をし、呼吸をするだろう。だが、失望感は埋められない。心のどこかに小さな穴があいたままなのだ。

彼らはひとつの家族だった。結束の固い家族。イヴは家を訪れたときに家族の絆を感じた。居心地のよさや乱雑さのなかに。ドアの前の花や、使いこまれたソファにもそれを見た。

彼らはもはや親ではなく、生き残った者たちだ。頭のなかに響く声を聞きながら、これからもずっと生きつづける者たちだ。

イヴはオートシェフのなかでコーヒーが冷めるのもかまわず考えつづけた。彼らは娘の部屋をそのままにしておいた。イヴはグレース・ラッツのことをもっとよく知ろうと部屋を見渡して、子供から少女へ、少女から若い女性へと変わっていく彼女の人生をのぞきみた。

人形はきちんと棚に飾ってあった。いまや、おもちゃというより装飾になっていたが、宝物であることにはちがいない。本、写真、ホログラム。ハートや花の形をした小物入れ。ベッドには太陽色の天蓋がついていた。そして純白の壁。

そんな甘ったるい少女趣味の部屋で成長するなんて、イヴには想像もつかなかった。窓辺にはフリルのついたカーテン、安物のミニ・コンピュータがのった机には、ベッドサイド・

ランプの笠と同色のヒナギクが飾られていた。

あのベッドで眠り、あのランプの明かりで本を読んでいた少女は、幸せで安全で愛されていただろう。

イヴは人形を与えられたことも、窓にカーテンのある部屋で過ごしたこともなかった。ハート型の小箱にしまうような少女時代の宝物もなかった。思いだすのは、安宿の個性のない窮屈な部屋で、壁は薄く、つねに、何かが暗がりをよぎっていくようなところだ。

空気はよどみ、隠れる場所もない。あいつが帰ってきて、娘がいることを忘れてしまうほど飲んでいないときにも、逃げる場所はなかった。

そんなベッドで眠り、暗闇に震えていた少女は、いつもおびえ、追いつめられ、途方にくれていた。

肩に手を置かれて、イヴはびくっとした。とっさに武器に手をのばしながら振り向く。

「落ちついて、警部補」ロークは肩から腕へと手をさげて、武器を持ったイヴの手に軽く触れながら、その顔をじっと見た。「どうしたんだい？」

「つながりを見つけようとしてたの」イヴはそっと身を離し、オートシェフをあけてコーヒーを取りだした。「帰ってたなんて知らなかった」

「ちょっとまえにね」今度は両手をイヴの肩に置いて、凝りをほぐしはじめた。「何か思いだしたのかい？」

イヴは首を振り、冷たくなったコーヒーを飲みながら、ふたたび窓の外の暗闇を眺めた。

だが、取りのぞいてしまわなければ、悪化することはわかっていた。「あなたが留守のあいだに夢を見たの。ひどい夢。あいつは死んでなかった。血だらけだけど、死んでなかった。話しかけてきたのよ。わたしにはあいつを殺すことはできない、けっして逃げられないって」

ガラスに映ったロークの顔に、自分の顔が重なるのが見えた。「わたしをこらしめなきゃいけないと言って立ちあがった。血がどくどく流れてたけど、立ちあがった。そして、向かってきた」

「彼は死んでるんだよ、イヴ」ロークはイヴの手からカップを取ってわきに置いてから、こちらを向かせた。「もうきみを傷つけることはできない。夢のなか以外ではね」

「あいつは、俺の言いつけを忘れるな、と言った。でも、そんなことできない。あいつが何を言いたいのかもわからない。どうしてこんなことをするの、ときいたら、わたしが虫けら同然だからだって。でも、なによりも、あいつにそれができるからだって。わたしにはその力を奪うことができないみたい。いまでもできないの」

「きみは犠牲者のために闘うたびに、彼の影響を弱めていっている。だんだん彼の呪縛から解かれようとしているから、夢で引きもどされるときは過酷さが増すんじゃないかな。よくわからないけれど」ロークは指でイヴの髪をすいた。「マイラに話してみるかい？」

「さあ、どうかな。ううん、話さないわ」イヴは言いなおした。「わたしにもわからないことをわかるはずがない」

イヴはまだ知りたくないのだろう、とロークは思った。そっとしておいたほうがいい。

「でも、殺人犯たちについては助言がほしいわ」

「また事件かい？」

「そう。だから、もっとがんばらないと」

「おなじ男？」

イヴは質問には答えず、自分のオフィスへもどった。もうコーヒーはほしくなくなっていた。そのかわりに歩きまわりつづけ、自由に思考を駆けめぐらせながら、ロークに第二の殺人の要点を伝えた。

「違法ドラッグについてその筋の情報がほしいなら、探ってみようか」

イヴは優雅な黒のビジネススーツに身をつつんだロークを見つめた。そのなかに危険な男がひそんでいることを忘れようとしても無駄だ。かつては、同類の危険な男たちと取引していた人間なのだから。

〈ローク・インダストリーズ〉は世界一巨大な多角経営企業《コングロマリット》かもしれないが、もとをただせば、その持ち主とおなじように、ダブリンの貧民街の暗い横丁や物騒な通りで生まれたのだ。

「それはしてほしくない」イヴはロークを説得した。「いまのところはね。チャールズとフィーニーの線が両方だめになったときは、頼むかもしれない。だけど、わたしとしては、あなたにその方面のコネを使ってほしくない」

「きみのコネとそんなにちがわないよ。僕のほうが早くたどりつけるだけだ」

「ううん、ちがう。わたしはバッジを持ってる。あなたは女性の知り合いがおおぜいいる」

「警部補、僕の過去のその部分は、もう終わったことだ」

「そう、わかってる。何が言いたいかというと、わたしの経験によれば、男っていうのはたいてい、好みのタイプがあるのよ。頭のいい女とか、従順な女とか、体育会系とか」

ロークはイヴに近づいた。「僕はどのタイプを求めると思う？」

「あなたはただ、足元にひざまずいた女たちをすくいあげるだけ。だから、タイプはいろいろ」

「きみが僕の足元にひざまずいた姿は思いだせない」

「それは期待しないことね。まあ、あなたはあまり期待しないけど。デートの相手にしろセックスの相手にしろ、サイバープールで釣りあげる必要なんかないから」

「お世辞には聞こえないな」

「そうじゃなくて、一般的な人は期待したり、理想のタイプを持ってたりするって言いたいの。第一のタイプは、知識があって、洗練されてて、ロマンティックなことが好きな都会の女性。おしゃれで、見た目も華やか。洒落たアパートに住み、その気になればセックスにも熱心になる。社交的で、親しみやすい。関心があるのは、ファッションと詩と音楽。洋服や有名レストランやサロンにお金を使う。生涯の伴侶となるべき男性を待ってるかどうかはわからないけど、そのとき理想の男性だと思えれば、その相手とのデートは楽しんでる」

「そして」ロークが口をはさんだ。「酒を飲みながら候補者をテストするほどの大胆さがある」

「そのとおり。第二のタイプは、郊外の堅実な中流階級の家で育った。内気で、もの静かで、知的。お金は本を買ったり簡易アパートの家賃を払ったりするためにたくわえておく。外食はめったにせず、毎朝十五分か二十分ぐらい、隣人の祖母ほどの年の女性と過ごす。街にはほかに友人はいない。とても若くて、まだ処女を守ってる。彼女はソウルメイトを待ち望んでる。自分を捧げるただひとりの男を」

「そして、会いもしないでその男を見つけられると信じるほど世間知らず」

「かたや内向的、かたや外向的。外見もまるで似てない。第一の事件では、殺人は予想外の出来事に見えるし、犯人もパニックにおちいってる。遺体にも生前に暴力が加えられた痕跡はない。セックスも膣性交のみ」

イヴはファイルからディスクを取りだし、コンピュータにさしこんだ。「第二の事件では、殺人は計画的な犯行に見えるし、犯人も落ちついて実行してる。遺体には暴力の痕跡、打ち身や咬傷があった。被害者は何度も手荒くレイプされ、肛門性交もされてる。そこから導きだされる説は、最初の殺人によって……犯人は自信をつけると同時にその興奮が忘れられず、もう一度試したくなり、今度はもっと興奮するように荒々しさを増したってこと」

うなずきながら、ロークはイヴのそばに立った。「そうかもしれない」

「画像を壁のスクリーンに」とイヴは命じた。「被害者たちのアパートの防犯カメラの映像を分割画面にしてみたの。右側がバンクヘッドのほう。殺人犯はウィッグやフェイス・パテやメーキャップで変装してる。この外見の男はダンテという名で通ってる。左側はラッツのアパート。こっちはドリアンという名前を使ってる。メイクの技はたいしたものね。背格好もみごとにちがう。身長も体つきも簡単に変えられるけど——踵を高くしたり、肩にパッドを入れたりして」

イヴはすでにこの画像を何度もつぶさに眺めていた。だから、そこに映っているものを把握していた。

「ダンテの様子を見て。彼女の手を取ってキスをし、彼女のためにドアを支えてやってる。まさに理想のデート相手。ドリアンはというと、彼女の腰に腕をまわしてる。部屋に向かいながら、彼女のほうはうっとりした目で見あげてるのに、ドリアンは女のほうには目もくれない。相手がどんな女かなんて、彼にはどうでもいい。彼のなかではすでに死んでるんだから」

イヴは画像を切り換えた。「これはダンテが部屋から出てくるところ。パニックにおちいって汗をかいてるのがわかるでしょ。どうしようってあわててる。どうしてこんなことになったんだ。どうやったら切り抜けられるだろうって。でも、グレースのときを見て。悠々と、闊歩してるみたいに出ていき、アパートを振りかえってほくそ笑んでる。こう思ってるのよ——ああ、楽しかった。つぎはいつにしようかな」

「さっきの説もまだ有効だよ」ロークは言った。「自信がついて、欲求や喜びが強くなったのかもしれない。第二の説は、相手によって人格や外見を変えているというもの。だが、きみは第三の説を持っている」視線をスクリーンからイヴに転じる。「犯人はふたりいる、と」

「単純すぎるかもしれない。犯人がこっちにそう思わせたがってるだけかもしれないけど」イヴはデスクの椅子に腰をおろし、ふたたび分割画面をじっと見つめた。「犯人の内側にはいりこめないの。犯人がふたりいるという前提で確率を出してみたけど、結果は四三パーセントをちょっと超えただけ」

「コンピュータには直感がない」ロークはイヴの隣に来て、デスクの端に腰かけた。「きみには何が見える？」

「ちがう身振り、ちがうやり方、ちがうタイプ。でも、そう演じてるだけかもね。役者かもしれない。ロマンティックな高級店でお酒を飲み、被害者の部屋にもどってくる。自分の巣は汚してない。キャンドル、ワイン、音楽、薔薇。演出はおなじ。ＤＮＡに関する報告はまだだけど、鑑識はグレース・ラッツの部屋で被害者や隣人以外の指紋を発見してない。ワインのボトルやグラスからも、遺体からも。今回は指先をコートしてたのね。第一の現場で犯人の指紋を採取したことをいつ、どうして知ったのかしら」

「犯人がふたりいるなら――物理的にしろ、多重人格にしろ――彼らはきわめて親密な仲だろう。兄弟みたいな」見あげるイヴに向かって言う。「相棒だ。そして、これはふたりのゲーム」

「ふたりはそれぞれ得点をつけてる。きっと勝負の決着をつけようとする。ここでチャット

ルーム を監視するわ。例のスクリーン・ネームが使われたところを」

「僕のオフィスを使えば。僕の機械のほうが速いし、何台もある。それに」イヴが断る理由を考えているのを知りつつ、つけくわえた。「ワインの購入者のリストを見せてあげられる」

「カスティーリョ・デ・ヴェキオ・カベルネの四三年との照合もやってくれる?」

「いいとも」ロークはうなずいて、イヴを立たせた。「だれかさんがワインをつきあってくれるならね」

「一杯だけよ」イヴはそう言って、ロークのオフィスについていった。「しばらく、これにかかりきりになりそうだから」

「監視したい場所をこのユニットにつなぐだけですむ」

イヴは洒落たユニットが並ぶ長く黒いコンソールに沿って進み、一台の前で足をとめた。

「ファイルを見ないと場所がわからない」

「コンピュータ、ユニット6イヴにアクセスせよ」ロークはオフィスのバーにあるワインラックを眺めたまま、イヴに言った。「呼びだしたいファイルの名前を入れて、コピーを命じればいい」

「NYPSDの公務データは自分のユニットから出せないとか、あなたにはそのデータにアクセスする権利がないなんて言っても、無駄みたいね」

「無駄だね、まったく。何か軽いものがいいな。うん、これがいい」ロークはワインを一本取りだしてから振り向き、しかめ面をしているイヴを見てくすくす笑った。「それをやりながら、何かちょっと食べない？」

「あとで叱ってやるからね」

ロークはワインの栓を抜いた。「心に留めておこう」

7

イヴはワインとキャビアを味わいながら、自分がいかにばからしいことをしているかを考えないようにした。セントラルのだれかに知られたら、この恥はもう取りかえしがつかない。

おなじことをしながら、ロークにはそれを楽しむ余裕がある。「見張りたいスクリーン・ネームを入力してごらん」

「ダンテNYC、ドリアンNYC。フィーニーは名前の最後にニュー《N》ヨーク《Y》シティ《C》がつくものを検索してる。だけど――」

「そう、ほかにも方法はある。それじゃ該当するものが無数にあるだろうからね。だが、ほかのやり方なら、うまくいくかもしれない」

「アカウント名はどう？　犯人は別のスクリーン・ネームで巡回してるかもしれないし、狩りが終わるごとに古い名前は捨ててるかもしれない」

「ちょっとつめて」ロークはイヴの椅子を少し左にずらして、隣にすわった。「コンピュータ、〈ラ・ベル・ダム〉というアカウント名のもとでおこなわれている全活動を検索せよ」

検索開始……

「フィーニーによれば、プライバシー・ブロックやアカウント・プロトコルをくまなく調べないと……」ロークが眉をあげてみせただけなのを見て、イヴは言葉尻を浮かせ、グラスを持ちあげた。「なんでもない」

「コンピュータ、当該アカウント名のもとで活動がおこなわれしだい通知し、活動場所を突きとめよ」

検索中。まもなく通知します。作業中……

「そんなに簡単なわけないわ」

「ふつうはね」ロークは身を寄せてキスをした。「僕がいてよかっただろ？　答えはいらないよ、ダーリン」そう言って、イヴの口にキャビアを押しこんだ。「僕に顧客リストを画面に表示させてくれればいい」

ロークは手動でその操作をおこない、器用にキーボードをたたいた。リストがスクロールされると、イヴはため息をついた。

「これでも少ないほうね。安物のワインだったら、たぶん、この百倍はいたかもしれない」

「もっとだろうな。リストは個人の客とレストランからの注文とに分類できる。さて、カベルネのほうはどうかな」

「それもあなたのところの銘柄？」

「いや、商売敵のだ。だが、方法はある。二、三分かかるけどね」

民間人が遠慮なく法を曲げるところをNYPSDの一員が指をくわえて見ているわけにもいかないので、イヴは立ちあがって、壁のスクリーンに近づいた。「コンピュータ、顧客のうち独身男性だけをスクリーン4に表示せよ」

これでだいぶ減った。レストランや女性や夫婦を除外することはできないし、しないつもりだが、ひとまず二百名の独身男性からはじめよう。

「コンピュータ、スクリーン5に二度以上購入してる独身男性を表示せよ。よしよし」人数が八十六に減るのを見て、イヴはつぶやいた。

「そっちのデータはまだ？」

「気長に頼むよ、警部補」と言って、ロークは顔をあげた。そうして見つめられるだけで、イヴは体がぞくぞくし、腿の力が抜けそうになった。

「何よ？」

「そうして立っている姿、ほれぼれするな――全身が警官だ。冷静な目、武器を身につけた近づきがたい態度。よだれがこぼれそうだ」軽く笑って、作業にもどる。「まいったよ。ほら、スクリーン3に分割表示したよ」

「そんなこと言って、わたしを興奮させようっていうの？」

「いや。だが、思わぬ愉快な効果があった。きみは興奮するとまたすてきだ。過去一年のこの地区の売り上げを見ると、うちの赤ワインはかろうじて商売敵の赤より数百本ほど勝っている」

「まあ驚いた」イヴは不機嫌な声で言ってからスクリーンのほうを向き、分類をつづけた。「コンピュータ、リストを照合し、一定期間内に両方のブランドを購入した客を抽出せよ。三十人もいないの」イヴは唇をすぼめた。「もっと多いかと思った」

「ブランドに忠実なんだろう」

「ここからはじめましょう。標準の方法で、まず五十歳以上の男を除外する。犯人、あるいは犯人たちは、もっと若い。そこからまた整理しなきゃ。父親、おじ、兄が購入してる場合も考えられる。あるいは」夫婦名義の購入者が表示されている画面を振りかえって、つけくわえる。「母親と父親もあるけど、ちょっとちがう気がする」イヴは歩きだした。「マイラのプロファイルを聞かないと断言できないけど、やっぱりちがうと思うの。親に買ってきてもらうなんて、ロマンティックでもエロティックでもない。それじゃまた、子供に逆戻りしちゃうでしょ。ちくしょう、俺は男なんだ。一人前の男だってところを見せてやる。

おおぜいのなかから女を選ぶことだってできるんだ」イヴは犯人の気持ちになって、さらにつづけた。「最上のものを自由に選べる。詩によれば、女は情け容赦のない生き物だ。隙を見せれば、痛い目にあわされる。だから、隙を与えてはいけない。今度は主導権を握るんだ」

イヴはリストに並んだ名前を見つめ、いったん離れてからまたもどってきた。「女は、あばずれで、娼婦で、女神でもある。彼女たちがほしい、彼女たちを抱きたい。だけどそれ以上に、パワーがほしい。彼女たちを支配する絶対的なパワーが。だから計画を練り、漁りまわり、標的を選ぶ。こちらは見られてないが、彼女の姿は見た。相手を観察しなければならないから。彼女がじゅうぶん魅力的であることを、自分とおなじように理想の姿を創りあげていないことを、しっかり確認しなければならないから。彼女は本物でなければならない。価値のある女でなければ。ふさわしくないものや人間に、無駄な時間を使うわけにはいかない」

すっかり感心して、ロークは椅子に深くすわった。「犯人はどんな行動をとるんだい？」

「狙いをつけて、細工をこらす。言葉やイメージで誘惑する。それから舞台準備を整える。ワイン、だれのものでもなく、彼の好みや雰囲気に合うもの。キャンドル、彼の心をくすぐるもの。違法ドラッグ、支配権を手に入れるため。拒絶なんて、とんでもないから。それより、相手は彼を望まなくては。強く願うの」

「肉体的に？」

イヴは首を振り、なおもリストを眺めつづけた。「願望だから、ちょっとちがう。選んだ相手から望まれる。それは相手を支配するのとおなじくらい重要なことなの。相手は彼を欲しなければならない。欲望の対象になるために、わざわざ努力したんだから。それも支配とパワーを手に入れたいからよ。彼は関心の的でなければ、中心人物でなければならない。彼の見せ場だから、彼のゲームだから、彼の勝利だから」

「彼の楽しみでもある」

「ええ、彼の楽しみ。でも彼は、相手も楽しんでると思いたい。鏡の前に立ち、理想の姿に、女が望むであろう姿に変身する。颯爽としてて、セクシーで、目をみはるほどハンサムで、なおかつエレガント。詩を引用したり、薔薇の花束を贈って口説いたりするような男。自分が唯一無二の女だと相手に思わせるような男。彼のほうもそう信じてるのかもね。もしくは、最初はそう信じてた、か。これがロマンスだと勘違いしてたのかもしれない。だけど計算された姿の裏側は、略奪者」

「男というのはそんなものだ」

イヴは振りかえった。「そうね。人間なんてそんなもの。でも、セックスに関しては男のほうが単純。男は単なる儀式だとみなしがちだけど、女はたいがい情緒を大事にする。被害者たちもそうだったし、彼はそれを知ってた。まず相手をじっくり観察して、彼女たちの弱みや幻想を突きとめる。それに合った役割を演じればいいんだから。そして、相手を支配する。ドロイドみたいに。ちがいは、彼女たちには血と肉があるだけ。彼女たちは現実に存在するものだから、スリルも本物になる。事が終われば、彼女たちは用なし。もとの娼婦にもどってしまったから、もう価値がない。つぎの相手を探さなければならない」

「犯人の内側にはいりこめないなんて言ったけど、そんなことないね。どうしてそれほど警官らしくありながら、常軌を逸した悪人の目で物事を冷静かつ明確に見られるのかな」

「負けたくないから。負けたら、なにもかも終わり。また父親のところへもどってしまう」

「そうだね」ロークは立ちあがり、そばに寄ってイヴをきつく抱きしめた。「きみもそれを知っていたか」


通知します。〈ラ・ベル・ダム〉というアカウント名での活動あり……

イヴははっと身を離し、振りかえった。「ユーザーのスクリーン・ネームと活動地点を」

ユーザー・ネームはオベロンNYC。活動地点は〈サイバー・パークス〉、五番街の五十八丁目……


イヴが走りだしたとき、ロークはすでにドアをあけて待っていた。「僕が運転する」

イヴはわざわざ文句を言わなかった。どれをとっても、ロークの車のほうが速いから。階段を駆けおりながら、コミュニケータをつかんだ。

「緊急事態発生、こちらダラス、警部補イヴ」

通信指令部に詳細を伝え、上着をひっつかんで玄関へ向かう。

通知を受けてから〈サイバー・パークス〉の正面にロークが車をつけるまで六分二十八秒。イヴは時間をはかっていた。そして、ブレーキの悲鳴がやむまえに、車から飛びおりていた。

走りながら、要請どおり制服警官を乗せたパトカーが到着しているのが見えた。

「だれも出ていかせないで」イヴは鋭い口調で言うと、バッジを取りだしてひっくりかえし、表向きになるようにしてズボンのベルトにさした。

ドアを抜けるや、ものすごい騒音に襲われた。サイバー・パンクの世界が津波のように押し寄せ、氾濫する客の声が荒々しく鼓膜を打つ。

イヴには未知の世界だ。雑多な群衆で肘が触れあうほど混みあっていた。カウンターやテーブルやキューブボックスにいる者、そのあいだをエアスケートで移動する者。だが、とてつもない混乱のなかでも、秩序のようなものはあった。

髪を奇抜な色に染め、舌にリングをはめた変人たちは、色分けされたテーブルコーナーにたむろしている。だぶだぶのシャツを着た真剣な顔つきのオタクたちは、キューブに固まっている。十代の少女たちはくすくす笑いながら集団ですべっていき、彼女たちをひっかけようとする十代の少年グループには気づかないふりをしている。

学生たちはたいがいカフェ・エリアに集まっていて、都会的で世の中に嫌気がさしているように見られようとがんばっている。彼らに取り囲まれているのは都市革命家たちで、学生たちがあこがれる洒落た黒い服に身をつつみ、半可通な知識をひけらかしている。

あちこちに散らばっているのは観光客や旅人、それに常連以外の客で、独特の雰囲気を味わったり見聞をひろめたりするために、あるいは単に行きつけの店にふさわしいかどうかを探るために来ている。

犯人はどのタイプだろう。

店の奥へと進み、イヴは〈データ・センター〉と表示されたガラス張りのボックスに近づいた。そのコントロール・タワーの真ん中には、赤いユニフォーム姿の退屈そうな男が三人、回転椅子にすわり、コンソールに向かっていた。彼らはヘッドホンを通じて、なにやらしゃべりつづけているようだ。

イヴはひとりに目をつけ、ガラスをたたいた。顎にできたてのニキビが散っている坊やは顔をあげた。いかにも権威ありげに首を振りながら、外側にあるヘッドホンを示す。

イヴはヘッドホンをつけた。

「タワーに触れないで」どなりつけるタイミングを見計らっているような口調で命じる。「緑の線の内側には絶対はいらないように。カフェに一般用のユニットがある。キューブのほうがいいなら、いまひとつあいてる。予約したければ――」

「音楽をとめなさい」

「なんだと？」彼は落ちつかない小鳥のように目をきょろきょろさせた。「緑の線からはいるな。セキュリティを呼ぶぞ」

「音楽をとめなさい」イヴはくりかえし、バッジをガラスにたたきつけた。「いますぐ」

「だけど——僕にはできない。許可されてないんだ。どうなってるんだよ。チャーリー？」

彼は椅子にすわったまま、くるりと振りかえった。大混乱がはじまっていた。

群衆の叫び声は、コンピュータが作りだす凶暴な音楽をも上回った。客たちはいっせいに悲鳴や怒声やののしり声をあげながら、スツールから飛びおり、キューブから飛びだしていく。そして、群れをなして〈データ・センター〉に突撃してくる。王様の城を攻撃する農民のように、恐怖と怒りと流血への欲望を満々とたたえて。

武器に手をのばす間もなく、でたらめに突きだされた肘鉄砲を顎に受け、イヴは〈データ・センター〉のガラスに後頭部をたたきつけられて、目の前にちかちかする白い星が散った。

それで堪忍袋の緒が切れた。

緑色の髪をした変人の股間に膝蹴りを食らわせ、泣き叫んでいるオタクの足の甲を力いっぱい踏んづけてから、天井に向けて三発放った。

動く者はほとんどいなくなったが、転倒する者や、まだセンターのほうへ突進しようとしている者たちもいる。

「NYPSD！」イヴは大声で言って、バッジと武器を掲げた。「やかましい音楽を切りなさい。早く！ みんなさがって、ただちに自分のいた場所にもどってすわりなさい。従わない場合は、暴動、暴行、それに公序良俗を乱したかどで連行するわよ」

その場の全員が理解したわけではなかった。話し声やこけおどしの文句にかき消された部分もあった。だが、いくらか社会意識のある者たちや臆病者たちは、こそこそもどっていった。

十代の少女がひとり、エアスケートをからませたままイヴの足元に投げだされていた。鼻血を流し、泣きじゃくっている。

「あなたはいいわ」イヴはできるだけやさしく、つま先でつついた。「さあ、起きなさい」

あちこちからあがる怒号は、また大きくなりつつあった。社会人としての義務も臆病さも、暴徒と化した群衆の前では長くはつづかなかった。

「落ちついて静かにしてくれないと、何も解決しないわよ」

「ここはウイルスとは無縁の場所なんだ」だれかが叫んだ。「何が起こったのか知りたい。だれがやったのかを知りたい」

おおかたの者がそう思っているらしい。

ロークが群衆の波を切って進んでくる。まるで、ごつごつの岩を切り開くなめらかなナイフのように。

「システムにウイルスがインストールされた」ロークは小声で言った。「ユニットが使えなくなっている。全部だ。それも、いっぺんにだめになったようだ。きみは数百人の怒れる民衆をかかえこんだことになる」

「ええ、それはわかってる。ここから出てって。応援を頼んで」

「きみをここに置いていけない。文句を言っても無駄だよ。きみが警官隊を呼んでいるあいだに、僕にちょっと話をさせてみてくれないか」

反論する隙も与えず、ロークはしゃべりはじめていた。声を張りあげることもない。イヴはそっとコミュニケータを取りだしながら、うまいやり方だと思った。大部分がどなるのをやめて、ロークの話に耳を傾けようとしている。

声ははっきり聞こえたが、ロークがとうとうと並べたてるサイバー用語はほとんどわからなかった。

「ダラス警部補、五番街の〈サイバー・パークス〉にて問題発生。至急、応援を要請します」

くわしい状況を伝えながら、また群衆の一部がおとなしくなり、席にもどるのが見えた。ざっと数えたところでは、手に負えない連中は五十人くらいに減っている。その先頭に立っているのが革命家たちで、やれ陰謀だとかサイバー戦争だとか通信テロだとかについてしゃべりまくっている。

ふたたび戦略を変える潮時だ。イヴはひとりの男に的をしぼった。黒いシャツ、黒いジーンズ、黒いブーツというでたちで、髪は金色でわざともじゃもじゃにしている。

イヴはその男の前まで進んだ。「わたしの言ったことが聞こえなかったみたいね。自分のテーブルか、もといた場所までもどりなさい」

「ここは公共の場だ。わたしには公民としてここに立って話をする権利がある」

「あなたが暴動を起こすためにそれを行使するなら、わたしにはその権利を使わせない権限があるの。だれであろうとその権利を主張する者には、身体的危害や物的損害の責任を負ってもらうわよ」イヴは怪我をした少女のほうを身振りで示した。起きあがってすわってはいるが、まだすすり泣いていて、友だちが顔についた血をふいてやっている。「彼女たちがテロリストに見える？　彼はどう？」イヴは親指を立てて、〈データ・センター〉の坊やのほうをさした。いまはおびえた顔をガラスに押しつけている。

「悪の手先は利用されて、捨てられるんだ」

「なるほど、そして若者たちは、あなたみたいな連中が人前で自分のエゴを満足させたがるから、巻き添えで怪我をする」

「NYPSDは右翼の官僚や半神半人《デミゴッド》の汚れた道具にすぎない。一般市民の意志や自由を打ちくだくために使われているんだ」

「あらら、的をしぼろうよ。相手は通信テロ、サイバー戦争、それとも大物役人？　いっぺんに全部の塁を守ることはできないわよ。いい考えがあるわ。あなたは自分の席につく。そしたらあなたのすばらしい説に耳を貸してくれる人を連れてきてあげる。でも、いまここには、治療が必要な人がいるの。あなたはそれを妨害してるのよ。それに、今夜ここで起きたことを解明しようとしてるわたしの捜査も」

男は鼻で笑った。それがまちがいのもとなのに。「市民の権利を侵害して、わたしを逮捕したらどうだ？」

「いいわよ」身のこなし方はもう考えてあった。イヴは相手に抵抗する隙も与えず、手錠をかけていた。「おつぎは？」にこやかに尋ねたところで、応援がなだれこんできた。制服警官に引き渡されながら、男はふたたびどなりはじめた。

「なかなかよかったよ」ロークが言った。「右翼のデミゴッドの汚れた道具にしては」

「どうも。先にこの場を整理しないと」イヴは客たちの顔を見渡した。「彼はもういないわね」

「ああ、いない。制服警官が到着するまえに逃げだしていただろう。コンピュータ《データ・クランチャ》と話をしてみてもいいかな。何か探りだせるかどうか」

「助かるわ」

イヴはまず、怪我人から事情をきいて解放した。つづいて二十歳以下と五十歳以上。そのつぎがよそ者、残りの女性。データを取り、印象をまとめ、名前をリストにしながらも、鳥がすでに飛び去っていることははっきり感じていた。

スタッフとともに残り、彼らをカフェに待機させて、イヴは個人用キューブにいるロークに合流した。画面はほかのユニットと同様に、混沌とした色や奇妙なシンボルであふれている。かたわらには、おしゃれなコーヒーがはいった背の高いマグが置かれている。

「これがおおもと？」

「そうだ。ちょっと――」

「だめ、なにひとつ手を触れないで！」イヴはロークの手首を押さえた。「なにひとつ、手を、触れるな」イヴはくりかえし、制服警官に合図して呼びよせた。「捜査キットがほしい」

「パトロールには小型キットしか携帯してませんが」

「それでいいわ。それから、リンクシー巡査」名札に目をやって、つけくわえる。「この店の責任者に知らせなさい。NYPSDより追って通知のあるまで営業停止だって」

「ありがたくない役目ですね」びっくりするほど元気よく、リンクシーは捜査キットを取りにいった。

「僕だって」イヴが向き直ると、ロークは言った。「さわるつもりはなかったよ。仕事の初日ってわけでもあるまいし」

「すねないの。それに、これはわたしの仕事よ。あなたのじゃない。このユニットがおおもとだって、どうしてわかったの？」

ロークは指を丸め、爪の手入れ具合を確かめている。「あ、ごめん」ぼんやりとほほえんだ。「何か言ったかい？　僕はただ時間をつぶしていただけだ。すてきな妻が仕事を終えて帰ってくるのをね」

「まったくもう、わかったわよ。叱って悪かった。ちょっとぴりぴりしてたの。あなたはすごく勇敢で強くて頭が切れるから、どうしてこれがおおもとだとわかったのか、教えてくださらない？」

「そのほうがずっといい、ただしきみが唇をひんまげていなければ。でも、教えてあげよう。集中システムからたどっていって、ウイルスが発生した出発点を見つけたから。これが最初に感染したユニット。ウイルスはそこから中央システムに自分自身をインストールし、インターフェイスで接続された全ユニットに感染させ、ほとんど同時にウイルスを起動させた。じつに抜け目ない」

「とってもすてき」

リンクシー巡査がもどってきた。「キットをどうぞ、警部補」

「ありがと」イヴは捜査キットを受けとって開いた。〈シール・イット〉で指先をコートしてから、そのスプレー缶をロークに渡した。「まだ何もさわらないで」ペン型のスキャナーを取りだし、細い光線をともして、コーヒーマグのあちこちにブルーの冷たい光を浴びせた。「親指の指紋がくっきりついてる。あら、人さし指の一部も。パーム・ユニット持ってる？」

「肌身離さず」

「事件ファイルにアクセスできる？　指紋を照合したいの」

ロークが頼まれたことをしているあいだに、イヴはテーブルの表面に光線を向けた。指紋だらけで、ほとんどこすれている。

「警部補？」ロークは事件ファイルにのっている指紋をプリントアウトした小さな用紙をさしだした。

イヴはうなってから、コピーをマグの潜在指紋に近づけた。「犯人のだわ。ちょっと待って」イヴはスキャナーを使ってマグを持ちあげ、コートした指を底に添えてバランスをとり、中身を証拠物件袋にあけた。「なんでみんな、申し分ないコーヒーに泡だのフレイバーだのを加えて、だいなしにしちゃうのかしらね」袋に封をしてから、別の証拠物件袋にマグを入れて封印した。「質問」

「なんだい？」

「犯人にはなぜ、わたしたちが来るのがわかったの？　わかってたはずよね。だから、ウイルスをインストールした。わたしたちが到着したのは、通知があってから数分しかたってない。なのに、こっちの動きに気づき、菌をばらまいてずらかった。どうして？」

「考えがあることにはあるが、まずちょっと探ってからだ」

イヴは体重を移動した。「どうやって探るの？」

「このユニットのなかを見たい」

イヴは葛藤した。厳密な手続きを踏むなら、フィーニーかマクナブをたたき起こしてひっぱりだし、現場でユニットを検査してもらうことはできるし、おそらくそうすべきだろう。あるいは、ＥＤＤのほかの技術者を呼ぶとか。

でも、ロークがここにいることだし。

もしロークが警察官だったら、とっくにＥＤＤのトップにのぼりつめているだろう。

「専門的な助言をするコンサルタントとして、この現場に呼ばれたと考えなさい。民間人のよ」

「いつもながら、いい響きだな」ロークは内ポケットから小さなケースをするりと取りだし、コートした指先をくねらせた。「さあ、さわるぞ」

ロークはマイクロ・ドリルを使って、あっという間に覆いを取りはずした。それから、ふむふむとつぶやきながら探索を開始した。「この店のシステムは三段階に分かれているんだ」世間話でもする口調で言った。「これは最高レベルで、利用する機能によってもちがうが、使用料は一分当たり一ドルから十ドルかかる」

急に胃が重くなった。「あなたの店なの？」

「じつはそうなんだ」ロークは作業をつづけ、髪の毛のように細いケーブルでユニットにてのひらサイズのコンピュータ《PPC》をつないだ。「だが、それは関係ない。もっともきみにとっては、今夜の騒動のことでオーナーから不満をこぼされることはなくなるがね。このユニットを証拠として押収されても、ぶつぶつ言われない」ロークはようやく顔をあげ、あのおもしろがるようなブルーの目でイヴの顔をさっと眺めた。「きみの書類仕事も減る」

「右翼の官僚気質のデミゴッドがどんなもんか知ってるでしょ。やつらは書類が大好物なの」

「顎にあざができているね」

「ええ」イヴはうずく顎を親指でこすった。「くそっ」

「痛む？」

「はずみで舌を嚙んだの。そっちのほうが痛い。あなたは？」

「たいした傷はない。このシステムは完全にいかれている。利口なやつめ」ロークはしみじみ言った。「きわめて利口な坊やだ。徹底的な診断が必要になるだろう。だが、きみには一流の技術者がついていて、そいつはいつでも協力したいと思っている。一般のユニットを操作して自分のアカウントが検索されたら知らせるように仕組むのは、簡単にできることじゃない。彼はひじょうに高感度の携帯用スキャナーを持っている。それを接続したんだろう。じつに周到で、じつに頭が切れる」

「その裏をかくことはできる？」

「いずれはね。この店にあるユニットは、ウイルスに感染させようという試みがあるなり、シャットダウンしロックするよう設計されている。万一にそなえて、探知システムとフィルタ・システムも内蔵されている。にもかかわらず、彼はこのユニットと、ここにある全ユニットのデータを一掃するウイルスをインストールした。それも、保護された通知を探知してから数分のあいだに」

イヴは後ろにもたれた。「なんだか感心してるみたい」

「ああ、そのとおり。感銘を受けている。きみが追っているやつは天才だ。まったく残念だね、彼がこのユニット同様、腐敗しきっていて値打ちがないのは」

「ほんと、胸が痛むわ」イヴは立ちあがった。「スタッフを解放してから、このユニットを押収してEDDにまわす。それが片づいたら、セキュリティを確認したいわ。今夜はどんな姿をしてるやら」

その男は気取って見えた。群衆を眺める目つきに、それがあらわれている――顔には穏やかな感じのいい笑みを浮かべていても、人をばかにしてあざ笑っているのだ。群衆のなかを通り抜けながら、自分をまわりから隔離している。だれとも話をせず、気軽なあいさつも交わさない。予約したキューブにまっすぐ進み、壁に背をつけてすわり、遮るものなく店内を見通せるようにしていた。

「まえにも来たことがあるのね」イヴは言った。

スタッフには彼を覚えている者はいなかった。そしていつものように、店の責任者はおろおろしていた――警察の捜査だからではなく、暴動が起きかかったからでもなく、ロークが店にいるというその事実に。そのため、自分の名前を口にするのでさえ、容易ではなかった。

ユニットとキューブを予約したのは、R・W・エマソンという人物だった。偽名にちがいない。あとでざっと調べたところ、大昔に亡くなった詩人の名前であることがわかった。

今夜の彼の髪はつややかな赤みがかった茶色で、たてがみのようにふさふさしていた。眼鏡のフレームは四角、レンズは薄い琥珀色。カジュアルではそういうのが流行なのか、黒っぽい先細のズボンにアンクルブーツ、眼鏡のレンズと同色の腰が隠れる長さのシャツ、というでたちだ。右の手首には金のブレスレット、耳たぶにはきらきら光るピアスが並んでいる。

彼はまずコーヒーを注文し、携帯リンクでどこかに連絡した。それから、店内の観察をつづけながらコーヒーに少し口をつけた。

「周囲に異常がないのを確認してるわね。それに、女を物色してる。彼女たちのあとを目で追い、吟味してる。ほかのユニットにいる人にメッセージを送れるのよね？　それもあって、自宅でくつろいでネット・サーフィンするかわりに、出かけてくるんじゃない？」

「それも人づきあいのひとつの方法だ」ロークは断言した。「匿名でいることとの刺激、のぞき見的な興奮もあるかもしれない。店内のだれかにメッセージを送り、相手の反応を見守ることができる。それを見てから、つぎの段階へ進んでじかに接触するかどうかを決めればいい。ユニットにはプライバシー保護が標準装備されている。プライバシーを侵害されたくないとか、言い寄られたくないという者のために」

　イヴは容疑者がログオンする様子を観察した。ボイス・モードではなく、手動で操作している。

「やっぱり」ロークはイヴの腕に触れてから、ズームインして、ある部分を拡大するよう命じた。「スキャナーだ」

　銀色をした小さくて薄い名刺入れのようなものが見える。彼はその角から伸縮自在の細いケーブルをひっぱりだし、ユニットの側面にあるポートに接続した。

「ほう、彼はなかなかやるな。あんなにコンパクトなのははじめて見た。おそらく、自分で作ったんだろう。だけど――」

「研究・開発の可能性はあとで考えなさい」イヴはぴしゃりと言った。「バン！　検索されてることに気づいたわ」

彼は身をこわばらせ、頬をたるませた。その瞬間、気取りも優越感もなくなった。ショックを受け、おびえているように見える。ファッショナブルな眼鏡の奥で、びくびくとした目を店内に走らせた。

彼はスキャナーを引き抜き、コンピュータ・オタクにありがちな、思いつめたような真剣さと入れこみようでキーボードにかがみこんだ。

「ウイルスをプログラムしているんだ」ロークは静かに言った。「汗をかいているが、何をすべきかは心得ている。インストールしはじめた」

彼は震えていた。何度も手の甲で口元をぬぐっている。だが、席を動かず、目をモニターに貼りつけている。やがて立ちあがり、ほとんど口をつけていないコーヒーをそのままにして出口へ急いだ。テーブルやほかの客にぶつかるのも気にせず。

ドアに着くころには走りだしそうになっていた。外へ出て右へ曲がるのが見えてから、ドアが閉まった。

「逃げた。たった二分で姿を消した。制服組が要請に応えて現場に到着するまでに、たっぷり一分の余裕をもって逃走した」

「正確には九十八秒」ロークはあいづちを打った。「彼は手際がいい。ひじょうに手早い」

「そうね、手早い。でも、彼は動揺してた。アップタウンへ向かったわ。おびえながら――家に逃げ帰ったのよ」

8

震えがとまるのに一時間近くかかった。一時間とウィスキー二杯、それにルシアスが二杯目の酒に入れた安定剤。

「こんなこと、起こるはずなかった。ありえないよ」

「落ちつけよ、ケヴィン」ルシアスはゾーナーをちょっぴり加えた煙草を取りだし、火をつけて足首を組んだ。「ゆっくり考えるんだ。いきさつを話してみろ」

「やつらはアカウント名を探りあてた。保護されてたアカウント名だ」

ルシアスはいらだたしげに煙草を吸った。「何週間もかかると言ったじゃないか」

「やつらを見くびってたらしい」不安と怒りが交錯する。「だがたとえ何があっても、僕らにたどりつくことはできないはずだ。だけど、アカウント名がわかっただけで、どうして僕の居場所がわかったんだろう。それもあんなに早く。街じゅうのクラブやそこにある全ユニットを監視する施設も人員も設備も、警察は持ってない。それに、プライバシー・ブロックの問題もある。標準装備のほかに、僕が実行したやつもあるんだ」

ルシアスは煙を吸いこみ、ゆるゆると吐きだした。「彼らが幸運に恵まれる可能性は？」

「ゼロだ」食いしばった歯のあいだから言った。「彼らはすぐれた設備とすぐれた技術者を使った」ケヴィンは首をひねった。「なんでそんな高度な技術を持つやつが、警官の給料で満足してるんだ？　民間企業なら、そいつは好きなだけもらえるのに」

「世の中にはいろんなやつがいるじゃないか？　やあ、わくわくしてきたぞ」

「わくわくしてきた？　僕は捕まってたかもしれないんだぞ。逮捕されて、殺人罪で起訴される」

いつものように、ゾーナーの効果があらわれはじめた。「だが、捕まらなかった」ルシアスはケヴィンをなだめてやりたくなって、身を乗りだし、相棒の膝を軽くたたいた。「やつらがどんなに利口で、技術があったとしても、僕らにはかなわない。おまえだって、そういう場面を想定して、準備してたじゃないか。クラブをウイルスだらけにしたんだ。なんてすばらしい。またメディアの見出しを独占だ」そこで、ため息をついた。「さらに得点を稼いだな」

「防犯カメラに撮られてたと思うが」ケヴィンはゆっくり息を吸い、ゆっくり吐きだした。あらゆる意味で、ケヴィンにとってルシアスは最上のドラッグだ。彼にほめられただけで、不安が静まってきた。「これほど近くのクラブじゃなかったら、外見を変えてなかったかもしれない」

「運命だ」ルシアスはそう言って笑いだし、相棒の笑顔を引きだした。「それも運命だと思わないか？　運が味方してくれてるんだよ。だいじょうぶだ、ケヴ、すべてどんどんよくなっていく。アカウント名のほうはまかせていいか？　別のやつを作ってくれるだろう？」

「ああ、それはなんの問題もない」ケヴィンはひょいと肩をすくめてみせた。エレクトロニクスに関することで、自分にできないことはない。「警察はずいぶん、こっちの情報をつかんだよね、ルシアス。チャットルームのことや、演出のこと。しばらく休んだほうがいいかもな」

「せっかく楽しくなってきたのに？　それはどうかな。リスクが大きいほど、スリルも大きい。僕らが敵に立ち向かってるのはたしかだ。それがひとりだろうとおおぜいだろうと、相手にとって不足はない。おもしろさが増すじゃないか。意欲をそそられる」

「あのアカウントは閉じないでおこう」ケヴィンは考えながら言った。「おとりに使うんだ」

「よし！」ルシアスは椅子のアームをたたいた。「これでゲーム再開だ。考えてもみろよ。あすの晩、デートしてるところを想像してみろ。なんと、愛らしい女性と酒を飲みながら、最近の恐ろしい事件のことを話すんだ。不運な姉妹たちの死を思って、彼女は可憐に身震いする。自分もおなじ運命にあるとは知らずに。うん、これはおもしろそうだぞ」

「そうだな」ウィスキーとドラッグが体内を駆けめぐり、吸いこむ空気まで澄んでくる。「スリルが増すことはまちがいないね」

「ひとつだけ、たしかなことがある。僕らは退屈してない」

俄然、楽しくなってきて、ケヴィンはドラッグ入りの煙草に手をのばした。「それに、とうぶん、退屈しそうにない。あすの晩、どんな格好をしてるか目に浮かぶよ。僕がどんなふうに見えるかがね。彼女はとてもセクシーなんだ。モニカ、名前だけでもセックスのにおいがする」ケヴィンはそこでためらった。相手をがっかりさせたくなかったから。「僕にちゃんとできるかな、ルシアス。彼女を殺せるだろうか」

「できるさ。おまえはやる。一度到達した目標から後退するやつはいない」ルシアスはにこやかに言った。「考えてみろよ、ケヴィン。彼女の裸体に触れながら、彼女の体を堪能しながら、自分が最後の男だということを知ってるんだぞ。彼女が最後に覚えてるのは、おまえに突かれてることだけだ」

考えただけで、ケヴィンは硬くなってきた。「彼女が心地よく死ねるのはいいことじゃないかな」

ルシアスの笑い声が部屋に冷たく響きわたった。


ピーボディはつねに体重を落とすことを気にしているので、イヴの自宅の最寄駅から六ブロック手前で地下鉄をおりた。そしてホームオフィスでの打ち合わせにはりきって出かけた。すばらしい宝がつまったオートシェフがあるから。

それもウォーキングをする理由のひとつだ。前もって罪のつぐないをしておくようなもの。フリー・エイジャーの感覚にもぴったり合う解決法だ。もちろん、フリー・エイジャー

の主義には "罪" とか "つぐない" はない。それはアンバランスとかバランスと呼ばれている。

要するに、表現のちがいにすぎないけれど。

ピーボディが育ったのは収拾のつかないような大人数が暮らす家で、家族はみな自己表現の価値を認め、大地と芸術を崇拝し、自分に嘘をつかないことを信条としていた。

ピーボディはちゃんと心得ていた。自分に嘘をつかないことは、都会の……えーと、バランスを保とうと日夜励む警官に必要だという気がする。

だが、いまは家族が少し恋しい。あふれるほどの愛と予想外の出来事。それに、やれやれ、その素朴さも恋しいのだ。二、三日休暇を取って家に帰り、キッチンにすわって母のシュガークッキーを食べながら、単純そのもののなかにひたってきたほうがいいのかもしれない。

いったい何がいけないのか、さっぱりわからない。どうして、こんなにさびしくて、落ちつかなくて、気持ちがすっきりしないのだろう。自分がいちばん望むものを手に入れたのに。警官という職業を。自分は優秀な警官だ、それも、これ以上のお手本はないと崇める人物の直属の部下なのだ。

この一年でいろいろなことを学んだ。捜査のコツや手順ばかりでなく、ただの優秀な警官と並外れた警官とのちがいを。

解決だけを望む警官がいる一方で、事件の奥深くまで踏みこみ、犠牲者を気にかけ、彼らを忘れない警官がいるのだ。

自分も仕事の腕があがってきていることは実感できるし、誇りにも思っている。さまざまな人が住みついているニューヨークの暮らしも好きだ。ブロックを移動するごとにちがった顔に出会える。

街はあらゆるものでみなぎっている。人間、エネルギー、行動。実家にもどってキッチンにすわっていても、そこでの生活に満足することはもうできない。ニューヨークじゃなければだめだ。

ピーボディは狭いながらも自分だけの空間を保てる部屋に満足している。いつもの仲間がいて、気のおけない友人がいて、やりがいのある立派な仕事がある。

デートの相手だって、まあ、デートらしきものの相手だっている。とてつもないハンサムで、思いやりがあって、洗練されている男だ。画廊やオペラやすてきなレストランにも連れていってくれる。チャールズのおかげで、街のちがう顔に触れられただけでなく、ちがう人生を味わうこともできた。

それでも、夜、ベッドに横たわって天井を見あげていると、どういうわけか、たまらなくわびしくなる。

こんな状態からは抜けださなければ。憂鬱なんて、ピーボディ家には無縁のことだ。家族のだれもがのぞいたこともない暗い淵に、舞いおりていくつもりはない。

趣味を持ったほうがいいのかもしれない。ガラス・ペイントとか、ベランダ・ガーデニングとか。ホログラフィック写真とか、マクラメ編みとか。

ふん、アホらしい。

そう思ったとき、マクナブが地下鉄のグライドから出てきて、あやうく衝突しそうになった。

「やあ」ピーボディがあとずさるのと同時に、マクナブもとっさに一歩さがった。両手はポケットにつっこんでいる。

「あら」なんてタイミングが悪いんだろう。もう少し速く、あるいはゆっくり歩けばよかったのに。五分早く家を出るとか、二分遅く出るとかできなかったのか。

ふたりはしばらくにらみあっていたが、いつまでもそうしているわけにもいかなかった。グライドや歩道にあふれだした通勤者に殺されてしまうから。

「きみも」マクナブはポケットから手を出し、水色のレンズがついた丸いサングラスの位置を直した。「ダラスに呼びつけられたのか」

「最新情報があるって」

「ゆうべ、進展があったらしいね」マクナブは穏やかで気楽な口調を保とうと苦心しながら言った。「惜しかったな。俺たちが〈サイバー・パークス〉に行ったときに、変態野郎が立ち寄ればよかったのに。捕まえられたかもしれない」

「無理よ」

「もっと楽観的に考えろよ、シー・ボディ」

「もっと現実的に考えたら、あんぽんたん」

「機嫌が悪いな。きざ野郎のベッドで反対側から起きたのか？」

ピーボディには自分の歯がきしる音が聞こえた。「チャールズのベッドには反対側なんてないわ」甘い声で言った。「とても大きくて、ふかふかで、円形になってるの」

「へえ、そうかい」豪華でセクシーなベッドで、ピーボディがほかのだれかと裸でたわむれているのを想像したら、マクナブは脳の回路が半分ショートしそうになった。

「そういう気の利いた答えが返ってくると思ってたわ。最近つきあってる、おつむの軽い美女たちを相手に機知を働かせてるんでしょ」

「こないだの美女はマサチューセッツ工科大学《MIT》の博士号と、女神のような肉体と、天使のような顔を持ってた。機知を働かせてる時間はあまりなかったよ」

「助平野郎」

「尻軽女」マクナブはローク邸の門のほうへ向かいだしたピーボディの腕をつかんだ。「そばに寄るたびにはねつけられるのはもうたくさんだよ、ピーボディ。ブレーキをかけてるのはそっちのほうだぞ」

「遅かったくらいよ」手を振り払おうとしたが、マクナブはびくともしなかった。いつもその細い腕の力を見くびってしまう。その腕の力にどきどきしてしまうなんて、まったく癪にさわる。「例によって、あなたが悪くて、あなたがばかなの。事を終わらせたのはあなたじゃない。なんでも自分の思いどおりにならないからって」

「へえ、そうかい。きみが俺のベッドから転がりでて、あの男娼のベッドに転がりこんだことに文句を言って悪うござんしたね」

ピーボディはマクナブの胸に拳をたたきこんだ。「彼をそんなふうに呼ばないで。なんにもわかってないくせに。あなたにチャールズの十分の一でも、あの品格があれば、あの魅力と思いやりがあれば、もう少し人間らしくなれたでしょうに。でも、あなたにはそんなものないから、こっちがお礼を言いたいくらいだわ。腕に触れることを許したわたしの愚かで恥ずかしくてぞっとするまちがいを終わりにしてくれて。どうもありがとう！」

「どういたしまして」

たがいに息を荒くしながら、鼻を突きあわせてにらみあった。やがて、うめき声になって、唇が触れあった。ふたりはなおもにらみあったまま、さっと離れた。

「いまのは、なんでもないからね」ピーボディは切れ切れに言った。

「そうさ、なんでもない。だから、もう一度やろう」

ぐいと引き寄せられ、下唇に歯を当ててむさぼられた。くらくらするようなキス、まるで大砲で撃たれたみたい。耳鳴りがして、息がとまりそうで、立っていられない。マクナブの細い体に手を走らせたくてたまらなかった。

ピーボディは尻で我慢することにして、ひねりとってポケットにしまえるのではないかという勢いで指を食いこませた。

マクナブはピーボディをくるりとまわし、糊のきいた堅い制服の下に手をさしいれようと必死になった。その下には、驚くべき曲線と、柔らかくしなやかな肌があるのだ。それにさわりたくてたまらないあまり、相手を押しやりつづけ、門の防犯センサーを通り越して鉄の格子に強くぶつけてしまった。

「痛い」

「ごめん。お願いだ――我慢できない」マクナブはピーボディの喉元に口を押しつけ、このままアイスクリームみたいに舐めつくしてしまえないかと思った。

「恐れいりますが」どこからともなく、四方八方から声が聞こえてきて、ふたりは目を丸くして見つめあった。

「いま何か言った？」ピーボディはきいた。

「いや。きみは？」

「巡査、捜査官」

なおも抱きあったまま、ふたりは視線を右へ向け、石柱に取りつけられたセキュリティパネルを見た。スクリーンに映ったサマーセットが、無表情な目でこちらを見ている。

「警部補がお待ちかねです」サマーセットは慇懃無礼な口調で言った。「ゲートから少し離れていただけましたら、門をあけても倒れにくいかと存じますが」

ピーボディは頬が焼きトマトのように真っ赤になるのを感じた。「もう、まったく」マクナブを押しのけて離れると、制服の乱れを直した。「ばかなことしてくれたわね」

「でも、すごくよかったよ」なんだか膝小僧が体から切り離されたような感じがした。開いた門へ踏みだした一歩はよろよろで、関節がはずれているみたいだった。「俺たちどうしちゃったんだ、ピーボディ」

「つまりなんていうか……化学反応みたいなものでしょ。それに従わなきゃいけないってわけじゃないのよ。なにもかもめちゃめちゃになるだけだから」

マクナブはピーボディの前に出てこちらを向き、そのまま歩きつづけた。つややかな長いポニーテイルを左右に揺らしている。膝のあたりまでなびかせている細身のジャケットは、野に咲くケシの花の色だ。警戒する心とは裏腹に、ピーボディの唇はひとりでに動いて、ほほえんでいた。

「あなたって、ほんとにへんてこね」

「今夜、ピザでも食べにいかない？　俺たちがこれからどうなるか確かめに」

「結果はもうわかってるでしょ」ピーボディは釘を刺した。「いまはそんなことしてる暇はないわ、マクナブ。考える暇もないの」

「俺はいつもきみのことを考えてる」

その言葉にびっくりして、ピーボディは立ちすくんだ。心臓が足元まで落ちてきたようになりながら、歩きつづけるのはむずかしい。「人を惑わすようなこと言わないで」

「それが狙いさ。ピザだよ、シー・ボディ。きみがピザに目がないのは知ってる」

「ダイエット中なの」

「なんのために？」

大まじめにそうきかれると、いつもうれしくて拍子抜けしてしまう。「お尻の大きさがプルートー並みに近づいてるから」

ドライブウェイの長いカーブを進みながら、マクナブはピーボディのまわりをまわった。「何言ってるんだよ。すてきなお尻じゃないか。ほら、探さなくてもそこにあるのがわかる」

マクナブは愛情をこめてピーボディのお尻をつねり、警告の目でにらまれて、にやりとした。前進している証拠だ。「食事とおしゃべりだけ。セックスはなし」

「そうね、考えておくわ」

ロマンスについてのロークの助言を思いだして、マクナブはすばやく芝生のほうへ駆けていき、観賞用の梨の花を手折った。石段のところでピーボディに追いつき、その花を制服のいちばん上のボタン穴に挿してやった。

「なによ」ピーボディはそう言ったものの、花はそのままにして邸にはいっていった。

つとめてサマーセットと目を合わせないように気をつけたが、イヴのオフィスへまっすぐ向かうよう案内されつつ、首筋が赤くなるのがわかった。

イヴはオフィスの真ん中に立ち、体をかすかに揺らしながら、セキュリティの映像をふたたび見つめていた。犯人は気取っている。超然としている。サイバーカフェの客たちをあのおもしろがるような目で眺めまわしながら、だれもが自分より劣っていると思っている。人に言えない秘密をかかえていることを自覚している。

だが同時に、人目をひき、賞賛と羨望の的になる服装をしている。ただものではないとまわりに思わせるようないでたちだ。

彼は先を読んでいる。いかなるものでも人でも、自分にかなうものはないという自信にあふれている。ところが事態に狂いが生じると、恐怖とパニックに襲われる。

個人用キューブでモニターをにらむ顔に、玉の汗が浮かんでいるのが見える。ブリナ・バンクヘッドの遺体を窓から放り投げたときも、そんな顔をしていたのだろう。イヴには簡単にその姿が見えた。問題を取り除いたのだ。都合の悪いことは、自分を脅かすものは捨ててしまえというわけだ。そして、逃げだした。

しかし、翌日の晩の姿は見えない。殺意をもって、別の女性に接した冷酷な姿は見えてこなかった。

そこへピーボディとマクナブがはいってきた。イヴは振り向いた。「この男の画像を正面と後ろと横向きで分析して。顔の造作、目——色じゃなくて形よ、体つきに重点を置きなさい。髪は無視していいわ。きっと自分のじゃないから」

「顎に傷ができていますね、警部補」

「ええ、あなたは上着に花を挿してるのね。おかげで、わたしたちふたりとも、ばかみたいに見える。ぐず《ディックヘッド》がウィッグと美容用品のブランドを突きとめた。ピーボディ、販路を追って顧客リストを手に入れて。ワインの顧客リストと照合してちょうだい。ロークはいま、市内の一流紳士用品店のリストを用意してくれてる」

「ロークはリストを用意してあげたよ」ロークがそう言いながらオフィスにはいってきて、ディスクをさしだした。「おはよう、みんな」

「ありがとう」イヴはディスクをピーボディにまわした。「われらが容疑者は高級品がお好みのようね。デザイナーシューズに、テイラードスーツ。なんて言うんだっけ？」

「注文仕立て」ロークが助け舟を出した。「ロンドンやミラノから直接、購入している場合も考えられる。第一の事件のときのスーツはまちがいなく英国仕立てで、第二の事件ではイタリア製だ。だがおそらく、市内の高級店を利用しているんじゃないかな」

「われらがファッション・アドバイザーの意見を尊重しましょう」イヴはそっけなく言った。「何があらわれるか、調べてみるわ。それから、自分で温室を所有してるんじゃないかぎり、ピンクの薔薇もどこかで購入してる。それは自宅の近くの店である可能性が高い。自宅はきっとアッパーウェストサイドかアッパーイーストサイドだと思う。そのへんから調査を開始しましょう」

イヴはちらりと目をやり、ロークから淹れたてのコーヒーをさしだされて、つかのま面食らった。「わたしはマイラと一時間後にここで会う。フィーニーはセントラルで、〈サイバー・パークス〉から押収したユニットの検査を指揮してる。答えがほしい、手がかりがほしいの。それもきょうじゅうに。やつは今夜また行動を起こすから。そうせずにいられないはず」

スクリーンに目をもどした。殺人犯は群衆をせせら笑っている。「彼はもう、つぎの標的を見つけてる」

イヴはボードに近づいた。そこには両被害者の写真、犯人が殺人を実行する前後のコンピュータ画像が留められている。

「標的は若い。二十代前半からなかば。ひとり暮らし。魅力的で、知的で、詩を愛してる。ロマンティックで、目下のところ、真剣なつきあいをしてる相手はいない。住まいも勤務先もニューヨーク。犯人はすでに、通りや勤め先で彼女を見てる。彼女は犯人と話をしたかもしれない。それが自分を誘惑してる男と同一人物だとは知らずに。彼女は今夜のことを考えてる、理想の恋人にぴったりの男とのデートのことを。あと数時間で、彼に会える、と。ひょっとしてひょっとしたら……」

イヴは向き直った。「彼女を死なせてはだめ。このボードにこれ以上写真を増やしたくない」

「警部補、ちょっといいかな？」ロークが自分のオフィスを手振りで示し、有無を言わせず歩きだした。

「ちょっと、時間がないのよ」

「それじゃ、ぐずぐずしないで」イヴがなかにはいると、ロークはドアを閉めた。「顧客リストなら僕が手に入れられるし、照合もピーボディよりずっと早くできる」

「忙しいんじゃないの？」

「かなり。それでも、僕がやったほうが早い」イヴの顎の傷に指先をあて、顎のくぼみまでそっと撫でた。「いまは忙しさで気をまぎらわせたい気分なんだ。それに、僕もボードの写真を増やしたくない。どっちにしても、やるつもりだが、いちおう形だけでも断っておいたほうがきみも気分を害さないんじゃないかと思ってね」

イヴは腕組みしてロークをにらみつけた。「形だけ？」

「そうだよ、ダーリン」ロークは顎の傷にキスをした。「そういうわけで、きみは僕のたくらみを知っているわけだし、心置きなくピーボディとどこへでも出かけられるだろう」邸内の通話装置が鳴った。「なんだい？」

「ドクター・ディマットがお見えです。ダラス警部補にお会いしたいと」

「こっちにお通しして」イヴは命じた。「じゃあ、やりなさい」ロークに言った。「でも、いまのところ、わたしは何も知らないって形にしておくから」

「そのほうがいいならどうぞ。こちらの準備が終わったら、ルイーズにあいさつしにいくよ」

「好きにしたら」イヴはドアをあけ、振りかえった。「いつものように」

「だから僕はこんなに満ち足りているんだな」

イヴはぶしつけに鼻を鳴らしてから、ルイーズを出迎えにオフィスにもどった。

ルイーズ・ディマットは駆けこんできた。だが、彼女がゆっくり歩いている姿は見たことがない。ルイーズはイヴの手にしたコーヒーに目をやると、にっこりほほえんだ。「ええ、いただくわ、ありがとう」

「ピーボディ、ドクター・ディマットにコーヒーを。ほかに何かいる？」

ルイーズはマクナブがひと口で飲みこもうとしているデニッシュを見つめた。「それ、アップル・デニッシュ？」

口をいっぱいにしたまま、マクナブは奇妙な音を発した。肯定と喜びとうしろめたさが入りまじった返事だ。

「わたしもほしい。ありがとね」

イヴはルイーズの洒落た赤いスーツを眺めまわした。「患者を診察するような格好には見えないけど、ドク」

「約束があるの。資金集め」首をかしげると、イヤリングのダイヤモンドがきらめいた。「相手にもっとお金を出させようと思ったら、貧乏ったらしい格好じゃないほうが効果があるものなの。見栄を張るのよ。どんな場合でも……ありがとう、ピーボディ。すわってもいい？」ルイーズは腰をおろして脚を組み、デニッシュの皿をバランスよく膝にのせて、コーヒーに口をつけた。

大きくため息をついてから、もうひと口飲む。「どこでこんなもの調達してるの？　違法のはずよ」

「ローク」

「なるほど」ルイーズはデニッシュの角をきれいにちぎった。

「用があるから寄ったんでしょ、ルイーズ。ちょっとしたコーヒー・ブレイクのほかに。わたしたち、いま忙しいの」

「わかってる」ルイーズはボードのほうへうなずいてみせた。「うちのビルで、ブリナ・バンクヘッドのことをきいてみたの。おなじフロアの住人はみんな知り合いだったし、ほかの階にも、彼女を知ってる人が何人かいた。けっこう好かれてたみたい。あの部屋に越してきたのは三年前。かなり頻繁にデートしてたけど、真剣なつきあいをしてる人はいなかった」

「それはみんなわかってるわ。医者をやめて警官になりたいの？」

「彼女はあの部屋に住んで三年」ルイーズはふたたび言ったが、その声からユーモアは消えていた。「わたしは二年。彼女はわたしの足元の歩道に落ちてきた。それまで、ひとことも話したことはなかった」

「罪の意識を感じたとしても、彼女の身に起こったことは変わらないわよ」

「そうじゃなくて」ルイーズはデニッシュをもうひと口ちぎった。「考えさせられるのよ。それでよけい、あなたの捜査の参考になりそうな情報を手に入れたくなるみたい。かつて〈J・フォレスター〉っていう民間クリニックで、ある研究プロジェクトがおこなわれた。そこはかなり高級で、セックスに関する問題や勃起障害や不妊の治療が専門なの。二十年近くまえ、〈J・フォレスター〉は〈アレガニー製薬〉と提携して、製品の研究・開発にあたった。障害を緩和したり、性能を高めたりする薬。もちろんセックスのね。そのプロジェクトには一流の化学者や研究・開発者たちが参加した」

「ホアーやワイルド・ラビットという名で通ってる規制薬物の成分を分析したのね」

「それもテストしたし、ほかの薬物も、その組み合わせもテストした。そして開発された薬に、マティゴルという商標をつけた。百歳を過ぎた男性でもセックスが可能になる薬。同時に、コンパックスという排卵誘発剤も開発した。本人が望めば五十代でも安全な妊娠および出産が可能になる薬」

ルイーズはデニッシュをかじった。「それらの薬は成功率がきわめて高いけど、値段も法外だった。だから、一般人にはとても手が出ない。でも、その余裕がある者にとっては、妙薬なの」

「プロジェクト参加者の名前がわかるのね？」

「まだ話は終わってない」ルイーズは首をめぐらせ、はいってきたロークににこやかにほほえみかけた。「おじゃましてます」

「ルイーズ」ロークはそばへ寄り、ルイーズの手を取って唇をあてた。「きょうもきれいだね」

「はいはい、そうそう。それで？」イヴはきいた。「話のつづきは？」

「あなたの奥さんは失礼で、せっかちね」

「そこが好きなんだ。ところで警部補、チャールズ・モンローがあがってくるよ」

「どうなっちゃってるの？　きょうは集会？」そう言いながらも、イヴはマクナブに鋭い警告の視線を送った。マクナブもぎらつく目で見つめかえしてきたが、五秒ともたず、ふてくされて視線を落とした。「あなたは〈J・フォレスター〉と〈アレガニー製薬〉について調べて」

ロークがおもしろそうな顔をするのを見て、思わず歯を食いしばった拍子に、顎の傷がずきずき痛んだ。「もう、またなの」

「〈アレガニー〉を買収したのは八か月、いや十か月前だ。何か関係があるのかい？」

「まだよくわからない。こちらのドクが出し惜しみしてるから」

「出し惜しみなんてしてないわ」訂正するルイーズの目がとろんとなった。さっき、コーヒーに口をつけたときとおなじような目つきだ。「あら」チャールズがはいってきた。「まあ」

「あなたもコーヒーがほしいんでしょ」イヴは言った。

チャールズはうなずいた。「ぜひ」

「わたしが淹れてきます」泡を食って、赤い顔をして、あわてふためきながら、ピーボディはキッチンへ逃げこんだ。

「ロークに、マクナブ」ふたりめにあいさつするときには、チャールズの作り笑いがややぎこちなくなった。それからルイーズに、輝くばかりの笑顔を向ける。「お会いするのははじめてだと思いますが」

「ルイーズ、ルイーズ・ディマットです」名乗って、手をさしだした。

「まさか警察官じゃないですよね」

「医者よ。あなたは？」

マクナブのつぶやきが聞こえたとしても、チャールズは意に介さなかった。「プロのコンパニオンです」

「おもしろそう」

「親睦の時間はまたにしない？　くだらないパーティを開いて、みんな招待するから」イヴはぴしゃりと言った。「あなたの順番はこのつぎ」チャールズに告げた。「話を終わらせて、ルイーズ」

「どこまで話したかしら。ああ、そうそう。開発に成功したにもかかわらず、プロジェクトも両会社の提携も、二十年ぐらいまえに消滅した。資金が足りなくなったり、関心が失われたり。それに、ちょうどそのころ、ほかの実験的薬剤が思わぬ副作用をいろいろ起こしたりして。それで、ああいった種類の化学薬品を用いる研究は、コストがかかりすぎるし、法的措置をとられた場合の経済的打撃が大きいと判断された。最終的にその決定をくだしたのはシオドア・マクナマラというドクターで、事実上、プロジェクトのリーダーであり、マティゴルとコンパックスを発見した人物なの。根拠はないんだけど、プロジェクト進行中に、薬の悪用や盗用があったという話よ。人体実験がおこなわれてるって噂が外部にまでひろまった。訴訟を起こしたなかに内部の人間もいて、女性スタッフが本人の承諾もなしに、まったく知らないうちに薬を与えられ、その影響下にあるあいだに性的な虐待を受けたと訴えたの。妊娠させられた者もいるらしいわ。その噂がほんとうだとしたら」ルイーズは話をしめくくった。「事実を知ってる者は関係者の名前を言わないでしょうね」

「ご苦労さん。裏をとってみるわ。約束があるなら——」

「まだだいじょうぶ。あなたがかまわないなら、コーヒーを飲んでしまいたいんだけど。というか、半分おかわりしてくるわ」

ルイーズは颯爽とキッチンへ消えていった。

「さてと、チャールズ、あなたの番よ」

チャールズはイヴにうなずき、コーヒーを持ってきてくれたピーボディに親しげにほほえみかけた。「彼女は僕が情報をほしがるのは、ほかの顧客に教えるためだと思っている。そう思わせたままにしたいんだけど」

「情報源は守るわ、チャールズ」

「僕も自分の客を守るのを信条としている」チャールズは切りかえした。「約束してほしいんだ。僕の話から彼女の秘密が明らかになっても、彼女には接触しないと」

「彼女には興味ないわ。それに、目的が自分を興奮させるためだけなら、違法麻薬課にも興味を起こさせないようにする。それで文句ないでしょ？」

「だれもが簡単にセックスできるわけじゃないんだ、ダラス」

「気持ちよくなりたいやつがいなくなったら」マクナブが攻撃した。「商売あがったりだもんな」

チャールズはせせら笑うようにマクナブを見た。「いかにも。盗んだりだましたり傷つけたり殺したりするやつがいなくなったら、きみの商売もあがったりだね、捜査官。人間に共通の特性があるおかげで、僕たちは仕事がなくならずにすむんじゃないかい？」

イヴはチャールズがすわっている椅子と、マクナブが作業しているデスクのあいだに割りこみ、ちょうどたがいの顔が見えないようにした。「売人を教えて、チャールズ。だれもあなたのお客を逮捕したりしないから」

「カルロ。彼らはラストネームを使わない。セックス関連のチャットルームで知りあったそうだ」

イヴはデスクの端にそっと腰かけた。「へえ」

「一年ぐらいまえ。人生が変わったと彼女は言っていた」

「どうやって買うの？」

「まず、eメールで注文する。代金は電子決済システムで口座に振りこむ。そして、グランドセントラル駅にある専用郵便受けで商品を受けとる」

「じかに会うことはない？」

「ない。彼女の説明によれば、いまは定期購買会員というのになっていて、毎月、商品が届くらしい。会員割引がついた料金は、彼女の口座から相手の口座に自動的に引きおとされる。月に四分の一オンスで五万ドル」

「彼女に話をきかなきゃ」

「ダラス――」

「理由があるの。彼の口座のデータがほしいし、ほかにも彼女が知ってることがあるかもしれないでしょ。定期的に取引してるから、相手がどんな人物かという印象も持ってる。それだけじゃなくて、彼女を保護しなきゃ。標的にされるかもしれない」

「彼女はだいじょうぶだよ」イヴがデスクから腰をあげるのと同時に、チャールズも立ちあがった。「被害者たちでしょ？」ボードの写真を示す。「年はそうだな、二十歳から二十五歳くらい？　情報をくれた女性は五十歳を超えている。彼女は魅力的だし、身なりにも気を配っているけど、それでもああいう若々しさはない。ニュースによれば、被害者たちは独身で、ひとり暮らしだそうだけど、彼女は結婚している。僕とのことは自分へのちょっとしたご褒美なんだ。美容サロンでのひとときみたいな。彼女には夫とティーンエイジャーの息子がいる。この件であなたに質問されるのは、自分にとっても家族にとっても、決まりが悪い、恥ずべきことなんだよ」

「セックスへの自信も損なわれるでしょうね」ルイーズが口をはさんだ。部屋の向こうに立って、二杯目のコーヒーを飲んでいる。「ドラッグやプロのコンパニオンに頼るのは、その方面の機能障害を軽減するためである場合が多い。そういったものが必要だということを警察に知られたら、おそらく反対され責められ、それからあざ笑われる。医学的あるいは心理学的見地から言えば、それはすすめられない」

「彼女の秘密を守ることは、別の女性がこのボードにのる危険性が高まるってことよ」

「もう一度、彼女と話させてくれないかな」チャールズが頼んだ。「あなたにかわって、必要な情報をききだすから。もっといい手がある。僕が自分のお金でその売人と取引をはじめるんだ。向こうは僕のライセンスさえ確認できればいいんだ。公認《L》コンパニオン《C》がセックスを高めるドラッグを買うのは、ちっともおかしくないからね」

「三時までに彼女から情報をききだして」イヴは腹を決めた。「それ以外のことはしないこと。あなたの名前を知られたくないの」

「僕のことは心配いらないよ、かわいい警部補さん」

「情報だけよ、チャールズ。さあ、もう行って」

「わたしもおいとまするわ。コーヒーをごちそうさま」ルイーズはカップを置き、チャールズのほうを見た。「タクシー、ごいっしょしない?」

「いいですね」チャールズはピーボディの上着に挿した花を指先でなぞってから、ドアに向かった。「またね、ディリア」

「黙ってなさい、マクナブ」イヴは命じた。「ピーボディ、ロークがデータを作成してるの。彼のオフィスに行って協力してあげて」これでしばらくは、平和が保てるだろう。イヴはリスト・ユニットに目をやり、マイラのことを思いだした。「わたしは約束があるから」

9

面談の場所は図書室にした。静かだし、オフィスとは別棟になっているから。事件に直接関係がなければ、感情的なごたごたからはできるだけ遠ざかっていたい。だが、オフィスにはそんな雰囲気が渦巻いていたので、逃げだしたくなったのだ。

ここなら、空気は穏やかで澄んでいる。イヴはデスクのひとつに腰をすえ、最新のデータをファイルに入力した。

「コンピュータ、新しいデータを分析して、対象カルロが容疑者の偽名である確率を出して」

作業中……対象カルロが容疑者の偽名である確率は九六・二パーセントです。

「やっぱりね、そうだと思った。つぎ。対象カルロが違法ドラッグをみずから製造して販売してる確率は？」

作業中……データが不足しています。分析を完了させるにはデータを追加してください。

「そこがあんたの欠点ね」イヴはデスクから離れ、アンティークの絨毯の色あせた薔薇の上を歩いた。「彼は自分で作って、容器に詰め、売ってる。自分でも使う。支配。すべては支配権を握るため。そんな薬を三オンス手に入れるために、年に六万ドル払う客がいる。彼はネットを巡回し、金持ちのカモを何人も見つけて、商売開始。でも、目的はお金ではない」

イヴはアーチ形の背の高い窓のひとつにゆっくり近づき、カーテンをめくって花盛りの広々とした敷地を見渡した。ロークでさえ、貧乏のどん底にいて食うや食わずの生活を送っていた彼でさえ、目的はお金だけではない。富を築き、手中にし、さらに蓄積していくというゲームに魅了されているのだ。

そして、富の力を行使することに。

だが、この事件の場合は貪欲さからでも必要性からでもない。

「第一の被害者に、一オンス二万ドルもするドラッグの四分の一を与える。彼女の部屋でふたりきりになり、相手はとうに無力で裸になってるのに。すでに二オンス以上のホアーを与えたあとなのに。コンピュータ、ホアーという違法ドラッグの末端価格は？」

作業中……ホルモニバイタル・シックス、通称ホアーの末端価格は、一液量オンスにつき六万五千USドル。この薬物が街頭で売られている量はごくわずかだと判明しています。派生物のエキゾティカは大量に出回っています。エキゾティカの末端価格は、一液量オンスにつき五十USドル。同類の普及している派生物についても知りたいですか？

「いえ、けっこう。この男は派生物じゃ満足しないの。クローン薬も、代用品も、粗悪品もだめ。ということは、デートに十五万ドルかかってるのか。それだけあれば、ニューヨークのトップクラスのLCを十人買って、らんちきパーティが開けるわ。でも、彼にとってはお金もセックスも重要ではない。それらはゲームの要素でしかない」

「どうしてわたしが必要なのかしら」戸口で、マイラが言った。

イヴは振りかえった。「口に出しながら考えていたんです」

「そのようね」

「わざわざお越しくださって、ありがとうございます。お忙しいのに」

「あなたもでしょ。この部屋を訪ねるのは大好きなの」マイラは二階分の部屋を領している本棚の列を眺めまわした。「洗練された贅沢だわ。顔に怪我をしたのね」

「ああ、これ」イヴは拳で顎をこすった。「たいしたことありません」

マイラはきょうも完璧だ。穏やかで美しい顔を、つややかに流れる漆黒の髪がつつんでいる。スーツはいつものようにシックかつ優雅で、もぎたての冷たいライムから作ったような色合い。胸元にはイヴの小指ほどの太さがある金のチェーンをさげ、先端につけたクリーム色の真珠が華やかさをきわだたせている。

マイラが顎にそっと唇を触れてきたとき、アプリコットの香りが漂った。その肌は赤ん坊のようにすべすべしていた。

「ならわしよ」マイラはそう言い、イヴが眉間にしわを寄せるのを見ると、ブルーの目でやさしく笑った。「傷にキスをすると治りやすくなるから。すわりましょうか」

「ええ、そうね」マイラの母親ぶった接し方にどう対処すればいいのか、イヴにはいまだにわからない。母親は謎だ。記憶があまりにも欠けているので、心に思い描くことができない。「お茶はいかがですか」

「いただきたいわ」

マイラの好みは知っているので、香りたかいハーブティをプログラムした。自宅にいるのだから、自分にはコーヒーのおかわりをプログラムした。

「調子はどう、イヴ?」

「元気です」

「まだあまり眠れないようね」お茶を運んできたイヴに言う。

「なんとかやってます」

「カフェインと強靭な精神でね。ロークはどうしてる？」

「彼は――」適当にごまかそうかと思ったが、相手はマイラだ。「ミック・コナリーに起こったことが、まだいくらか心にのしかかってるようです。克服しようと努力していますが、なんていうか……本調子ではないですね」

「悲しみはだれにも平等に訪れる。それでも、わたしたちは暮らしていく。やるべきことをやる。だけど、心に影ができるの。あなたのことだから、彼の暗闇を照らしてあげられるわね」

「捜査に首をつっこみたがるんです。いつもならきつく叱るところですけど、大目に見ています」

「あなたたちは名コンビよ。あらゆる分野において」マイラはお茶の味をみて、満足したようにうなずいた。「彼にはあなたがこの種の捜査の指揮をとることが気がかりなんじゃないかしら」

「セックスがらみの殺人だからですか。こういった事件は何度も経験しています。これからもあるでしょう。どう対処すればいいかはわかっています」

「そうね。あなたの報告と、さっき耳にはいった思考から判断すれば、あなたはもう自分なりに犯人のプロファイルをすませている」マイラはバッグからディスクを取りだした。「これはわたしのプロファイル」

イヴは手のなかでディスクをひっくりかえした。「ひとり分？」

マイラは椅子の背にもたれ、お茶を飲みながらイヴを見つめた。「ふたり。それが別人なのか、ふたつの人格なのかははっきり言えないけど。多重人格症候群《ＭＰＳ》は小説の世界をのぞけばめったにないけど、まったくないわけじゃない」

「わたしはＭＰＳだとは思いません。その症例についてはゆうべ読みました」びっくりしたような顔をしているマイラに、イヴは説明した。「基本的方法もおなじ、基本的動機もおなじ、演出もおなじ。でも、流儀や標的のタイプはちがいます。二度目のときにはコンドームか殺精子剤を使い、指先をコートしていましたが、最初のときにはＤＮＡや指紋を残しています。もしＭＰＳなら、もっと役割が分かれていると思います。ひとりが標的をハントし、もうひとりが殺すとか。ひとりがハントと殺しを受け持ち、もうひとりが正常であるとか。この事件の場合はふたりです。ふたりで計画し、交替でプレーする」

「賛成したいけど、まだＭＰＳを除外することはできない」マイラは脚を組んでくつろぎ、殺人や狂気の話をつづけた。「最初の殺人は、過失か未必の故意のように見える。そのさいのスリルと恐怖が引き金になって、二度目にはより計画的で暴力的になったという可能性もある。〝交替でプレーする〟はうまいたとえだわ。彼、あるいは彼らはゲームをしている。そこには女を支配したい、女を貶めたいという欲求がある。でも、流儀と美学にのっとってそうしたいの。ロマンスと誘惑。性行為自体はまったく身勝手なものだけど、たがいに満足しているとこじつける。ドラッグを用いることで、被害者たちは彼を激しく求めるから」

「力強い効果をあげるため。女性は彼をセクシーだと思い、欲望の目で見るから。犯人の心の奥底には、関心の的でありたいという気持ちがあるから」

「まさしくそのとおりね」マイラは同意した。「従来の考え方からすればレイプではない。レイプなら強制や暴力や脅迫をともなう。犯人は恐怖ではなく、服従を望んでいる。彼は頭が切れ、忍耐強い。彼女たちを知るために時間をかける——彼女たちの幻想、希望、弱点。そして、そこにつけこんで、幻想の人物を作りあげる。ピンクの薔薇。赤は情熱だからだめ。白は純粋だからだめ。ロマンスにはピンク」

「わたしたちはふたつの特殊な技術的手腕を相手にしています。コンピュータ技術と化学。新たな情報を入手して確率を出してみたんですけど、十中八九、三つめの偽名が使われています。セックス・ドラッグを売るために。とても高価な違法ドラッグ。彼らのなかに、ドラッグのことを熟知している者がいる。入手方法、さらには、製造方法も知っていると思われます。危険を冒してドラッグを売っているのは、それで生計をたてているからかもしれません。でも、それだけじゃないような気がします。危険が好きなんじゃないでしょうか」

「わたしもそう思うわ」マイラは小首をかしげた。「冒険家ね。成功する確率を検討したうえでの賭け」

「コンピュータ技術の達人。ロークが感心するぐらいですから、相当な腕なのはまちがいありません。ＭＰＳが別の人格に二種類の高度な技術を与えることはあるでしょうか」

「それも、ありえないとは言えない」いらだつような表情がイヴの顔をよぎるのを見て、マイラは身振りをまじえた。「あなたはイエスかノーの答えがほしいんでしょうけど、それはできない。わたしにできるのは事例を教えることなの、イヴ。でも、あなたの直観と対立するものではないと思うわ。話し合いの都合上、相手はふたりということにしましょう。ふたりの別の人間。ひとりは想像力に富んでいて、頭のなかにはいろんなことが詰まっている。彼の理想の女性は、聡明でセクシーで洗練された人。彼女を魅了したいと思うと同時に、支配し征服したいと思っている。彼女との時間を楽しんで夢中になれる男」

「彼はバンクヘッドの職場に薔薇を贈りました」イヴは指摘した。「グレース・ラッツには薔薇は届いていません」

「二番目の男はもっと打算的で、慎重で、暴力を好む傾向がある。最初の男とはちがって、これはロマンスだなどと思いこむことはない。レイプであると自覚し、認めている。彼が望むのは若さと純真さ。それを手に入れたのち、ぶちこわしたいから」

「二番目の男が主導権を握っている」

「そうね、九分九厘。でも、ふたりは共生関係にある。たがいが必要なの。こまかい事情や技術面だけでなく、自信を回復するために。男同士の賞賛。アリーナボウルの選手が得点を決めたあとで、たがいの尻をたたいたり、ヘッドロックをかけたりするようなもの」

「チームワークですね。ひとりがパスして、もうひとりがキックし、ゴールを決める」

「ええ。これは彼らにとって大事なゲームなのよ」マイラはお茶のカップをわきに置き、チェーンの真珠をぼんやりもてあそんでいる。「張りあうことも必要なんだわ。彼らは欠陥つきの優秀な頭脳と、甘やかされて育った子供にありがちな幼稚なエゴを持っている。狡猾な人間は一夜にしてできるものじゃない。彼らは裕福な特権階級の家に生まれ、人に要求することやほしいものを手に入れることに慣れている。しかも罰せられずに。自分たちにはそれが当然だから」

「彼らは以前からゲームをやっていたでしょうね」イヴは言葉をはさんだ。「こんなに極端なものじゃなくても。だんだん過激になって、ここまで来た」

「そうそう。ひとりの考えか、いっしょに考えたのか。彼らはかなり古いつきあいで、いろいろな体験を共有している。成熟さが欠けているところから見て、被害者たちとおなじくらいの年齢だと思うわ。二十代前半か、せいぜい二十代なかば。高級品の価値なんてわからないけど、所有していなければいけない」

「見ばえをよくするため」イヴは言い添えた。「洒落た服、ステータスシンボルとなる上等のワイン、デートをするのは高級店」

「なるほど。ステータスシンボルと高級というのは必須ね。それに、彼らはそういったものに慣れている。我慢したり、我慢させられたりというのは耐えられないのよ。ロマンスという輝きの下には、女性にたいする恐怖と憎悪が隠されている。鍵になるのは母親像。支配的で残忍な人物か、弱々しくて残忍な仕打ちを受けていた人物。子供をかえりみないか、あるいは過保護か。人間というのは、とりわけ若いころはたいてい、自分を育てた女性への評価やそのイメージをもとに、女性への評価やイメージを作りあげるものなの」

イヴはロークや自分の場合を考えてみた。母親のいない子供。「母親を知らないとしたら?」

「その場合は別の方法をとるわね。でも、利用して傷つけて強姦するための女性を探しているような男の人生には、かならず心に思い描く女性がいるものよ」

「ひとりを阻止したら、ふたりとも阻止することになるでしょうか」

「ひとりを阻止したら、もうひとりは自滅する。でも、もはや終わりだと悟れば、捨て鉢になってまた人を殺すかもしれない」

データが多すぎ、手がかりが多すぎ、観点が多すぎて、すべてがごちゃごちゃにもつれあっているときは、基本に返ることだ。

イヴは被害者のもとへもどった。

マスターを使って警察の封印を解き、ブリナ・バンクヘッドのアパートメントの鍵をあけ、頭のなかをからっぽにして、印象だけを受けいれることにした。

室内の空気はよどんでいた。キャンドルや薔薇の香りはもう漂っておらず、鑑識が残していった埃っぽいにおいがかすかに嗅ぎとれる。

音楽はない。柔らかな明かりもない。

全光を命じてから、プライバシースクリーンがおりていることを確認し、部屋を歩きまわりはじめた。窓の向こうでは、灰色がかった空を行くエアバスが騒音を発している。

強烈な色彩や現代美術に囲まれつつも、本質的には女性らしい部屋だ。明確なスタイルと好みを持ち、私生活も仕事も楽しんでいる独身女性のすてきな城。

この女性は真剣な、あるいは一生つづくような性的関係をまだ築いていないほど若い。だが、試しにつきあってみるくらいの大胆さはある。インターネットで知りあった顔も知らない男性に夢のような愛情をいだくだけの冒険心もある。

彼女はきれいに整頓されたおしゃれな部屋にひとりで住んでいた。でも、隣人たちとも親しくしていた。

音楽のコレクションは多岐にわたっている、とエンターテインメント・ユニットにきれいに並べられたディスクをめくりながら思った。メイヴィスのものもあった。〈元気でぴんぴんしている《ライヴ・アンド・キッキング》〉深刻な作業にもかかわらず、イヴはひとりでに笑みが浮かぶのを感じた。

友人のメイヴィス・フリーストーンはいつだって、にやりとさせてくれる。

だが、当夜はクラシックがかかっていた。犯人の選択か、彼女の選択か。犯人だろう。なにもかも彼が選んだのだ。

ワインボトルには彼の指紋がついていた。彼が持参し、栓をあけ、注いだのだ。ワイングラスのひとつには、彼女の指紋と彼の指紋がついていた。もうひとつのグラスには彼の指紋しかついていなかった。

彼女にワインを手渡してやった。なんという紳士。

イヴはベッドルームに移動した。薔薇の花びらは鑑識が採取していった。ベッドはマットレスがむきだしになっていた。それは放っておき、イヴはバルコニーのドアをあけて外へ出た。

風が無造作にカットした髪を舞いあげ、後方へなびかせる。雨が降りはじめていた。やさしい小ぬか雨が音もなく落ちていく。

胃がしめつけられるのを我慢して手すりまで進み、下をのぞいて思った。長い墜落。最期の長い墜落。

彼はどうして、バルコニーを思いついたのだろう。以前にこの部屋を訪れた様子はないのに。

イヴは頭のなかでセキュリティの映像を再生し、ブリナと殺人者がこのビルの正面玄関に近づいてくる場面を観察した。やはり、彼はビルをあおぎ見ていない。いずれにしても、ニューヨーカーは上を見たりしない。ふたりはたがいにすっかり夢中になっている。

なぜ、バルコニーが頭に浮かんだのか。

なぜ、ただ逃げださなかったのだろう。サイバーカフェのときはパニックに襲われて逃げだしているのに。どちらの場合も頭の一部は冷静なままで、すばやく保身モードに切り替わったからだ。毒性スクリーニングで薬物が検出されるとは思わなかったのだろうか。そこまでは考えていなかったのか。

それとも、窮余の一策だったのか。彼は刹那主義だとマイラは言っていた。状況を理解した瞬間は、相当なショックだったろう。

彼女は死んでしまった。困ったことになったぞ。どうすればいいんだ？

自殺に見せかけた。彼女を投げ捨てる。見えないところへ、意識のおよばないところへ。それなら、なぜ証拠を片づけてみずから過剰摂取したように細工し、逃走時間を稼ごうとしなかったのか。

混乱させるためだ。サイバーカフェでもそうだった。ウイルスをインストールするのは一台だけでよかったのに、店じゅうにひろがるようにプログラムした。そういった場所によく出入りする連中の習性を知っていて、暴動が起きると踏んだからだ。

女性が歩道に落ちる。目撃者はショックを受け、ぼう然とし、恐怖にとらわれる。死体に駆け寄るかもしれないし、その場から逃げだすかもしれない。だが、ビルに押し寄せて殺人者を探そうとはしないだろう——殺人者には急いで部屋から飛びだし、姿をくらます余裕ができる。

それにしても、どうしてバルコニーを思いついたのか。

雨脚が速くなり、音をたてて落ちはじめた。高所に怖気づいて胃がむかつくのをこらえ、イヴは通りや近隣の建物を見回した。

コーヒー&軽食《バイト》

壁にあいたほら穴としか思えないような店だった。安物のコンピュータをすえたテーブルが十卓、六人がけのカウンター。だが、コーヒーの香りはかぐわしく、床はきれいに磨かれていた。

　カウンターを担当しているのは、若々しくてオタク風の顔立ちをしたドロイドだった。茶色の前髪が、先のとがった垂れ蓋のように額にかかっている。

　テーブル席のうちふたつは、おなじようなオタク・タイプの人間が占めていた。ウェイトレスはあまりにはつらつとしているので、ドロイドにちがいない。

「こんにちは！〈コーヒー＆バイト〉へようこそ。テーブルのお席がいいですか」

　髪はウェーブのかかったブロンド、唇はバブルガム色。熟れたメロンのような乳房がぴっちりした白いトップの胸元から元気よくのぞいている。

　オタクたちは夜ごと、彼女の悩ましい夢を見ているにちがいない。

「ちょっとききたいことがあるんだけど。おふたりに」

　ビッツィという名札をつけたウェイトレスが応えた。「くわしいことはすべてメニューにのっています。スペシャル料理も含めて。でも、タッドもわたしも、喜んでなんでもご説明します」

　ビッツィにタッド（いずれも小さいとか少量という意あり）か。イヴはかぶりを振った。やれやれ、だれが考えたんだか。

「すわったら、ビッツィ」

「申し訳ありませんが、すわってはいけない決まりなんです。本日のコーヒーについてお尋ねになりたいですか」

「いいえ」イヴはバッジを取りだした。「警察の捜査で来たの。質問したいことがあるから」

「われわれは警察、消防署、衛生局、緊急医療局には全面的に協力するようプログラムされています」と口をはさんだのはタッドで、前髪を手でさっと後ろに払った。

「そりゃよかった」イヴは動く気配を感じて振り向き、こっそりテーブルから逃げだそうとした撫で肩の男を指さして言った。「この店に問題があるわけじゃないの。ききたいことがあるだけよ。席にもどってゆっくりしたら？　あなたにも答えてもらえるかもしれない」

「僕は何もしてない」

「けっこうね。そのまま何もしないで」

イヴはドロイドたちのほうへ首をめぐらせたが、体はテーブル席を向いたままにして、客の挙動を見張っていることをわからせた。「前の通りで起きた事件、知ってるわね？　女性が死んだでしょ」

「はい」タッドは教師の質問に答える生徒のように顔を輝かせた。「窓から放り投げられたんですよね」

「これを見て」イヴはブリナ・バンクヘッドの写真を取りだし、カウンターに置いた。「この店に来たことある？」

「いいえ、お嬢さん」

「お嬢さんって呼ばないで」

タッドは目をぱちくりさせて理解につとめようとした。「女性のお客様はそうお呼びするようプログラムされていますが」

「わたしは警官よ、客じゃないの」ただし……イヴは店内に漂うにおいを嗅いだ。「本物のコーヒー？」

「ええ、そうです……」タッドはさまざまな表情を浮かべたのち、困りきったような顔に落ちついた。

「警部補」イヴは助け舟を出した。

「ええ、そうです、警部補。わたしどもは本物の大豆製品しか扱っておりません。カフェイン添加物はお好みで」

「もういいわ」イヴは写真を掲げ、テーブルの客たちに見えるようにした。「そっちのふたり、この女性に見覚えある？」

さっきこそこそ逃げだそうとした男が、椅子の上で身じろぎした。「あると思う。僕は何もしてないよ」

「それはもうわかったわよ。どこで見たの？」

「このへん。僕は数ブロック先に住んでるんだ。だから、この店に来るんだけどね。近いし、おかしな連中やすかした連中たちでがやがやしてないし」

「すかした連中？」

「ほら、サイバースポットで女の子を物色してるやつらだよ。僕はまじめな目的で来てるんだ」

「彼女と話したことは?」

「ないね。ああいう女の子は僕たちみたいなやつには話しかけない。何度か見かけただけだよ。この近辺で。すごくきれいだから、見とれたんだ。僕は何もしてないよ」

「あなたの名前は?」

「マイロ。マイロ・ホーンデッカー」

なんと、天才プログラマーとおなじ名前だ。生まれたときからコンピュータ・オタクになる運命だったのか。「マイロ、さっきから何もしてないって言いつづけてるけど、かえって怪しいわよ」イヴは殺人者が扮した三人の顔写真を取りだした。「この男たちに心当たりは?」まずカウンターに並べて、タッドとビッツィに確認させる。ふたりは同時に首を振った。

「でも、かなりハンサムですね」ビッツィが言い足した。

客たちの答えもノーだったので、イヴは検討しなおした。「それじゃ、ここ数週間に新顔が来てるでしょ。最近、通いはじめた客で、この殺人事件以降は訪れてない人。窓辺の席にすわりたがった人。時間は午前中なら十時前、夜なら六時過ぎ」

イヴは頭のなかでファイルをざっとめくり、ブリナの仕事のスケジュールを見つけだした。「それ以外の時間に来てるとすれば火曜日。おそらく洒落たコーヒーを注文する。スリム・ラテのグランデサイズ、栗の香料添えとか」

「そのかたなら、二週連続で火曜日に来ました」ビッツィがピンクのスリッパの上で飛びあがった。「二度ともおもてに面した席にすわって、作業をしながらラテを二杯飲んで、それから帰りました」

「どのテーブル?」

「ステーション1です。かならず」ビッツィはバブルガム色の唇をすぼめた。「通りがよく見えるんです」

それに、ブリナ・バンクヘッドのアパートもね。

イヴはコミュニケータを取りだし、フィーニーに連絡した。「バンクヘッドのアパートの向かいのサイバークラブにいるの。犯人が使ったユニットを見つけた。押収令状とモンタージュ係を手配して」

ステーション1の席について、イヴは本物の大豆コーヒーにカフェインを加えたものを飲んだ。このさい、えり好みは言っていられない。

首をちょっとかしげるだけで、向かいのビルの十二階が見える。ブリナの部屋の窓も、狭いバルコニーも。

「犯人は徹底してるのね」イヴはフィーニーに言った。「データ依存症で、入力せずにはいられない。彼女が出したeメールには、休みの日にどんなことをするかが書いてあった。まず窓をあけはなって、どんな一日になるかを確かめるのが好きだって」

〝ニューヨークの朝の空気を吸うのが好き〟と彼女は書いていた。〝都会の空気についてみんなが言っているのは知っているけど、でも、わたしには躍動感があってロマンティックな気配に満ちている気がする。さまざまなにおいや雰囲気や色、それが全部そこにある。そして、休みの日にはそれをたっぷり浴びるの〟

「彼女がバルコニーに出てくるのを彼は観察してたのね。彼女はもしかしたら、あの手すりにもたれて、コーヒーを飲んだりしたかもしれない。きれい好きだから部屋を掃除して、それから着替えて買い物に出かけたり、友だちに会ったりしたかもしれない。彼はそのあとをつけたでしょうね。eメールに書いてあったことがほんとうかどうかを確かめるために。彼女がひとり暮らしであること、ボーイフレンドがいないこと、どんなことであれ、自分の行動を妨げるようなものがないことを確かめたい。それに、本人には気づかれずに、彼女がどう振る舞うかとか、どう見えるかということも確認しておきたかったから。なんといっても、彼女は寝るに値する女性でなければならないから」

イヴは振りかえった。フィーニーは魔法の手と垂れさがった目を駆使して、ユニットの応急検査をしている。「彼は習慣から抜けだせない人間でもある」イヴは話をつづけた。「習慣は手がかりになるわ。痕跡が見つけられる？」

「このユニットを使ったなら、いつ、どんなふうには探りだせる。全データを解析して、彼の痕跡を見つけるには少し時間がかかるだろう。だが、何か入力したなら、取りだせることはまちがいない」

ひとつうなずいて、イヴはテーブルから離れ、ドロイドたちとモンタージュを作成している技術者のほうへ向かった。ドロイドにどれほどいらいらさせられようと、ひとつだけありがたいことがある。彼らの目は信頼できるカメラだ。

技術者のコンピュータ・キャンバスには、すでに犯人の顔の輪郭や造作があらわれていた。

丸みをおびた輪郭に穏やかな顔立ち。髪のはえぎわはだいぶ後退していて、両耳の上にもつれ毛が残っている。人ごみにいてもだれにも気づかれないタイプ、記憶のかすかな染みにしかならないほどまわりに溶けこんでしまうタイプ。

だが、目だけは別だった。鋭く、冷静な目をしている。

顔にどんな細工を施すにしろ、その目をのぞきこめば見分けられる、とイヴは確信した。

グレース・ラッツの住まいから見える範囲には、サイバースポットは一軒もなかった。コーヒーショップも簡易食堂もない。細長いウォークイン形式のデリが一軒あったが、イヴの朝のツキはそこでとぎれた。

呼びつけておいたピーボディが店内にはいってきたとき、イヴはキャンディバーを買っているところだった。

「子供っぽいランチですね」食べたそうな顔をして、ピーボディが言った。「その野菜ハッシュは作りたて？」

「収穫は？」

「大きくあいた穴、もとはわたしの胃袋があった場所です」ピーボディはそう言うと、野菜ハッシュのテイクアウトを頼んだ。「新しいダイエットに挑戦しているんです。朝はゆで卵の白身だけ。それから――」

「ピーボディ」イヴは嫌がらせのようにキャンディバーのラップをはずし、ゆっくりとかじりついた。「なんだかわたしがダイエットに興味があるって誤解してない？」

「意地悪ですね。意地が悪くなるのは、カロリー摂取を加工した砂糖に頼っているせいで……それ、キャラメルですか？」

「そのとおり」イヴはうらやましそうに見つめるピーボディを尻目に、人さし指に垂れたキャラメルを舐めた。「出ましょう。歩きたいの」

「いいですね。運動するならかまわないわ。おなじのをちょうだい」ピーボディは力強く注文して、小銭を探った。

通りに出ると、早くなくならないようにゆっくりハッシュをすくいながら、早足でイヴを追った。

「食べながら話せるなら、報告を聞きたいわね、ピーボディ」

「おいしいですよ。ハーブがはいってるな。候補者は十六人になりました」ピーボディはあわてて仕事の報告にもどった。「ロークの、まあ、あなたにわざわざ言うことはないですが、あの手技術はすごいですね。速いしなめらかだし。それに、手動で検索しているときの……あの手の美しさに気づきました？」イヴの冷ややかな目つきをものともせず、さらにハッシュを口に運んだ。「もちろん、ご存じですよね。それはそれとして、ワインと紳士洋品店の顧客リストに合致するのは十六人。それを十人に減らしました。除外したうちのふたりは、ここ二週間に結婚しています。五月と六月に。まだ結婚シーズンっていうのはあるんですね。もうひとりは数日前に大型バスに轢かれました。知ってます？　その男はPPCで株価をチェックしながら歩いていて、歩道から足を踏みはずしてバスの正面に飛びだしたんです。どかーん」

「ピーボディ」

「はいはい。さらにマクナブが見つけだした市内の美容用品店リストに照らして、有力候補者を十人に絞りました。ウィッグのほうはもう少し時間がかかります。製造業者を特定しなきゃならないんですが、マクナブの話によれば、高級人毛を使用している業者は二百ぐらいあるらしいです――そこからブランドと製品名を絞りこむ。第一の殺人に使われたウィッグの髪型はとても人気があって、ブランドや素材のちがうものが何種類もあるそうです」

ピーボディは空になった容器をリサイクラーに投げこみ、つづいて恋人の服を脱がせる女性のように、心を集中してていねいにゆっくりと、キャンディバーのラップをはがしていった。

「今夜、ピザが食べたいそうです」

「えっ？　ロークが？」

「ちがいます、マクナブです。今夜、いっしょにピザを食べようって誘われたんです。ただ、おしゃべりしたりしたいんですって。でも今朝は、あなたの門口で公衆道徳に触れるようなことをしてしまいましたけど」

「よしなさい」顔が激しくひきつりだして、イヴは目の下を指で押さえた。「またはじまった。どうして、わたしにそんなこと教えるの？　痙攣が起きるでしょ」

「いっしょにピザを食べたら、それだけじゃすまないでしょうね。どうします？」

「痙攣どころの騒ぎじゃないわ。血管が詰まって、脳が爆発する。あなたはその爆弾のボタンに、指をかけようとしてるのよ」

「振りまわされるのはこりごりです。でも、どっちにしても、もう気持ちが混乱していて」

イヴはため息をついた。「わたしに何が言えると思うの、ピーボディ？　一年以上たってようやくロークとの波長がつかめてきたっていうのに。それでも半分はわたしのせいで、リズムを乱してるのよ。警官は恋人向きじゃない」

イヴはくるりと背を向け、ポケットに両手をつっこんだ。通りは薄汚れ、車の騒音はやかましく、さっき通りすぎたグライドカートから水でもどしたタマネギを揚げる煙が立ちのぼっている。通りの半ブロック先の向かい側では、違法ドラッグの取引がはじまろうとしていた。

「仕事以外の時間を持とうとするのは骨が折れるわ。あなたたちは警官同士でそんな時間を持とうとしてるけど、どうなんだろう。あいつら、まったく」イヴの気持ちは助手にやさしくなっていたかもしれないが、その目は鋭くさえたままだった。「まずいことになってる。

パトロールを呼んで、それからわたしを援護して」

バッジと武器を取りだしながら、通りを斜めにつっきったとき、向かいの歩道にいる男たちのひとりがナイフを抜いた。

男がナイフを突きだすと、相手はよけて自分のナイフを取りだした。

ふたりは円を描くように移動しながら、切りつけあっている。野次馬がわっと逃げだした。

「警察よ！　武器を捨てなさい」

ふたりはイヴの制止を無視した。ひとりは麻薬が切れていて、もうひとりはハイになっている。どちらも何をするかわからない状態だ。

「ナイフを捨てないと、ふたりとも逮捕するわよ」

彼らは同時に、イヴのほうを見た。ドラッグがほしくてたまらない男が、勢いよくナイフを突きだす。歩行者が悲鳴をあげるのが聞こえた。下から切りつけてきたところを、イヴは麻痺銃で膝を狙い撃ちした。

男が前のめりになった。イヴは片足を軸にくるりとまわって相手を避け、ナイフを持った手をブーツの踵で蹴りつけた。

男が苦痛に叫んで倒れるかたわらで、もうひとりがすばやく動くのが見えた。彼は悲鳴をあげる歩行者の喉元にナイフの腹を当てていた。その目にはゼウス特有のぎらつきがある。自分が神であるかのように錯覚してしまう霊薬だ。

「武器を捨てて。彼女を放して、ナイフを捨てなさい」

「やなこった。放すもんか。ここは俺のなわばりなんだぞ！」

「彼女に怪我をさせたら、あんたは自分のなわばりで死ぬことになるのよ」地面に倒れている男は泣きだした。失禁したらしく、歩道にひろがる尿の異臭が嗅ぎとれる。

「おまえこそ武器を捨てろ。そうしないと、こいつの喉がぱっくり口をあけるぞ」第二の男はおびえている人質に身を寄せ、舌を出して頬を舐めた。「流れる血を飲んでやる」

「わかったわ。降参よ」イヴは武器をさげながら、男の目が動きを追うのを見ていた。ピーボディが背後からうなじを麻痺銃で撃つと、その目が激しく動いた。

イヴはさっと飛びかかり、ナイフを持った手をつかんでひねりあげた。人質はからっぽの袋のように、地面にくずおれた。「こいつをもう一度麻痺させて！」イヴはピーボディに叫んだ。ドラッグがもたらす力で、男がナイフを喉元に突きつけてくる。肌に焼けつくような痛みが走った。

そしてふたりとも、イヴの血のにおいを嗅いだ。

股間に膝蹴りを加えると、男はびくっと飛びあがった。イヴは体重を移動して敵の足の甲を思いきり踏みつけ、体を丸めて背負い投げをかけた。

男は切り倒された木のように地面にたたきつけられ、頭蓋骨がコンクリートにぶつかる音を響かせて、ぐったりとなった。

イヴはすかさずナイフをひろいあげ、前かがみになったまま、荒い息をついた。

「ダラス、だいじょうぶですか。切られたんですか？」

「そうよ、くそっ。あいつを捕まえて」なおも泣きながら這って逃げだそうとしている第一の男を指さした。

それから、第二の男をひっくりかえして手錠をかけた。人質はまだ地面にすわりこんで悲鳴をあげつづけている。

イヴは手の甲で喉の血をぬぐい、そちらを見やった。「だれか彼女を黙らせて」

10

傷は浅かったが長く、右耳の真下から頸動脈のすぐそばまで走っていた。知らないうちにピーボディが呼んだ医療技術者がほがらかに言うには、もう少しずれていたら、あるいは傷が深かったら、たちまち出血多量になっていたとのことだ。

しかし、怪我はそれほどひどくなかった。シャツには血の汚れがついていたけれど。

「血の染みがきれいにとれるやつがありますよ」アップタウンに向かいながら、ピーボディが請けあった。「うちの母はいつも冷水と塩を使っていましたけどね。役に立ちますよ。たいていは」

「ぼろ切れの山に捨てても役に立つわよ」もっとも、サマーセットがつまみあげ、なにやら魔法を施してからクロゼットにしまうだろう。新品同様にきれいにして。

「マクナマラに連絡をとってみて。きょうの事情聴取の予定に加えたいわ。提携やスキャンダルやセックス・ドラッグについて、どんな話を聞かせてくれるかしらね」

ピーボディが連絡しているあいだに、イヴはメッセージを確認し、フィーニーやマクナブから新情報が届いていないのを見て、不満のうなりを発した。

「ドクター・マクナマラは地球にいませんでした。数日はもどらないそうです。あなたに連絡するよう秘書に伝え、ボイスメールにも伝言を入れておきました」

「わかった。それじゃしばらく、彼は予定表の下のほうにずらしておきましょう。候補者のトップバッターの情報をちょうだい。ローレンス・Q・ハードリー」

「年は三十二。独身の白人男性。一族は二十世紀末にシリコン・バレーでひと山当てました。結婚や同棲の記録はなし。犯罪歴も軍歴もありません」

「ということは、ファイルに指紋はない」

「ええ。四九年からニューヨーク市に在住。家業を手伝っています。ニューヨーク支社のマーケティング担当執行副社長。公表された所得によれば——給与、投資金、配当金、経費割当を合わせて、年に約五百二十万ドル受けとっています」

ピーボディはデータに添付された画像を眺めた。「それに、見た目もかなりいいです。ひょっとして、ひと目ぼれされて、結婚を申しこまれるかも。そのときには、わたしも喜んで与えられる生活様式に慣れるようにします」

事はそんなふうには運ばなかった。ハードリーはピーボディに別段興味をいだかなかった。だが、自分のハンサムな個人秘書には興味津々のようだ。質問されて狼狽し、怒りだしたあげく、弁護士の立ちあいなしには答えないと言ったときには、かなり見込みがありそうに思えた。

弁護士の手配がつくまでに二十分、ホロ映像で参加した弁護士をまじえ、お決まりの質問になんとか答えてもらうのにさらに二十分かかった。

一時間も無駄にした。そう思いながら車に乗りこみ、イヴはハードリーをリストから消した。

「なんで簡単にゲイだって言わないんでしょうね」ピーボディが首をかしげた。「それに、問題の夜は両方ともアリバイがあるってことを」

「ちがう性的嗜好に居心地の悪さを感じる人もまだいるの。当人がそうであってさえ。つぎの情報」


十人の有力候補者から三人がのぞかれたところで、イヴはピーボディを解放した。自分のつとめは心得ていたから——そんなことまでしたくなかったが——助手のアパートの前に車を乗りつけると切りだした。

「ピザだかなんだか、食べるつもり？」

「わかりません」ピーボディは肩を上下させた。「たぶん、食べないと思います。またおかしなことになって、混乱するだけですから。あいつはほんとにろくでなしなんです」だが、口調はうらめしそうだった。「話がチャールズのことになると、ばかみたいにかっかするし」

イヴは座席で体をもぞもぞさせながら、徐々にわいてきたマクナブへのあわれみの気持ちが消えるようにと祈った。「チャールズみたいな人と張りあわなきゃいけないのは、男にしたらつらいんじゃないの？」

「マクナブとはべつに約束しあった仲じゃなかったし、それにわたしの私生活についてとやかく言う権利はありません。だれと会おうが、だれと友だちになろうが、わたしの勝手です」興奮して、ピーボディはイヴのほうを向いてにらみつけた。「たとえチャールズと寝ていなくても、じっさい寝ていませんけど、マクナブには関係ないことなんです」

やれやれ。しばらくつとめを忘れて、聞くだけ聞いてやるとするか。「そうそう、まったくそのとおり。ろくでなしはどこまでいっても、ろくでなしよ。覚えとくといいわ」

「くそったれ」ピーボディは義憤にかられ、鼻息を荒くした。「きょうだって、わたしが応じる気になったかどうか、確かめもしないんですよ。ひねりつぶしてやりたい」

「斜めにひねりなさい。あした、残りの候補者に事情聴取しましょ」

「なんですか？」ピーボディは我に返った。「ああ、わかりました。ではあした」

よくやったと自分をほめながら、イヴは街を横断する通りに車を乗りいれた。うまくいけば、三十分後には自宅に着くだろう。

イヴが渋滞のなかをじりじりと北へ進んでいるころ、ロークはビールを飲みながら自分のつとめを果たしていた。

「ピザっていうのはうまい手だと思うんです」マクナブは言った。「彼女はピザに目がないし、気軽な感じがするでしょ。友だちっぽくて」

「僕なら赤ワインを用意するな。あまり高級じゃないものを」

「そいつはいい」マクナブは顔を輝かせた。「でも、花とかはいらないんですよね」

「今回はね。もとの仲にもどしたいなら、まず彼女のガードをゆるめないと。相手にいろいろ考えさせるんだ」

「そうですね」ロークはロマンスの権威だ、とマクナブは思っていた。ダラスを甘い気持ちにさせるなんて、恋愛の機微に通じた真の天才にしかできない。

「だけどチャールズの問題が」マクナブはこぼしはじめた。

「忘れろ」

「忘れろだって？　でも――」ショックで言葉を失った。

「それには目をつぶるんだ、イアン。ひとまずのところはね。彼女はチャールズが好きだし、その関係がどんなものにしろ、彼女にとっては大切なものなんだ。彼に嫌味を言うたびに、ピーボディの心はきみから離れていってしまう」

ふたりがゆったりビールを飲んでいるのは私室のような部屋で、マクナブはこの邸にそんな場所があることをこれまで知らなかった。ビリヤード台、昔風のバーカウンター、両側の壁にはスクリーン、それに上等の赤ワイン色をした分厚い革張りのソファや椅子が配されている。

残った壁に飾られているのは裸体画だった。だが上品なヌードで、すらりとした体つきの女性は外国人のようで優雅な感じがした。

これこそ本物の男の部屋だ、とマクナブは思った。ワークステーションもリンクもない。そばにいるのは絵に描かれた女だけで、男をいらだたせたりしない。木材がふんだんに使われ、革と煙草の香りがする。

ここには品格が漂っている。

チャールズには品格がある。

それがピーボディの求めているものなら、勝負するまえから勝ち目はない。

「いっしょにいると楽しかったんです、わかるでしょ？　裸でいるときだけじゃなくて。あなたに教わったことも実践しはじめてたのに。ほら、デートに連れだすとか、花やなんかを持っていくとか。だけど、ちょっと喧嘩したら……どんどんまずくなっちゃって」マクナブはビールをあおった。「大喧嘩になって、もういいやって思ったんです。でも、仕事ではしょっちゅう顔を突きあわせるし、まったく話をしないわけにもいかないでしょ？　たぶん、そっとしておいたほうがいいのかな。またややこしくならないうちに」

「それもひとつの考え方だ」ロークは煙草を取りだして火をつけ、仔細らしくくゆらせた。「僕の見たところ、きみは優秀な捜査官だね、イアン。それに、おもしろい趣味があるおもしろい男だ。きみが抜群の頭脳を持っていなければ、フィーニーもイヴもきみと働きたいとは思わない。ところが、抜群の頭脳を持つ優秀な捜査官で、おもしろい趣味があるおもしろい男でも、目下の問題について肝心な点を忘れている」

「なんですか？」

ロークは身を乗りだし、マクナブの膝をやさしくたたたいた。「彼女にほれていることだよ」

マクナブは口をぽかんとあけた。ピルスナーグラスが危なっかしく傾いて、ビールがこぼれそうになった。ロークはグラスをまっすぐにしてやった。

「俺が？」

「どうやらそのようだ」

マクナブはたったいま不治の病を宣告された男のような表情を浮かべ、ロークをまじまじと見た。「うわ、どうすりゃいいんだ」


五十分後、二か所に立ち寄り、長いこと地下鉄に揺られたあとで、マクナブはピーボディの部屋のドアをノックした。ぼろぼろのスエットパンツにNYPSDのTシャツ、顔にはきめこまやかな肌と若さの輝きを取りもどす新発売の海藻パックを塗りたくった姿で、ピーボディはドアをあけた。ピザの箱と安物のキャンティをかかえたマクナブが立っていた。

「おなかがすいてるんじゃないかと思って」

ピーボディはマクナブを見つめた——きれいな顔、ばかげた服。そして、誘惑するようなスパイシーソースの香り。「ええ、すいてるみたい」


その夜はデートが盛んなようだった。〈パレス・ホテル〉の豪華で格調高い〈ロイヤル・バー〉、夜会服に身をつつんだトリオがバッハを演奏しているなかで、チャールズはきらきら光るシャンパン・グラスを持ちあげた。

「今宵のこのひとときに」

ルイーズは軽やかな音をさせてグラスを合わせた。「つぎのひとときにも」

「ドクター・ディマット」チャールズはシャンパンを飲みながら、ルイーズの手をそっと指でなぞった。「ふたりとも今夜あいていたなんて、うれしい偶然ですね？」

「ほんと。それに、わたしたちが今朝、ダラスのところで出会ったのはおもしろい偶然ね。彼女と知りあって一年以上になるんでしたっけ？」

「ええ。別の事件のときに、袖を触れあったことが」

「だから、かわいい警部補さんなんて呼んでも怒られないのね」

チャールズは笑い、小さなブリニにキャビアをのせてさしだした。「正直言って、彼女には会ったとたんに興味をそそられました。意志が強くて、聡明で、ひたむきな女性にひきつけられるんです。あなたが魅力を感じるのはどんな人、ルイーズ？」

「自分というものをちゃんと持ってて、偽らない男。わたしは見せかけの家庭で育ったの。家族のそれぞれが自分の役割を演じてるだけ。だから、自立できるようになるとすぐに家を出た。医学にめざめて執念を燃やしたけど、仕事はわたしのやり方でやってる。家族は喜んでないわ」

「あなたの診療所の話を聞きたいな」

ルイーズは首を振った。「まだだめよ。自分は何も言わないのに、人の個人情報をききだすのがうまいのね。とにかく、わたしは人を治療する必要と才能があるから医者になった。あなたはどうしてＬＣになったの？」

「人を喜ばす必要と才能があるから。セックスの面だけじゃなくて」とチャールズはつけくわえた。「たいがい、そこがシンプルで大事な部分なんだけど。だれかといっしょに過ごして、その人が求めているものを発見する。自分では気づかなかったような願望も。そして、それを提供する。そうなれば、どちらにとっても、体よりも心の満足度のほうが高くなる」

「ときには、純粋に楽しむだけのこともある」

チャールズは笑った。そういえば出会ったときから、彼女はこちらを楽しい気分にさせてくれている。「ときには。あなたがお客だったら――」

「わたしはちがうわ」その口調には棘がなく、ほのぼのとしたユーモアがあった。

「もしお客だったら、こんな飲み物をすすめるな。くつろいだ気分で、親密になって、たがいをもっとよく知ることができる」

給仕がグラスを満たしていったことに、ふたりとも気づかなかった。「それから？」うながすように、ルイーズは言った。

「それから、ダンスをちょっと踊る。そうすれば、僕の抱き方にだんだん慣れていくし、僕も相手の望む抱かれ方がわかる」

「あなたとダンスを踊りたいわ」ルイーズはグラスを置いた。

チャールズは立ちあがって、ルイーズの手を取った。ダンスフロアへ向かう途中、薄暗いブースのわきを通りすぎた。なかのカップルはシャンパンには見向きもせず、情熱的なキスを交わしていた。

チャールズは振り向き、ルイーズの腰に腕をまわし、女性との触れあいを完璧に心得ている男のさりげなさで体を引き寄せた。ルイーズのしなやかさに、チャールズは心ひかれた。率直さに刺激され、魅了された。

その日の朝、ルイーズはタクシーのなかでチャールズに名刺を渡し、たまに連絡してくれと言った——仕事がないときに。

じつに率直だ、とチャールズは思いかえしながら、ルイーズの髪の香りを嗅いだ。とてもはっきりしている。彼女は自分にひかれ、興味を持っている。だが、客としてではない。チャールズもルイーズにひかれ、興味を持ち、その夜いっしょに飲もうと誘ったのだった。

「ルイーズ？」

「なあに」

「じつは、今夜はフリーじゃなかったんだ。ここに来るために約束をキャンセルした」

ルイーズは顔をあげた。「わたしもよ」そう言うと、ふたたびチャールズの肩に顔をうずめた。「あなたの抱き方、好きだわ」

「今朝、きみに会った瞬間に何かを感じた」

「わかってる」ルイーズは抱擁をゆるめ、音楽に身をゆだねた。このひとときに、身をゆだねた。「恋愛関係を築いてる暇はないの。ややこしいし、あれこれ努力しなきゃならないし。わたしって仕事のこととなると身勝手になるのよ、チャールズ。それに、仕事の邪魔になるものは憎みがちだし」

ルイーズはチャールズの髪に指をからめた。「でも、わたしも何かを感じた。その正体を探る時間は見つけられそう」

「僕は恋愛にあまりいい思い出がないんだ。僕の仕事が邪魔になることが多い」チャールズは顔を近づけ、ルイーズの髪の香りを吸いこんだ。「僕も正体を見つけだす時間を作りたい」

「教えて」ルイーズはかすめるように頰を寄せた。すべすべした肌。ちょうどルイーズの肌がぞくっとするくらいのなめらかさ。「わたしがお客だったら、ダンスのあとはどうするの？」

「きみの望みしだいで、僕が予約してあるスイートにあがるかもしれない。そして、きみのドレスを脱がす」むきだしの温かな背に手を走らせた。「ゆっくりとね。きみがどれほど美しいかを口にしながら、ベッドへいざなう。きみの絹のような肌をほめ、どれほどきみを抱きたいか、どれほどどきみを欲しているかを教える」

「このつぎは、それもいいかも」ルイーズはほんの少し体を引き、チャールズの顔を見つめた。「とってもよさそうだけど、もしこのつぎが来たら、チャールズ、おたがいをベッドへいざなうのよ。そして、わたしもあなたを抱く」

チャールズはルイーズの手をしっかり握った。「僕の仕事は気にならないの？」

「なんで気にしなきゃいけないの?」ルイーズは背伸びをして、チャールズの唇にキスをし、そのままささやいた。「たとえ気になるとしても、あなたがわたしの仕事が気になるのとおなじ程度よ。ちょっと失礼して、お化粧を直してくるわ」

ルイーズは女性用の休憩室に向かった。チャールズから見えないと確信すると、緊張にそわそわしている胃を手で押さえた。男にこんな反応をするなんて、はじめてのことだった。

もちろん、男はほしい。いっしょの時間を楽しめるし、欲望や興味や好意も感じたことはある。でも、それがいっぺんにやってきたことはなかった。なのに知りあったばかりの男に、そんな気持ちをいだくなんて。

少し心を静めなければ。

ルイーズは豪奢なラウンジに足を踏みいれ、ひとり用の三面鏡の前に置かれたふかふかの椅子にまっすぐ向かった。

コンパクトを取りだし、じっとすわったまま自分の顔に見入った。さっき言ったことはほんとうだ。自分には恋愛関係を築く暇はない。とりわけ、真剣で複雑でややこしい関係は無理だ。人生でやりたいことがたくさんあるから。

ときどき人とつきあうのは別だ。たまのデートとか、パーティとか。とくに、自分が取り組んでいるクリニックや虐待サポートセンターへの関心を集めるために時間を使うことはできる。あるいは、無料の巡回診察車両を増やすためとかなら。

だが、チャールズとの関係は純粋な道楽になるだろう。

自分が道楽をどれほど望んでいるのか、ルイーズにはわからなかった。

ルイーズはコンパクトの蓋をあけたりしめたりしてから、大人になりなさいと自分に言い聞かせ、鼻の頭におしろいをはたきはじめた。髪をいじっていると、個室エリアから女性が出てきた。すらっとしたブルネットで、ぴっちりした黒のドレスを着ている。

うきうきした軽快な様子にぴったりの鼻歌まじりで椅子に腰をおろし、口紅を取りだした。「ふう」彼女はため息をついて、カットグラスの香水瓶をつかんだ。「むらむらさせて」それを盛大に振りかけてから、目を丸くしているルイーズの前で、イブニングバッグにしまった。「いい思いつきでしょ」

彼女はカールした長く豊かな髪を後ろにまとめ、ルイーズにまばゆい笑みを投げかけた。「自分へのお祝い」モニカは立ちあがり、両手で胸から腰を撫でた。「すごい幸運をつかみそうなの」

「おめでとう」ルイーズの笑いまじりの声をあとにして、モニカは滑るように出ていった。そしてブースまで滑るように進んでいった。そこには、バイロンと名乗る男がすでに立ちあがって待っていて、手をさしのべてきた。「準備はいい？」

モニカは彼の手を取って身を寄せ、挑発するように体をこすりつけた。「どんな準備ができてるか、ききたい？」

ふたりはチャールズの席のかたわらを過ぎていった。女は声を落としていたが、それでも想像力に富んだ提案のひとつは聞きとれた。チャールズはぼんやりとカップルの後ろ姿を見送りながら、男のほうが冷静なままなので仕事中のLCかもしれないと思った。

視線を転じるとルイーズがもどってくるところで、チャールズはもう彼女のこと以外、頭になくなっていた。


モニカ・クラインは市内の中堅レベルの法律事務所で、法律事務職《パラリーガル》の仕事に励んでいた。夢や野望があり、そのほとんどはキャリアを築くことに向けられていた。だが、もっと個人的な夢や野望もある。新古典主義のアートや熱帯地方への旅行や詩といった趣味を共有できる申し分のないパートナーの出現だ。

夢のなかのパートナーは上品な雰囲気と、引き締まったたくましい体と、ロマンティックな心と、都会的な洗練された好みを持っている。

バイロンはその希望を満たしているように思えた。

ハンサムで、ブロンズ色の髪は肩にかかるくらいの長さ、灼けた肌は金色に輝いている。約束の場所で待っている姿を見たとたん、モニカの心はカップのなかのダイスのように飛びはねた。

彼はすでにグラスにシャンパンを注いで、準備を整えていた。

名前を呼ばれるときの、その声の温かさとかすかなイギリスなまりに、とろけそうになる。

最初の一杯で、モニカは頭がくらくらし、体が熱くなってむずむずしてきた。隣ににじりよると、もう彼に触れずにはいられなくなった。唇を重ね、モニカは酔いと幸せな気分にひたった。

アパートでふたりきりになったいま、すべてが柔らかくて流れているように見える。あたかも、小さく波立つ温水の薄いベールの向こうを眺めているようだ。

音楽が虹のような弧を描いている。ダンスを踊りながらさらにシャンパンを飲み、モニカの頭と舌は心地よくなった。

そっと口元をかすめる彼の唇の感触は絹のようだ。手の動きは巧みで、さわられたところはどこもかしこも、ずきずきとうずく。耐えられないほど。彼は甘い言葉をささやきつづける。めくるめく感覚と、体のなかで薔薇の花が開いたような興奮のなかで、その内容を理解することはむずかしかったけれど。

ふいに彼が体を離し、モニカは不満のうめきをあげた。

「準備があるんだ」彼はモニカの手を取って、手の甲を唇でなぞった。「舞台を整える。ロマンスがほしいだろう、モニカ。それをきみにあげるよ。ここで僕を待ってて」

モニカは首をめぐらせ、立ちあがってカバンを持ちあげる彼の姿を追った。もう何も……考えられなかった。

「わたし――ちょっと……」モニカはふらふらと立ちあがり、バスルームのほうを指さした。「お化粧を直してくる。あなたのために」

「そうだね。すぐもどってきて。きみといっしょにいたいんだ。きみが知らない世界へ連れてってあげる」

「すぐもどる」モニカは体を押しつけ、熱い唇を彼の唇に重ねた。「最高ね、バイロン」

「ああ」バイロンはモニカをバスルームのドアまで連れていき、そっとなかに押しこんだ。

「最高だ」

彼はキャンドルに火をつけた。ベッドカバーをめくり、シーツに薔薇の花びらを敷きつめ、枕をふくらませた。

目に狂いはなかったと思いながら、彼はベッドルームを見回した。飾られた絵、室内の色調、上質の生地はどれも気に入った。彼女は趣味がいい。ナイトテーブルにのった昔の薄い詩集に手を触れる。それに、知性もある。

ことによると、彼女を愛していたかもしれない。愛というものが存在するなら。

新たに注いだシャンパン・グラスをふたつ、ナイトテーブルにのせた。一方にはドラッグを三滴加えてある。今回は少し弱くしよう。時間を引きのばすために。この割合の組み合わせが彼女の血流にはいってから、最低でも二時間は生きているとルシアスは言っていた。

二時間のあいだ、すばらしいときを過ごすのだ。

ベッドルームの戸口に彼女がやってくると、バイロンは振り向き、手をさしだした。

「きれいだよ、モニカ。愛しい人。さあ、たがいを探りあおう」

今度のほうがいい。ずっといい。ルシアスの言うとおりだ。あいつはいつでも正しい。彼女の最後の相手だと思う興奮は――彼女が見て、触れて、においを嗅いで、味わうことができる最後の相手だと知りつつ交わるのは、たまらなく官能的だった。

ああ、彼女は疲れを知らず、自分の要求に応えた。彼女の鼓動は荒れ狂うようだった。それでも、もっととせがんだのだ。

彼女は二時間、奉仕してくれた。とびきり上等の二時間を与えてくれた。

彼女が死にかけているのに気づくと、彼はいとおしむような目で眺め、ささやいた。「僕の名前を呼んで」

「バイロン」

「ちがう。ケヴィンだよ。きみがそう呼ぶのを聞きたい。ケヴィン。きみがその名を叫ぶのを聞きたい」

彼は激しく突きたて、終わりへと向かっていった。モニカが自分の名前を叫んだとき、生涯最高の喜悦を味わった。

だから、彼女の体にやさしくシーツをかけ、額にそっとキスをしてから部屋をあとにした。

家に帰って、ルシアスにすっかり報告するのが待ち遠しい。

一時間後、彼女は身じろぎした。指はシーツをこすっている。閉じたまぶたの裏で目がひきつる。胸がしびれ、その奥に言いようのない恐ろしい痛みを感じる。頭は太陽のように燃えていた。

腕をあげようとがんばったら、涙があふれて頰を伝った。腕は感覚がなく、喉のつまったようなかすかな震え声が唇からもれた。

指がナイトテーブルの上のグラスを払い落とし、グラスは粉々になった。枕の下でガラスが割れたような、ぼんやりした音がした。

ナイトテーブルに指を這わせ、リンクにぶつかった。指を持ちあげようとしただけで、混乱した頭で考えようとしただけで、汗が肌を突き刺す。少しずつ指を動かして、メモリのいちばん上のキーに届いた。

モニカはそのキーを押して、手をだらりとさげ、疲れきった体を横たえた。

「どうしました、ミス・クライン？」

「助けて」まるで異国の言語のように、なかなか言葉が出てこない。「お願い、助けて」なんとかそうささやくと、ふたたび意識を失った。


目覚めたら、世界が揺れていた。イヴはざらつく目をあけ、ロークをにらみつけた。

「なんで、わたしを運んでるの？」

「それはね、警部補、もう寝たほうがいいからだよ。机でじゃなくて」ロークはイヴのホームオフィスのエレベータに足を踏みいれながらつけくわえた。「ベッドで」

「ちょっと目を休めてただけよ」

「ベッドで休めればいい」

イヴの主義からすれば、おろしてくれと言うべきだろう。けれど、運んでもらうのはなかなか快適だった。とりわけ、ちょっと首をのばすだけでロークのうなじのにおいを嗅げるのだから。「いま何時？」

「一時を過ぎたところ」ロークはベッドルームにはいり、短い段をのぼって壇上にあがってから、ベッドの端にイヴをそっとおろした。

「僕が何を考えているか、わかる？」

イヴはベッドに横たわった。「わたしも、すごくいいこと考えちゃった」

ロークは笑いながら、イヴの髪を撫でた。「僕も乗り気じゃないわけじゃない。だが、考えていたのは別のことだ。きみのオフィスに行って、机に頭をつけて寝ている顔を見た。きみはもう疲れ果てて、それ以上進めなくなったときの青ざめた顔をしていた。そのとき思ったんだ。僕たちはあと数週間で、結婚してから一年になる。それでもまだ、僕はきみに夢中なんだってね」

「わたしたち、うまくやってるわよね？」

「そう、とてもうまくやっている」イヴの首筋のチェーンをひっぱって、ダイヤモンドのペンダントヘッドをシャツから引きだした。ロークが贈ったもので、イヴはたいがい肌身離さずつけている。「これをあげたとき、きみは怒ったね。でも、結婚指輪をのぞけば、ほかの贈り物よりずっとしょっちゅう身につけている」

「これをくれたとき、あなたはわたしを愛してると言った。だから、頭に来たの。それに怖くなった。身につけてるのは、もう頭に来てないから。でも、まだときどき怖くなるけど」

イヴの頭に頬をのせていたものの、ロークは寸分たがわずナイフでつけられた耳の下の傷跡を指でなぞった。「愛は怖いものだからね」

イヴはロークのほうへ顔を向けた。「怖がらせごっこしない?」

吐息の距離まで唇が近づいたとき、リンクが鳴った。

「ええい、くそっ」イヴは応答するためベッドから這いおりた。

イヴは集中治療室につづくエレベータから飛びだし、死んだように静かな廊下を進んだ。病院はモルグより嫌いだ。ナースステーションのカウンターにバッジをたたきつけた。「担当者を呼んで。モニカ・クラインに面会したいの」

「ドクター・マイケルズはただいま、そのかたのそばにおります。少々お待ちいただければ――」

「あそこ?」イヴはガラスドアのほうに指を突きだし、ナースの甲高い制止の声が聞こえるか聞こえないかのうちに、もう通り抜けていた。

どんな人物を探せばいいかはわかっていた。犠牲者をERに搬送した医療技術者から、くわしい人相や特徴を聞いている。

ガラスで仕切られた部屋を通りすぎながら、室内のベッドに目をやる。そこには百五十歳くらいの女性が寝ていて、あらゆる機械につながれ、もはや人間の姿をとどめていなかった。

　わたしなら心臓のど真ん中を撃ち抜いて、とイヴは思った。あっさり死なせて。

　隣の部屋にいる男はずっと若く、透明なテントに覆われていた。

　そのつぎの部屋で、イヴはモニカを見つけた。医師がモニターのデータに目を走らせているかたわらで、彼女は死人のように真っ青で、石のように身じろぎもせず横たわっていた。

　医師は不快げにこちらを見て顔をしかめ、パプリカ色の洒落た顎ひげと口ひげが目立つ容貌をだいなしにした。

「ここへはいってはいけません」

「NYPSDのダラス警部補」イヴはバッジを見せた。「彼女はわたしの証人よ」

「とんでもない、警部補。彼女はわたしの患者です」

「助かる？」

「いまのところはなんとも言えません。できるだけのことをしています」

「いいこと、おたくの方針は聞きたくないの。これまで、ふたりの女性は病院にも来られなかった。まっすぐモルグへ運ばれた。医療技術者の話では、彼女は心臓に故障があり、血圧もさがり、ドラッグの過剰摂取で合併症を起こしてたそうね。わたしが知りたいのは、彼女がそれを乗り越えて、自分をここへ送りこんだ相手のことを話せるかどうかなの」

「ですから、なんとも言えません。心臓がかなりダメージを受けている。脳もおなじようにダメージを受けているかどうかも、いまのところは判断できないんです。彼女は昏睡状態におちいっている。ドラッグのせいでかなり衰弱していて、911に通報できたことが奇跡に近いんです」

「でも、できた。彼女はタフだってことよ」イヴはモニカを見おろし、意識を取りもどせと念じた。「ドラッグは彼女に無断で投与された。気づいてた？」

「まだ確認はできていませんが、ニュースで二件の殺人事件のことを耳にしました」

「犯人は彼女に二種類のドラッグを与え、それからレイプした。レイプ診断キットで調べてもらいたいの」

「医師助手にやらせましょう」

「警察への報告書も。彼女が持ってる証拠を集めたいの」

「決まりは知っています」ドクター・マイケルズの声にはいらだちがまじっていた。「報告書も証拠もお持ちください。わたしにはどうでもいいことだ。関心があるのは、彼女を生かしつづけることです」

「こっちは彼女をここに放りこんだやつを突きとめることよ。でも、彼女のほうは二の次だというわけじゃない。彼女を診たのはあなた？　みずから？」

マイケルズは口を開いてから、イヴの表情から何を読みとったのかはわからないがうなずいた。「わたしです」

「外傷は？　打撲傷とか、咬傷とか、切り傷はあった？」

「いいえ、ひとつも。性交を強制されたような痕跡はまったくありません」

「肛門性交のあとは？」

「ありません」マイケルズはモニカを守るように、そっと手を置いた。「あなたが追っているのはどんな相手なんですか、警部補？」

「ドンファンみたいなやつ。この件をメディアが発表したら、彼は未遂に終わったことを知るでしょう。彼女に二十四時間の警護をつけるわ。面会者は入れないで。どんな人でも。許可されたスタッフや警官以外は、この部屋に入れないでちょうだい」

「彼女の身内は――」

「面会させるのはわたしを通してからにして。わたしが直接会ってからよ。病状に変化がありしだい知らせてほしいの。彼女が目を覚ましたらすぐ知らせて。質問には答えられないとかなんとか、くだらないことは聞きたくない。犯人は彼女を殺すつもりだった。でも、彼女は死ななかった。ほかのふたりは死んだ。犯人は楽しくてたまらないから、まだ犯行を重ねる」

「彼女が助かる見込みも知りたいのでは？　五〇パーセント以下です」

「そう、わたしは彼女に賭けるわ」イヴはベッドにかがみこみ、静かに、だがきっぱりと言った。「モニカ？　聞こえた？　あなたに賭けるわ。あなたがあきらめたりしたら、犯人の勝ちよ。だから、あきらめないで。あの野郎の急所を蹴りつけてやりましょう」

イヴは体を引いて、マイケルズにうなずいた。「目を覚ましたら連絡して」

11

セントラルを出たときには、もう午前四時近かった。疲労が濡れた毛布のように全身をつつみ、五感を鈍らせる。反射神経はあてにできないので、イヴは自動運転をプログラムした。そして、保守課《メンテナンス》のおどけ者が装置によけいないたずらをしていないことを願った。

それでも、あまりにも疲れていて、ホーボーケンに着いてしまわないかと確認することはできなかった。ホーボーケンにもベッドはある。

ゴミ収集車はすでに活動中で、シュー、バン、ドスンという単調な音をくりかえしながらのろのろ進んでいる。作業員たちは影のように動き、歩道のゴミの容器や箱の中身をあけて、新たな一日のゴミを迎える準備をしている。

公共事業の職員は真っ白な防護服姿で、十番街の半ブロックをずたずたにしていた。油圧ジャッキが、イヴの左のこめかみのずきずきする痛みと張りあうように、歯医者のドリルのようないやな音をたてている。

信号待ちをしていると、ひとかたまりの男たちが、安全眼鏡の奥から品定めするような目を向けてきた。すてきなおにいさんが股間を握りしめ、腰を前後させながらにやりと笑った。彼の限られた世界では、それが魅力的な笑顔なのだろう。

その動作に、仲間の男たちが大笑いした。

イヴはもう限界を超えているのを感じた。そうでなければ、癇癪を起こして車から飛びだし、彼らの股間を強打しながらセクシャル・ハラスメントのかどで出頭を命じていただろう。

ところが、座席の背に頭をもたれて目を閉じただけだった。信号が変わったことにセンサーが反応して、車はふたたび走りだした。

頭のなかで、イヴはモニカのアパートへもどっていた。今回はシャンパン。ロークの会社の銘柄だ。それに、値段がひと瓶千ドル近くすることも知っている。たかが泡のたつ飲み物に、ばかみたいに大金を払ってと思う。

今回はグラスをベッドルームに持ちこんでいたが、それ以外の舞台装置はまえの二件と変わらない。

習慣から抜けだせない人間か、イヴは少しうとうとしながら考えた。交替でプレーする。スコアもつけているだろうか。ゲームというのはたいがい、競いあうものだもの。モニカの場合は決勝点に達していない。彼らは最後までやろうとするだろうか。それとも、傍観者に徹し、モニカが自分の役目を果たして心臓をとめることに期待するのだろうか。

イヴは居心地よくしようと座席で体をもぞもぞさせた。

朝いちばんにマイケルズに連絡して、容体を確認しよう。護衛の交替のときに指示を与えよう。最初のシフトには、信頼できるトゥルーハートを配置してあった。彼ならまちがいない。〈アレガニー製薬〉と〈J・フォレスター〉の情報を分析しよう。ドクター・シオドア・マクナマラの件も徹底的に追及しよう。フィーニーにもチャールズが提供してくれた売人の口座番号からの割り出しを急がせよう。サイバーカフェから押収したユニットの再検査も急がせよう。

いまのところ、薔薇に関しての手がかりはつかめていない。花屋の調査ももうひと押ししよう。

いやだけど眠気覚まし《アウェイク》を飲んで、頭が爆発しないうちにくだらない痛み止めも飲みこんでしまおう。

イヴは薬が大嫌いだった。自分が愚かで弱々しい人間になったみたいだし、エネルギーを注入されすぎた感じもするから。

いまごろ、モニカの体には薬が注入されているだろう。少しずつ体内に取りこまれ、心臓の働きをうながし、脳の血管をきれいにし、あとは神のみぞ知るだ。病状が快方に向かえば、彼女は目を覚まし、思いだす。

モニカはおびえ、混乱し、途方にくれるだろう。最初のうちは、頭が体から切り離されたような感じがするかもしれない。記憶に空白もあるだろうし、こちらがききたいことのなかには、その空白時間に相当するものもあるだろう。

頭は可能なかぎり恐怖から身を守ろうとすることをイヴは知っていた。病院で意識を取りもどし、機械や苦痛や見知らぬ顔に囲まれていたら、記憶をなくす以外に何ができるだろう？

名前は？

彼らはそうきいた。最初にきかれたのは名前だった。台車つきの担架のかたわらに医師や警官が立っていた。イヴは彼らをぽかんと見つめていた。

きみの名前は、お嬢ちゃん？

その言葉を思いだすだけで鼓動が速まり、身を丸めたくなる。お嬢ちゃん。少女たちに降りかかった恐ろしいこと。

医師たちははじめ、イヴのことを口がきけないのだと思った。肉体的にしろ心理的にしろ。だが、話すことはできた。答えがわからなかっただけだ。

警官は怖そうには見えなかった。彼は白衣や薄緑の仕事着をひるがえして歩く医師たちの後ろからついてきた。

あとで知ったことだが、隠れていた路地裏から運んできてくれたのはその警官だった。それは覚えていなかったが、そう聞かされた。

最初に覚えているのは、目を射るような頭上のライトだ。それから骨折して固定された腕の、自分のものではないような痛み。

イヴは汗と泥と乾いた血にまみれていた。

見知らぬ医師たちは、つついたり探ったりしながらやさしく話しかけてきた。だが、警官もそうだったが、目は笑っていなかった。よそよそしいような冷たいその目は、あわれみと疑念にあふれていた。

彼らの手が裂かれた場所までさがると、イヴは動物のように抵抗した。歯と爪を使い、傷ついた動物の咆哮さながらの声を放って。

ナースは大声をあげ、イヴを押さえつけるのに手を貸した。鎮静剤を注射されながら、イヴの頰を涙が伝った。

きみの名前は？　意識がふらつく耳に、警官の声が聞こえた。住んでるところは？　だれにやられたの？

イヴにはわからなかった。知りたくもなかった。イヴは目を閉じ、いやな記憶からふたたび逃げだそうとした。

ときには薬も、イヴを眠りの淵へ誘ってくれる。だが、あまり奥まで連れていかれると、空気はいやに冷たく、赤く汚れて見える。イヴは怖かった。そこへおりるのは、見知らぬ人たちに暗黙の疑問を投げかけられるより怖かった。

その冷たい場所にいたとき、だれかがそばにいることがあった。キャンディのにおいと、体をまさぐる指。その指の感触は、体の上をゴキブリが走っているようだった。電気がつくと部屋の隅にさっと逃げだすあのゴキブリだ。

その指が体を這うと、いくら薬を投与されていても悲鳴はとまらなかった。

彼らはイヴには聞こえないか、あるいは理解できないと思っているのか、ひそひそ話していた。

殴られ、レイプされている。長いあいだにわたって、性的、肉体的虐待を受けている。栄養失調と脱水症にかかり、深刻な身体外傷および心的外傷を負っている。

生き延びられたのは奇跡だな。

こんなことをしたやつは切り刻んでやるべきだ。

犠牲者がまたひとり。世の中、こんな事件ばっかりだな。

身元がわかる記録は何もない。イヴと呼ぶことにしよう。イヴ・ダラス。

車がとまってイヴははっと目を覚まし、黒っぽい石造りの邸と窓ガラスに映る明かりを眺めた。

手が震えていた。

疲れているのよ、と自分に言い聞かせる。ただ疲れているだけ。モニカに同情しているとしても、それはごく自然なことだ。イヴは車をおりながら、これも捜査の一環だと自分を納得させた。

イヴはもう自分がだれなのか知っている。イヴ・ダラスという人間になったけれど、それは施設でつけられた名前にすぎない。本来の自分や、過去にあったことは変えられない。

あの傷つきおびえた少女がまだ心のなかに住んでいるなら、それはそれでいい。

ふたりとも生き延びたのだ。

イヴは重い体を引きずるように階上にあがり、上着を脱ぎ、武器用ハーネスを取りはずした。よろめきながらベッドに向かいつつ、服を脱いでいく。ベッドに転げこみ、暖かくなめらかなシーツの下で丸まり、なおも頭に響く声に静まるよう命じた。

暗闇のなかで、ロークの腕がのびてきて、向こうむきのまま引き寄せられた。イヴは一度だけ体を震わせた。もう過去の自分ではない。

ロークの鼓動が感じられる。落ちついたリズムが背中から伝わってくる。ウェストに巻きついた腕の心をなごませる重み。

嗚咽がこみあげてきて、イヴは愕然とした。どこに隠れていたのだろう。急に寒気の波に襲われた。体が震えだす前触れだ。

イヴはロークのほうを向き、そのなかへもぐりこんだ。「あなたがほしい」唇を求めながら言った。「ほしいの」

ぬくもりがほしくて、ロークがどうしようもなくほしくて、その髪をつかんだ。

暗闇のなかでもロークがいるのがわかる——その味、香り、手ざわり。彼とここにいれば、そこにはなんの疑問もない。答えがあるだけだ。すべての答えが。さっきまで落ちついたリズムを刻んでいたロークの心臓が、いまは早鐘を打っているのが胸に感じられる。

ロークは自分のためにここにいてくれる。いままでそんな人はいなかった。

「名前を呼んで」

「イヴ」ロークの唇が傷跡を暖かくつつみ、痛みを取り払う。「僕のイヴ」

なんと強いのだろう、とロークは思った。それに、とても疲れている。脳裏にどんなものを見ているにしても、イヴはそれと闘おうとしている。自分もいっしょに闘おう。イヴが求めているのはやさしさではない。情け容赦のないほどの愉悦だ。ロークはイヴの体に手を滑らせ、唇と指で最初の急激な充足を与えた。

イヴは身を震わせたが、もう寒さのせいではない。体に襲いかかる痛みは、疲労のせいではない。胸を探りあてられて、イヴは背をそらした。軽く嚙まれると、ぞくっとする悦びが体を突き抜けた。ロークの舌は休むことなく、熱を注ぎつづける。

いっしょに転がり、シーツのなかでもつれあいながら、イヴの呼吸は乱れた。体は欲望を満たしてくれる手の下で濡れていた。

ロークはイヴの長くしなやかな体を愛し、飽くなき貪欲さで求めた。その肌はいつも驚くほどきめがこまかく、熱く湿っている。だから、重なりあうと濡れた絹のようにつるりと滑る。イヴがふたたび唇を重ねてきた。熱があるかのように燃えていて、ふたりの狂おしさをいや増す。

「なかに来て」イヴは転がり、ロークの上に這いあがってまたがった。「来て」そして、激しく、めまぐるしく、深くロークを奪った。

腰を律動させるその速さに、ロークは頭がぼうっとなった。自分の上にいるイヴの姿が見える。暗闇のなかで目を輝かせ、ふたりを容赦なく駆りたてている。

攻めたてられながら、ロークは悦楽の波に揺られ、イヴの攻撃に身をまかせた。やがて、イヴが頭をのけぞらせると快感が頂点に達し、拳でガラスを砕くようにイヴを貫いた。

イヴは打ち砕かれた。

ロークは上体を起こし、なおも震えているイヴの体を引き寄せて、解き放った。

イヴは穴蔵に落ちるように眠りに落ちた。その穴のなかで、うつぶせで手足をひろげ、三時間眠った。

目覚めると、かなり気分がよくなっていた。頭痛はもう去ったと自分に言い聞かせたが、頭痛の根は深く、きっぱり否定されてしまったので、あまり効果はなかった。

あとで少し仮眠をとればいい。薬に頼るよりずっと効くだろう。

ベッドから出られずにいるうちに、すっかり着替えたロークがかたわらに腰をおろした。スクリーンには音を消した株式概況が映っている。リビングエリアのテーブルでは、コーヒーポットが誘うような湯気をたてている。

ロークは片手に錠剤を持ち、ナイトテーブルには怪しげな飲み物が置かれていた。

「口をあけて」ロークは命じた。

「えー」

「これ以上きみのあざを増やしたくないが、そうしなきゃならないならしかたない」

ロークが力任せに飲ませるふりを楽しんでいるのは、ふたりの了解事項だ。「何もほしくない。あなたは薬屋のまわしものよ」

「ダーリン、うれしいことを言ってくれるね」よける隙も与えず、親指と人さし指でイヴの耳たぶをつまんでいた。手首をさっと返した衝撃で、イヴの口がぱかっとあいた。

そこへ錠剤を放りこんだ。「第一段階終了」

イヴは殴りかかろうとしたが、喉がつまっていたので、攻撃は空振りに終わった。気がつくと、髪を後ろにひっぱられ、怪しげな液体を喉に注がれていた。

身を守るために二度、喉をごくりとさせてから、イヴはようやくロークを押しやった。

「殺してやる」

「全部飲むんだ」冷徹なまでの手際のよさで、ロークはイヴを押さえこみ、残りの液体を流しこんだ。「第二段階終了」

「あなたはもう死んでるのよ、ローク」イヴは顎のしずくを手の甲でぬぐった。「自分ではわからないでしょうけど、すでに呼吸はとまってる。生きる屍よ」

「僕だって、こんなことしないですむんだ。きみがちゃんと自分の体を気づかってくれればね」

「そしてついに、あなたは自分が死んでることに気づき、床に倒れこみ――」

「よくなった？」

「――そこに横たわる。わたしは冷たくなったあなたの死体を踏みこえ、あなたがクロゼットと呼んでるあのデパートの扉をあけ、火をつける」

「頼むよ、ダーリン。そんなに怒ることないじゃないか。よし、よくなったんだね」ロークはひとつうなずいて決めつけた。

「あなたなんか大嫌い」

「わかってる」ロークは身をかがめ、軽くキスをした。「僕もきみが大嫌いだ。エッグズ・ベネディクトが食べたいな。シャワーを浴びてきたら？　朝食をとりながら、新情報を教えてくれ」

「あなたとは口きかない」

ロークは立ちあがりながら、顔を輝かせた。「使い古された女の武器だな」背を向けて段をおりはじめると、思ったとおり、イヴが背中に飛びのってきた。

「そうこないと」ロークは腕をまわして気管を締めつけてくる攻撃をどうにかかわした。

「だれに向かって言ってるの、相棒」

イヴは背中からおり、裸のままバスルームへ向かった。怒りに震えるその尻を眺めながら、ロークはくすりと笑った。「僕としたことが、うっかりしていた」

イヴが朝食に口をつけたのは、無駄にするのはもったいないから。ロークに新情報を伝えたのは、声に出して言ったほうがデータをまとめやすいからだ。

ロークは手持ちぶさたに猫を撫でながら耳を傾けた。

「病院のスタッフや医療技術者から」ロークは意見を述べた。「メディアはいまごろはもう情報をつかんでいるだろう。きみに有利に働く可能性もある」

「そうかも。このふたりは怖気づくタイプじゃない。うぬぼれが強すぎるから、急にやめることはできない。彼らのデータはたくさんある。たくさんありすぎるのが問題なのかもね。データが多すぎて、的を絞れない。糸口があまりあると、こんがらがっちゃうのよ」

イヴは立ちあがり、武器用ハーネスをつけた。「それを整理しないと」

「〈アレガニー〉のほうをまかせてくれないか？　どっちにしても、僕のものだし。警察には言いにくいことでも、僕になら話してくれるかもしれない。それに、隠していることがあっても」つけくわえるように言った。「探りだす手立てはある。おそらく、多かれ少なかれ合法と言えるやり方で。なにしろ、いまやその会社を所有しているのは僕だからね」

「あなたの多かれ少なかれは、わたしのより範囲がひろいのよ」だが、手間がはぶけることはまちがいないし、時間は貴重だ。「あまり方針からはずれないようにね」

「どっちの方針かな。きみの、それとも僕の？」

「ふん。セントラルで捜査チームのブリーフィングをしてる。何かわかったら連絡して」

「もちろん」猫を抱いたまま、ロークは席を立ってイヴに近づき、キスをした。「体にちゃんと気を配るんだよ、警部補」

「なんでわたしが？」イヴはドアへ向かった。「わたしの世話を焼くのがあなたの楽しみなのに」

ロークは猫を見おろしながら、妻の足音が廊下を遠ざかっていくのに耳をすませた。「そのとおりだよ」

押さえておいたセントラルの会議室で、イヴはモニカのアパートのセキュリティディスクを再生した。

「見てわかるように、モニカはブリナ・バンクヘッドの線に近い。似かよった体型、より洗練された外見と生活様式。犯人はまたもや見た目を変えてる。おなじキャラクターは使いたくないようね。新鮮な気持ちを保ちたいから。パターンはおなじでも、角度を変えて演じることができる。フィーニー？」

フィーニーがタイミングよく引きとった。「被害者のホームユニットをざっと調べたところ、彼女との連絡にはバイロンという名前を使ってることがわかった。おそらく詩人の名前からとったんだろう。バイロン卿だ。eメールのやりとりは二週間前からはじまってる」

「ここでも、パターンを踏襲してる。時間をかけて、これまでのパターンどおり彼女の実生活を研究したんだと思う。自宅か職場の近くに監視できる場所を見つけてね。両方、探りだしましょう」

ドアがあく気配に、イヴはそちらを見やった。全員の顔がそちらを向くと、制服姿が笑ってしまうほどフレッシュな若いトゥルーハートが、頬を紅潮させた。「すみません。遅くなりまして申し訳ありません、警部補」

「いいえ、時間どおりよ。報告」

「はい、対象人物のクラインの容体に変化はありません。許可なくして彼女の病室にはいった者はひとりもいません。自分はシフトのあいだ、ずっと病室内の持ち場におりました」

「彼女に関する問い合わせはあった？」

「いくつかありました、警部補。最初はおよそ〇六〇〇時、このニュースが発表されたころです。病状を知りたいという記者からの問い合わせが五本ありました」

「わたしのオフィスのリンクにも、その二倍の問い合わせがあった。もう帰っていいわ、トゥルーハート。少し眠ってきなさい。一八〇〇時から病院の任務を再開して。勤務時間の件はわたしからあなたの上司に話をつけておくから」

「かしこまりました。警部補、このたびのご要請、感謝しております」

トゥルーハートが退室してドアを閉めると、イヴは首を振った。「地球内外でいちばん退屈な勤務につけたのに、感謝してるですって。さてと、〈アレガニー〉のほうはロークが嗅ぎまわってる。こっちは〈J・フォレスター〉に関するデータを全部集める。目下わたしからのメッセージを避けてるシオドア・マクナマラについても。それから、オンラインの売人の割り出しにも全力をあげる。ドラッグに重点を置きましょう。どうやって、なぜ、どこで、彼らはブツを調達してるのか」

「違法麻薬課の情報によれば、それにきわめて該当する人物がひとり思いあたるだけだそうだ」フィーニーが言った。「地元の有名な売人で、高価なセックス・ドラッグを専門にして儲けた。名前はオーティス・ガン。十年ぐらいまえに幅を利かせてた。商売も順調だったが、調子に乗って自家製ラビットをパーティでふるまいはじめたのがつまずきのもと」

「いまはどうしてるの？」

「二十年の刑期の九年目」フィーニーは重く垂れさがったポケットからナッツの袋を取りだした。「ライカーズ刑務所で」

「へえ。その実家にはずいぶん帰ってないわ。みんなさびしがってるかな」そのときコミュニケータの合図がして、イヴは途中で言葉を切って歩きだした。「ルイーズを通したわ」コミュニケータをしまいながら言う。「ゆうべの事件について、何か情報があるんですって」

イヴはボードに留めた新しい写真を見つめた。モニカの顔写真は、死者たちから離してある。その場所から動かないことをイヴは祈っていた。

振りかえったとき、マクナブとピーボディのあいだで何かが交わされたのを見た。ちょっと熱っぽい視線のようなもの。だから、すばやく目をそらした。

「ピーボディ、なんでわたしのコーヒーがないの？」

「さあ、どうしてでしょう。でも、ただちに状況を改善してまいります」

ピーボディはひょいと立ちあがり、なんと小声でハミングしながらオートシェフをプログラムした。そのうえ、イヴのもとへコーヒーを運んできたときには、目が輝いていた。

「最近、おいしいピザでも食べた？」イヴがつぶやくと、たちまちピーボディの目から輝きが消え、後ろめたそうな顔つきになった。

「たぶん。ひと切れか……ふた切れ」

イヴは顔を近づけた。「丸ごと食べたんでしょ？」

「すごくおいしいピザだから。なんて言うか、その味が忘れられなくて」

「勤務中はもうハミング禁止」

ピーボディは背筋をのばした。「了解しました。ハミングはすべてただちに鳴りやみます」

「それに、ばかみたいに目をきらきらさせるのも禁止」イヴは言い足し、勢いよくドアを引いて、ルイーズを探した。

「ほんとうにおいしいピザを食べたら、あなただって目をきらきらさせますよ」ピーボディはぼそぼそ言ったが、イヴがうなるのを聞いて、それ以上図に乗るのはやめにした。

「ダラス」ルイーズが廊下を駆けてきた。今朝は資金集め用のパワースーツではなく、クリニック用の着古したジーンズとだぶだぶのシャツ姿だ。「いてくれてよかった。リンクで伝えられるようなことじゃなかったの」

「すわって」セントラルの迷宮を走ってきたにもかかわらず青い顔をしているので、イヴは彼女の腕を取り、椅子へ連れていった。「深呼吸してから、知ってることを話して」

「ゆうべのことなの。ゆうべ、デートをした。〈ロイヤル・バー〉で」

「ロークのところ？　〈パレス・ホテル〉にある？」

「そう。彼らを見たのよ。ダラス、あのふたりが、わたしたちのテーブルの近くのブースにいるのを見たの。彼女とは女性用ラウンジで話もした」

「落ちついて。ピーボディ、お水持ってきて」

「わたしはあまり気に留めてなかった」ルイーズはつづけた。「もっとちゃんと注意してればわかったのに……いまでも鏡の前にすわった彼女の顔が目に浮かぶわ。シャンパンの酔いだけじゃない。わたしは医者なのよ。彼女がドラッグをやってることに気づくべきだった。いまならわかるの」

「物事はたいがい、あとになって気づくものよ。ほら」イヴはルイーズの手に水のグラスを押しつけた。「飲んで、気を静めなさい、ルイーズ。落ちついたら、覚えてることを話して」

「ごめんなさい」ルイーズは水をひと口飲んだ。「今朝ニュースを見て、彼女だとわかった。そして気づいたの」もうひと口飲む。「ここへ来る途中、病院に連絡して、容体をたずねた。好転のきざしはないんですって。いっこうにない。彼女が助かる見込みは刻一刻と減ってるのよ」

「ゆうべよ。ゆうべのことに集中して。あなたはバーでお酒を飲んでた」

「ええ」ルイーズは息を吸いこんだ。いくらか落ちついて、「シャンパンとキャビア。楽しかったわ。おしゃべりをして、彼以外のことはあまり気にしてなかった。でもなんとなく、ブースにいるカップルのことは気づいた。彼らもシャンパンとキャビアを前にしてた。たぶんまちがいないと思うけど、わたしたちより先に店にいたはず。ぴったりくっついてすわってたわ。とても親密で、とても魅力的なカップルだった」

「なるほど、それから？」

「わたしたちはダンスを踊った。カップルのことは忘れてた。そのあとラウンジに行って、すわってお化粧を直したり、心を落ちつかせたりした。やたらに緊張する初デートだったの。そこにいるときに、彼女が個室から出てきた。あらゆるセクシーな輝きを放ってて、すごい幸運をつかみそうだから、お祝いしてと言った。わたしは半分おもしろがりながら、わたしもそんな自信が持てたらいいなと思ったわ。席にもどったとき、彼らは帰るところだった。ふたりはいなくなって、わたしはそれっきり彼らのことは考えもしなかった」

ルイーズはため息をついた。「彼女は血色がよすぎた。目はうるみすぎてた。いまならわかるのよ」

「男のほうについては、何を覚えてる？」

「上品で、魅力的。ふたりは似合いのカップルだった。彼はそういう場所に慣れてるように見えた。もっと気をつけて見とけばよかった。ひょっとしたら、チャールズならもっと見てるかも」

胃がひきつるのを感じたとたん、助手が肩をびくりと震わせるのが見えた。「チャールズ？」

「ええ。チャールズ・モンロー。今朝も連絡をとろうとしたんだけど、リンクはメッセージ・モードにしてあるの」

「わかった」まったく。「またあとで話をききたくなるかもしれない」

「きょうはずっとクリニックにいるわ」ルイーズは立ちあがった。「もっと役に立てればいいんだけど」

「どんなことでも、助かるわ」

イヴは運転中、その件に関しては何も触れなかった。一生何も言うまいと心に決めていた。だが、ピーボディが完全に黙りこんでいるので、とうとう降参した。

「さっきのこと、だいじょうぶ？」

「考えていたんです。仕事じゃありませんね」

「どういうこと？」

「きのう、おたがいにぴんときていました。仕事じゃなくて、デートですよ。それはかまわないんです」ピーボディは自分に言い聞かせるように言った。「どっちにしても、わたしたちはただの友だちですし。ちょっとびっくりしただけです」

チャールズのアパートの正面の歩道際で車がとまると、ピーボディは建物を見あげ、ほんとうにだいじょうぶでありますようにと祈った。

エレベータをおりようとしたら、ちょうどチャールズが乗りこんでくるところだった。

「ダラス。いま会いにいこうとしていたんだ。僕、見たんだよ――」

「知ってる。話はなかで聞きましょう」

「知ってるって……ああ、ルイーズか。彼女、動転してた？　連絡しなくちゃ」

イヴが眉をあげるかたわらで、チャールズはもたもたとキーコードを操っている。冷静なチャールズがあきらかにうろたえている。「あとでね。彼女はだいじょうぶよ」

「まだ頭がちゃんと働かないんだ」部屋にはいるとチャールズは打ちあけ、ぼんやりとピーボディの肩を撫でた。「今朝はリラクゼーション・タンクで一時間過ごして、さっきはじめてスクリーンをつけた。そうしたら、あのニュースに顔面をがつんとやられて。僕たち、あのカップルを見たんだ。それもゆうべ。殺人犯とその被害者を」

「くわしく教えて」

チャールズの話はルイーズのものとほとんどおなじだった。ルイーズがラウンジに行っていたあいだをのぞいて。そして、その男がLCのようだったというチャールズの推測に、イヴは興味をひかれた。

「どうしてそう思ったの？」

「冷静だったから、あからさまじゃないけど。うまく説明できないな。相手をとても気づかっていたし、愛想もよかったけど、計算されているような感じがしたんだ。体に触れたりするのは相手に先にさせているし、支払いも彼女にさせた。僕は自分のことで頭がいっぱいだったんだ」チャールズは素直に認めた。「でも、彼女がラウンジに向かう姿を追っている目つきには気づいた。やっぱり、計算された目かな。それに、気取りがあった。とっさにそう感じただけなんだけどね。LCのなかにはお客をそういう目で見ている者もいるから」

「お客のほうは？」

「え、どういう意味？」

「お客のなかにもLCをそういう目で見る人はいるでしょ」

チャールズはイヴの顔をしげしげと見てからうなずいた。「そうだね。あなたの言うとおりだ」

イヴはドアのほうを向いた。「お仲間にきいてみてくれない、チャールズ？　クラシック音楽とピンクの薔薇とキャンドルライトが好きなお客がいないか」歩きだしながら肩越しに振りかえる。「それに、詩。あなたたちって、お客の好みをファイルしてあるんでしょ？」

「商売をつづけたかったらそうする。きいてみるよ。ディリア、ちょっといいかな？」

イヴは歩きつづけた。「エレベータを呼んでおく」

「今夜、ディナーをいっしょにする予定だったんだけど」チャールズは切りだした。

「心配しないで」ピーボディはなんのわだかまりもなく、チャールズの頰にキスできた。そういうときのために、友だちというものがあるんだから。「彼女のこと好きよ」

「ありがとう」チャールズはピーボディの手をしっかり握った。「僕もだよ」

12

ロークが自分の会社にとつぜん顔を見せると、従業員はたいていそわそわする。ときおり不安にさせたほうがふだんから注意を怠らないものだ、というのがロークの持論だ。

給料はいい。傘下の会社、工場、子会社、世界じゅうに点在する事業所および出張所のどこでも、労働条件の水準はかなり高い。

ロークは貧乏を知っている。不潔で薄暗くて猥雑な環境がどんなものかを知っている。なかには――たとえば自分などは――そうした環境が、這いあがろうとする動機になる場合もある。だが、大方の者にとっては、しみったれた給料と風通しの悪い仕事場は、絶望や憤懣を引きおこす種になる。それにちょろまかしも。

ロークはむしろ一般管理費には金を惜しまない。結果的には雇われ人が快適な環境で忠実に働き、生産性をあげることになるから。

〈アレガニー製薬〉のメインフロアを通り抜けながら、ロークは防犯や内装で改善すべき点を心に留めていった。主任化学者と話したいと告げてすぐに三十階まで案内されたときには、なんの問題もなかった。あわてながら案内してくれた受付係はコーヒーを二度出し、ドクター・スタイルズの居場所確認に手間どっていることを三度詫びた。その後ようやく、スタイルズのオフィスにたどりついた。

「ドクターはきっと多忙なんだろう」ロークは少々散らかったひろい部屋を見まわした。窓には日差しとプライバシーを保護するスクリーンがしっかりおろしてある。

室内は洞窟のようにほの暗かった。

「ええ、そうです。ドクターは忙しいんです。お待ちになっているあいだに、コーヒーでもお持ちしましょうか」

コーヒーも三度目だな、とロークは心中でつぶやいた。「いや、けっこうだ。ドクター・スタイルズが研究室にいるなら、おそらく――」

ロークは言いかけてやめた。くだんの男性が実験用コートをはためかせながら、しかめっ面ではいってきた。「プロジェクトの最中なんだぞ」

「そうだろうと思ったが」ロークは穏やかに言った。「邪魔してすまない」

「こんなところで何してる?」ドクターはびくびくしている受付嬢をなじった。「わたしのオフィスに勝手に人を入れるなと言っておかなかったか?」

「そうですが――」

「ほら、出てけ」ドクターはみずから、鶏を追い散らす農家の女房のように両手を振って受付嬢を追いだした。「ご用はなんです?」ドクターはロークに言って、ドアをぴしゃりと閉めた。

「久じぶりに会えてうれしいよ、スタイルズ」

「無駄話をしたり外交辞令を言ったりしてる暇はないんだよ。新しい心臓再生血清の開発に取り組んでるんで」

「進行状況は?」

「勢いがついてきたところだが、あんたに呼びだされたせいでとまってる」

スタイルズは無作法にどすんと腰をおろした。がっしりした男で、アリーナボウルのフルバックのような肩をしている。花崗岩に斧を打ちこんだような鼻が、顔の真ん中できわだっている。陰鬱な黒い目、いつも不機嫌にねじれた口。髪は断固として染めようとしないすけた灰色で、頭皮から鋼綿《スチールウール》が生えているようだ。

柄が悪く、気むずかしく、無愛想で、皮肉屋。

ロークはそんなスタイルズが大好きだった。

「〈アレガニー〉が〈J・フォレスター〉と提携したとき、もうここで働いていたよね」

「ふん」スタイルズは十五年間煙草をつめていないパイプを取りだして、軸を嚙んだ。「あんたがまだ親指をしゃぶって、顎によだれを垂らしてたときからここにいるよ」

「幸い、みっともない癖はどちらも直った。あの提携には特別なプロジェクトがかかわっていたんだよな」

「性的機能障害。セックスの悩みが少なくなれば、もっと人生を有意義に過ごせる」

「だが、それがなんの得になるんだい？」ロークは十年分の定期刊行物のディスクがつまっているとおぼしき箱を持ちあげてから、床に置いた。

「もう結婚したんだろ？　セックスへの興味は薄れる」

ロークは暗がりで迫ってきたイヴを思いだした。「へえ、そうなのか？」

おもしろがるようなロークの口調に、スタイルズは鼻を鳴らした。ことによると、笑ったのかもしれない。

「いずれにしても」ロークはつづけた。「提携やプロジェクト、その参加者についての情報がいるんだ」

「こっちはあんたのデータバンクじゃねえぞ」

ロークは取りあわなかった。さらに、ほかの人間にだったら許さないような粗野な話しぶりも聞き流した。「データのほうはすでにかなりあたった。個人的な意見を聞かせてもらえると助かる。シオドア・マクナマラ」

「どあほうだ」

「たしかあなたは、知人だろうが他人だろうが、だれかれかまわず愛情をこめてそう呼んでいるんじゃないかな。できれば、もっと具体的に言ってもらえないか」

「成果より利益に関心がある。大局より栄誉に。失敗はとことん非難し、おのれの満足のためだけに原因を作ったやつを追及する。名誉欲が強い。当時はここのボスだった。部下たちをしょっちゅうどなりつけては、自分が最高権威者であることを全員に思い知らせてた。ところがメディアには、男娼みたいに媚びを売ってた」

「シャーレーに向かって忙しい一日を過ごしたあと、ビールを一杯やるような仲じゃなかったということだね」

「あのくそったれには我慢ならなかった。だが、仕事の腕は認めざるをえない。あの思いあがった大将は天才なんだ」

　スタイルズはパイプをちょっと吸いこんで、考えこむように言った。「プロジェクトチームのメンバーはほとんど自分で選んだ。従順なわが子も参加させた。あの娘、なんて名前だったかな……はは、そんなことどうでもいいか。頭がよくて、犬みたいに忠実に働き、文句は言わなかった」

「つまり、マクナマラ主体のプロジェクトだということ？」

「おもな決定をくだし、研究が進むべき方向への青写真を作った。社のプロジェクトだったが、マクナマラが表看板で、スポークスパーソンで、腐れ責任者だってわけだ。研究には大金が賭けられた。会社の金、個人投資家の金。セックスは人気商品だよ。開発に成功したものもふたつほどある」

「たいしたものだよ」

「男には百二歳になっても勃起できることを約束し、女には五十歳を越えても生物時計を動かしつづけさせた」スタイルズは首を振った。「大金を投入したこととメディアの熱狂ぶりに、われわれは追いつめられたんだ。その後、それほど派手じゃない薬——多子出産のおそれがない排卵誘発剤——を開発したが、ニュース価値はなかった。お偉方に成果を催促されて、マクナマラはわれわれにプレッシャーをかけた。そのとき取り組んでたのは、危険で不安定だが、魅力的な物質だった。コストはかさみ、損失を埋めるために実験をせかされた。有害な薬だった。副作用があって、使用は承認されなかった。気晴らしのためでもだめ。訴訟が山のように起こされ、結局プロジェクトは中止になった」

「それで、マクナマラは？」

「騒動には巻きこまれずにすんだ」スタイルズはむっとして唇をゆがめた。「やつは事態がどうなってるか百も承知だった。彼の目を逃れられるものは何ひとつない」

「スタッフについては？　遊びで使うことに未練を持っていた者を覚えていないかな」

「わたしがイタチに見えるか？」スタイルズはどなった。

「見える……ああ、きみが言ったのは密告者という意味だね。イタチそのものじゃなくて」

「もう五十年もたってみろ。あんたの美貌だってだいなしになる」

「楽しみがひとつ増えたな。スタイルズ」ロークは真剣な口調に切り換え、身を乗りだした。「これは噂話じゃない。ふたりの女性が殺され、ひとりは昏睡状態におちいっている。事の発端があのプロジェクトにさかのぼる可能性があるとしたら——」

「なんて女性だ？　だれが殺された？」

ロークはため息をつきかけた。どういう人間に話しているかを忘れていたとは。「たまには研究室から出ろよ、スタイルズ」

「どうして？　外には人間がいるじゃないか。人間ほど簡単に物事をめちゃめちゃにするやつはいない」

「たったいまも、あなたやこの研究所が実験していたその薬物を、女性に飲ませているやつがいるんだ。致死量を与えている」

「ありえっこない。死を引きおこすのに、どれだけいるか知ってるのか？　費用がいくらかかるか」

「せっかくだが、そのデータはある。費用は問題ではないようだ」

「途方もない大金だぞ。自分で作るにしても」

「自分で作るには何がいる？」

スタイルズはしばらく考えた。「いい研究室、分析および数値計算装置、一流の化学者。安定化プロセスを保持するための気密室。個人的な資金、ブラックマーケットのつて。正式に認可された研究所やセンターがやってれば、かならずわたしの耳にはいる」

「耳を澄ませていてくれ」ロークはスタイルズに頼んだ。「それから、認可されていないところの噂についても確かめてくれないか」ポケットリンクが鳴った。「失礼」

ロークはプライバシーモードにして、通話スイッチを押した。「ロークだ」

イヴは待たされるのが大嫌いだ。バッジよりもロークの妻としての地位が尊重される場所で待たされると、なおさら腹が立つ。〈パレス・ホテル〉はまさにそういうところだった。

ようやくホテルのオフィスに案内される段になると、いくらか腹立ちがおさまった。ここで、モニカと犯人に応対したウェイターから事情をきくことになっている。ライカーズを訪れるほうがまだましだ。設備は貧弱で、スタッフは意地が悪く、被収容者は凶暴だけれど。オーティス・ガンとの面会でもなんの成果も得られなかったが、それでももっと快適だった。

「ジャマールが到着したらすぐ、こちらによこします」一部の隙もないラウンジ・ホステスが、エレベータのドアが開くとどうぞとうながした。「何かお役に立つことがございましたら、わたくしでも、スタッフのだれにでも、ご遠慮なくそうおっしゃってください」

オフィスのドアを解錠するには親指の指紋と暗証コードが必要なので、幹部オフィスマネジャーの手を借りねばならなかった。

〈ローク・インダストリーズ〉では、セキュリティはゆるがせにできない。

「お待ちになるあいだに」——ラウンジ・ホステスはにっこりほほえんだ——「お飲み物でもいかがですか？」

「マンゴーソーダを」すかさずピーボディが頼み、イヴに断る暇を与えなかった。きつくにらまれて、ピーボディはつけくわえた。「ちょっと喉が渇いて」

「そうでしょうね」ラウンジ・ホステスは彫刻を施したサイドボードへ滑っていき、オートシェフをプログラムした。「警部補はいかがなさいますか」

「ウェイターだけでけっこう」

「もうじきまいります」背の高いフルートグラスに入れたマンゴーソーダをピーボディにさしだす。「ほかにご用がないようでしたら、わたくしは失礼いたします」

ラウンジ・ホステスは退出し、ドアをそっと閉めた。

「とってもおいしいですよ」ピーボディはマンゴーソーダをじっくり味わっている。「警部補も飲んでみればいいのに」

「洒落た飲み物をすすりにきたんじゃないのよ」イヴは室内を歩きまわった。最先端の設備が整っているにもかかわらず、オフィスというより豪奢なアパートメントという趣だ。「ドクター・マクナマラに会うまえに、ウェイターの話を聞いておきたいの。いつまでも意地汚く飲んでないで、モニカ・クラインの容体を調べなさい」

「同時にできます」

そのあいだに、イヴはフィーニーに連絡した。「何かいい話をちょうだい」

「もうライカーズへは行ってきたのか？」

「行ってきた。楽しい会見のあいだ、ガンからさまざまな悪態をつかれた。創意に富んでるけど、肉体的には不可能か非合法な自慰行為をあらわす言葉のオンパレード」

「相変わらずだな」フィーニーの声には懐かしむような響きがあった。

「それ以外は完全な負け犬ね。自分のなわばりで儲けてるやつがいるのを知ってかんかんになったぐらいだから、なんにも知らないでしょ。だから、いい話をちょうだい」

「時間がかかるって言っただろ」

「時間は刻々と過ぎていくのよ。今夜だって、デートするかもしれないのに」

「ダラス、このユニットをどれだけのクズが通りすぎていったかわかるだろ？　営業用のものだから、おおぜいが使ったんだ。帽子からウサ公を出すみたいに、手をつっこんでたったひとりのユーザーをひっぱりだすなんてことはできないんだ」

「クラインのユニットがあるじゃない。照合してみたら？」

「こっちが新米だとでも思ってるのか？　モニカ・クラインとのゲームには、やつはこの機械を使ってない。痕跡は見つかってないんだよ。僕がここで何をやってるのか説明してもらいたいのか、それとも仕事をつづけてもらいたいのか？」

「つづけて」イヴは切りかけて手をとめ、「ごめんなさい」とつけくわえてから、通信を切った。

「変化はありません」ピーボディが告げた。「モニカ・クラインはまだ危篤で昏睡状態です」

そのときドアが開いた。ロークがはいってくるのは意外でもなんでもない、とイヴは自分に言い聞かせた。

「何しにきたの？」

「ここは僕のオフィスだったと思うが」ロークはあたりを見まわした。「うん、まちがいない。ジャマール、こちらはダラス警部補とピーボディ巡査だ。きみに質問があるそうだから、全面的に協力してさしあげなさい」

「はい、承知しました」

「緊張しないで、ジャマール」イヴは言った。「あなたをどうこうしようっていうんじゃないんだから」

「わかっています。昏睡状態におちいっている女性の件ですね。ニュースを見て、警察に行くべきか、仕事に来るべきか悩みました」ジャマールは雇い主にちらっと目をやった。

「環境はここのほうがましだよ」ロークはあっさり言った。

「どうだか」イヴは小声で言った。

「すわりなさい、ジャマール」ロークはすすめた。「飲み物は？」

「いえ、けっこうです。恐れいります」

「ちょっといいかしら」イヴはさえぎった。「事情聴取をさせていただいても」

「いいとも」ロークはデスクまで歩いていき、椅子に腰をおろした。「だが、僕はここにいるよ。ジャマールには代理人がつく権利があるから」

「喜んでご協力いたします」ジャマールは背筋をぴんとのばしてすわり、膝の上できちんと手を組んだ。「全面的に協力するように言われなくても、そうしたと思います。それが義務ですから」

「それはいい心がけだわ、ジャマール。これより会話を記録します。ピーボディ？」

「了解。記録開始」

「モニカ・クライン殺害未遂に関して、ジャマール・ジャバロに事情聴取をおこなう。事件ファイルH-78932C。担当捜査官はダラス、警部補イヴ。助手としてピーボディ、巡査ディリア、参考人ジャバロが選んだ代理人としてロークが同席する。ジャマール、あなたは〈ローク・パレス・ホテル〉の〈ロイヤル・バー〉で給仕スタッフとして雇われていますね。まちがいないですか?」

「はい。こちらで三年ウェイターをしています」

「昨夜はその立場のもと、あなたの受け持ちである五番ブースでカップルの給仕をした」

「勤務時間中、そのブースで四組のカップルの給仕をしました」

イヴはスチール写真を取りだして掲げた。「この人たちに見覚えは?」

「あります。昨夜、わたしの受け持ちである五番ブースにいらっしゃいました。ご注文は五六年もののドンペリニョンに、ベルーガキャビアと各種つけ合わせ。男性は九時直前に来られて、何をどんなふうに給仕してほしいかを細かく指示なさいました」

「男性が先に来たのね」

「そうです、女性より三十分近くまえに。ですが、シャンパンはすぐお持ちして、栓をあけるよう命じられました。グラスに注ぐのはご自分でなさりたく、キャビアは女性がみえてからでいいということでした」

「その男は、長いストラップつきの黒革のカバンを持ってなかった?」

「はい。預けようとはなさらず、お席の隣に置かれました。一度、ご自分のリンクでどこかに連絡なさったんです。相手は待ちわびている女性じゃないかと思ったのですが、男性にはいらだったご様子はありませんでしたし、ご用を確かめにうかがったときにお連れ様は遅いですねと申しあげたところ、遅刻しているわけではないとのお答えでした」

「シャンパンはいつごろ注いだの？」

「正確な時間は気づきませんでしたが、九時半近くにはグラスは満たされていました。女性が到着したのはその直後です。そのときわたしは納得しました――女性がみえたのがほんとうに時間どおりなら、男性がそんなに早く来たのは最初のデートで神経質になっているからだろうと」

「なぜ、はじめてのデートだとわかったの？」

「最初のうち、おふたりのあいだに、気持ちの高ぶりや堅苦しいところが見受けられたので。ですが、確信したのは、女性がとうとうじかに会えてうれしいとおっしゃったのが聞こえたからです」

「ふたりはどんな話をしてた？」

ジャマールはロークのほうを見た。「わたしどもはお客様の会話を聞いてはいけないことになっています」

「あなたには耳があるのよ。聞こえてしまうのは聞き耳をたてるのとはちがう」

「ええ、そうですね」ジャマールはその区別に助けられたような顔をした。「キャビアをお持ちしたときには、芸術や文学の話をなさっていました。打ち解けようとして心地よい話題を探していらっしゃるような感じで。男性のほうは紳士的な心遣いを見せておられました。

はじめのうちは」

「それが変わった」

「おふたりはとても……急速に打ち解けたと申しましょうか。さわったり、キスをしたり、いかにも親密ぶりを、つまりその気になっているのを示すように。おわかりでしょうか、警部補」

「ええ、言いたいことはわかるわ」

「キャビアの代金を清算したとき、支払ったのは女性のほうでした。ご注文なさったのは男性だったので、わたしは少々不快に感じました」そこで、ちょっとばつの悪そうな顔をした。「ですが、女性は気前よくチップをはずんでくださったんです。おふたりはシャンパンをゆっくり召しあがっていました。女性はかなり積極的になったように見えました。そのうち……」ジャマールは身じろぎして、手を組みなおした。「女性の手がテーブルの下にのびるのが見えたんです。それから、その、男性のズボンのなかに。これは店の方針に反するので、上司に報告しようかと迷っていたら、女性が化粧室に立たれました。そしてもどってくると、おふたりはお帰りになられました」

「以前にどちらかを見かけたことは？」

「女性には見覚えがありませんが、わたしどもはおおぜいのお客様をお迎えしているので、はっきりとは申せません。なにしろ〈ロイヤル・バー〉は街の名物ですから。ですが、男性には見覚えがあります」

イヴの顔が心もち持ちあがる。「どうして?」

「わたしの受け持ちの席にいらしたことがあるからです。おなじブースに、ほんの一週間かそこらまえに。お連れは男性でした。見た目は変わっていましたが、おなじかただと思います。昨夜は髪が長くなって、色も淡くなっていました。顔の雰囲気もちがっていました。ですから、断言はできないのですが」

「それでも、彼だとわかった?」

「指輪で。あまりみごとなので覚えていたんです。妻が宝石商でして、いいものを見るとつい目がいってしまうんです。ホワイトゴールドとイエローゴールドを交互によじり、四角い石がはめこんでありました。竜の頭が刻まれたルビーで、ひじょうに目立つものです。連れの男性も揃いの指輪をしていて、石はサファイアでした。わたしはてっきり、おふたりはパートナーで、それが結婚指輪かと思いました」

「昨夜の男はルビーの指輪をしてた」

「はい。もう少しで指輪のことを言いかけたんですが、様子がちがっていたので、気づかれたくないのだろうと察しました。それに、給仕と話をするつもりがないことは、態度ではっきり示されましたし」

イヴは立ちあがり、室内を歩きまわりはじめた。「以前に彼を見かけた日を教えてちょうだい。彼ともうひとりの男性を」

「覚えているのは一週間ほどまえだったということだけで、どの晩かはわかりません。ただし、シフトの早めの時間だったと思います。七時近く。ふたりはワインとオードブルをとりました」ジャマールはかすかに微笑を浮かべた。「チップの額は少なかったです」

「支払いはどんなふうに？」

「キャッシュで」

「どんな話をしてた？」

「あまりよく聞こえませんでした。議論をしているようでしたが、和気あいあいとゲームの順番でも決めているみたいでした。ふたりともしごく上機嫌で。隣の六番ブースの注文をうかがっているときに、おふたかたがコインを投げているのが見えて、なんだろうと思ったのを覚えています」

ブリナ・バンクヘッドはコイン投げで死んだのだ。「モンタージュ係の作業につきあってもらえるわね、ジャマール」

「特徴をきちんと説明できないかもしれません」

「その心配はこっちにまかせて。協力してくれてありがとう。おかげでとても役に立ったわ。モンタージュ作成については、のちほど係が連絡します」

「わかりました」ジャマールはロークを見やり、了解の合図を得ると立ちあがった。「わたしの話が、これ以上の犯行を食いとめることにつながればいいのですが」

「ジャマール」ロークも立ちあがった。「きみの上司には話しておく。警察に協力するために仕事を休んでも有給扱いだ。勤務時間が減っても、諸手当や給料には響かない」

「ありがとうございます」

「指輪を追跡しましょう」ジャマールが出ていってドアが閉まるなり、イヴは言った。「注文品を扱ってるニューヨークじゅうの宝石店をあたる。モンタージュ係を要請して、最優先で」

「いまやっています」ピーボディが答えた。

「警部補？」ドアのほうへ二歩目を踏みださないうちに、ロークの声が呼びとめた。

「何よ？」

「どこへ行くんだい？」

「セントラル。防犯ディスクを検討するの。指輪が見分けられるかどうか」

「ここでできるよ。それにこっちのユニットのほうが、はるかに速い。コンピュータ、防犯ディスクを再生せよ。〈ロイヤル・バー〉六月六日二十時四十五分」


作業中……どれに表示しますか？


「ちょっと待って、バーラウンジにも防犯カメラがあるの？」

「用意周到が信条なんだ」

イヴは小声で悪態をついた。「言っておいてくれたらいいのに」

「目で見えるというのは便利だからね。ウォールスクリーン1に表示せよ」

スクリーンいっぱいに、ラウンジが絢爛たる天然色であらわれる。洗練された人々がテーブルについたり、ダンスフロアで軽やかに踊ったりしているいっぽう、給仕たちは効率よくなめらかに、テーブルからブースへ、ブースから厨房とおぼしき場所へと行き来している。

ロークが手動で映像を早送りした。

「彼がもうすぐ映るはずだ……ほら」早送りをとめ、画面が静止する。

イヴは近寄って、男の手元に目をこらした。「このアングルからだと指輪が見えない。再生をつづけて」イヴが待ちかまえている前で、男は案内係に話しかけた。それから予約してあるブースに通される。ジャマールが近づいてあいさつしたときも、両手はテーブルの下に隠れて見えない。

「さあ、さあ」イヴはせきたてた。「鼻でもなんでもひっかいてよ」

ジャマールがシャンパンとフルートグラスを運んできて、テーブルに配置する。だが、グラスに注ごうと申しでると、手を振ってうるさそうに追いはらわれた。

「一時停止」とイヴは言ったが、すでにロークが命じたあとだった。

「セクター20から30までを、五〇パーセント拡大して」

するとロークがその指示をくりかえしたので、イヴは気づいた。このユニットはロークの声のみに従うよう設定されているのだ。いらいらさせられたものの、ルビーの指輪がくっきり映しだされるのを見て、満足感のほうが勝った。「プリントアウトして」

「何枚？」

「十枚ほど。それから、このディスクをわたしのオフィスのユニットとピーボディのＰＰＣに転送しておいて」

ピーボディは疑問を口にしかけて、賢明にもやめた。民間人がパスコードも電子認証もなしに、どうやって警察のユニットにデータを転送できるのかをきいてみたかったけれど。

「時間を節約しましょう。ピーボディ、宝石店にリンクで問いあわせてみて。指輪の写真を見せて、それを作った店か細工師がわかるかどうか確かめて。ピーボディが一時間ばかり仕事ができる場所ある？」イヴはロークにきいた。

「もちろん」ロークは役員秘書に社内コミュニケータで連絡した。「アリエル、ピーボディ巡査が個室をご所望だ。メインで待っている」

ロークはピーボディに目をやった。「この階のメイン受付に行けばいい。アリエルが面倒を見てくれる」

「ありがとうございます」ピーボディはさらなるマンゴーソーダを心に描いて退出した。

「残りも見たいだろう」ロークは言って、標準のスピードと大きさで再生をつづけた。

画面では、殺人者がフルートグラスを隣り合わせに並べた。それぞれに半分だけ注ぎ、シャンパンが泡立つのをよそに、店内に目を走らせる。手があがり、片方のグラスの上でとまった。

「一時停止。拡大」

イヴはスクリーンのすぐ前まで近づいた。男の手のなかから透明の液体がしたたるのがはっきり見える。「このろくでなしを捕まえたら、検察官はこのディスクに大喜びして側転を見せてくれるわね。動かしていいわよ、この大きさのまま、四分の一の速度で。ほら、ほら、あれ。小瓶をてのひらに隠してる。分量も絶対ちゃんと量ってあるのよ。ちがってたら、わたしは猿のケツだわ」

「だいじょうぶ、きみは猿のケツじゃない。タイムスタンプを見てごらん」ロークは本題にもどった。「数分の余裕をみているのがわかる。彼女が早く着いた場合の用心に。いま両方のグラスを満たして、ドラッグを加えたほうをテーブルの向こう側に置いた」

「今度は全景で見せて。まあ、あの顔。すっかりご満悦ね。ちょっとだけ自分に乾杯。それからリンクを取りだし、パートナーに連絡。用意万端整った、首尾を報告するのが待ち遠しいよってところ。読唇術ができる人に見てもらえば、ほとんど当たってるはず」

「さあ、彼女が来た」

モニカがバーにはいってきた。少しためらってから、口元がゆるむ。「あそこだわ、と思ってる」イヴは小声で言った。「それにハンサム、望んでたとおりの姿だって。おやおや、申し分のない紳士が立ちあがる。手を取って、ロマンティックな軽いキスをする。シャンパンはいかが？　よく来てくれたね。カチッとグラスを合わせる。完璧な台本。彼が残忍なやつだと知らない人が見たら、彼女がグラスに口をつける様子を見つめる略奪者の目つきには気づかないわね。頭のなかで、いままさに彼女を殺しにかかってることには」

「よくこんなことができるね。来る日も来る日も」ロークがいつのまにか背後にいて、両手をイヴの肩に置き、凝りをほぐしている。

「いずれやつを捕まえるのが頭でわかってるから。彼らを、ふたりとも。彼らは手抜かりなくやってるつもりでいるけど、すべてがうまくいくとはかぎらない。かならずミスを犯すものよ。ささいなミスを。自分は安全だ、抜け目がないと思ってるでしょうけど。目撃者には、彼女のほうが手を出してるように見える。ブースのなかでそばにすり寄り、腕や髪にさわり、もたれかかってる。あの場面を見て、レイプだなんて思う人がいる？」

「きみは傷ついている。そうじゃないなんて言わないでくれ」ロークの声には怒りがあった。「包帯は巻いているが、傷ついている」

「そうだとすれば、犯人を阻止する意欲がよけいわくだけよ。あらら、チャールズとルイーズだ」

「それでピーボディを追いだしたのかい？」

「気を散らしてもらいたくないから。それに、チャールズとの妙な精神的恋愛についても、マクナブとの妙な肉体的恋愛についても、考えないことにしてるの。わたしの気が散るから。何よあれ、シャンパンとキャビアが誘惑の人気アイテムなわけ？」

「僕の記憶では、きみはコーヒーと赤い肉を好んだはずだが」

「わたしなら山盛りの魚の卵なんかより本物の牛を――ほら！　犯人が興奮剤を入れた。さっきみたいにてのひらで隠して、新しい瓶のやつを。彼女の部屋に行くまえに二瓶。おかしいわね。鑑識はリビングルームにあったグラスからホアーを、ベッドルームのグラスからはラビットの痕跡を見つけた。でも、毒物検査で彼女の体内から検出されたホアーの量は少なかった。だから死なずにすんだの」

「彼女は飲んでいるよ」ロークが指摘する。

「ええ、テーブルの下で彼のものにさわりながら、がんがん飲んでる。彼女は部屋で三瓶目を投与されてる。どうしてそんなに大量の薬を吸収できると思う？　実際には吸収しなかったから。体内から出ていった。彼女は吐いたのよ。ほっそりしてるけど、やせこけてるわけじゃないということは」イヴは考えをめぐらせた。「拒食症とは思えない。たぶん気持ちが悪くなっただけでしょう。このラウンジにいたときか、家に着いてから。シャンパンとキャビアを吐いた。ドラッグもいくぶん出ていったおかげで、許容量を上回らずにすんだ。

ミスよ。犯人はそう思ってなかったけど。出ていくときには冷たくなってたので、てっきり死んだと思いこんだ。つまりこの男は、医者でも医薬関係の専門家でもないってこと。そっち方面の専門家はもうひとりの男だわ。この男はコンピュータ・オタクのほう。第二の殺人のディスクを再生して。そっちにも指輪がはっきり映ってるかどうか確認したい」

「ケヴィン、うんざりしはじめてるようだな」機械のシューという音がして霧状の冷気がたちこめるなか、ルシアスは冷却装置をあけて、冷凍保存パック入りの望みにかなう液剤を選んでいた。「最初のときは相手が死んだから、きみはあたふたした。今度は死ななかったから、いらいらしてる」

「最初の娘は殺す気じゃなかった」

「だが、今度はその気だった」トングを操り、ルシアスは冷凍パックを処理済みのガラストレイの溝に入れた。「なあ相棒、このゲームに関しては、おまえの得点はマイナスだな」

「薬を調合してるのはおまえだ」その声には邪推と怒りと不安が入りまじり、喧嘩腰になっている。「僕のほうの調合をいい加減にやればいいのに、なぜそうしない？」

「もちろん、フェアプレーのためだ。ごまかして勝ってもつまらない。僕らは自己申告システムに合意しただろ、ケヴ」

「彼女はいまにも死にそうらしい。だからまだ採点表には記録しないでくれ」

「そうこなくちゃ。それじゃフェアプレーを守るために、死を十点満点として、入院は五点にしたらどうかな。僕が今夜のデートからもどるまえに、おまえのかわいいセックスフレンドが死んだら、やっぱりおまえがリードしてるということにしよう。これ以上フェアなルールはないだろう。だが、もし彼女が死なければ……」ルシアスは肩をすくめると、さまざまなパックがはいったトレイを細い仕切りに滑りこませ、時間と温度をプログラムした。

「僕のリードだ。ダブルヘッダーで賭け金を増やすこともできる」

「一日に二ゲーム？」それを聞いて、ケヴィンは恐怖と同時にスリルに襲われた。

「おまえにそれだけの勇気があるなら」

「まだ準備ができてないじゃないか。登板予定からいけば、今夜のゲームのあとは三日は休みが必要だ。来週まで標的がいない」

「予定なんてアマチュアや怠け者のためのものだ」ルシアスは自分たち用にちょっとしたカクテルをこしらえた。シングルモルトのスコッチにゾーナーを少量加えて。「こてんぱんにやっつけてやろうぜ、ケヴ。ゲームの本拠地をフランスに移すまえに、アメリカで華々しい成績をおさめるんだ」

「公園でピクニック」ケヴィンは思いをはせた。「昼下がりのランデヴーか。うん、おもしろいかもしれない。それに、そろそろふたりのやり方をごちゃ混ぜにする時期だな。警察を翻弄するようなカーブを投げて、蓋然性やプロファイルをめちゃめちゃにしてやるんだ」

「デーゲーム。それはそれで、なかなかの見物だと思わないか？」

13

「指輪のほうは手がかりなし」イヴは捜査チームのメンバーに言った。

階級をかさに着て、ほかの者の権利を侵し、調整係をスイスチョコレートで買収しなければならなかったが、どうにか会議室を確保することができた。

チョコレートに関しては、ロークが役立った。それを賄賂に使うと知っても、うっすら笑みを浮かべただけだった。

「せいぜいわかったのは、指輪が家宝じゃないってこと。ピーボディが問いあわせた宝石商も、アンティークではないと判定した。石と台が本物なら、値段は二十五万ドル相当だって」

「指に百万ドルの四分の一をはめてるなんて、鼻持ちならない野郎だ」とは、フィーニーの見解だ。「それに見栄っ張りだな」

「同感よ。鼻持ちならなくて見栄っ張りの確率は高い。検索のほうは全世界を網羅したいから、あとはＥＤＤにまかせる」見栄っ張りという点では、個人的な情報源にあたってみるつもりでいる。ロークは自分では装飾品を身につけないが、そういうものを買ってイヴを飾りたてる名人なのだ。

「ウェイターがモンタージュ作りに協力してくれてるけど、あまりはかどってない。指輪の持ち主の顔より、指輪そのものが頭にしっかり焼きついてるの。〈パレス・ホテル〉の防犯ディスクは過去二週間のものにアクセスできる。でも、そのなかから目当てのものを見つけるには時間がかかるわね。わたしも自分でやってみるけど、ひとまず朝までになんの進展もなければ、われらが目撃者に催眠術をかけることに同意してもらいましょう」

「彼らが一杯やってたとき、外見に手を加えてなかったという保証はありませんよ」マクナブが指摘したところ、めずらしくイヴがうなずいた。

「そのとおりよ。それでも、モンタージュ画像は作りましょう。彼らを放りこむまで、わきを固めつづけるのよ。レンタル・ユニットのほうの進捗《しんちょく》状況は？」イヴはフィーニーを見やった。「文句は言わないでよ」

「おもしろいことをきいてくれるね。戯言のおおかたは取り除いた。レンタルでどんなばかげたことをしてるか、信じられないだろうな。十対一でポルノサイトの圧勝だ」

「一般市民にたいする見方が裏づけられてよかったわ」

「そのつぎに多いのが娯楽関連サイト、つぎが金融サイト、そして個人のｅメール。いちばんそれらしいユーザー・ネームはワーズワースだ。そいつの送信はすべて偽装されてる。一枚目の覆いをはぐと、そいつの手で別の場所に跳ねかえされる。サイバーカフェからマドリードまで急送されるんだ。そこで選り分けがはじまって、デルタ・コロニーまで送られる。それから――」

「状況はわかった。何を見つけたの?」

フィーニーはややむっとして、ナッツをバリバリ嚙んだ。「いまのところ、送信のひとつの偽装をはいだ。送信は三回あるみたいだが、四回以上かもしれない。僕が覆いをはぎとったやつは、ステファニー・フィンチという名で登録されているアカウントに送られてる。甘ったるい戯言だらけだ」

「その甘ったるい戯言と彼女の住所をわたしのユニットに送って。あなたって、電脳魔法使い《サイバー・ウィザード》ね、フィーニー」

フィーニーのいらだちは静まった。「ああ、そんなことはわかってるよ。二時間ばかり目の診断と応急処置をしてもらわなきゃならない。こちらの捜査官サイバー・ウィズが、あとをやってくれる」

「わたしは現場に出かける。ピーボディ、いっしょに来て。偽装のほう、よろしく」指示を与えると、イヴは会議室をあとにして、グライドに向かった。「エネルギー・バーかなんか手に入れておいて。十分後に駐車場。オフィスに寄ってから行く」

「刑事部屋の外に自動販売機がありますけど」

「ここらへんの自動販売機には嫌われてるの。人のクレジットを巻きあげといて、鼻先であざ笑うのよ」

「機械を蹴飛ばすから、また自動販売機が使えなくなっちゃったんじゃないですか？」

「蹴飛ばしてない。パンチを食らわせただけ。いいから、エネルギー・バーを買っといて」

返事も待たずに、イヴはグライドに飛びのり、コミュニケータを開いてモンタージュ係に連絡した。

ピーボディはため息をもらしただけで、いちばん近い自動販売機のほうへもどった。品揃えを見て、自分用にエネルギー・バーか人工甘味料バーのどちらにするか迷っていたとき、マクナブが背後から近づいてきた。

昨夜のいきさつがあるので、ピーボディは相手がちょっかいを出してくるだろうと思った。ちょっとどこかつねるとか、つかむとか。ところがマクナブは、バター色のズボンの十二個あるポケットのうちのふたつに両手を入れたまま、つったたっているだけだ。

「だいじょうぶかい？」マクナブはきいた。

「ええ、エネルギー源を手に入れようとしてるだけ」ダラスのことだから外での捜査活動は何時間にもおよぶだろうと判断して、両方買うことにした。

「今回のことで気が動転してるんじゃないかと思ってさ。気にしちゃいけない。あんなの、どうってことないから」

ピーボディは、ゆうべのことを言っているのだと思って胃が引きつるのを覚えた。ピザがきっかけでリビングの床で夢中になって求めあい、二度目はベッドで徹底的に愛しあったのだ。「そうよ。だれがどうってことあるって言った？」

「僕はただ、恥ずかしく思ったり怒ったりすることないよって言いたくて」

ピーボディはまったく表情を変えずにマクナブのほうを向いた。「このわたしが恥ずかしがったり怒ったりしてるように見える？」

「なあ、その件は話したくないんだろ。それはかまわないんだ」こみあげてきた怒りが、喉でつかえている。目の前も同然のところで新しい恋人といちゃつかれても、ピーボディはまだチャールズの本性を悟ろうとしない。「あんなのうまくいきっこないって、だれでもわかる。わからないようなら、ばかを見るぞ」

「ご親切にありがとう。できれば……」ピーボディは適当な言葉を探し、イヴの大好きな台詞を口にした。「失せやがれ」マクナブを肘で押しのけて、最寄りのグライドへ向かっていった。

「好きにしろ」マクナブは自動販売機を蹴飛ばし、お決まりの警告を発する機械にはかまわず、勢いよく歩きだした。お気に入りのＬＣが別の女とつきあうのを見せつけられて苦しみたいなら、そんなの知ったことか。

ピーボディは駐車場に着くまでにエネルギー・バーを食べおえ、人工甘味料バーに取りかかった。ものすごく、かっかしながら。すでに車に乗っていたイヴが黙って片手をさしだしたので、エネルギー・バーをぴしゃりとたたきつけると、非難の声があがった。

「あいつの尻を蹴飛ばしておくべきだった。やせさらばえた尻をモップがわりにして、床掃除に使えばよかった」

「もう」イヴは防御のために、車を発進させた。「またはじまった」

「はじめていません。おしまいにしたんです。あのブタ野郎が立ちはだかって、わたしに教えようっていうんです。ゆうべの件はどうってことないんだから、恥ずかしがったり怒ったりするなって」

聞こえない、聞こえない。イヴは頭のなかでくりかえした。「フィンチはリバーサイド・ドライブにひとりで住んでる。〈インターコミューター・エア〉のシャトル・パイロット」

「あいつのほうなんですよ。くだらないピザとだらしない笑顔とともに、うちの玄関をノックしたのは」

「年は二十四歳」イヴはやけになって言った。「独身。第一の殺人犯の標的にぴったり符合する」

「だけど、だれでもってだれ？　だれのことなのよ」

「ピーボディ、マクナブのことをブタ野郎だと認め、あなたが彼の尻を蹴飛ばすことに賛成し、機会がありしだいブタ野郎の尻を蹴る手助けをすることを心から約束したら、捜査に集中しようという気になれる？」

「なれます」ピーボディは鼻をすすった。「ただし、わたしの前で二度とブタ野郎の名前を口にしないでくだされればありがたいんですけど」

「よし決まり。じゃ、フィンチのところへ行くわよ。彼女の印象がつかめれば、おとりとしとっつかまえてやる。保護拘束の必要があるかがわかる。そのつぎはマクナマラ。きょうこそ、くるっと頭をねじったので、言いなおした。「さらなる標的のアカウントの偽装をはいだら、ただちにそっちに移る。民間人の標的を優先させましょう」

「わかりました」

「病院当番の警官に連絡して。犠牲者の状態に変化があったとしたら、病院のスタッフよりもわれらが仲間からきいたほうが早いでしょ」

「了解。ブタ野郎のことで、もうひとつ言ってもいいですか。当該人物について言っておきたいことは、絶対にこれが最後です」

「最後？　それじゃ、早く聞きたいわ」

「あいつのタマが焼けすぎたプルーンみたいに縮んで、役立たずの皮ごとはずれてしまえばいい」

「愉快な眺めね。パチパチパチパチ。さあ、護衛に連絡して」

シャトル・パイロットはかなりの年俸を稼ぐようだ。豪奢なアパートメント・ハウスは光り輝く槍のような形をしたシルバーの建物で、まわりをグライドが取りかこんでいる。居住者や来客は、許可されれば外側からも直接出入りできる仕組みだ。

しばらくはもう高所は勘弁してほしいので、イヴは内側からはいるほうを選んだ。電子化された受付が、用件と名前と行き先を愛想はいいが事務的な口調で問いただした。

「警察の者です。ダラス、警部補イヴ、ならびに助手が、ステファニー・フィンチに会いたいの」バッジを防犯スクリーンに近づけて耳をすますと、バッジが入念に読みとられ、確認されるかすかな音がする。

「あいにくですが、ダラス警部補、ミズ・フィンチは不在です。よろしければ、来訪者用のボイスメールで伝言を残してください」

「もどる時間は？」

「申し訳ありませんが、ダラス警部補、令状がないとその情報をお教えすることはできません」

「きっとここの所有者はロークですよ」広々とした黒とシルバーのロビーを眺めわたしながら、ピーボディが言う。「ロークの好みだもの。妻だって教えたらきっと――」

「だめ」そんなことは考えるだけで腹立たしい。「三〇二六号室のどなたかに会いたいわ」

「お隣さんですね。なるほど」

「少々お待ちください、ダラス警部補。ミセス・ハーグローヴはご在宅です。ご希望をお伝えしてみます」

「ええ、そうして。こんなところにつめこまれて、よく我慢できるわね」イヴは首をかしげた。「まるで巣箱の蟻みたいに」

「巣箱にいるのはミツバチだと思います。蟻は――」

「お黙り、ピーボディ」

た。

「ミセス・ハーグローヴの同意が得られました、ダラス警部補と助手のかた。五番エレベータをご利用ください。ご訪問ときょう一日が楽しいものでありますように」

アリカンヌ・ハーグローヴは訪問に同意しただけでなく、スリルを感じているようだった。

「わかりました」

「警察のかたですって」ミセス・ハーグローヴはイヴを部屋にひっぱりこまんばかりだった。「どきどきしますこと。強盗事件でもありましたの？」

「いいえ、奥さん。ステファニー・フィンチのことでお話をうかがいたいんです」

「ステフ？」きれいな顔に浮かんでいた快活さが消えていく。「まあ、どうしましょう。彼女はだいじょうぶですわよね？　今朝、シャトルの勤務に出かけたところなのに」

「わたしが知るかぎりでは元気です。ミズ・フィンチとは親しいんですか？」

「ええ、とても。あら、気づかなくてごめんなさい。おすわりになって」

ゲル入りのソファが三つ置かれた近代的すぎるリビングエリアを示された。ソファは大きさといい、柔らかさといい、家じゅうのペットをのみこんでしまえそうだ。「恐れいります。でも、お時間はとらせませんから。ミズ・フィンチが親しくしている相手をご存じなら教えていただけませんか？」

「男？　ステフは山ほどの男と会ってますわ。発展家だから」

「ワーズワースという名前の男性は？」

「ああ、詩人ね。彼とはeメールで愛を語りあってます。シャトルの勤務からもどったら会うことになってるようですよ。帰りはあさって。それまではロンドンに滞在してるはずです。たしか来週デートしてみるって言ってたと思いますけど。〈トップ・オブ・ニューヨーク〉でお酒を飲むとか。でもステフは男を手玉にとるのが得意だから、はっきりしたことはわかりませんわ」

「彼女から連絡があるか、予定より早くもどるようなことがあったら、わたしに連絡するように伝えてください。緊急なんです。名刺を、ピーボディ」

ピーボディはイヴの名刺を取りだして、手渡した。

「どんな用件だと言えばいいでしょうか？」

「ただ連絡するようにとだけ言ってください。大至急。お時間をありがとうございました」

「あら、コーヒーでもいかがですか、それとも――」期待をこめて小走りにふたりを追う夫人を残し、イヴはすたすたと外へ出た。

「彼女の行方を突きとめて、ピーボディ」イヴのコミュニケータが鳴った。「ダラス」

「警部補」トゥルーハートの真剣な顔が小さな画面いっぱいにあらわれる。「何か変化があったようです。医療スタッフが三人、対象の病室にはいっていきました、ドクター・マイケルズも、走りながら」

「待機してて、トゥルーハート。すぐ行く」

フロア・ナースがICUの前で体を張ってがんばっていたので、イヴは六十秒以内にドクター・マイケルズを連れてくるよう命じた。ドクターは長い白衣をひるがえして出てきた。いらだたしげな表情を浮かべている。

「警部補、ここは病院です。警察じゃありませんよ」

「モニカ・クラインがあなたの患者であるかぎり、その両面から配慮していただきます。容体は？」

「意識はもどりましたが、ひどく混乱しています。生命徴候《バイタルサイン》は改善しているが、まだ危険な段階です。峠を越したわけではありません」

「どうしても話をきかなきゃならないの。危険にさらされてるのは彼女の命だけじゃないのよ」

「彼女の命は、わたしの手にゆだねられているんですよ」

たがいに苦しい立場にいることは理解できるので、イヴはうなずいた。「自分をこんな目にあわせた人間が刑務所に入れられると知るほうが、彼女も安心すると思わない？　あのね、わたしには彼女を取り調べるつもりも、脅すつもりもないの。犠牲者の病状は承知してる」

「捜査の重要性は尊重しますが、警部補、この女性は道具ではありません」

イヴは冷静な口調を保った。「わたしにとっても、単なる道具ではない。だけど、彼女をここに入れた男にとっては道具以下、ゲームのコマなの。ブリナ・バンクヘッドとグレース・ラッツにいたっては、自分たちの身に起きたことを話す機会さえなかった」

イヴの表情から何を読みとったのか、ドクター・マイケルズはついにドアをあけた。「あなただけですよ。わたしも付き添います」

「それでいいわ。ピーボディ、そこにいて」

ナースがモニターで患者の状態を監視しながら、なだめるような声で話しかけている。モニカは返事をしなかったが、聞こえているように思えた。ガラスで仕切られた部屋を値踏みするように、目をさまよわせている。その視線がふっとイヴをとらえ、通りこしていき、マイケルズの顔のところでとまった。

「疲れてへとへと」モニカは鳥の羽ばたきのような震え声でそれだけ言った。

「休養が必要ですよ」マイケルズはベッドに近づき、モニカの手を取ってつつみこんだ。

その態度を見て、マイケルズにたいする信頼が強まった。彼にとって、モニカはただの患者ではない。ひとりの人間なのだ。

「こちらはダラス警部補。どうしてもききたいことがあるそうだ」

「さあ、それは……」

「わたしがついているからね」

「ミズ・クライン」イヴはベッドの反対側にまわって、モニカをドクターと両側からはさむようにした。「あなたが混乱しているのも、疲れているのもわかります。でも、何か教えていただければ助かるんですが」

「思いだせないの」

「あなたはバイロンという人物とeメールのやりとりをしていましたね」

「ええ。出会ったのはチャットルーム。十九世紀の詩人たちの」

「昨夜その人物と飲む約束をした。〈パレス・ホテル〉の〈ロイヤル・バー〉で」

大理石のように蒼白な額にしわを寄せる。「はい。ええと……九時半に。あれはゆうべのことだったの？　あたしたちは数週間オンラインで話をして、それから……彼に会った。思いだしたわ」

「ほかに何か覚えていますか？」

「あたし——最初はちょっと神経質になってました。サイバー上では意気投合してたんだけど、現実の世界はそうもいかないから。でも、ちょっとお酒を飲むだけだったし、場所もすてきなところだから、うまくいかなくても、べつに損するわけじゃないし。だけど、うまくいったんです。彼は期待どおりの人だった……あたし、怪我をしたの？　死んじゃうの？」

「順調に回復していますよ」マイケルズが言った。「あなたはとても強いかただ」

「彼とお酒を飲んで」イヴは先をつづけて、モニカの注意を引きもどした。「どんな話をしましたか？」

モニカの目つきがふたたびうつろになる。「どんな話？」

「バイロンと。ゆうべ、いっしょにお酒を飲んだときに」

「ああ、あの、詩とか。絵とか旅行とか。ふたりとも旅が好きで、でも、彼のほうがずっといろんなところに行ってるけど。シャンパンを飲んで、キャビアを食べたのははじめてだったの。体が受けつけなかったのかな、気分が悪くなったみたい」

「気分が悪くなったのはホテルで？」

「いいえ――たぶんちがう……きっと飲みすぎたのね。いつもは一杯だけにするように気をつけてるのに。そうよ、いま思いだしたわ。とても妙な感じがしたの。悪い感じじゃなくて、うきうきするような。彼はあまりにも完璧で、魅力的だった。あたしは彼にキスした。何度も。ホテルに部屋をとりたいと思った。あたしらしくないんだけど」モニカは弱々しくシーツをひっぱった。「飲みすぎたにちがいありません」

「あなたは部屋をとろうと言ってみた？」

「ええ。彼は笑いました。いやな笑い方だったけど、あたしはすごく酔ってたから気にしなかった。どうしてあんなに飲んだのかな。そのあと彼が言ったんです……家に連れてってくれ、詩人たちが書いてるようなことをしようって」

モニカは目を閉じた。「つまらない台詞。でもあのときは、つまらなく思えなくて。勘定を払えとも言われたわ。腹は立たなかったし、意外だとも思わなかった。デートを決めたのは彼なのに。化粧室に行ったときも、この完璧な男性と夢のようなセックスをするんだってことしか考えられなかった。彼を手に入れるのが待ちきれなかったんです。タクシーに乗って、その料金もあたしが払った。で、車のなかで……」

頬をかすかに赤らめた。「何もかも夢だったにちがいないわ。きっと夢を見ていたのよ。

彼が耳元でささやいた。あたしにさせたいことを」モニカはまた目をあけた。「タクシーのなかで、あたしは彼のものの上に顔を寄せた。待ちきれなくて。あれは夢じゃなかったのね？」

「ええ、夢じゃありません」

「あたし、何を飲まされたの？」イヴの手を求め、握りしめようとしたが、指がひきつっただけだった。「お酒のなかに何がはいってたの？」

モニカはしきりに手を動かしている。イヴはその手をつつみ、しっかりと握ってやった。

「あたしは酔ってたんじゃないんでしょ？　まるで催眠術をかけられたみたいだった」

「あなたは酔ってたんじゃないのよ、モニカ。それに、あのときの行為にはなんの責任もない。ドラッグを投与されてたんだから。部屋に着いてからのことを教えて」

「そろそろ休ませないと」マイケルズはモニターに目をやってから、イヴを見た。「もうじゅうぶんでしょう。お引きとりください」

「いいんです」イヴの手のなかで、モニカは指を動かした。「あたしは何かを投与されたから、彼にあんなことをして、彼とあんなことをして、彼にあんなことをされても黙ってたのね？　そして、危うく殺されかけたんでしょ？」

「ほんとに危ないところだった」イヴは心から言った。「でもあなたは、あの男が予期したよりはるかに強かった。彼を捕まえるのに力を貸してほしいの。部屋で起こったことを教えてちょうだい」

「ぼんやりとしか覚えてないんです。あたしはめまいがして、気分が悪かった。彼は音楽をかけて、キャンドルをともした。カバンに入れてあったの、それにシャンパンも。あたしはもうほしくなかったけど、彼は飲ませたがった。あたしは彼の言いなりだった。彼にさわられるたびに、もっとさわってほしくなった。彼は完璧にしなければと言った。準備があるって……舞台を整えるんだって。あたしは待たされて、吐きたくなった。でも、彼が帰っちゃうかもしれないから、それは言いたくなかったの。だから、彼がベッドルームで準備してるあいだに、バスルームで吐いた。それで、少し気分が落ちついてきたからベッドルームに行ってみたら、サイドテーブルにシャンパンが置いてあって、キャンドルが何十本もともってた。ベッドの上には薔薇の花びらがまいてあったわ。ピンクの薔薇で、たぶん数日前に勤め先に贈ってくれたのとおなじやつ。あたしのために、そこまでしてくれた人はいままでいなかった」

モニカの頬を涙が伝いおちる。「とてもきれいで、胸が締めつけられるほどロマンティックだった。ほんとうに彼に恋をしたのは、そのときだったと思う。部屋にはいって彼を見たとたん、激しく、見境もなく恋に落ちたんです。彼はあたしの服を脱がせながら、きれいだと言ってくれた。手荒なところはぜんぜんなくて、やさしくて、心がこもってた。ほんとに夢のようだったの。しばらくして、グラスを渡されたから、もうシャンパンはほしくないと断った。でも、じっと見つめられて、飲めって言われたから、そのとおりにした。そのうち、セックスは手荒で凶暴になってきた。まるで獣になったみたいに。あたしは息をすることも、考えることもできなかった。体のなかが焼けつくようで、心臓が激しく高鳴って、もう爆発寸前だった。彼はあたしを観察していた。いまでもあの目が頭に浮かぶわ。そして、名前を呼べと命じられた。でも、彼の名前ではなかったんです」

「なんて名前だったの？」

「ケヴィン。自分のほんとうの名前はケヴィンだと言った。そのとき、あたしのなかで、頭や体のなかで、何かが爆発したみたいになって、そしてすべてがとまった。あたしは動くことも、見ることも、聞くこともできなくなった。生き埋めにされたみたいに」モニカはすすり泣きはじめた。「彼はあたしを生き埋めにしたんです」

「いいえ、そうじゃなかった」イヴはマイケルズより先にかがみこんだ。「あなたはここにいて、無事に生きてるじゃない。もうあの男の手は届かない。モニカ、彼があなたに触れることは二度とないわ」

涙があふれると、モニカは弱々しく顔を枕に押しあてた。「あの男に体をまかせてしまった」

「いいえ、それはちがう。あなたは暴行された。無理やりそうさせられたの」

「いいえ、あたしは許した――」

「無理やりそうさせられたのよ」イヴはくりかえした。「わたしを見て。よく聞いてね。あいつはあなたの意思を奪っておいて、レイプした。ナイフや拳ではなくドラッグを使って。それでも武器には変わらない。ベッドに薔薇の花びらをまいたからといって、彼の罪が軽くなるわけではないの。だけど、あなたはあいつに勝ったのよ。あなたに代わって、わたしがあの男を刑務所に放りこんでやるわ。あなたが相談できる人を知ってます。その人なら、あなたがこれを乗り越えるのを助けてくれる」

「あたしは一度もやめてとは言わなかった。やめてほしくなかったから」

「あなたのせいじゃない。セックスなんてものじゃなかったんだから。レイプはセックスとちがう。あなたはあの男にコントロールされてた。ゆうべは、やめさせることなんて不可能だった。でも、いまはできる。もうあいつにコントロールさせないで」

「彼はあたしをレイプしたあげく、ほっといて死なせようとしたのね。こんな思いをした償いはしてもらいたい」

「それはまかせて」

病室を出たとき、イヴはかすかに吐き気がした。いつものことながら、レイプの被害者の聴取は過酷だ。被害者の姿に、自分自身を重ねて見てしまうから。

ドアに片手をついて、しばらく落ちつくのを待った。

「警部補？」

イヴは体を起こして、マイケルズのほうを振り向いた。

「対応の仕方がみごとでしたね。もっと強引にききだすのかと思っていました」

「つぎはそうするわ。ゴムホースを探しださなきゃ。どこに置き忘れたか思いだせないけど」

マイケルズの顔にかすかな笑みがゆっくりとひろがった。「まさか彼女が生き延びるとは思わなかった。医学的には、助かる見込みはゼロに近かったんです。しかしこういうのが、職業上の喜びのひとつなんです。小さな奇跡。彼女にはまだ、これから苦しい道のりがひかえていますがね。肉体的にも、精神的にも」

「ドクター・シャーロット・マイラに連絡したら」

興味をひかれたように、マイケルズは首をかしげた。「ドクター・マイラ？」

「彼女が自分で治療できなければ、最高のレイプ・セラピストを紹介してくれます。あなたたちはモニカの肉体と精神の健康を取りもどしてあげて。こっちは正義がおこなわれるようにするから」

イヴはドアを押して通り抜け、ピーボディに合図して、進みつづけた。早く病院の外に出たい。新鮮な空気を吸いたい。

「警部補」ピーボディが小走りに追いかけてくる。「何も問題ないですか？」

「彼女は生きてる。話もできる。ろくでなしのファーストネームを教えてくれたわ。ケヴィンよ」

「やった。でも、わたしが言っているのは警部補のことですけど。ちょっとぐったりしているように見えますよ」

「だいじょうぶ。病院なんてものが大嫌いなだけ」イブはつぶやいた。「モニカにはあのまま護衛をつけて、病状のチェックをつづけさせて。それから、マイラに連絡するのを覚えといて。モニカのセラピーについてマイケルズと話しあってもらうから」

「マイラは個人の相談を受けなかったはずですけど」

「いいから覚えとくの、ピーボディ」扉をあけて病院の外に出るまで、イヴは浅い呼吸をつづけた。「まったく！　こんなところにいて、よくみんな我慢できるものね。私用で連絡するところがあるから、ちょっと離れててくれない？　部長にモニカの現状を知らせて、報告書はのちほど送りますって伝えといて」

「了解しました。向こうにベンチがあります。すわって連絡なさったらいかがですか」真っ白な顔をしているから、とピーボディは言いたかったが、言わないだけの分別はあった。

イヴは都市計画者がマイクロパークと呼びたがるちっぽけな緑地まで歩いていき、腰をおろした。駐車場に囲まれた狭い場所に、小さな木が三本とほんのしるしばかりの花が植えられている。気は心ということか。

どうせならついでに、いい香りのするものも植えてくれればよかったのに。病院のいやなにおいを体から消してしまいたかった。

ロークの居場所はわからない。最初に直通にかけてみると、ボイスメールに切り換わったので、何も言わずに切った。つぎにミッドタウンのオフィスにかけると、秘書につながった。

「ロークを探してるの」

「承知しました、警部補。ただいまホロ通信中ですので、しばらくお待ちください。お元気ですか」

しかたない、いつも礼儀や外交辞令はなおざりにしてしまうけれど。「ありがとう、元気よ。あなたは、カーロ？」

「はい、とても。ボスがもどってこられたので喜んでいます。ただしボスが司令室におられると、われわれはいっそう忙しくなるようですが。では、あなたからご連絡がはいっていることをお伝えします」

待ちながら、イヴは振りあおいで太陽を顔に浴びた。病院のなかって、どうしていつも寒いのだろう。骨までしみる寒さだ。

「警部補」ロークの声を聞いて、イヴは画面に顔を向けた。「どうしたんだい？」ロークが心配そうにきいた。

「べつに。頼みがあるの」

「イヴ。何があった？」

「ほんとに、なんでもないったら。モニカ・クラインが意識を取りもどしたの。いま事情聴取が終わったところ。彼女はこれからこの試練に耐えていくわけだけど、つらいでしょうね」

「きみもつらいだろう」

「モニカの頭をよぎることは、ある程度見当がつく。夜中にどんな思いをするか」イヴは連想を払いのけた。「それで連絡したんじゃないのよ。でも、あなたは通信中なんでしょ」

「待たせておける。支配する側の強みだ。用はなんだい？」

「質問。一般のアカウントをモニターすることできる？　あらゆるeメールを監視したり、ブロックしたり」

「いずれにしろ、民間人が企てると電子プライバシー法に違反し、罰金と禁固刑か、そのどちらかの対象になる」

「つまり、できるってことね」

「なんだ、答える必要はなかったのか」ロークは微笑を浮かべた。「だれのを監視すればいい？」

「ステファニー・フィンチ。標的候補。いまはシャトルを操縦して、アメリカとイングランドのあいだのどこか空の上。彼女が地上に着きしだい、どんな相手とどんなゲームをしてるのかを教えてやりたい。そして彼女の手を借りて、彼らをおびきよせたいの。でも、彼女の反応がわからないし、こっちの監督下に置くまでに時間がありすぎる。怒って、サイバー・オタクに連絡されたりしたらたまらないし」

「つまり、その女性の通信やサイバー活動を残らずブロックしたい、と」

「それよ。彼女が送るものは届かないようにしたい。協力を得られるのが確実になって、彼女の通信にフィルタをかける令状が出るまで。その令状も、彼女がニューヨークにもどるまでは役に立たないのよ」

「きみに法の網をすりぬけてくれと頼まれるたびに興奮するんだ」

「倒錯者と結婚したわけをあとで思いださせて」

「喜んで」イヴの顔に血色がもどってきたので、ロークは満面の笑顔になった。

「いつ取りかかれる？」

「ここで片づける用がいくつかある。極秘任務は、自宅の未登録のユニットでやったほうがいい。二時間待ってくれ。そうそう、警部補、この任務は、専門的な助言をする民間人のファイルには記録されないよね」

「アホらしい、尻にキスでもしてろ」

「きみのならいつでも歓迎だよ、ダーリン」

14

ようやくシオドア・マクナマラが捕まり、イヴはオフィスに通された。案内したのは鳥のような女で、ドクターは過密スケジュールなので話は手短に、とさえずりつづけた。

「ほんとうにお約束以外のかたとお会いする時間はないんです。ご存じのように、ドクター・マクナマラはトーラス・ツーでのきわめて重要な協議会からもどられたばかりでして」

「これから地球でのきわめて重要な協議会があるのよ」イヴはやりかえし、腹の虫をおさめるために歩幅をひろげて女が小走りにならずにはいられなくさせ、〈J・フォレスター〉の本館とマクナマラのオフィスをつなぐ連絡通路を進んでいった。ガラス窓から外を見ると、隣接する病院のヘリポートで、着陸寸前の医療用ヘリが機体を左に傾けていた。

ヘリポートには六人ほどの医療スタッフが待ちかまえている。そのヘリの轟音たるや、たいへんなものだろう。だが、連絡通路のなかはしんとして涼しく、かすかに花の香りが漂っている。

そのせいで、ドクター・マクナマラが病院内のつまらない悩みや苦労から自分を切り離しているように思えた。

連絡通路は白を基調にしたオフィスエリアにつづいていた。壁、絨毯、コンソール、椅子、それに黙々と仕事をこなすドロイドの制服まで、何もかもが真っ白だ。

まるで卵の殻のなかにいるようだ。

ガラスのドアの前まで行くと、音も立てずにすっと横に開いた。そこを通り抜けてさらに廊下を進む。突きあたりに、光沢のある白いドアがそびえていた。案内の女性が恐れおののくような様子でドアをたたいた。

「わかった、わかった。だれも通すんじゃないぞ。十分で終わる。はいりなさい、警部補。貴重な時間なんだ」

マクナマラはガラスの壁を背にしたデスクについていた。浮氷を思わせる大きくて白いデスクは床より三段高い壇上にあり、そのためドクターはとまり木にいる鷲のように、弱者を見おろす格好になっている。

マクナマラの髪は白かった――短く刈ったつやつやの髪が、頭蓋骨に張りついている。顔は面長で頬がこけている。ひときわ目立つ短気そうな黒い目が、白い眉の下からこちらをにらみつけている。黒のスーツが、冷たい白の景色のなかでパワーを放っていた。

「うわ」ピーボディが小声で言った。「偉大なるオズの魔法使いだ」

「用件を言いたまえ」ドクターは命令口調で言った。「わたしは忙しいんだ」

それに、人を脅しつけるのが好きなんだ、とイヴは心のなかでつぶやいた。椅子をすすめられもしなかったが、立ったままでも、目を合わせるには見あげなければならなかった。

「トーラス・ツーにお送りした通信にご返事いただけましたら、おたがいに時間の無駄がはぶけたはずですが」

「協議会は優先すべきものだからね。わたしはNYPSDの顧問医師ではない」

「つまり、民間人だということになりますね。それなら、話のつづきはコップ・セントラルでうかがうこともできるんですよ。必要とあれば、わたしはその権限を行使します。さあ、いがみあいをつづけますか、それともご協力いただけますか」

「きみはわたしのオフィスにいる。じゅうぶん、協力しておるじゃないか」

癪にさわって、イヴは段をのぼっていった。顔を持ちあげざるをえなくなったマクナマラの顔に、冷たい怒りがひろがる。「ピーボディ、写真」

自分がくだらない人間なのは承知しているが、ピーボディは上司がその場の権勢をくつがえすのをおもしろがっていた。「かしこまりました」手を上にのばして写真を渡す。

イヴはそれらを塵ひとつ落ちていないデスクの上に置いた。「この女性たちのどなたかに心当たりはありますか」

「いいや」

「ブリナ・バンクヘッド、グレース・ラッツ、モニカ・クライン。ぴんと来る名前は？」

「ない」

「変ですね。ここ最近、彼女たちの名前や顔はさんざんニュースでとりあげられているのに」

マクナマラの視線はゆらがなかった。「地球を離れておったから。ご存じのとおり」

「たしか、トーラス・ツーにも放送は送信されていると聞きましたが」

「ゴシップやメディアのばか騒ぎにつきあっておる暇はない。謎解きゲームにもだ。なあ、ミス・ダラス、もっと単刀直入に――」

「ダラス警部補です。あなたは〈J・フォレスター〉と〈アレガニー製薬〉が共同でおこなった研究プロジェクトにかかわっていましたね。研究のなかには規制薬物を用いた実験もあった」

「性的機能障害と不妊症に関する研究だ。研究は成功し」ドクターは言い足した。「二種類の画期的な医薬品が生まれた」

「プロジェクトは頓挫した。予算超過、訴訟問題、それにスタッフによる薬物乱用や性的不品行があるという噂のせいで」

「きみの情報には不備な点がある。乱用があったという事実は立証されておらん。プロジェクトはめざましい成果をあげたのち、自然の経過をたどって終了した」

「どうやら、まだ実験をつづけている者がいるようです。ふたりの女性が死亡し、もうひとりは危篤です。彼女たちは致死量の薬物を二種類与えられました。ホアーおよびワイルド・ラビットという名で通っている薬物です。その両方を大量に調達できる供給源か、自分で作る手段を持っている者がいます」

「人類にとって有益な薬物が、悪党どもに悪用されることもあるだろう。大衆を監視するのはわたしの役目ではない。きみたちの役目だ」

「かつての研究チームのなかで、あなたのおっしゃる悪党の可能性があるのはだれですか」

「プロジェクトに参加した医師や技術者は全員、厳重な審査をおこない、わたしがみずから選んだ」

「それでも、いまだに遊びや犯罪目的で使用している者がいます。これはゴシップでもばか騒ぎでもありません」イヴは相手に反論させる隙を与えずつづけた。「殺人事件の捜査なのです。セックスと支配力を手に入れるのは、堪えられない誘惑でしょう」

「われわれは科学者だ、セックス屋ではない」

「なぜ、すべての記録が封印されているのですか。なぜ、プロジェクトにたいして起こされたすべての訴訟が封印されているのですか」

「裁判にかけられた民事訴訟は一件もない。職権乱用で告訴された者もひとりもおらん。したがって、つまらん訴訟の記録を封印したのは、ひとえにプライバシーの問題だ。プロジェクトにかかわった者の名前や評判を傷つけないため。尊厳を保つためだ」

イヴはマクナマラのそばに写真を押しやった。「彼女たちのプライバシーを侵害した者がいます、ドクター。踏みにじったあげく、尊厳も残してやらなかった」

「わたしには関係のないことだ」

「プロジェクトは、その上層部と初期投資家に大金をもたらしました。くだんの違法ドラッグを扱うには大金がかかります。わたしはふたりの男を探しています。かなりの量のそれらの違法ドラッグを購入または製造する手段を持つ者たち。化学とエレクトロニクスの専門知識がある者たち。女性を獲物としてだけでなく、使い捨てのおもちゃだとみなしている者たち。性犯罪者ですよ、ドクター・マクナマラ。あなたのもとで働いた者のなかで、その条件を満たすのはだれですか」

「お役には立てないようだ。きみの問題はプロジェクトとはなんの関係もない、わたしとも無関係だ。あのプロジェクトは人生を一変させる薬を作りあげた。捜査が行きづまっておるからといって、わたしの仕事や評判を汚させるわけにはいかん」

ドクターはイヴのほうへ写真を押しもどした。「この女たちが誘ったとも考えられる。ドラッグを使うようそそのかしたのかもしれん。メールで知りあっただけの男と会う約束をするような女は、男をその気にさせようとするものだ」

「男たちをその気にさせる理由は、彼女に胸があるからだけじゃないでしょうか」イヴは写真をすくいあげた。「やっぱりメディアのばか騒ぎをご存じのようですね。彼女たちが犯人と知りあった方法は申しあげておりません」

「時間切れだ」マクナマラはデスクの下のボタンを押し、ドアをあけた。「今後、わたしに話がある場合は、弁護士を通してもらおう。公の場で、わたしの名前やこの施設やプロジェクトの件がきみの捜査と関連づけられておるのを聞いたら、弁護士たちから連絡が行くだろう」

イヴはドクターをこの場で連行することを考え、それから、大騒ぎする弁護士に立ち向かわなければならないことを想像した。メディアが大喜びで書きたて、捜査がだいなしになるおそれがある。「かねがね不思議に思っているんですけど、どうして医師のなかにも人命を尊重しようという気持ちに欠ける人がいるんでしょうね」イヴは段をおり、写真をピーボディに返した。「またお会いします」捨て台詞を残して廊下に出るや、背後でドアの閉まる音が聞こえた。

「いやなやつですね」ピーボディが言った。「女嫌いの神様気取り《デミゴッド》」

「彼は何か知ってる。この件はあまり目立たせたくないの。だから、彼への対応は規則どおりにやる。弁護士に連絡して、セントラルでの正式な事情聴取の手はずを整えなさい。封印記録のことで少し圧力をかけてみましょ。セントラルにもどって、事務処理をはじめてて」

「彼は抗戦するでしょうね」

「ええ、でも負ける。最後にはね。ホームオフィスにいるわ。データがはいりしだい、転送するから」

ロークはすでにもどっていたが、イヴはオフィスの境のドアは閉じたままにしてデスクにつき、一連の報告をまとめはじめた。政治的駆け引きやデミゴッドについてはある程度心得があるから、ことマクナマラに関するかぎり、しっかり自分の身を守っておかなければならないことはわかっていた。マクナマラのような男は、弁護士を呼ぶだけではすまされない。イヴのことはまちがいなく、部長の耳にも、本部長の耳にも、知事の耳にも、政府の耳にさえ、すみやかに届くだろう。

圧力には対処できるが、尻に火がついているあいだに気がそれてしまうのは願いさげだ。報告の内容に満足すると、関係各所にコピーを送信した。つぎは、連続殺人の捜査に必要なファイルの封印を解く番だ。これは少々厄介だし、要請が通るとしても数日かかるだろう。

手っ取りばやい方法もある。イヴはふたりのオフィスをつなぐドアに目をやった。ロークに頼みさえすれば、手っ取りばやく、巧みに、ほとんど気づかれずに実行できる。以前にもそうした究極の手段をとったことはあるし、必要ならまた使うだろう。だが、いまのところは、まともなやり方を試してみよう。

「コンピュータ」無意識のうちに、イヴはうなじをこすった。「マクナマラ、ドクター、シオドアに関する入手可能なデータをすべてウォールスクリーンに表示せよ」

作業中……データが表示されました。

イヴは立ちあがり、肩の凝りをほぐしながら情報に目を走らせた。あれで八十六歳とは、顔と体にたっぷり形成を施しているのはあきらかだ。学歴と職歴はみごとと言うしかない。

結婚歴は一度だけで、その結婚で子供がひとり生まれている——娘だ。

イヴは口をすぼめながら考えをめぐらせた。

背後のドアが開く音が聞こえたので、振りかえらずに話しはじめた。「こんな男がいる。人類としての女があまり好きではなく、彼女たちを劣った者とみなしてる。まあ、はっきり言えば、自分以外の者はみんな劣ってるとみなしてるんだけど、でも、彼の食物連鎖のなかでは、女がいちばん下等だと考えてるのがすごく伝わってくる。わたしのことを〝ミス〟と呼んだ」最後はうなるように言った。

「命知らずだな」ロークが後ろに立ち、イヴの肩をもみはじめた。彼にはツボを探りあてる超能力のようなものがあるのではないかという考えが一瞬、頭をよぎった。

「ぼこぼこにしてやってもよかったんだけど、相手は九十近いし。とにかく、そういう男に子供がひとりいる。その子はたまたま女だった。がっかりしたでしょうね」

「がっかりしたろうな。そいつが人でなしなら」

「まちがいなく、人でなし。だったら、どうしてまた挑戦しようとしなかったんだろ。ほしい子ができるまで。妻のほうに不妊症かなんかの問題があったとしても、ほかに方法はいくらでもあるでしょ。たとえ四十年か五十年まえの話でも。だけど、彼のほうに問題があったのかもね。種が足りないとか。お気の毒様」

「男の立場から言うなら、子供が作れないとわかっても、なかなか受けいれられないだろうな」ロークは唇でイヴの髪を撫でた。「そして、どうしても子供がほしかったら、問題を解決するためにあらゆる手を打つと思う」

「不妊検査……それはとても個人的な問題だし、恥ずかしいことでしょうね。とりわけ、どでかいエゴをかかえてる人間にとっては」イヴは振りかえった。

「どでかいエゴをかかえている人間としての意見をきいているのかい？」

「あなたのエゴでマディソン・スクエアをいっぱいにできるでしょ、相棒。この人でなしとはあらわし方がちがうだけ。ひょっとすると、そのせいで開業医から転身をはかったのかも——性的機能障害と不妊症の研究へ。さて、娘のほうを見てみましょうか。コンピュータ、ダンウッド、セアラ、旧姓マクナマラの身元を調査せよ」


作業中……


「僕がどれだけ温厚な人間かというところを見せるために、さっきのあてこすりは忘れて、極秘任務が完了したことを教えてあげよう。通信はブロックした。そして、きみのために作ったアカウントに転送される」

「転送なんて頼んでないわよ」

「一件の料金で、二件分の仕事を」ロークはイヴをくるりとまわして唇をふさいだ。尻に手をあて、ぎゅっとつかんで、体をぴったり引き寄せる。「ほら、サービスの分はこれで埋めあわせてもらおう」

「頭が働かなくなるからやめて。仕事中なの」

データにアクセスしました……表示しますか、音声にしますか?

「表示」とイヴが言うのと同時に、ロークは音声を命じた。

指令が錯綜しています。お待ちください……

「やめなさい」イヴはズボンからシャツをひっぱりだそうとしているロークに言った。「どうかしたの?」

「見てのとおり、ぜんぜん」だが、ロークは笑ってイヴに抵抗を許した。「データを表示せよ」

「娘は五十三歳か」イヴは言った。「父親がたどったのとまったくおなじ道を進んでる。おなじ学校にはいり、おなじトレーニングを積み、おなじ病院で研修医になった。そして、そのまま研究プロジェクトに参加。結婚歴は一度、子供はひとり。これもいっしょ。ただし、娘のほうは男の子を産んだけど。子供の出生日を見て。プロジェクトが開始された一年後よ。結婚したのは八年前だったのに。彼女がプロジェクトに参加しただけじゃなくて、研究対象にもなってたとしても驚かないわ」

イヴは息を吐きだした。「でも、それが殺人とどんな関係があるの？　つながりはある。あるはずなのよ。娘の夫もプロジェクトのメンバーだった。だけど、犯人にしては年をとりすぎてる。息子のほうは若すぎる。いまは二十一歳か二十二歳でしょ？　プロジェクトの全盛期にはまだ赤ん坊だった。それでも……コンピュータ、ダンウッド、ルシアスの利用可能な全データにアクセスし、ウォールスクリーンに表示せよ」

作業中……

数ブロック先で自分のデータがアクセスされているころ、タウンハウスにいるルシアスは客間に向かっていた。祖父が個人的に訪ねてくることはめったにない。なんの前触れもなく訪ねてくることは、まちがいなく一度もなかった。

あの帝王がひょっこり立ち寄るには、かならず理由がある。その理由をあれこれ考えていたら、ルシアスのてのひらはじっとり汗ばんできた。うわの空で手をズボンにこすりつけ、客間にはいり、きつくカールした赤い髪を撫でつけてから、うれしそうな歓迎の表情を作った。

「これはこれは、おじいさま、うれしいなあ。こちらにもどってたんですね」

「昨夜着いた。ケヴィンはどこだ？」

「ああ、コンピュータの前ですよ。いつものことで。何か飲み物を用意しましょうか。上等のスコッチがあるんです。きっと気に入りますよ」

「懇親のために寄ったのではない。ケヴィンとも話をしたい」

「もちろん、そうですね」さっき手を濡らした汗が、いまは不快な細い線になって背中を伝う。ルシアスは何気ない仕草で、待機しているドロイドに合図した。「ミスター・モラノに伝えてくれ。僕のおじいさまがいらしてて、会いたがってると」

「ただちにだ」マクナマラはつけくわえた。

「もちろん、そうですね。ご旅行のほうは、いかがでした？」ルシアスは酒をしまってあるアンティークのキャビネットまで歩いていった。祖父は飲まないかもしれないが、自分は飲まずにいられない。

「実り多かった。おまえには縁のない言葉だ。大学を出て以来」

「優等で卒業しましたよ」ルシアスは言い足してから、ずしりと重いクリスタルのグラスにスコッチをストレートで注いだ。「何年もがんばったから、いまは休暇をとってるだけです。というより、ここでちょっとした研究に励んでるんです。長年温めてきた計画。おじいさまも経験がおありだから、どんなものか、わかるでしょう」

マクナマラはつかのま顔をそむけた。この子は失望の種だ。まったくの期待はずれだった。この世に生まれるのを助けてやり、娘にいちばんふさわしいと思う相手を選んでやったのに——自分のように、知性と意欲と強さと、野望をそなえた男を。

娘夫婦に子供ができないことは、大いなるいらだちだった。だが、それがきっかけで、プロジェクトを立ちあげることになったのだ。そのプロジェクトは、彼の出世にひと役買い、男の孫を授けてくれた。やがて、もう少しでなにもかもぶちこわしそうになった。

とはいえ、それも乗り越えることができた。自分の名声に傷がつくことはなかった。これからも、あってはならない。

この子を育てたのは自分ではなかったか。彼を教育し、養成し、優秀な資質を練りあげ磨きあげる機会はなんでも与えてやったではないか。

それなのに、この子はだめになった。母親のせいだ。マクナマラは苦々しい気持ちで考えた。女の欠点だ。あいつはこの子を甘やかし、猫可愛がりしたあげく、だめにした。

そしていまマクナマラは、この子が自分の名を、業績を、評判を、重大な危機におとしいれるのではないかと危惧していた。

「何をやった、ルシアス？」

ルシアスはスコッチをぐいっと飲み、さらに注いだ。「実験のことは、まだ話せる段階じゃないんだ。でも、成功することはまちがいないと思います。おじいさまはいかがですか」

「変わりはない」マクナマラはさしだされたグラスを受けとりながら、孫の顔をしげしげと見つめた。そこには、いつもとおなじものがあった。行きづまりだ。「あいつがさびしがっておる。わたしが留守のあいだ、母親に会いにいったり連絡したりする暇もなかったようだな」

「それがその、ずっと働きづめで」スコッチのおかげで、かなり調子があがってきた。「近いうちに、かならず訪ねる時間を作ります。ああ、ケヴィンが来ましたよ」

ルシアスは友の酒を用意しにもどり、自分にもおかわりを注いだ。

「ドクター・マクナマラ、突然訪ねてくださるなんて、うれしいですね」

「僕もそう言ったところなんだ。こんな光栄はそうそうあるものじゃないからね」ルシアスはケヴィンにグラスを手渡した。「もうさがっていい」とドロイドに言ってから、椅子に腰をおろした。「さあ、なんの話をしましょうか」

「おまえの研究室を見たい」マクナマラは命令口調で言った。

「それはむずかしいですね」ルシアスはスコッチを口に運んだ。「僕らマッド・サイエンティストの実験についてはご存じでしょう。内緒、内緒。極秘事項なんです。そもそも、神聖にして冒すべからずっていうのは、おじいさまから教わったんですよ」

「また違法ドラッグに手を出しておるな」

「とんでもない。すっかり懲りましたよ。そうだよな、ケヴィン？　僕らは身にしみて反省したんです。去年、あなたにデルタの更生施設にこっそり送りこまれたときに。内緒、内緒」くすくす笑いそうになりながら、ルシアスは言った。「極秘事項」

「おまえは嘘つきだ」マクナマラは怒りを爆発させ、つかつかと孫に近寄ると、手に持っていた重いグラスをたたきおとした。「わたしが徴候に気づかないとでも思うのか。おまえは、またやっておる。おまえたち、ふたりともだ。弱さのために、一時的な快楽のために、精神をだめにし、一生を棒に振るのだ」

「家宝のグラスなのに」手は震えたがっていたが、祖父にたいする生来の恐怖感とおなじ強さの怒りが、骨髄に徹する恨みが、いつものようにわいてきた。「家族をもうちょっと重んじてもいいいんじゃないかな」

「おまえから重んじるという言葉が出るとはな。きょう、オフィスまで警察が来て、わたしを問いただした。あす、訊問のため出頭するよう命じられた。プロジェクトの封印されたファイルを開く手続きが進行中だ」

「ありゃりゃ」ルシアスはいたずらを見つかったわんぱく小僧のように、明るいブルーの目を光らせてケヴィンを見た。「そいつはすごいスキャンダルだな。どうなると思う、ケヴィン、あの秘密が、僕らをこの世に誕生させた激しい情熱の実態が暴露されたら？」

「決まりの悪い部分もあるだろうな」

「そのとおり。カップルたち、というより、高貴なドクター・シオドア・マクナマラのきびしい監視のもとにおこなわれたカップリングはね。ムードを盛りあげるキャンドルライトも音楽もなし。なんにもないんだ。面倒や混乱もなし。性行為を高める薬によってその気にさせられた、ただの診療行程。その目的はただひとつ。僕らだ」

ルシアスは声をあげて笑いだし、スコッチをあおった。「それがまた、とんでもない大成功だった」

「医療の進歩。人類の生殖だ」マクナマラの声は怒りに震えていた。「どうもおまえたちのことを買いかぶっておったようだ。自分たちがかかわったものを理解するだけの頭があると思ったのだが」

「だけど、僕らはじっさいにかかわったわけじゃないでしょ？」ルシアスは言いかえした。「結果の一部にしかすぎないんだから。それについては、選べる立場じゃないし。ほかのおおぜいの参加者たちにしたって、そうだったと思うよ。それもはっきりするよな、ケヴ、そのファイルに目を通せば」

「ファイルは封印されておる」

「封印なんて、破るためにあるんだ」ルシアスはつづけた。「規則といっしょで。あなたはずいぶん法を破ってきましたよね、おじいさま、科学の名のもとに。ケヴィンや僕がおなじことをしたっていいじゃないか……娯楽の名のもとに」

「何をやったんだ？」マクナマラは詰問した。

「あなたが気にすることじゃない」

「訊問を命じられたのだから気になる。おまえたちも気にしたほうがいい。殺された女たちとおまえたちを結びつける質問をされるだろうから」

「僕たちと？」ケヴィンがグラスを置いた。「でも、そんなのありえっこない。どうしてわかったんだろう――」

「黙って」ルシアスはさっと立ちあがった。「警察は僕らのことをなんて言ってたんです？あなたは何をしゃべったんだ？」

「信じたくなかった」マクナマラは椅子の背に手を置いて体を支え、すわりこみたくなる気持ちと闘った。「あの女たちを殺したのは、おまえたちなんだな」

「ばかなこと言わないでよ。殺した？　頭がおかしくなったんじゃないんですか。警察と何かまずいことがあるなら――」ルシアスの演説は、マクナマラの平手打ちにさえぎられた。

「おまえにはうんざりだ。おまえにはあれほどの希望を、わたしの夢をかけたのに、それがこのざまだ。おまえは見下げはてたやつだ。おまえも、おまえの哀れな友人もだ。ありあまる才能を浪費しおって、ゲームやドラッグや手前勝手な快楽に浪費しおって」

「僕を創ったのはあなただ」たたかれた屈辱に、くやし涙が目を刺す。「あなたのせいだ」

「わたしは持てる力のかぎりをおまえに与えた。あらゆるメリットを。それでも足りなかったのか」

「あなたがくれたのは命令だ！　僕に期待しただけだ。生まれたときからずっと、あなたが大嫌いだった。いまは自分で選んだ生き方をしてる。あなたに手出しはさせない」

「そう、おまえの言うとおりだ。手を出す気はない。今度という今度は、おまえの尻拭いなどしないからな。おまえを守る金も出さないし、おまえの盾になろうとも思わん。警察に見つかっても、まちがいなく見つかるだろうが、手を貸す気はいっさいない」

「僕を警察に引き渡すなんて、できっこない。僕はあなたのすべてなんだから」

「なら、神に祈るだけだ」

戦略を変えて、ルシアスは祖父の腕を握りしめ、哀願口調になった。「おじいさま、こんなことで言い争ってはいけないよ。いまのは謝ります。興奮しすぎちゃった。ケヴィンと僕はまじめに働いてます」

「働いてます？」マクナマラはくりかえした。「おまえたちはどうしてそんな悪党になってしまったんだ。なんでも自分のものになるのに」

「僕らは科学者です、ドクター・マクナマラ」ケヴィンが加勢した。「これはミスなんだ。なにもかも。ほんのちょっとしたミス。事故だったんです」

「そう、事故だ」ルシアスは祖父を椅子にすわらせようとそっと押した。「僕らはちょっとはしゃぎすぎたかもしれない。でも、こういったことは起こるものなんです……能力の限界をひろげようとするときに。あなたならわかってくれるでしょう。相手はたかが女でした。被験者です」

「手をどけなさい。事実と向きあえ、ふたりとも。自分たちがしでかしたことの報いを受けるんだ。わたしの助けがほしいなら、あす、いっしょに警察へ行こう。弁護団を手配しておいてやるから。それに、精神鑑定も」

「僕らは狂ってない！　僕を檻に入れさせるの？　自分の血を分けた肉親なのに」ルシアスはさっと祖父に飛びかかり、テーブルをひっくりかえした。上にのっていた高価なランプがこわれ、ガラスが飛び散った。マクナマラは激高し、ルシアスを押しのけて起きあがろうとした。

「長年のあいだ、わたしはおまえの正体を見ないようにつとめた。おまえが——おまえたちふたりが——わたしの信じるとおりの人間だと思うことにしてきたんだ」マクナマラはなんとか膝をつき、椅子のアームをつかんだ。

「僕らがやったことは、一世代前にあなたがやったことと変わらないじゃないか」ルシアスは震える手で口元をぬぐった。「あなたは被験者にドラッグを与えた。説明を受けた者もいれば、無断で投与された者もいた。目的は性交と受胎。あなたの言葉を借りるなら、生殖のため。僕らはそれを楽しみのためにやってる。もっと洗練されたやり方でね」

「おまえたちは人を殺した」

「実験用ラットは実験用ラットにすぎないから、犠牲になるのはあたりまえだ」

マクナマラの喉をふさいでいるのは、いまや恐怖だった。「おまえたちは自滅したんだ。わたしは警察へ行く。おまえたちふたりは、実験に失敗したできそこないだ」

怒りの雄叫びをあげて、ルシアスはランプの台座をつかみ、棍棒のように振りおろした。

「僕らは男だ！　りっぱな男だ！」血が椅子や絨毯に飛び散るなか、マクナマラは倒れこみ、腕を激しく振りまわして身を守ろうとしている。「警察は僕らを刑務所に入れる。刑務所に入れるんだ。くそじじい！」ルシアスはよろよろと立ちあがり、叫びながら、祖父が床に伏すまで殴りつけた。「おまえの考えなしのせいで、檻になんか入れられてたまるか」

息をはあはあさせ、ルシアスはあとずさりして、血だらけのランプをわきに放った。

「おい」ケヴィンが穏やかな、敬意がまじったような声を出した。「死んだのか？」

マクナマラの顔は血まみれで、口をあんぐりあけている。それでも息をしている。ルシアスはかたわらにかがんで、脈を診た。「いや、まだだ」上体を起こしてしゃがみこみ、落ちついて考えようとした。「だが、もうすぐ死ぬだろう。死ななければならない。こいつは僕らを警察に引き渡そうとした。僕らがつまらない人間であるかのように」

呼吸は浅くなっていたが、ケヴィンはうなずいた。「そんなことを許すわけにはいかない」

「とどめを刺そう」ルシアスは慎重に立ちあがった。「でも、ここじゃだめだ。この家から運びだして、強盗の仕業に見せかける」

「なあ……僕は何も見なかったよ……」

「僕らふたりのためにやったんだ」祖父を見おろしながら、ルシアスはケヴィンの腕を軽くたたいた。ふたたび冷静な判断力がもどってきた。おそらく、これまでていちばん冷静に物事をとらえているかもしれない。「こいつはもう役立たずだ。それに、僕らにとって危険な存在だ。だから、片づけてしまおう」

「そうすべきだね。だけど、まいったな。こんなに大量の血を見たのははじめてだ」

「気分が悪いなら、吐いてこいよ」

「いや、気分は悪くない」ケヴィンは目をそらすことができなかった。「大量の血。なんだか……うっとりするな。ほかのやつらは、女たちのときは、もっと穏やかだったんだよ。でもこれは……」唇をしめらせ、青ざめた顔を輝かせて、友人のほうを見る。「どんな感じだった？　彼を殴りつけたとき。どんな感じがした？」

言葉はとっさには出てこなかった。ルシアスは血でぬらぬらしているが、もう震えていない手を見つめた。頭はとうにはっきりしている。「力強さ」答えが見つかった。「とてつもない強さ。力がみなぎる感じ」

「僕もやってみたいな」

「じゃ、いっしょにこいつを始末しよう。ここじゃないところで」ルシアスはリスト・ユニットに目をやった。「急がないと。今夜はデートがあるから」


いろいろ考えてみると、始末にはさほど時間はかからなかった。

祖父の車をガレージに入れてしまえば、あとは簡単だ。誇りと支配を大事にする人間として、ドクター・マクナマラはほとんどどこへ行くにも自分で運転していた。それでも、最終目的地へはみずから運転していくことはできないだろう。ルシアスはケヴィンの助けを借りて、裸にした祖父の体をビニールでくるみ、車のトランクにしまいこんだ。

「ここへ来ることを、だれかに言ったかもしれないよ」ケヴィンが指摘した。

「その確率は低い。個人的なことを話すのが大嫌いだったから」

「おばあさまは？」

「いちばんありえない」ルシアスは祖父の服や貴重品を入れたバッグをトランクに放り投げた。「わざわざ行き先を知らせるなんて気は起こさないし、おばあさまだって、こいつの予定をきこうなんて思わないだろう。さて」ルシアスはトランクを閉め、手をぱんぱんとはたいた。「ドロイドはプログラムしなおしておいたな？」

「だいじょうぶ。客を迎えた記録は残ってない」

「よし。おまえのコンピュータが探してくれた場所は、僕らの目的にぴったり合う。おまえは自分の車でついてきてくれ。現地でとどめを刺して、遺体と身の回り品がつまったバッグを捨てる。重りはちゃんと入れておいただろうな？」

「もちろん。川底に沈むよ」

「死体のほうは沈まない。完璧だ。車に火をつけたら、おまえの車でもどってくる。それからデートの着替えをする時間はたっぷりある」

「おまえって冷静なやつだな、ルシアス。いつもすごいなと思ってるんだ」

「ありがとう。さあ、そろそろ出かけよう。なあ、これは記録ものだぞ。ひと晩に完全犯罪ふたつ。だけど、ひとつめのほうの最高得点はいただかせてもらうよ」

「当然」ケヴィンは親しみをこめて、友の肩をたたいた。


「まったくきれいなものね」イヴはルシアスのデータを見ながら言った。「まるでドロイドか……メイヴィスが使ってた言葉はなんだっけ？　ガリ勉野郎だ。校則違反はなし、交通違反もなし。家風を忠実に守ってる」

「だから、家風って言うんじゃないの？」ロークがつっこんだ。「わが家の伝統はなんだろう？　もちろん犯罪だよね。だが、どちら側の領域か？」

イヴはロークをちらりとも見ずにつづけた。「このニューヨークに自分の家を持ってる。彼と話をする時間を作らなきゃ。彼にはありあまるお金があるから、条件に合う。化学の知識もある」

「魅力的な若者だね」ロークはテキストデータのかたわらの写真に顎をしゃくった。「若さ、はキーワードだ。大学を出てやっと一年しかたっていない」

「彼をよく調べてみる。そうすることで、祖父がもっと協力的になるかどうかも確かめる」

「きみを怒らせたらしいな」

「そのとおり。でも、封印を解く承認をもらって、こっちが怒らせてやる」

「そのデータなら、僕が用意できるよ」

「あなたにはもう無許可の不正なコンピュータ・ブロックを頼んだじゃない。わたしたちの汚点は最小限に抑えましょ」

「あのブロックが命を救うかもしれない。汚点じゃないよ。それに、どこから見ても合法的な手段で封印記録を手に入れられる。プロジェクトに参加した〈アレガニー〉の社員に、リンク一本ですむ。参加メンバーを調べたいなら、彼らの名前も手に入れてあげよう」

「ほんとにリンク一本ですむの？」

「それだけ」

「じゃ、そうして」

「了解。ただし、見返りはもらうよ」

ロークの目が妖しく光るのを見て、イヴは険しい目つきをした。「失せろ。体で払う気はないの」

「捜査チームのためだと考えてみたら」ロークはうまいことを言って、イヴを寝椅子に押し倒した。

払いおえたとき、イヴは耳鳴りがして、体じゅうの緊張がほぐれているのを感じた。立ちあがろうとすると、骨まで溶けてしまったようになっていることに気づいた。

身につけているのは、ブーツとロークにもらったダイヤモンドのペンダントだけだ。

「警官になっていなかったら、ポルノ・ビデオに出ていたかもしれないね。すごくいい意味で言っているんだよ。まいったな、イヴ、きみは絵のように美しい」

「二回目を試してみようなんて思わないでよ。データをちょうだい、相棒」

「決まりは決まりだから、しかたない」ロークは優雅に立ちあがった。ほほえみ以外は何ひとつまとわずに。「何か食べるものをオーダーしておいたら？」そう言って、自分のオフィスへ歩きだした。「おなかがぺこぺこだ」

イヴはロークの後ろ姿を見送った。自分こそ、絵のように美しいじゃない。仕事中だという頭がなかったら、全速力で追いかけて、体に飛びつき、すばらしいその尻にかぶりつきたくなっていただろう。

それは思いとどまって、オートシェフにハンバーガーを注文することで手を打った。

それから身をかがめて、服をかきあつめた。

「ほら、行くよ！」

イヴは体を起こした。両手がふさがっていたので、ロークが投げてよこしたローブを顔で受けとめた。

「そっちのほうが着心地がいい。ああ、それからダーリン、ワインもほしいな」

15

ロークなら、チーズバーガーなどまず選ばなかっただろう。五五年もののソーヴィニョン・ブランを合わせるとなればなおのこと。とはいえ、メニューはイヴにまかされたのだから。

「どうしていままで、この人のことを教えてくれなかったの？」

ロークはイヴがフライドポテトに塩をたっぷり振りかけているのを見て、顔をしかめた。

「最近、血圧は測ったかい？」

「質問に答えてよ」

「きみには手の離せない仕事が山ほどあるから、こっちは僕が引きうけたんだ。スタイルズは僕が頼んだほうが協力してくれるはずだからね。事情を説明したら、ちょっとぶつぶつ言っただけで、自分のファイルと記憶を掘りおこしてくれている。この若者向きのすてきな食事を終えるころには、情報が手にはいるだろう。オニオンリングをもっとどう？」

「その人を信頼してるのね？」

「ああ、そうだよ。スタイルズはしょっちゅう癇癪を起こす。しかし、がさつな外見の裏には、やはりがさつだがまっすぐな心がある。きみも好きになるよ」

ロークがスタイルズを好いていることはあきらかだ。だから、その直感をイヴは信じた。

「わたしがほしいのは、例の実験に少々深入りしたプロジェクト・メンバーについての情報。自宅で実験をつづけてるかもしれない人たち。その家族、友人、仕事仲間についても」

「そう説明しておいた。さあ、少し落ちついて、警部補。消化不良を起こすよ」イヴがオニオンリングをがつがつ食べるのを見つめながら、ロークは言った。「まあ、どっちにしても、消化不良を起こすのはまちがいないけど」

「あなたはすねてるだけよ。子羊のあばら肉とかそんなのを選んでもらえなかったから。この連続殺人は、あのプロジェクトにかかわりがある。それなら筋が通るわ。そこで問題になるのが供給と目的。あの手の違法ドラッグは、路上では手にはいらない。派生物や薄めたクローン薬とちがって、混じりけのないドラッグだから」

イヴはワイングラスを掲げて、淡い金色の液体をしげしげと眺めた。「これとおなじ。街角の年中無休の酒屋に行っても、これは買えない。そこで売ってるのは質の劣る代用品、なんて呼ぶんだっけ、安酒よ。上等のワインを手に入れるには、高級品を扱う店と資力が必要」

「または、ぶどう園を所有しているか」

「または、ぶどう園を所有しているか」イヴはあいづちを打った。「それがあれば、水みたいに飲むことができる。犯人は代用品では満足しない。もっと洗練された、最良のものがふさわしい人間なの。最高の違法ドラッグ、最高のワイン、最高の服。それに自分の眼鏡にかなう女たち。それも必需品だわ」

「犯人にはあらゆる道楽や悪徳にふけることができる財産がある。おそらく、自分の力でこの究極の道楽ができるまで登りつめたわけではないだろうね？」

「ええ、パーセンテージで言うなら、プロファイリングによる確率をあてにするならね。でも、それだけじゃない。犯人は二人組だから。チームワーク、競争、相互依存。第一の男はしくじってる。自分の力で殺人を犯すまでの用意はなかったから、パニックを起こした。だけど、危険度はあがった。第二の男は相棒にリードを許すわけにはいかない。相棒よりずっと凶暴で、自分のそういう性質を気にしてない。むしろ、楽しんでる。それから最初のプレーヤーに順番がもどり、彼はまたへまをする。女はまだ生きてる。それで勝負を落としそうになってる」

「多重人格を忘れているよ」

「たとえ多重人格だとしても、相手にするのはふたりよ。でも、わたしはもっとシンプルに考えたい。やり方もふたつ、殺人者もふたり。あのプロジェクト・メンバーのだれかに、息子がふたりいるんじゃないかな。兄弟かもしれない。そうなら筋が通るでしょう……もしくは幼なじみなら」イヴはロークに視線をもどした。「成長をともにした男同士。それって、兄弟みたいなものでしょ？」

　ロークはミックのことを思い浮かべた。「そうだね。ある意味ではそれ以上だな。家族の力関係がないから、積年の恨みやコンプレックスがつきまとうこともない。ミックやブライアンやほかの連中との関係は、自分たちで作りあげた家族だった。僕たちはほんとうの家族よりも強い絆で結ばれていた」

「なるほど、ちょっと教えて——その大半がペニスで考える人類としての意見を」

「ひどい言い草だ。四分の一以上の時間はペニスで考えていないのに」

「たったいま寝椅子に押し倒した相手に、よく言えるわね」

「あれはあまり考えなくてもできる。それより、きみの質問は？」

「男って、機会さえあればだれとでも寝るんでしょう」

「そう、おまけにそれを自慢にしている」

「悪気はないの。機械が動くのとおなじ原理なんだから。でも、相手をじっくり選べて、本人が幻想もいだいてるとすると、特定のタイプに向かいやすい。ふつう、幻想とかタイプは犯人にとって重要な影響を与えた、あるいは与えてる女が基準になってる。彼らが選ぶタイプは、その女にどことなく似てるか、正反対かのどっちかだわ」

「この事件では、きみは基本的な相性や感情や結びつきを排除しているようだから、異議はない。女のほうもおなじような原理で動く」

「そうね、彼らはそれを利用してるの。彼女たちの幻想に自分を合わせて。でも、犯人が選ぶのは自分のタイプ、あるいはそう見える女たちにまちがいない。妥協する必要はない。どうして、しなきゃならないの？　自分のゲームなのに。確率を調べてみるわ」

データが到着する合図がロークのオフィスから聞こえた。「スタイルズからだ。きみのユニットに転送するよ」

「ありがとう」イヴはリスト・ユニットに目をやった。「九時十五分か。デートに頃合いの時間ね」

彼女の名はメリッサ・コッター。ネブラスカ出身の生粋の農家の娘で、大都会の灯を求めて田舎から逃げてきた。メリッサには夢があった。ニューヨークに押し寄せるおおぜいの娘たち同様、女優になりたいという夢が。もちろん本格派の女優だ――自分の演技に忠実で、過去に舞台を踏んだ大女優たちが演じてきた古典の役に新しい命を吹きこむ。

ブロードウェイを華やがせる日を待つあいだは、ウェイトレスをしながらオーディションに通い、手にはいった役はどんなものでも引きうけた。偉大な役者は、ひとり残らずそうやって第一歩を踏みだしていると信じていた。

二十一歳のいま、メリッサはどこまでも楽観的で素朴で、希望に満ちあふれていた。疲れ知らずの陽気さで各テーブルの給仕をしてまわり、山出しのうぶな顔立ちときびきびした応対が客に受けて、どっさりチップを稼いでいた。

ブロンドの髪、ブルーの瞳、華奢な体つき。

愛想もよく、友だちは多い。友情を築くこと、おしゃべりをすること、経験を積むことに熱心だった。

新しい恋人を恋い慕うような激しさで、メリッサはニューヨークを愛している。この都会に住んで半年、いまだにその気持ちは一ワットも弱まっていない。

メリッサは廊下を隔てた隣人のワンダに、その晩のデートのことを打ちあけていた。そして、その友人の心配は笑いとばした。殺された女たちのことはニュースで知っているが、そんなことは自分にはあてはまるわけがない。だって、セバスチャンのほうからその話題を持ちだして、今夜会うことに不安を覚えたとしても当然だと言ったのだから。

ワンダにも言ったけれど、セバスチャンが危険な人間なら、わざわざそんな話をするわけがない。

セバスチャンは聡明で、博識で、わくわくするほどすてきな男性だ。故郷の男たちとはまるでちがう。彼らのほとんどは、チョーサーとチェスターフィールドの区別もつかないやつらだ。でも、セバスチャンは詩や戯曲をなんでも知っている。世界じゅうを旅して、あらゆる大劇場の舞台を目にしている。

メリッサは彼のeメールを何度も読みかえしたので、暗唱できるほどだった。こんな美しいことが書けるのは、すばらしい人に決まっている。

それに、セバスチャンとは〈ジャン＝リュックス〉で会うことになっている。この街の最高級クラブだ。

ドレスは自分で仕立てた。去年、女優のヘレナ・グレイがトニー賞をもらったときに着ていたガウンをまねてこしらえた。濃いミッドナイトブルーの生地は、シルクではなく合成繊維だが、美しいドレープがある。ドレスに合わせたのは、十一月の二十一歳の誕生日に祖母がくれた真珠のイヤリングで、耳たぶから涙がしたたっているように見える。

靴とバッグは〈メーシーズ〉のセールで手に入れたものだ。

メリッサは笑いながらくるっとまわってみせた。「どう？」

「すごくすてきよ、メル。でも、行かないでほしいわ」

「そんな心配ばかりしないで、ワンダ。何も起こらないから」

ワンダは唇を嚙んだ。メリッサを見ていると、もこもこした子羊が浮かんでくる。殺されにいくというのに、上機嫌で鳴いている子羊だ。「病欠の連絡して、あなたが帰るまでここで待ってようか？」

「ばかなこと言わないで。お金がいるんでしょ。さあ、仕事に出かける支度をして」メリッサはワンダの肩に腕をまわして、戸口へ連れていった。「そのほうが安心なら、帰ったら連絡する」

「約束よ」

「誓うわ。今夜はマティーニを注文してみる。まえから飲んでみたかったのよ。どっちが洒落てると思う？　ジンとウォッカだったら。ウォッカよ」ワンダに考える隙も与えず、決めつけた。「ウォッカマティーニ、ドライでレモンツイストを添えたやつ」

「連絡してよ、帰ったらすぐ。それから、どんなことがあっても彼を連れてこないで」

「連れてくるわけないじゃない」メリッサは身をひるがえして階段へ向かった。「幸運を祈って」

「もちろん。気をつけて」

メリッサはうっとりした気分で、三階分の階段を駆けおりていった。隣人たちに元気よくあいさつし、一〇二号室のミスター・タイディングズの口笛にはポーズを作ってみせた。歩道に飛びだしたときには、頬がほてって薔薇色になっていた。

タクシーをひろおうかと考えたが、お金を惜しんだのではなく時間に余裕があるので、アップタウンまで地下鉄で行くことにした。

地下のプラットホームで人々の群れに加わりつつも、その晩への期待にひとりでにハミングしている。車内に体を押しこみ、まわりの体に支えられるようにして立った。

メリッサは人ごみが気にならない。かえって、元気がわいてくる。セバスチャンとのデートの状況をあれこれ考えていなかったら、乗客仲間のだれとでも会話をはじめていただろう。

メリッサがはにかんで口がきけなくなるのは、男性と一対一で会うときだけだ。でも、今夜はきっとだいじょうぶ。セバスチャンとなら、けっしてそんなふうにはならない。

ふたりとも、相手のために創られたようにぴったり合うから。

地下鉄が急停車して明かりがうす暗くなり、メリッサはだしぬけに体がぐらついて、かたわらのたくましい黒人の男にぶつかった。

「すみません」

「かまわないよ、シスター。あんたの力じゃ、あざにもならない」

「どうしたのかしら」頭上の非常灯の緑がかった明かりを頼りに、メリッサは乗客の向こうを透かし見ようとした。

「このアップタウン行きの地下鉄は、しょっちゅう故障しやがる。なんでこいつを直さねえのか知らねえけど」男はメリッサを上から下まで眺めまわした。「デートなんだろ?」

「ええ。あまり長くかからないといいけど。遅れたくないわ」

「あんたみたいな人なら、男は待たされても気にしないさ」いきなり、にこやかな顔がこわばって冷ややかな目つきになり、メリッサの心臓をちぢみあがらせる。「ブラザー、その手をレディのバッグからどけないと、指を全部折っちまうぞ」

メリッサはぎくっとして、バッグをしっかりつかんで腹に押しつけた。背後に目をやると黒っぽいトレンチコートの小男が、ぎゅうづめの乗客のなかにするりともどっていくのが見えた。

「まあ。ありがとう。ときどきうっかりしちゃうの」

「うっかりしてえらい目にあわないようにな。そのバッグはしっかりかかえてることだ」

「ええ、そうします。ほんとうにありがとう。メリッサ・コッターです」

「ブルーノ・ビッグズだ。ビッグズとだけ呼ばれてる……こんななりだから」

地下鉄がとまっていた十分間、メリッサはビッグズとおしゃべりをし、彼が建設現場で働いていて、妻の名前はリッツで、幼い息子はブルーノ・ジュニアをちぢめてB・Jと呼ばれていることをききだしていた。自分のほうはおりる駅に着くまでに勤務先のレストランの名前を教え、家族を連れて食事に来るよう誘った。乗客が車両からどっと吐きだされると、メリッサは手を振って、人の流れに押されていった。

ブルーノの目に急ぐメリッサの姿が見えた。またバッグを後ろのほうにぶらぶらさせている。

ブルーノは首を振りふり、乗客をかきわけてドアが閉まる寸前におりた。

メリッサは人ごみから逃れ、階段を駆けあがった。目的地までの三ブロックを走らなければ遅刻しそうだ。曲がり角に向かって突進していると、背後から何かが腰のあたりにぶつかってきて、前につんのめった。バッグの紐がぷつりと切れた。メリッサは短い悲鳴をあげながら、歩道から転がり落ちた。鋭いブレーキや叫び声につづいて、車道にたたきつけられ、目もくらむような激痛が走った。

メリッサの耳に、ポキッという音が聞こえた。

「ミズ・コッター？　メリッサ」ブルーノが自分の上にかがみこんでいる。「ああ、驚いた、シスター。車に轢かれたかと思った。これを取りもどしといたよ」メリッサのバッグを振った。

「あたしったら——またうっかりして」

「もうだいじょうぶだ。救急車を呼んだほうがいいな。怪我はひどいのか？」

「わからないけど……腕が」

メリッサは腕を骨折していた。おかげで命拾いした。

「八百六十八人」イヴは目頭をぎゅっと押した。「シンプルってわけにはいかないわね」

「それにはビル管理員や一般事務員は含まれていないよ」

「さしあたり、これでじゅうぶん。あなたの情報源が選びだした者たちに的を絞るわ。例のドラッグを遊びで使ったとして懲戒処分を受けた者と、なんらかの訴訟で名前があげられたのを彼が記憶してる者。でも、いちおう全員を調査の対象にしないとね。だから、まずは分類する——医療スタッフ、総務、電子作業要員、研究技術者。それを年齢別グループにする。家族持ちは選り分けて、さらに子供の年齢で分ける。プロジェクト進行中に解雇された者たちのリストもいるわね」

イヴは目をかすかに光らせて、ロークを見あげた。

「僕は電子作業要員に降格されたのかい？」

「あなたのほうが速くできるじゃない」

「たしかに、だが——」

「わかってる、高くつくんでしょ。変態」イヴはしばし考えてから、顔を輝かせた。「いいこと思いついた。取引しましょ。あなたがこの件に手を貸してくれたら、わたしも目下進行中のどんな仕事にでも相談にのってあげる」

ロークはちょっと青くなった。「ダーリン、やさしいことを言ってくれるね。だが、きみの貴重な時間をつぶさせるわけにはいかないよ」

「臆病者」

「そのとおりだ」

「ねえ、わたしにもやらせてよ。いまは何を料理してるの？」

「ちょうど鍋をいくつか弱火にかけているところだ」両手をポケットに入れて、冷静に考えてみる。目下かかえているプロジェクトか商談のうち、イヴが首をつっこんでも最小のダメージですむのはどれだろう。

イヴのデスクのリンクが鳴った。

「ゴングに救われたようだ」

「この件はあらためて話しましょう」イヴは警告するように言った。

「勘弁してもらいたいなあ」

「ダラス」

「ダラス警部補？　ステファニー・フィンチです。連絡くださいましたね？」

「そうなんです。いまどちらですか？」

「ニューヨークにもどったところです。最後の二便がキャンセルになったので。ご用はなんでしょうか？」

「お話ししたいことがあります、ミズ・フィンチ。じかに。二十分でそちらへうかがいます」

「ちょっと待ってよ。いま玄関をはいったのに。どんな用件か話してくれません?」

「二十分で」イヴはくりかえした。「そこにいてください」

ステファニーに承知させてリンクを切ると、イヴは武器用ハーネスをつかんだ。「ひょっとして〈インターコミューター・エア〉の所有者?」

ロークは画面上のデータから目をそらさなかった。「いや。あそこは設備が老朽化しているから、買い替えや補修に十億から十五億かかるんだ。ここ三年は赤字経営がつづいている。顧客サービスは最悪で、広報の悪夢になっている。一年後か、せいぜいもっても十八か月後にはつぶれるだろう」そこでようやく視線を向けた。「そうしたら買収する」

「瀕死の状態になるまで待つのね」イヴは口をすぼめた。「いい考えだけど、それじゃあなたを連れていけないわね。会社の内情をききだしちゃうでしょ。ピーボディに連絡しようっと。制服警官はいい印象を与えるから」

「同感だ。そのローブもそうだよ。だが、ブーツは履いたほうがいいんじゃないか」

イヴは顔をしかめて見おろした。「くそっ」ブーツをつかんで急ぎ足で出ていく。「あとでね」

ステファニーは歓迎するふりもしなかった。ドアをあけ、にらみつけてから、「バッジ」

とどなった。

イヴはバッジをさっと開いて、ステファニーがじっくり確認しているあいだ掲げていてやった。

「あなたの噂は聞いてるわ。ロークを釣ったおまわりだって。みごとなお手並みね」

「そりゃ、どうも。帰ったら教えてやります」

ピーボディには親指をぐいと向けただけだ。「その制服警官は？　それとも廊下で話しますか？」

「助手です。はいってもいいかしら、ステファニー、それとも廊下で話しますか？」

ステファニーは後ろにさがって、ふたりを入れてからドアを閉めた。「実入りのいい二便がキャンセルされたばかり。組合の代表はストライキの相談をしてる、わたしは困ったはめになるってこと。押しつけられてるシャトルはとっくに鉄くずの山になってて当然な代物、直感では年内に失業するかもしれない」

「ロークの見通しは、はずれたためしがない」イヴはつぶやいた。

「ヨーロッパまでおまわりにつきまとわれて帰ってきたのよ。だから機嫌が悪いの、警部補。ろくでなしの元亭のことなら、言っておきたいことがある。わたしは無関係よ」

「わたしがうかがったのは、ろくでなしの元亭の件じゃありません。あなたはワーズワースと名乗る人物とeメールのやりとりをしていますね？」

「どうして知ってるの？　eメールは私的なものなのに」

「その自称ワーズワースは、二件の殺人と一件の殺人未遂の容疑者なんです。それでも、サイバー・プライバシーの侵害でごたくを並べたいですか？」

「冗談でしょ」

「ピーボディ、わたしを見て。冗談を言ってる顔？」

「いいえ、警部補」

「これではっきりしたから、すわりませんか？」

「彼とはあすの午後、デートの約束をしてるのに」ステファニーは寒気がするみたいに、両腕を抱きしめた。「搭乗便がキャンセルされたとき、ヒースローのパイロット・ラウンジからeメールを送ったの。それで、グリーンピース・パークでピクニックしようと誘われた」

「何時に？」

「一時」

　犯人はパターンを破ろうとしている。ふたたび、危険度をつりあげようとしているのだ。

「すわって、ステファニー」

「その情報はたしかなんでしょうね」ステファニーはすわって、イヴを見つめた。「たしかなのね。確信してる顔だわ。ふう、なんだか恥ずかしい。世界一のばかになった気分」

「それでも、あなたは生きてるでしょ」イヴはステファニーに言い聞かせた。「あなたには無事でいてもらいます。ワーズワースについて教えて」

「外見については手がかりなし。職業は美術品ディーラー、国際的な。オペラ、バレエ、詩が好き。わたしは品のある人を探してた。元亭は虫けらだったの。アリーナボウル以外に話すことはなし。いっしょに暮らした最後の半年は、わたしがろくでなしを食わせてた。酔って暴れて、二度も保釈保証人になってやった。それから……」

ステファニーの声が尻すぼみになった。「どうやら、あいつのことをいまだに引きずってるみたい。要するに、あいつと正反対の男を探してたの。上品で、もう一杯ビールが飲みたかったら、ただうなるんじゃなくて気のきいたことを言える人を。ちょっぴりロマンスを求めてたんだと思う」

「彼はあなたが望むとおりのことを言ったんですね」

「当たり。うますぎる話には気をつけろってことね。その金言を忘れてた。だけど、真っ昼間に公園でピクニックなら、安全だと思うでしょ。何かあってもなんとかできるもの」ステファニーはつけくわえた。「ベンチプレスは百二十ポンドあげられるし、柔道五段の黒帯よ。犠牲者になんかならない。彼にわたしは倒せっこない」

イヴはステファニーを眺めて、うなずいた。よっぽどのことがないかぎり、この女性なら自分の身は自分で守れるだろう。「彼は薬を使います、強力なセックス・ドラッグを。あなたは彼をここに連れて帰る。自分で望んだと思いこんで。彼はキャンドルをともし、音楽をかけ、またもやドラッグを加えたワインを飲ませる。ベッドにはピンクの薔薇の花びらをまく」

「くだらない」言葉とは裏腹に、顔は蒼白だった。「くだらなすぎる」

「あなたはそれがレイプだと思いもしないで、彼と交わる。男に命じられるままに、なんでもする。二種類目のドラッグを与えられると、おいしそうに飲む。ドラッグが過剰摂取されるとともに、心臓が力尽きる。あなたは知らないうちに死んでる」

「脅かしたいの？」ステファニーは立ちあがり、歩きまわりだした。「それなら、大成功よ」

「そのとおり。あなたを脅かしたいの。それが犯人のたくらみであり、あすの午後に起こったかもしれないことです。でも、そんなことは起こらない。あなたはわたしに言われたとおりにするから」

　ステファニーはふたたび腰をおろした。「彼はここを知らない。ねえ、住所は知らないでしょ」

「たぶん知ってるでしょう。しばらく、あなたを観察してたはずだから。最近、花が贈られてこなかった？」

「そうだわ。ピンクの薔薇。あいつ、きのうピンクの薔薇を贈ってきた。ロンドンの宿所に。持って帰ってきたのが、寝室にあるわ」

「捨てておきましょうか、フィンチ操縦士？」ピーボディがたずねた。

「リサイクラーに放りこんで」ステファニーは両手で顔をこすった。「体が震えてる。死の危険さえある大西洋を横断するのはなんでもないのに、自宅にいて震えてる。彼に会うのはかなり乗り気だったの。これからほんとうに、申し分のないすてきな関係がはじまるんだと思って。別れたろくでなしがだんだんましに見えてきた」

「この件については、だれかに話したり連絡したりしないでください。ワーズワースとは、予定どおりあす会うことにしておいて。デートの最終確認は?」

「キャンセルしたい場合だけ、正午までに知らせることに」

「ちょっと立ってみて」

ステファニーが従うと、イヴも立ちあがり、ぐるりとまわって体つきと背丈を見定めた。

「よし、あっちがその手で来るなら、こっちも偽装で行きましょう。了解いただけたところで、あなたには二通りの方法があります。必要なものをまとめて、こちらが手配する隠れ家に移るか。あるいは、ここに残りたければ、警官をふたりつけます。どちらでも、今夜は安心して眠れるでしょう」

「そうね、赤ん坊みたいにぐっすり眠れるわ」


残業をしているのはイヴだけではなかった。マクナブも個人的な使命を帯びていた。すでに自家製ビール二本で気持ちを奮いたたせてあり、胃袋がかっかと燃えている。酔っぱらってはいない。酔う寸前でやめていた。チャールズ・モンローのなよなよした尻を蹴飛ばすときに、さえた頭でいたいからだ。

嫉妬深くて、少しばかり気むずかしい電子捜査官の標的になっているとも知らず、チャールズはルイーズの指をそっと噛んでいた。ふたりは彼の部屋で遅い夕飯をともにしているところだ。

「こんな時間なのに会ってくれて、ありがとう」

「ふたりともスケジュールが不規則だもの。このワイン、おいしいわね」ルイーズはひと口飲んだ。「料理もすばらしいし。それにあなたの部屋も大好きよ。レストランよりずっといいわ」

「きみを独り占めしたかった。一日じゅうずっとそう思っていた」

「恋愛関係にはあまり恵まれてないって話したでしょ、チャールズ」ルイーズは立ちあがって窓辺に歩いていった。「ひとつのことに夢中になるとまわりが見えなくなって、どんなつきあいにも大切な心配りができなかった。当然の報いね」

「きみのツキは変わりかけているんじゃないかな」チャールズはルイーズを自分のほうに向きなおらせた。「僕のツキは変わったよ、ルイーズ」顔を近づけて、かすめるように唇を触れあわせた。一度、二度、それからルイーズを引き寄せる。ダンスを踊るように体を揺らしながら熱烈なキスへ変わっていくと、ルイーズが腕をまわしてきた。しっかり抱きしめたとき、その体は震えていた。

「ベッドに行こう」チャールズはささやいた。「きみに触れたい」

チャールズの唇が喉元を這うと、ルイーズは顔をのけぞらせた。「待って。お願い……待って、チャールズ」そっと体を離す。「わたしはこれを想像してたの。きょうもずっと、このことばかり考えてきた。ゆうべも。あなたに会ったときからずっと。考えすぎちゃうのも、わたしの欠点なのよ」

ルイーズは少し距離がほしくて身を引いた。「すごくひきつけられる。こんな気持ちになったのは……はじめてよ」なんとか終わりまで言い切った。「でも、あなたと寝るつもりはない。できないの」

チャールズはルイーズの目を見つめたまま、ゆっくりうなずいた。「わかるよ。僕と深い仲になるのはむずかしいんだね」

「むずかしい?」ルイーズは笑いまじりに言った。「そんなこと言ってないわ」

「弁解しなくていい。自分がどんな人間かはわかっている」

ルイーズはかぶりを振った。「どんな人間?」

「公認コンパニオンも、恋愛関係ではあまり恵まれていない。本物の恋愛ではね」

「ちょっと待って」ルイーズは片手をあげた。「あなたと寝ないのは、あなたがプロだからだと思ってるの?チャールズ、それってどちらにたいしても侮辱よ」

チャールズはテーブルにもどって、ワイングラスを取りあげた。「わからなくなってきた」

「いま寝たくないのは、まだ早すぎるから。あなたへの気持ちはそんな簡単なものじゃない気がするの。それを確かめてみたい。そのあとで……つまりもうちょっとゆっくり進めたいだけ。もっとおたがいを知る時間がほしい。あなたの仕事が気になるようなら、はじめからここへは来てないわ。でも、わたしがつまらないことにこだわる了見の狭い女だと思うなら――」

「きみに恋してしまいそうだ」

その物静かな口調に、ルイーズははっと息をのんだ。「そうね。どうしよう、わかるわ。

わたしもなの。でも、ちょっと怖い」

「よかった。僕はとても怖いから」チャールズはルイーズのそばに寄り、手を取った。「ゆっくり進めていこう」そう言って、手にキスをした。手首にも唇をつけてから、もう一度彼女を引き寄せ、こめかみや頰を唇で撫でた。

ルイーズの胸の鼓動が速くなる。「これでゆっくりなの？」

「きみが望まないような急ぎ方はしない」ルイーズの顔を上向かせて、ほほえむ。「だいじょうぶ、僕はプロだ」

ルイーズが声をあげて笑ったとき、ブザーが鳴った。

「十秒待ってくれ。だれだか知らないが追い払ってくるから。どこまで進んだか覚えておいて」

ドアをあけると、マクナブに一歩押しもどされた。「やい、この野郎。かたをつけようじゃないか」

「捜査官――」

「きさま、いったい何様のつもりだ？」マクナブがまたチャールズを押しやった。「彼女をあんな目にあわせてもいいと思ってるのか？　つぎの女を見せびらかすようなことをしても、いいのかよ？」

「捜査官、僕に手を触れるな」

「へえ、そうかい？」ひょっとしたら二本目はよけいだったかな、とマクナブはぼんやり思ったが、勇ましく拳を振りあげた。「じゃあ、こっちにするか」

「マクナブ捜査官」穏やかに、ルイーズはふたりのあいだに割ってはいった。「なんだか興奮してるみたいね。すわったほうがいいわ」

「ドクター・ディマット」うろたえて、マクナブは拳をおろした。「あなたもいらしてたんですか」

「チャールズ、コーヒーでも淹れたら。イアン……イアンだったわよね？　さあ、すわりましょう」

「せっかくだけど、コーヒーなんかいらないし、すわりたくもない。あいつの尻を蹴飛ばしに来たんだ」ルイーズの肩越しに、チャールズに指を突きつけた。「邪魔して、すみません。あなたはすばらしい女性だ。だけど、この野郎に用があるんで」

「ディリアのことのようだね」

チャールズがルイーズから離れると、マクナブはそばに寄った。「そのとおりだよ。オペラだとか洒落たレストランだとかに連れていってやったから、もっと興味のあるものがあらわれたとたんに、放りだしてもいいと思ってるんだろ？」

「とんでもない。ディリアは大事な人だ」

真っ赤になって怒って、マクナブは拳をくりだした。パンチは命中し、チャールズががくんと顔をのけぞらす。すかさず肘から先のジャブを腹に見舞ったところで、チャールズが反撃に転じた。

男たちが間合いをつめながら殴りあい、血を流しているあいだに、ルイーズは部屋から出ていった。

もどってくると、ふたりは床の上で取っ組みあい、汗まみれになって大きなうなり声をあげていた。そこへバケツの水を浴びせた。

「いいかげんにしなさい」音を立ててバケツをおろし、勢いよく両手を腰にやった。男たちはぽかんと口をあけて、見あげている。「恥ずかしいと思いなさい。ふたりとも。まるでおいしい肉を取りあうように、女性をめぐって争うなんて。ピーボディがうれしがると思ったら大間違いよ。さあ、立って」

「こいつには彼女を傷つける権利なんかないんだ」マクナブが言いだした。

「何があっても、僕にはディリアを傷つける気はない。万一そんなことをしたら、どんなことをしてでも償う」チャールズは水滴が垂れる髪を、後ろに撫でつけた。ようやく事態がのみこめてきた。「頼むよ、このばか、彼女に告白したのか?」

「あいつにほれてるなんて、だれが言った?」あざのついた顔が真っ白になった。「俺はただ気になって……うるさい。ほかの女に取りいってるような男と寝たいなら、あいつの勝手だ。だが、彼女は客じゃない」そう言って、ルイーズを指さした。

「そのとおりだ。彼女はちがう」

「ピーボディをあんなふうにだますのは、だれだろうと許せない」

「ちょっと待てよ、どうやら勘違いをしているようだ。ディリアと僕は――」

「たまたまこうなっただけなのよ、イアン」ルイーズが急いでさえぎり、チャールズに目配せした。「そんなつもりはなかったんだけど。わたしが原因ならごめんなさい」

「べつに、あなたは悪くない」

「でも、わたしにも責任がある。チャールズとわたしは……わたしたち、親しくなる機会を逃したくなくて。わかってくれる？」

「それで、ピーボディは仲間はずれにされたわけだ」

「すまない」やっと話が見えてきて、チャールズは起きあがった。「彼女がわかってくれるといいな。ずっと友だちでいたいんだ。すばらしい女性だから。僕にはもったいないほど」

「そこだけはよくわかってるんだな、あんた」

びしょぬれで、あちこち痛んで、もう少しで吐きそうだったが、マクナブはなんとか立ちあがった。「彼女にわかってもらえる努力をしたほうがいいぞ」

「ああ。約束するよ。タオルを持ってこよう」

「タオルなんかいらないよ」

「それじゃ、ひとつだけ忠告をきいてくれ。きみの恋路を邪魔するものはない。だから、その道をはずれないようにしてみたらどうかな」

「ああ、わかった」マクナブはドアに向かって歩きだした。エアブーツがきしんで歩きにくいことおびただしい。

「やれやれ」チャールズはため息をついた。「いい気張らしだったけど」

「動かないで」ルイーズが命じた。「唇から血が出てる」

ルイーズにナプキンで血をぬぐってもらいながら、チャールズは顔を傾けた。「僕もびしょぬれだ」

「ええ、そうね」

「肋骨を殴られたらしい」

「診てあげるわ。さあ来なさい。濡れた服を脱がせて、手当てしてあげる。今度は、わたしがプロよ」

「お医者さんごっこは大好きだ。ルイーズ」チャールズは彼女を引きとめ、自分のほうを向かせた。「ディリアと僕は――彼女はほんとうに大切な人だ。だけど、恋人同士じゃない」

「ええ、わかってる」ルイーズは傷ついた頬を指先でそっとたたいた。「イアンに教えようとしたときには驚いたわ」

「鉄拳をまともに顔に食らって、脳が混乱していたんだろう。僕たちは友だちだ」チャールズはつけくわえた。「ディリアはいちばんの親友なんだ」

「あなたはたったいま、彼女のためにすてきなことをしてあげたのよ。さあ、ドクター・ルイーズといっしょにいらっしゃい」ルイーズはチャールズの腰に腕をまわした。「かわいいわね、イアンったら、彼女を守ろうとしてあんなふうに飛びこんでくるなんて」

「かわいいだって」顎を動かすと、目の前に星が散った。「僕が彼女と寝ていると思いこんで怒る。それから僕が寝るのをやめたと思って、もっと腹をたてて乗りこんできて、僕の顔にパンチを見舞う。そう、まったくかわいい」

「どこから見てもかわいいわ。さあ、服を脱いで。初回の往診は無料よ」

16

イヴはステファニー・フィンチが住むアパートの前の歩道にたたずみ、しばらく考えを整理した。夏が近づいている。空気のなかに、夏が勢力をひろげているのを感じる。「雨になりそうかな、ピーボディ？」

ピーボディはあたりのにおいを嗅いだ。「いいえ。湿度は増してますけど。あしたは蒸し暑くてきつい一日になると思います」

「いろんな意味でね。でも、荒れ模様でなにもかもぶちこわしにはしたくない」

「ダラス、あした、おとりも使わずに犯人に接触しても、違法ドラッグの不法所持でしか連行できません。それも、彼が持っていたとしての話です」

「彼は持ってる。おとりもいる」

ピーボディは建物を振りあおいだ。「デートの件については、彼女に何も指示していませんでした」

「彼女はデートしない。わたしがするの」

「あなたが？」首を振りながら、ピーボディはイヴをじろじろ見た。「犯人がパターンにこだわるとすれば、彼女の外見を知っていると思わなければなりません。あなたは似てない。背の高さはおなじくらいですが、肌の色も顔立ちもちがいます。それに彼女のほうが、その、胸が大きい。悪気はありませんからね」

「あすの午後一時までに、彼女で通るように変身する。メイヴィスに連絡するわ」

「なるほど」ピーボディは顔を輝かせた。「それなら、ばっちりですね」

「そう言うのは簡単よ。あなたは彼女とトリーナの説教を聞かなくていいんだもん。最近どうして、眉を整えてないんだとか、尻用のクリームだかなんだかを使ってないんだとか。それに、変装が終わったら、全身トリートメントを受けることに同意させられるのよ」最後は苦々しさをむきだしにして言った。「どんなものかは知ってるの」

「あなたは真の戦士です、警部補。大義のためにみずからを犠牲にするんですから」

「にやにや笑いを消しなさい、巡査」

「もうすぐ消えます」

「わたしたちには……」イヴは手首を返して、時間を確かめた。「準備に十四時間ある。きょうはもう家に帰って、少し眠りなさい。あす、〇六〇〇時にホームオフィスに来て。私服でね。フィーニーとマクナブに連絡して、情報を更新してやって。わたしは部長のお宅に連絡する」イヴは息を吐きだした。「夫人が出るに決まってるけど」

イヴは運転席に滑りこみ、自宅へもどるよう自動運転をセットした。エンジンがかかり、ふいにとまった。

背もたれに体を預け、コンソールをにらみつけた。「どういうことなの。わたしは平の巡査じゃないのよ」その点を強調するように、手首の付け根をダッシュボードにたたきつけた。「頼りになる車をあてがわれてしかるべきなのに。コンピュータ、自動運転装置を診断しろ」

許可なくこの車両を運転するのは違法行為です。禁固五か月および罰金五千USドルの処罰に値します。この車両を利用する許可を得ていないなら、ただちに車からおりてください。許可を得ているなら、身分を名乗ってください。できない場合は、自動的に全ドアがロックされ、最寄りのパトロール・カーに通報されます。

目の前を赤いもやが漂う。「身分を名乗れですって？　名乗ってやろうじゃないの、この不埒なやつめ。ダラス、警部補、イヴ。車両許可コード、ゼロ‐ファイブ‐ゼロ‐シックス‐ワン‐チャーリー。わたしは武器を携行しており、危険な状態にある。五秒後には武器を抜き、おまえのあらゆる回路をぶっこわしてやる」

この車両に破壊行為を試みようとするくわだては、いかなるものでも——

「うるさい、うるさい。いいからＩＤを確認しなさいよ」

認証中……あなたの身元とコードは正当なものです、ダラス、警部補、イヴ。

「まあ、すてき。それじゃ、とっとと診断をはじめなさい」

作業中……この車両の自動運転装置はシステムに問題があります。この時点で、保守課《メンテナンス》に連絡しますか？

「メンテナンスを吹き飛ばして、そこにいるやつらを全員地獄に送ってやりたい。それから、そんなことをしたら、罰金および／または禁固刑に値するって教えてくれなくていいわ。マニュアル運転にもどして」

エンジンが音をたて、エアコンから冷風が吹きでて、車内の空気が冷えびえとした。「温度調節を切れ」

作業中……温度調節装置はシステムに問題があります。この時点で、メンテナンスに連絡しますか？

「もう、ふざけるな」イヴはののしりながら、すべての窓を全開にした。

沿道から飛びだすと、ダッシュボードのリンクはあてにならないので、自分のものを取りだした。

完璧に身づくろいし、迷惑げな顔をしたミセス・ホイットニーが出た。

「おくつろぎのところすみません、ミセス・ホイットニー。部長にお話ししたいことがありまして」

「もう十一時を過ぎていますよ、警部補。朝ではだめなの？」

「ええ、だめなんです」

「ちょっと待ちなさい」ぴしゃりと言うと、音楽つきの保留モードに切り換えた。イヴは渋滞のなかを片手で運転しながら、バイオリンやらフルートやらの旋律に耳を傾けた。

「ホイットニーだ」

「ご自宅にまですみません、部長。捜査に進展があったものですから」

「いい知らせはいつでも歓迎だ」

「ステファニー・フィンチに事情をきいてきたんですが、容疑者とあすの十三時に会うことになっているそうです。グリーンピース・パークで」

「昼間に変えたのか」

「プロファイルには該当します。だんだん危険を増やしているのでしょう。フィンチは協力的です。部屋から出ないことに同意してくれました。護衛をふたり、二十四時間体制で張りつけることにしました。容疑者はあすの昼までに彼女から連絡がなければ、デートの場所にあらわれます。わたしが彼女の身代わりになる手配をしています」

「外見が似ているのかね？」

「身長と体つきは似ています。それ以外の変装については、専門の人間を手配しているところです。入れ替わるにはもう少し彼女の情報を点検しなければなりませんが、容疑者がドラッグを盛るまでごまかすことはできます。部長、彼がドラッグを与えようとした段階で、身柄を確保します」

「必要なものは？」

「捜査チームのメンバーのほかに、私服の警官を六人、要所要所に配備したいと思います。今夜、地図を作成して、配置場所を決めます。わたしは隠しマイクをつけます。フィーニーと彼が選んだ電子捜査官を看視車両に張りこませてください。地上に加えて、空からの援護も必要ですね。容疑者がわたしを振り切った場合にそなえて。残りのメンバーはわたしが選び、ホームオフィスで〇八〇〇時から打ち合わせをおこないたいと思います。十一時までには、各人に持ち場についてもらいます」

「すべて許可する。部下を選びなさい。報告は随時おこなうこと。その騒音はなんだね？」

「温度調節装置がぼろいんです」

「ふむ、メンテナンスに連絡しなさい」

自分の歯がきしる音が聞こえる。「承知しました」

帰宅すると、イヴはつかつかと自室を通り抜け、ロークのオフィスにはいっていった。

「爆弾を手に入れられる？」

ロークは作業から顔をあげ、手元にあったブランデーグラスを取りあげた。「おそらく。どんなのがほしい？」

「あの無礼なやつをふっとばせるならなんでもいい。おもてにとめたにっくきポンコツを百万のかけらにして、二度ともとどおりにならないようにして」

「おやおや」ロークはブランデーグラスをまわし、口に運んだ。「また車の故障かい、警部補？」

「笑ってるの？」赤いもやがまた漂ってきた。「その顔に浮かべてるのは薄笑い？　もしそうなら……」イヴは袖をまくりあげた。

「おお、暴力か。僕がそれに刺激されるのを知っているな」

イヴは短い叫びをあげてこらえ、自分の髪をひっぱった。

「ダーリン・イヴ、僕の整備士にまかせてみたら？　そうだ、それより、ガレージから好きなのを選べばいいのに」

「それじゃ、音をあげたことになるでしょ。メンテナンスのろくでなしどもに負けるわけにはいかないの」イヴは息巻いた。「もういいわ。メイヴィスとトリーナが来るから。レオナルドもいっしょだと思う。夜はうちで過ごすの」

「パジャマ・パーティでも開くのかい？　枕投げもやる？」

「はは、おもしろい。情報を聞きたいの、それとも肌もあらわな女たちが枕を投げあう空想にふけりたい？」

ロークは一瞬よこしまな笑みを浮かべた。「当ててごらん」

イヴは椅子にどすんと腰をおろし、最新情報を伝えた。

話に耳を澄ませ、猫を抱きあげて体を撫でてやりながら、ロークはイヴを見ていた。自分に状況を説明しようとしているだけでないことはわかる。イヴは話しながら考えをまとめ、穴を点検し、作戦を確固たるものにしようとしているのだ。どんなに緻密に組みたてたつもりでも、ほんのちょっとした気まぐれがすべてを覆してしまうのをふたりとも知っている。

「男のなかには」イヴが話しおえると、ロークは言った。「弱い男のなかには、自分の妻がほかの男と公園でピクニックすることに反対する者もいるだろうな」

「ポテト・サラダをおみやげに持ってくるわ」

「感心、感心。フィーニーが監視車両に配備する部下を選ぶと言ったね。民間人の専門家を抜擢するという案も受けいれてもらえそうだ」

思考の流れがだしぬけにとまり、逆もどりしだした。「これはNYPSDの作戦で、あなたがその場にいる必要はないの。自分の仕事があるでしょ」

「ああ、あるよ。でも、仕事中のきみを見ているのが好きなんだ」長く巧みな指で猫の耳をかき、ギャラハッドが喉を鳴らしてうっとりしている。「フィーニーに決めてもらったらどうかな？」

「買収は、なしよ」

ロークは驚いたように眉をあげた。「ひどいよ、警部補、傷つくなあ。僕がすぐに腹をたてるやつだったら、きみのデータを分類して、横断検索して、インデックスをつけたことを教えないかもしれないぞ」

「あら、あなたってそばに置いておくとすごく便利ね。どれ、見てみるか」イヴは立ちあがり、コンソールをまわってロークの隣に行った。ロークはキーをひとつ打ち、猫をおろすと、イヴを膝の上に乗せた。

「おかしなことしないでよ」イヴは命じた。

「笑っているのはだれだい？」イヴの耳たぶをつまんだ。「スクリーン3に表示されているのは、プロジェクト・メンバーのうち現在二十歳から三十五歳の息子がいる者だ。該当する候補者は二十八人。おなじ年齢層の兄弟、孫、その他の扶養家族は十五人」

「ということは、合わせて四十三人ね。それなら、なんとかなりそう」

「しかしながら……」イヴのうなじにキスをして、「プロジェクト・メンバーで懲戒処分を受けた者、出頭を命じられた者、解雇された者、民事で訴えられた者に適応範囲をちぢめてリストを検討しなおし、候補者を十八人に減らした。そんなところからはじめたいだろうと思ってね。スクリーン4に表示してある」

「任務を続行せよ。本部長が警察での永久的な地位を約束してくれるわ」

「僕を怖がらせようとしているな。だが、そんな言葉におびえるほどやわじゃない」

「三十歳以上はふるいおとして。犯人は絶対それより若い」

ロークはイヴの首筋に鼻をすり寄せながら、手動で操作した。「八人になった」

「よし。彼らからはじめましょう。コンピュータ、スクリーン4に表示されてる人物全員の身元調査を実行せよ」


作業中……


「少し時間がかかるだろう」ロークはそう言って、イヴの襟元から顎へと顔を移動させた。

「現時点では、主任捜査官を誘惑することは許可されてないわよ」

「法を破ることにかけては豊かな経験がある」唇を探りあて、しっかり重ねた。

「わお。このふたり、いつもあつあつだね」

戸口にメイヴィス・フリーストーンが立っていた。四インチの厚底ブーツは股まで長さがあり、まぶしくて涙が出るようなピンクだ。同色に染めた髪は、頭頂で爆発したようなトップノットに結ってある。おまけに、ドレスはめまいのするような渦巻き模様のピンクとブルーで、ブーツの縁にひらひらと舞いおちている。

口元にピアスをちりばめたメイヴィスは、まばゆい笑みを放った。

漆黒の地毛を一フィートの高さに結いあげたトリーナは、隣で鼻息を荒くした。「警官になるとこんな特別手当がもらえるなら、あたしもバッジがほしい」

イヴはとっさにロークの腕に指を食いこませてささやいた。「ひとりにしないで。たとえ何があっても、わたしをひとりにしないで」

「しっかりするんだ。ようこそ、レディたち」

「レオナルドはあとから来る。用があるんだって。サマーセットがいいって言うから、勝手にあがったよ」メイヴィスは踊りながらはいってきた。「夜食をすすめられて、即、乗ったの。あんたに試してみるものを全部そろえてきたんだよ、ダラス。超すごいんだから」

胃がねじれるような感触がした。「わーい」

「どこでやってもらいたい？」トリーナはたずねながら、したたかな警官でさえ赤ん坊みたいに泣きだしてしまいそうな好奇の目つきでイヴを見ている。

「わたしのオフィス。これは捜査上の要請だからね、個人的なトリートメントじゃないのよ」

「どっちでもいいわ」トリーナはガムをふくらませて巨大な紫の風船を作り、ぱちんとつぶした。「なりたい顔を見せて。そのとおりにしてあげる」

自分のオフィスで、イヴはステファニー・フィンチの身分証明写真を画面上に表示し、トリーナに顔をさわられても、悲鳴をあげないようにこらえた。トリーナの手には、サファイア色の一インチの爪がついていた。

「あーあ。この州では、べつに唇を染めても罰せられるわけじゃないのよ。試してみたらいいのに」

「ちょっと忙しくて」

「あなたは年じゅう忙しいじゃない。あたしがあげたアイ・ジェルも使ってないわね。一日に二回、アイ・ジェルを塗る時間もないの？　しわやたるみができてもいいの？　地球の内外でいちばんセクシーな男と暮らしてるのに、彼にしわやたるみだらけの顔を見せたいの？　彼があなたを捨てて、顔のお手入れを怠らない女のもとへ走ったらどうするの？」

「彼を殺す」

その返事にトリーナは笑顔になり、左の糸切り歯の真ん中に埋めこんだサファイアがウィンクするように光った。「ジェルを塗るほうが簡単なのに。あなたの写真もほしいわ。それをなりたい顔と並べて表示して。あなたの顔をいじくるまえに、ちょっとモーフィングしてみたいの」

「ほいきた」刑の執行がのびたことにほっとして、イヴはコンピュータに向かった。

「ミートボールのカクテルだ！　すごい！」メイヴィスはサマーセットが運んできたトレイからミートボールをひとつ取った。「サマーセット、あんたって最高」

サマーセットは表情をやわらげた。彼が笑えることも、笑っても顔が粉々にならないことも、イヴにはいつも不思議でならない。「どうぞゆっくり召しあがれ。何かありましたら、なんなりとお申しつけくださいい。オートシェフにもたっぷり用意してございます」

「あんたもここで見てけばいいのに」メイヴィスは二個目のミートボールを突き刺した。

「これからダラスを別人にするんだよ」

「それはそれは」イヴのほうを見やって、サマーセットの笑みは薄くなり、レモンスライスを嚙みしめたような顔になった。「願いが通じたということでしょうか。たいへん心ひかれますが、わたくしは失礼いたします」

「ほんとにおもしろい人ね」執事が部屋を出ていくと、メイヴィスは言った。

「そう、いつも笑わせてくれるの。ほら、画像が表示されたわよ」と、トリーナに告げてから、「わたしはあっちの部屋でデータを確認してるから。準備ができたら声をかけて」

ロークのオフィスにもどると、コーヒーが待っていた。「強い酒がほしいところかもしれないが、こっちのほうがいいと思ってね」

「ありがとう。彼女、ケースを三つも持ってきたのよ。拷問用の恐ろしい道具がつまったケースが三つ」イヴは心を勇気づけるようにコーヒーをがぶがぶ飲んだ。「危険任務手当を申請すべきね」ウォールスクリーンのほうに体を向ける。「さてと、どんなやつがいるのかな」

ロークのデスクに背をもたれて、ひとりずつ画像とデータを見ていった。

医師に、弁護士に、学生に、技術者か。イヴは現在無職で、ドラッグの軽犯罪に問われたことのある者を選んだ。

「犯人はただの作業ロボットじゃない」なかば確認するように声に出す。「八時間勤務の従業員じゃないのよ。道楽に使う時間が必要だし、お金も持ってるから。専門職についてるか、あるいは資産運用で食べてるかのどっちかね。わお、待って。コンピュータ、いまの画像を拡大せよ」

イヴは顔が大写しになったスクリーンに近づき、そのケヴィン・モラノの目をじっと見た。「これ、見覚えがある。そうよ、この目は見たことがある。ケヴィンですって？　やっと会えたわね、ケヴィン。どれどれ……なるほど、ママはプロジェクトのメンバーだった。父親の記載はなし。ママは元広報担当重役で、いまは自分の会社を持ってる。ロンドンを拠点に、ニューヨークとパリとミラノに支社がある。ケヴィンはひとりっ子で、生まれたのはプロジェクト立ち上げから十三か月後。おもしろいわね。広報担当重役がセクシャル・ハラスメントの訴えを起こし、六週間もたたないうちにそれを取りさげて、記録を封印することに同意してる。そして、子供と、国際的企業を興す資金を餞別に去っていく」

イヴはロークを振りかえった。「大規模な広告会社を運営してる女性なら、洒落たイメージが必要よね。優雅で洗練されてる感じ」

「そのとおりだね」

「子供ができ、職場でちょっとしたスキャンダルを起こし、あちこち渡り歩いてから国際的企業を立ちあげる」

「マクナマラと会社が払った口止め料は、かなりの額だったんだろうな」

イヴはうなずいた。「でも、どうして中絶しなかったのかな。なぜ、子供を産んだの？」

「子供がほしかったんだろう」

「なんのために？　彼の学歴を見て。三歳からフルタイムの教育を受けさせてる。すべて私立の施設、全寮制の学校。三歳までは、赤ん坊の世話をする人間がほかにいたのはまちがいない。おむつを替えたり子供を連れ歩いたりしながら会社を興すなんて無理よ」

「なかには両立する方法を知っている親もいるよ」ロークは指摘した。

「わたしにはわからない。でも、彼女が子育てをちゃんとしてたとしたら、その子がまだ指をしゃぶってるうちからよそへ預けたりしないわ」

「僕もその意見に賛成だな。もっとも、僕たちはその方面にはうといけどね。推測するなら、口止め料を払ったことと、彼女が中絶しなかったことにはつながりがあるんじゃないかな」

「彼女を買収し、その子を産むことにも金を払った」イヴは考えをめぐらせた。「それもプロジェクトの一部だからね？　長期追跡結果。あした、マクナマラと話すのが楽しみだわ。モラノの教育分野を見て。コンピュータ技術にかなり力を入れてる。条件に合う。彼がコンピュータ・オタクのほうよ。セキュリティに映ってた画像がほしい、モニカ・クラインのファイルの」

　イヴの背後で、ロークは画像を転送し、分割画面にして表示した。

「モーフィング処理ソフトもはいってる？」

「ああ。きみの考えていることはわかる——ちょっと待って」イヴの要求を見越して、ロークはふたたび腰をおろし、作業を開始した。まず、殺人者のブロンズ色の長い髪を、ケヴィンの平凡な茶色の髪に重ねる。それから、顔立ちを変化させていった。頬骨を高くし、顎を長くする。最後に、肌を淡いブロンズ色に変えた。

「魔法みたい」ふたつの画像は鏡に映したようにそっくりだった。「法廷では通用しないだろうけど。モーフィングしたIDなんて、弁護士たちにかかったらずたずたにされちゃう。名前のことをモニカが証言しても、巧みに逃れるでしょうね。そのときはドラッグでひどく酔ってたとかなんとか。でも、これが同一人物なのはまちがいない。目がおなじだもの。色は変えられても、その奥にあるものは変えられない。そこには何もないから。人間らしい感情というものがないの。画像をコピーして保存しなさい。モラノ、ケヴィンのデータを再表示せよ。あなたはどんなやつなの、ケヴィン？」

モラノ、ケヴィン。二〇三七年四月四日生まれ。髪は茶色、目はブルー。身長五フィート十一インチ。体重百五十ポンド。現住所：ニューヨーク市とロンドン（イングランド）。職業：フリーランスのコンピュータ・プログラマー。教育：イーストブリッジ幼児プレパラトリースクール、マンスヴィル・プレパラトリースクール。高等教育：二〇五八年ハーバード大学工学部を最優等で卒業。きょうだい：なし。婚姻区分：独身。犯罪歴：なし。

「年は二十二歳」イヴは言った。「まだ二十二歳よ。マクナマラの孫も同い年で、イーストブリッジとマンスヴィルのプレップスクールに通い、二〇五八年にハーバードの医学部を最優等で卒業してる。どちらもひとりっ子」イヴはつけくわえた。「だけど、まちがいなく、ふたりは兄弟みたいなものよ。ルシアスのデータと画像を出して」

「ダラス？」メイヴィスが戸口から顔をのぞかせた。「準備完了だよ」

「ちょっと待って」ルシアスのデータが表示されていくなか、イヴは片手をあげてさえぎった。「身長と体重もおなじくらいか。グレース・ラッツのファイルからセキュリティの――」

「もう、やっているよ」ロークが言った。

「彼のほうが上手ね」ふたつの画像が並べられるのを見て、イヴは言った。「目の奥に本性があらわれてない。モーフィングして。まったくおなじにはならない。ルシアスのほうが抜け目なくて冷静で、自分に自信を持ってる。主導権を握ってるのは彼のほうだわ」

メイヴィスは様子を見にきたトリーナを静かにさせた。「仕事中。見てるとおもしろいよ」

「ケヴィンなら落とせそう。あした、しょっぴいて取調室にぶちこんで、睾丸が紫色になるまで絞りあげてやる。あっさり仲間を裏切るわよ」

イヴはスクリーンに近づき、ふたつの顔を見比べながら考えた。「たぶん、部長の承諾を取りつけて今夜じゅうに連行することはできる。不意を襲って、ふたりとも捕まえることはできる。でも、彼らの家に研究室がなかったら、自宅で犯行の準備をしてないとしたら、その場所を見つけるまえに証拠を隠滅されてしまう」

「被害者の体内から検出されたＤＮＡがあるだろう」

「DNAのサンプルを提出させるには罪を告発しなければならない。手持ちの証拠では告発できない。手続きを踏まずに指紋やDNAを採取したら、法廷で負けてしまうのよ。彼らはこちらの手中にある。あしたまで待つわ」イヴは心を決めた。「そして、けりをつけましょう」

「彼女、最高じゃない？」メイヴィスがトリーナにきいた。

「ほんと。だけど、あの最高の尻を椅子に落ちつけたほうがいいわ」

イヴは振りかえり、それまで冷静だった目にかすかな恐怖の色を浮かべた。「これはさ、ほら、真似事だからね。それに、一時的なものよ。もとにもどせないようなことは、いっさいしないで」

「わかった。シャツを脱いで。おっぱいを大きくしなきゃ」

「ああ、助けて」


イヴが一時的な豊胸術を施されているころ、ピーボディはどこかのマーケティングの達人が〈歓喜の氷詰め〉と名づけた、乳成分を含まない冷菓のボウルをかかえてくつろいでいた。人工チョコレート・シロップをたっぷりかければ、かなりいける。というより、ボウルの底をスプーンでさらいながら、そう言って自分を納得させた。

食べおわったボウルはすぐに洗って片づけた。そうすれば、朝になって意志の弱さを嘆かずにすむ。もうスクリーンを消して寝ようと思ったとき、ドアにノックの音が聞こえた。

またもやアパートの住人のだれかが、隣人のたてる音がうるさいとこぼしにきたなら、警察を呼べと言ってやろう。こっちは勤務中じゃないんだし、六時間は睡眠をとらなければ仕事にさしつかえる。

セキュリティスクリーンに目をやって、ピーボディはぎょっと息をのんだ。鍵をあけ、ドアを引いて、そこにいるマクナブをしげしげと見つめる。唇は腫れあがり、右目のまわりにはみごとな黒あざができている。そして、びしょぬれだった。

「いったい何があったの？」

「事故だよ」マクナブは鋭く言った。「はいってもいいかな」

「連絡してたのよ。リンクをメッセージモードにしてるんだもん」

「忙しかったんだ。それに、勤務時間外だった。悪いか」

「わかった、わかった」ピーボディは押しのけられるまえに後ろにさがった。「あしたは〇六〇〇時に集合よ。今夜、急転があったの。あした作戦を実行するわ。ダラスが――」

「いまは聞きたくない、いいな？　くだらない作戦の話はあしたでいい」

「好きにすれば」ちょっとむっとして、ピーボディはドアを閉めた。「ブーツがきしきし言ってるわよ」

「ふん、俺に耳がないと思ってるのか？　それが聞こえないとでも思ってるのか？」

「ずいぶん虫の居所が悪いわね」ピーボディはにおいを嗅いだ。「臭い。何を飲んだの？」

「俺の好きなものだよ。うるさく言うのはやめてくれないか」

「何よ、そっちが勝手にやってきて、うちのドアをたたいたんじゃない。ずぶぬれのうえにバーの床みたいなにおいをさせて。わたしはベッドにはいるところだったの。睡眠をとらないといけないのよ」

「わかったよ、寝ればいいだろ。なんでここに来たのかな」マクナブは戸口にもどり、ドアをあけた。そしてまた、ばたんと閉めた。「モンローのところに寄ってきた。ちょっとやりあった」

「どういうこと、つまり……」ピーボディは口ごもった。「チャールズと喧嘩したってこと？　頭がおかしいんじゃないの？」

「きみは俺たちのあいだにロマンスなんかないと思ってるんだろ。だけど、それはちがう。そうだ、きみはまちがってる。あいつがきみの目の前でドクター・ブロンドに迫ってるのを見て、俺は腹がたった。きみのためにはそのほうがよかったと思うけど、あいつがきみを捨てたやり方が気に入らなかったんだ」

「わたしを捨てた」ピーボディはあっけにとられて、くりかえした。

「だれかと別れるときには、正々堂々とやらないと。彼は謝るよ」

「彼は謝る？」

「どうした、こだまか？」

ピーボディはたまらずすわりこんだ。「チャールズがあなたの目にあざを作ったり唇を切ったりしたの？」

「まぐれで二、三発当たった」もちろん腹にパンチを打ちこまれて、酔っぱらいみたいに自家製ビールを排水溝に吐いたことは言わない。「やつの顔も、今夜はあまり見られたもんじゃない」

「なんで、びしょぬれなの？」

「いかした医者もその場にいて、バケツの水を俺たちに浴びせたから」マクナブは濡れたポケットに両手をつっこみ、きしきし鳴る靴で部屋を歩きまわった。「彼女がとめなかったら、あいつをやっつけてやったのに。きみにあんな仕打ちをするなんて許せない」

ピーボディはひどい仕打ちなど受けていないことを説明しようと口を開きかけたが、賢明にもふたたび閉じた。母親からはそんなばかな娘に育つようなしつけはされていない。「そんなの、どうってことないわ」しょんぼりと目を伏せたが、そのじつ、不謹慎な目の輝きを隠すのが目的だった。

マクナブとチャールズがわたしをめぐって喧嘩した。なんてすてきなの。

「いや、どうってことある。もし少しでも慰めになるなら、あいつは心からすまながってたと思うよ」

「彼はいい人だもの、マクナブ。人をわざと傷つけたりしない」

「傷つくことには変わらないよ」マクナブはピーボディの前でひざまずいた。「なあ、俺たちのこと、やり直したいんだ」

「ゆうべはすごくうまくいってたわ」

「ベッドの上のことだけじゃない。もう一度つきあいたいんだ。だけど、今度はちがうやり方で」

　警戒心がめばえてきて、ピーボディはそっとさがった。「ちがうって、どんなふうに？」

「決まった恋人。それに、ほら、おしゃれな場所へも出かけよう。あいつだけじゃないんだ、洗練されてて、きみをその……いろんなところへ連れていけるのは。俺はほかのだれともデートしたくない。きみにもだれともデートしてほしくない」

　喉がいがらっぽいが、唾を飲みこむのはためらった。「つまり何、ステディになってくれって言ってるの？」

　マクナブは顔を真っ赤にし、歯をむきだして勢いよく立ちあがった。「忘れてくれ。飲みすぎたせいだ」ふたたび歩きだして、ドアの手前まで行った。

「いいわ」ピーボディは立ちあがった。膝ががくがくしませんようにと願いながら、どうにか立った。

　マクナブはゆっくり振りかえった。「何がいいの？」

「試してみても。どんなふうになるか確かめてみましょ」

　マクナブは一歩もどった。「決まった仲になるのを？」

「そう」

　もう一歩もどった。「カップルみたいにだよ？」

「いいわ」

ピーボディがほほえむと、マクナブは顔を近づけてキスをした。「あ、くそっ！」そして、唇の傷が痛んで飛びのいた。手の甲でぬぐうと、血がついていた。「何か薬ある？」

「あるわよ」ピーボディはマクナブを子犬のようにかわいがってやりたくなった。「救急箱を取ってくる」

薬箱を持ってもどってきたとき、スクリーンに映っているニュース速報が目にとまった。

今夜遅く、イーストリバーに男性の全裸死体が浮かんでいるのが、港湾労働者によって発見されました。警察はいまのところ死因を発表していませんが、遺体の身元はドクター・シオドア・マクナマラであると判明しています。

「たいへん」薬箱がかたんと落ちるのもそのまま、ピーボディはリンクに駆け寄った。

17

イヴが到着したときには、遺体はすでにモルグへ搬送され、現場は封鎖されていた。レンガとコンクリート造りの倉庫が、連絡道路と川にはさまれた曲がりくねった場所に沿ってごたごたと並んでいる。

その景色はなにもかも、警察のライトが発するまやかしの光を浴びて色あせて見える。バリケードとセンサーのまわりには報道陣がつめかけていた。まるで土曜の夜に高級クラブへの入店を認めてもらおうと張りあっている連中のようだ。やかましさの度合もおなじで、くだらないおしゃべりのかわりに質問や要求や懇願を口々に叫んでいた。

制服警官たちが用心棒のようにつったっている。その大半は懇願や約束や買収には目もくれない賢明な者ばかりだが、なかにはもろい者もいて、そこからデータ・ダムに穴があいて情報が漏れはじめるのだ。

これも警官とメディアのしがらみとあきらめ、イヴはバッジを開いてジャケットにさし、人ごみを押しのけて進んでいった。

「ダラス、ちょっと、ダラス！」ナディーン・ファーストに肘をつねられた。「何があったの？　なんで、あなたが呼びだされたの？　シオドア・マクナマラとあなたの関係は？」

「わたしは警官で、彼は死人」

「またそんなこと言って、ダラス」強烈な光のなかでさえ、ナディーンは生き生きとしたカメラ撮影向きの顔をしている。「この街で殺人が起こるたびに、あなたがひっぱりだされるわけないでしょ」

イヴはけわしい目でナディーンをにらんだ。「だれにもひっぱりだされたりしないわよ。さあ、どいて、ナディーン、邪魔なの」

「わかったわよ。でも、噂では強盗殺人みたいだっていうんだけど、あなたもそう思う？」

「わたしはまだ何も知らされてないの。ほら、どかないと、友だちだろうがなかろうが、捜査妨害で逮捕するわよ」

ナディーンはわきに寄り、カメラ技師にささやいた。「何かあるわね。大事件のにおいがする。気をつけてて。わたしはモルグにいる知り合いに連絡して、なんとかききだしてみる。あなたはダラスを見張って」それから、つけくわえた。「彼女がここにいるということは、注目すべき人物は彼女よ」

イヴはリポーターや見物人をかきわけていった。川から漂ってくる鼻をつく異臭が嗅ぎとれる。現場鑑識班が作業を進めており、上着の背中で蛍光を放つ頭文字が、強烈な白光を衝いて浮かびあがっている。強力な携帯ライトの光線が真っ黒な川にも届き、川面はオイルのようにぎらぎらと光っている。

夜間の戸外の殺人現場は、黒と白の世界だ。

イヴは制服警官に合図した。「主任捜査官はだれ？」

「レンフルー捜査官です。背が低くて、黒っぽい髪、茶色のスーツに茶色のネクタイ」制服警官は嘲笑まじりの口調でつけくわえた。「あそこです。両手を腰にあてて、犯人が背泳ぎで通りすぎるのを待っているかのように川をのぞいている男です」

イヴはその男の背中を見つめた。「なるほど。これまでの状況を説明して」

「港湾労働者ふたりが浮流死体を発見しました。彼らの話によれば、組合で認められた休憩をとっていたとのことですが、川をトイレがわりに使用していたんです。警察に通報したのが二十二時三十分で、通報者はディーク・ジョーンズと名乗りました。死体の状況からすると、川に放りこまれてから時間がたっていないか、魚たちがあまり興味を示さなかったかのどちらかです。頭部と顔面にひどい傷を負っています。衣服、アクセサリーなど、身につけているものは何もなし。身元は指紋から判明しました。十五分ほどまえに、死体運搬車で運びだされました」

「ここはあなたの巡回区域なの……ルイス巡査？」

「そうです。わたしとパートナーは９１１の通報から三分以内に現場に到着しました。港湾労働者たちが小山のように集まっていましたが、だれも死体には手を触れていません。それから警部補、主任捜査官に伝えたときはたいして興味を示してもらえなかったのですが、半マイルほど先で車両火災があったそうです。最新型の高級セダン、運転者も同乗者もなし。この川の流れから考えると、そこが死体を遺棄した場所だと思われます」

「わかった、ご苦労様。レンフルーって面倒なやつみたいね？」

「ええ」ルイスはうなずいた。「まちがいなく」

イヴは根気強くなる気分でも如才なく接する気分でもなかったが、その両方を用いなければならないと自分に言い聞かせた。

近づいていくと、レンフルーが振り向いた。イヴの顔をさっと見てから、視線をさげてバッジにちらりと目をやった。

「コップ・セントラルに応援を要請したおぼえはない」レンフルーは肩を上下させた。まるでこれから試合に挑むボクサーのようだ。

身長はイヴのほうがたっぷり一インチ高かった。レンフルーは身を乗りだすようにつま先に体重を預け、背丈を合わせようとした。

やっぱりそうきたか。相手の喧嘩腰の態度を見て、これはひとすじなわではいかないとイヴは覚悟した。「セントラルから連絡があったわけではないの。あなたのなわばりを荒らすつもりもないのよ、レンフルー捜査官。あなたの被害者が、わたしの担当する事件とかかわりがあるから、協力しあえるんじゃないかと思って」

「協力なんかいらないね。セントラルの人間に俺の事件をひっかきまわされたくない」

「いいわ、じゃ、わたしに協力して」

「あんたは俺の現場にいる。つまり、ひとり余分な警官がいるってことだ。それじゃ、忙しいんで」

「捜査官、これまでにわかったことを知りたいんだけど」

「特権を振りかざそうっていうのか？」レンフルーはさらにつま先立ちになって、イヴに指を突きつけた。「このへんをうろちょろして、有名人の殺人事件をかっさらい、またスクリーンをにぎわそうって魂胆か？　冗談じゃない。ここの主任捜査官は俺だ」

イヴは目の前に突きだされた指をつかみ、骨が折れるまでねじってやろうかと思った。だが、冷静な声を保って言った。「スクリーンに出ることに興味はないし、特権を振りかざす気も、あなたの事件を横取りする気もないのよ、レンフルー。わたしが知りたいのは、あす正式に訊問する予定だった男が、なぜ死体になって川に浮かんでたかってこと。だから、仲間のよしみで厚意と協力をお願いしてるの」

「厚意と協力だと。そんなもの、くそくらえだ。二、三か月前に一二八分署を攻撃したとき、あんたはどれだけの厚意を見せ、協力してくれた？　俺は仲間を裏切るような警官には手をさしのべようとは思わない」

「なんだか不満がありそうな口ぶりね、レンフルー。一二八分署はひどい状態だった。仲間たちを殺してる警官がいた」

レンフルーは鼻を鳴らした。「どうだか」

「そうなのよ。そしていま、楽しい晩を過ごそうと出かけた女性を殺してる者がいる。あなたの事件とわたしの事件は関連があるの。ここでつったたって文句を言いあうか、おたがいの事件をすみやかに解決できる情報を分けあうか、どっちにするの？」

「ここは俺の現場だ」レンフルーはまたもや指を突きつけた。「現場に出入りする人間は俺が決める。あんたには出てってもらいたい。出ていかないなら、追い払うぞ」

イヴは両手をポケットにつっこみ、目の前の男を殴りつけたい衝動を抑えた。「追い払うですって、レンフルー」レコーダーを取りだし、彼の顔がこわばって真っ赤になるのを眺めながら、ジャケットに留めた。「それなら、正式にわたしを追い払いなさい。わたしが担当する殺人事件の捜査とつながりがあるかもしれない現場から。たがいの捜査に役立つかもしれない情報を交換してほしいと、仲間の厚意と協力を求めた人間を追い払いなさい」

イヴはレンフルーをじっと見つめ、五秒待った。その間、テープのまわる音だけが聞こえた。まわりでは、現場鑑識班が作業の手をとめて、こちらを見守っている。「追い払いなさい」イヴは重ねて言った。「でも、そのまえに、よく考えてみることね。公式記録に残ったその行為がどんなふうに映るか、あなたの現場に集まってるメディアがどんなふうにとりあげるか、上官にどう説明すれば行為の正当性を納得してもらえるか」

「レコーダーなんかとめろ」

「いいえ、まわしておきます。もっと簡単に事をおさめる段階は過ぎてしまったわ。わたしはダラス、警部補イヴ。この人物、レンフルー……」イヴはバッジに視線をさげた。「捜査官マシューに、シオドア・マクナマラ事件の捜査状況を報告するよう申しいれた。当該人物はわたしが捜査を指揮する殺人事件の証人になったであろうと思われるためである」

「報告ならファイルしたものを読めばいい。俺がしなくちゃならないことはそれでじゅうぶんだろう、警部補。現時点では何も言うことはない」

レンフルーが去っていくと、イヴは息をふうっと吐きだした。現場鑑識班のほうを向いて、ひとりに声をかける。「何か見つかった？」

「ここには何もありません。死体はひも状のものに絡まっていました。そうでなければ、もっと下流まで流されつづけたでしょう。レンフルーのやつはマヌケです。上流の死体遺棄地点に捜査員を配置すべきなのに」

「死亡時刻は？」

「十九時四十分」

「ありがとう」

「俺はもう、厚意と協力のかたまりですから」

イヴはピーボディを見つけ、近づいていった。「いっしょに来て」人ごみから離れて、いちばん通り抜けやすいバリケードを通過する。「車両放火事件を調べてもらいたいの、最新型の高級車。ここから半マイルほど上流。車の登録者を突きとめて」

「了解しました」

自分のリンクを取りだしたところで、マクナブもいるのに気づいた。「どうしたの、その顔?」

「ちょっとごたごたがありまして」マクナブは目のあざにこわごわと触れた。

「ピーボディ、あなたが殴ったの?」

「いいえ、ちがいます」

「ちょうどいいわ。わたしの助手とのごたごたの真っ最中でもないらしいから、放火のほうはあなたが調べて。ピーボディ、あなたは制服警官にうまく取りいって。最初に現場に駆けつけたのはルイスと彼女の相棒よ。ふたりから何かききだせるか試してみなさい。主任捜査官には近づかないこと。レンフルーっていうんだけど、最低のろくでなしだから」

「その最低のろくでなしを殴ったんですか?」

「いいえ。でも、危ないところだった」イヴは背を向けて、リンクをつないだ。

検死官は寝ていたのか、歯切れの悪い声で応答した。

「あら、モリス、起こしちゃった?」

「なんだよこれは。だれも寝かせないために自分も寝ないのか? いったい、いま何時なんだ?」

「友人の頼みを聞いてやる時間」モリスが起きあがって身じろぎすると、イヴは顔をしかめた。「ちょっと、映像をブロックするか、シーツで隠すかしてくれない?」

「男たちがなんと主張しようと、男の股間はどれもおなじようなものだと公式に証言できる」しかし、モリスはシーツを腹までひっぱりあげた。「だが、あとでわたしの夢想にふけるなら、きっとするだろうが、立派なやつにしておいてくれ。さて、用はなんだ？」

「いまモルグに到着した被害者のこと、マクナマラ、シオドア」

「ドクター・シオドア・マクナマラか？」

「その人」

モリスは口笛を吹いた。「きみと話しているってことは、高名な医師は自然死じゃないってことだな」

「ついさっき、イーストリバーから引き揚げられた。ひと泳ぎする気だったようには見えない」

「彼を優先させてほしいってことなら、無駄骨だったな。有名人はそれなりの扱いを受ける」

「頼みはそれじゃない。この事件の主任は別のやつなの。ただ、マクナマラはわたしが担当してるセックスがらみの連続殺人とかかわりがあるのよ。きょうの昼間ちょっと話をしたんだけど、あす正式な訊問をする予定だった。検死解剖についての情報がほしい。遺体から判明した全データと、主任捜査官と選定病理学者とのやりとりのすべて」

「主任捜査官からコピーをもらえばいいじゃないか」

「そいつはわたしが嫌いなのよ。正直言って、傷ついたわ」

「主任はだれだい？」

「レンフルー、捜査官マシュー」

「ああ」モリスは後ろにあった枕をふくらませて、背中を預けた。「なわばり意識の強いろくでなし、人あたりが悪く、視野をひろげようとしない傾向がある」

「言い換えれば、最低のろくでなしよ」

「言い換えればな。わたしが自分で行って、亡くなられたばかりのそのかたを見てこよう。あとで連絡するよ」

「ありがとう、モリス。借りがひとつできたわね」

「その言葉、好きだな」

「モリス、そのタトゥーは何？」

にやにやしながら、モリスは左の乳首の真下にある絵柄を指先でたたいた。「死神。機会均等を実施する雇用主さ」

「悪趣味な男ね、モリス」イヴは通信を切った。「悪趣味な男」

記者たちには背中を向けて話していたが、イヴの感覚レーダーは作動しつづけており、彼らの大半がめぼしい収穫もないまま、短い生中継のために散っていったことを察知していた。

マクナブが小走りに寄ってくる。

「歩きながら話しなさい」イヴは命じた。「メディアは避けたいの。つながりに気づかれたら、どんなチャンスもふいにしてしまう」

「セダンはマクナマラのもので、跡形もないほど焼けてました。市消防局の話では、燃焼促進剤が使われたそうです。RD－52、可燃性酸化剤のようなものです。一瞬のうちに爆発性の火の手があがり、炎上しながら金属を食いつくします。徹底的に。閃光を目撃した者が様子を見にいき、機転をきかせて消えてしまうまえに車両登録番号をメモしてました。あと五分か十分遅かったら、何も残ってなかったでしょう」

「利口な手口ね。でも、じゅうぶんではなかった。火をつけるまえに、車両IDを吹っ飛ばしておけばよかったのに。またしても、ささいなミス」イヴは川のほうを振りかえった。

「強盗なんかであるもんですか。殺した相手の衣服は奪ったのに、なんで高級セダンをだめにしちゃうの？　マクナマラがわたしと話したあと、殺人者に会いにいったほうにいくら賭ける？」

「全財産」

「レンフルーがあれほどマヌケじゃなければ、今夜じゅうに解決してるのに」捜査陣との中間地点をにらみながら、イヴはすばやく可能性を探った。「ダンウッドはレンフルーがマヌケなことを知らない。レンフルーは近親者に知らせるけど、それは妻だわ。孫が関与する理由はないもの。ならば、わたしが孫を訪ねて悔やみを述べるついでに質問しちゃいけない理由もないわよね。ルシアス・ダンウッドの住所を調べて。揺さぶりをかけてやりましょう」

「了解」

マクナブから少し離れてから、イヴはもう一度リンクをつないだ。今度は自宅へ。「ハイ」ロークがあらわれると、精いっぱいの笑顔をとりつくろう。「彼女たち、まだそばにいるんでしょ？」

耳をつんざくような音楽にまじって、ほろ酔いかげんの笑い声が響くなかで、ロークは肩をすくめただけだった。

「ほんと、押しつけちゃってごめんね。どこかの部屋に閉じこもったほうがいいかも。彼女たちには見つけられないから」

「それを考えていたところだ。連絡をくれたのは、もう少し時間がかかるってことかな」

「何時になるかわからないの。いろんなことが起こってて。今夜じゅうにけりがつかないようなら、やっぱりあしたはメイヴィスとトリーナの助けが必要になる。彼女たちを閉じこめてもらったほうがいいかもね」

「心配いらない。もうまもなく寝てしまうだろう」

「そうね。あ、ちょっと待って」イヴはマクナブのほうを向いた。「どうだった？」

「住所はわかりましたけど、インチキです」

「インチキって、どういうこと？」

「ルシアス・ダンウッドの名前で登録されてる住所は、タイムズスクエアにあるびっくりハウスでした。しょっちゅう行くから知ってるんですけど、巨大なハイテク遊園地ですよ。敷地内に住居はありません」

「彼はとことんゲームが好きなのね。ちょっと離れてて」イヴは話が聞こえないところまで遠ざかった。「あのね――」

「ダンウッドの本物の住所を調べてもらいたいんだろう」

「マクナマラなら知ってただろうけど、ここからじゃ彼のファイルにアクセスできないのよ。事件を担当してる主任がいばりくさってるから」

「わかった」ロークはすでに音楽の鳴りひびく部屋から移動しようとしていた。

「ホイットニーに連絡して許可を得ることもできるんだけど、面倒だし。それに、告げ口屋みたいになっちゃうでしょ」

「なるほど」

「フィーニーに頼めば、EDDを通じて許可を取りつけてくれるだろうけど、今夜はすでにひとり、ベッドから連れだしてしまったし」マクナブのほうをちらっと見やる。「ふたりかも」

「僕はずっと起きていたしね」

「そうそう。手続き上のことを言えば……その、ぎりぎりのところで、ある種のデータにはアクセスできるの。彼は参考人だから。そのデータのなかに住所録や個人的なデータが含まれるかどうかは怪しいけど、でも、それだって、どっちにしても朝には許可がおりるだろうから……」

「なぜ朝まで待つ必要がある？　その住所をいますぐ知りたいのか、まだ言い訳をつづけたいのか？」

イヴは息を吐きだした。ぐずぐず言っているあいだに、ロークが自分のオフィスにたどりついたことはわかっていた。「とにかく知りたいのよ」

ロークは住所を告げた。「それから警部補、そこはここから数ブロックしか離れていないし、僕が正気を保っているあいだに帰ってこられるよね？」

「できるだけがんばってみる。また借りができたみたいね」

「ちゃんと返してもらうから、そのつもりで」

イヴは通信を切り、マクナブに合図した。「ピーボディを捕まえて。移動するわよ」

車のそばまで行くと、ナディーンがいるのに気づいた。ボンネットにもたれ、爪をしげしげと眺めている。

「あなたが尻を置いてるのは、市の財産よ」

「なんでわざわざ、公用車をみっともなくしてるのかしらね」

「さあね。下院議員に会ったら、きいてみるわ」

「噂じゃ、レンフルー捜査官とひと悶着あったんですって？」

「噂はあなたの専門でしょ」

「じゃあ、噂のつづきにも興味ないわけね。レンフルーはどうしようもないマヌケだとか、あなたがそいつを情け容赦なくやっつけたとかは」ナディーンはメッシュのはいったブロンドの髪を揺らした。「でも、推理には興味あるんじゃないの、あなたの専門だから。わたしの推理では、シオドア・マクナマラはあなたが捜査中の連続痴情殺人とかかわりがある。川に放りこまれたのは、強盗とはなんの関係もない。あなたには、今夜、彼の頭部をめった打ちにした者の心当たりがある。それがだれにしろ、あなたの殺人事件の主役をつとめてる人物である」

「ずいぶん、いろいろ推理したものね、ナディーン」

「まちがいないと認める？」

イヴは指を曲げて合図しただけで歩きだした。カメラ技師がナディーンの後ろからついてくると、ひとにらみして足をとめさせた。

「待ってて」ナディーンはカメラ技師に言った。「彼女は自分のつとめを果たしてるだけなのよ、ダラス」

「わたしたちはみんな、自分のつとめを果たしてるだけよ。レコーダーをとめなさい」

「レコーダー？」

「時間を食わせないで。オフレコじゃなきゃ、何も言わないわよ」

ナディーンは形だけ深いため息をつき、金の折襟マイクに通じているレコーダーのスイッチを切った。「オフレコよ」

「わたしがいいと言うまで、何も放送しないこと」

「独占インタビューをさせてもらえる？」

「ナディーン、あなたと交渉してる時間はないの。今夜も女性が殺されてて、まだ見つかってないだけかもしれない。あなたが自分の推理を放送すれば、あしたまた死人が増えるのよ」

「わかった。許しが出るまで放送しない」

「マクナマラはかかわりがある。きょうの昼間、会ってきたの。彼は協力的じゃなかった。殺人者の正体を知ってたか、心当たりがあったようね。わたしとの話が終わってから、その人物に会いにいったあげく、川に浮かぶはめになったんじゃないかと思う」

「わたしの推理どおりじゃない」

「まだつづきがあるの。一連の殺人事件の根源は、二十五年前に〈J・フォレスター〉と〈アレガニー製薬〉が共同で進めたプロジェクトにさかのぼる。セックス、スキャンダル、違法ドラッグの乱用、口止め料、もみ消し工作。参考までに、そのへんを探ってみたら。他社より何歩か先を行けるわよ」

「マクナマラは殺人に直接かかわってたの？」

「遠い昔、彼は時間とエネルギーとお金を注ぎこんで、公式記録に記載されるべき事実や行動や犯罪活動が封印される手段を講じた。彼は捜査に協力することをこばんだ。ふたりの女性が殺され、ひとりが未遂に終わった事件に関係のある情報を進んで提供するどころか、その情報を与えないことにした。彼が殺人に直接かかわったか？　答えはノー。では、間接的に責任があるか？　それは道徳上の問題ね。それも、わたしの専門ではない」

ナディーンは腕に触れて、立ち去るイヴを引きとめた。「モルグにつてがあるの。マクナマラは死亡する一時間ほどまえに、頭と顔を何度も打たれた。右腕に一か所、防御痕があった。はじめのほうの傷は八インチ幅くらいの鈍器によるものだけど、致命傷となった武器はちがう。細長い金属物で、車の工具箱にはいってるような金てことかタイヤ交換用の工具みたいなものだって」

ナディーンはひと息入れた。「厚意と協力の精神で情報を分けあうことは大事だわ」

「今後六週間はそのフレーズにつきまとわれそうで、ぞっとする」

イヴは車にもどった。「あなたは後ろよ、マクナブ」

「どうして前にすわっちゃいけないんですか？　彼女より位が上なのに。それに、俺の脚のほうが長い」

「彼女はわたしの助手で、あなたはただの荷物だから」イヴは車に乗りこみ、それきり黙りこんだ。マクナブがぶつぶつ言うのをやめて後部座席に腰を落ちつけると、ようやく口を開いた。「これから、ルシアス・ダンウッドを訪問する」

「どうやって、住所を手に入れたんですか？」

イヴはバックミラー越しにマクナブを見た。「データを突きとめる秘訣があるの。ピーボディ、いっしょに来て。マクナブ、あなたは車に残りなさい」

「だけど――」

「わたしは制服警官と行くの。制服警官と捜査官とではなく。それに、夜の路上で殴りあいをしてるような捜査官とでもなく。あなたはここで待機して、コミュニケータをつないでおいて、わたしのもつないでおくから。わたしたちが面倒なことになったら応援を呼び、自分の判断で、援軍が来るまで待つか、なかにはいって加勢するか決めなさい。それから、もうひとり、住所を調べてほしいの。ケヴィン・モラノよ」

しかたがないので、マクナブはてのひらサイズのコンピュータ《PPC》を取りだし、後部座席に寝そべった。「あれ、助手席の後ろにキャンディバーが留めてある」

ピーボディが首をひねって見ようとするかたわらで、イヴは歯をむきだした。「それに触れた者は、その指を切りとって鼻の穴につめてやる」

ピーボディはさっと顔をもどした。「キャンディバーをこっそり蓄えているんですね」

「蓄えじゃない。非常食よ。わたしのオフィスを荒らしてるこそ泥にはまだ見つかってないけど、そいつがもし見つけたら、正体がばれるわね」意味ありげに、ひと呼吸入れた。「そして罰が当たる」

「わたしはどっちにしてもダイエット中ですから」

「ダイエットする必要なんかないのに、シー・ボディ。ちょうどいいよ」

「マクナブ？」イヴは言った。

「なんでしょうか」

「黙れ」

「だいじょうぶなんですよ、ダラス。俺たちはカップルだから」

「どんなカップル？　いや、言わなくていい。わたしに話しかけるな。ふたりとも話をするな。この国に静寂あれ」

ピーボディはなんとか笑いをこらえ、冷房を手動で調節しようとした。

「それはこわれてるの。何も言うな」

黙ったまま、ピーボディは助手席の窓をあけた。

マクナブが座席で身じろぎした。「仕事のことで話してもいいですか?」

「用件は?」

「ケヴィン・モラノの住所ですが、ヤンキー・スタジアムになってます。ロークに連絡して、彼にその……つまり」イヴがバックミラーからにらんでいるのに気づくと、マクナブは言いなおした。「データを突きとめる警部補の秘訣を実行してみましょうか?」

「いいえ、けっこう。モラノの住所はわかってる」

ブラウンストーンの古めかしい大邸宅の前に車をとめたとき、時刻は午前一時をまわっていた。邸は暗く、武器を装備したセキュリティシステムの赤い光が豆粒のようにぽつんとともっているだけだった。

「武装してる、マクナブ?」

「非番用の麻痺銃があります」

「パワーをローにして、コミュニケータをつないでおきなさい。わたしが合図するまで邸には近づかないこと。さあ、ピーボディ、人でなし野郎を起こしにいきましょう」

歩道を横切り、最初の石段に足をかけたとき、警告音が鳴った。呼び鈴を押したとたん、頭上から明かりが降りそそぎ、セキュリティシステムが第一警告を発した。

あなたは監視下に置かれました。名前と用件を述べてください。敷地内に踏みこもうとしたり、建物に損害を与えようとした場合は、ただちに警察と自警団に通報します。

「NYPSDのダラス警部補」イヴはバッジをスクリーンに掲げた。「ある事件のことで、ルシアス・ダンウッドに話があるの」

少々お待ちください。あなたの身分を認証しています……ミスター・ダンウッドにご用件を伝えるまでしばらくお待ちください……

「警部補、どう思われますか――」

イヴはかすかに体をずらし、防犯カメラに映らないところでピーボディの足を踏んだ。

「祖父の死を知らせるためにミスター・ダンウッドを起こさなきゃならないのはつらいわね。でも、悪いニュースを知らせるのに潮時なんてないもの。朝までのばしてもしかたないし」

「そうですね」ピーボディは咳払いし、きまじめな表情をとりつくろった。映像ばかりでなく、音声も監視されているかもしれないというイヴの注意を察して。

数分後に、一階の窓越しに明かりがともった。ロックが解除される音は聞こえなかった。つまり、玄関のドアには完全防音装置が施されているということだ。そのドアが音もなく開き、イヴははじめてルシアスの姿を目にした。

真っ赤な髪はぼさぼさに乱れている。白の長いナイトガウンをまとい、腰のあたりでベルトをゆるく締めている。どこから見ても、眠りから起こされたばかりで、その理由にも見当がつかないといった風情だ。

「失礼ですが」ルシアスは梟《ふくろう》のようにまばたきした。「警察のかたですか?」

「はい」イヴはふたたびバッジをさしだした。「ルシアス・ダンウッドさんですね?」

「そうですが、どういったご用ですか? 近所で何かトラブルでもあったのでしょうか?」

「いえ、それは聞いておりません。なかでお話ししてもよろしいですか、ミスター・ダンウッド?」

「ええ、どうぞ。すみません、ちょっとぼうっとして」ルシアスは体を引いて、ふたりをなかへ通した。ひろいホワイエの床は大理石で、三層の銀のシャンデリアの明かりを受けて輝いている。「しばらく眠っていたものですから。警察が訪ねてくることもめったにないし」

「夜分にお邪魔してすみません。お伝えしにくい知らせがあるんですが、すわったほうがいいかもしれません」

「どんな知らせです? 何があったんですか?」

「ミスター・ダンウッド、申しあげにくいのですが、おじいさまが亡くなられました」

「おじいさまが?」

イヴは不本意ながら、その演技に感嘆せずにはいられなかった。ルシアスは真っ青になり、細かく震える手を唇に持っていった。「死んだ? 僕のおじいさまが死んだ? 事故ですか?」

「いいえ、殺されたんです」

「殺された? ひどい、なんてことだ。やっぱりすわったほうがよさそうだな」ルシアスはホワイエに置かれた銀の長いベンチになんとかたどりつき、くずれるようにすわりこんだ。

「信じられない。悪い夢を見ているようだ。どうして? 祖父に何があったんです?」

「あなたのおじいさまは、先ほどイーストリバーで発見されました。原因はただいま捜査中です。さぞお力落としでしょうが、ミスター・ダンウッド、いくつか質問に答えてくださると助かるのですが」

「もちろん、いいですよ」

「こちらにはおひとりで?」

「ひとりで?」ルシアスはさっと顔をあげた。ふたたびうつむくまえに、その顔に不審の色がよぎるのが見えた。

「おひとりでしたら、助手に言いつけて、どなたかに連絡させましょうか。そばについていてくれるかたに」

「いや、いいです。それにはおよばない。僕ならだいじょうぶです」

「おじいさまと最後に会われたのはいつですか?」

「祖父は会合でしばらく地球を離れていたから、たぶん、数週間前だと思います」

「そのとき、何か心配事があるとか、身の危険を感じているとか話されていましたか?」

「もちろん、そんなことはありません」また顔をあげた。「どういうことですか」

「顔見知りの犯行の可能性があるんです。殺されるほんの数時間前に、おじいさまの名前で登録されていた車が放火されました。車がとめられていたのは、東百四十三丁目からはいった地上シャトルの運行路の近くです。おじいさまがそちらに出かけるような心当たりは？」

「まったくありません。車が放火されたですって？　なんだかまるで——敵討ちみたいですね。だが、祖父は博愛主義者でした。医学と研究に一生を捧げた偉大な人物でした。これは何かの恐ろしいまちがいにちがいない」

「あなたは医師をめざしているんですか？」

「いまはひと休みしているところです」ルシアスはこめかみを押さえつつ、顔の大半を手で覆い隠した。右手の指には、ホワイトとイエローの混合ゴールドにサファイアをはめこんだ指輪があった。イヴはそのサファイアの石に刻まれた竜の頭をじっと見つめた。

「ちょっと考える時間がほしかったんです。医学のどの分野が自分に向いているかを探って、決定する時間が。祖父は……」言葉がつづかず、ルシアスは顔をそむけた。「祖父のしるした足跡は偉大すぎて。祖父は僕の師であり、僕を鼓舞してくれる人でした」

「きっとあなたを誇りに思っていたでしょうね。では、かなり近しい関係だった？」

「そう思います。祖父は伝説的な人物で、つねに他にぬきんでようと努力していました。僕も祖父が誇りに思えるような人間になりたいものです。その祖父がこんなふうに、川に流されてしまうなんて……まるで下水のように。人生の最後に、威厳もはぎとられてしまうなんて。威厳を失うことを祖父がどれほど嫌ったか。祖父にこんなことをしたやつらをかならず見つけてください、警部補。自分たちがやったことの報いを受けさせなければ」

「かならず見つけて、報いを受けさせます。申し訳ありませんが、形式上、おたずねしなければならないんです。今夜七時から十二時までどこにいらしたか教えていただけますか?」

「どこに……まいったな。そんなこと思いもしなかった……僕も容疑者なんですね。八時半まではこの家にいました。それからクラブに出かけた。でも、だれとも話していないんです。どの相手もみんな、おもしろそうじゃなかったから。僕はその……いいや、ずばり言いましょう。今夜のデート相手が見つかるかなと思っていたんですけど、そうはうまくいきませんでした。だから、さっさと引きあげた。家に着いたのは十時半ごろだと思います。セキュリティシステムで確認できるでしょう」

「つまり、おひとりだったということですね?」

「家事ドロイドがいます」ルシアスは立ちあがった。「呼んできましょう。僕が何時に出かけて何時にもどってきたか、きいてみてください。そうだ、飲み物代を現金で払ったレシートがある。そこに、日付と時間ものっているはずです。役に立ちますか?」

「ええ、とても。この件が片づけば、捜査にもどれますので」

「僕にできることなら、なんでも協力します。ドロイドを呼んできます。ドロイドに質問なさっているあいだに、レシートを探してみます。たしか、ポケットに入れたはずなんだ」

「恐れいります。ああ、それから、市の台帳に住所がまちがって登録されていることをお伝えしておきます」

「なんておっしゃいました？」

「あなたの住所です。まちがっていました。ここにお住まいなのは、おじいさまのファイルで知りました。機会があったら、直されたほうがいいですね」

「変だな。ええ、ちゃんとしておきます。ちょっと失礼します」

ルシアスはドロイドを呼んできた。ケヴィンが念入りにプログラムしなおし、偽データを入力しておいたから、ばれる心配はない。だが、寝室にはいったときには拳を固めていた。後ろからケヴィンが追ってくる。

「警察には車の持ち主はわからないって言ったじゃないか」

「それが、わかったんだよ」ルシアスは言いかえした。「だが、それはたいした問題じゃない。何もかも順調に行ってる。あのばか娘が今夜〈ジャン＝リュックス〉にあらわれなかったことも、いい方向に働いたみたいだ。そうじゃなきゃ、これも手にはいらなかったからね」ズボンのポケットからレシートをひっぱりだした。「おかげでアリバイができたし、ショックを受け、嘆き悲しんでる孫を演じてればすむ」

「僕はどうなるんだ？」

「おまえのことは知られてない。知る必要もない。警察には、この事件とプロジェクトの関連はつかめてない。僕と祖父の死との関連性も証明できない。いいから、ここでおとなしくしてろ。こっちは僕がなんとかする」

ルシアスは急ぎ足でもどった。「警部補、やっぱりポケットにありました」レシートをイヴに手渡した。

「よかった。保存用に、助手にコピーを取らせたいのですが」

「どうぞ」

ピーボディがレシートを読みとるあいだ、ルシアスは待った。「ほかにできることはありませんか？　なんでもおっしゃってください」

「いまのところは、ありません。またご連絡します」

「教えていただけますよね——犯人がわかったら」

「最初にお知らせします」イヴは確約した。

イヴは車にもどり、運転席に滑りこんだ。「人でなし。あいつ、楽しんでたわ」

「ドロイドはきっとプログラムしなおされてますね」後部からマクナブが言った。「セキュリティも。コンピュータ担当のやつが、両方やったでしょう。いとも簡単に」

「ここまで来ても、たいした収穫はありませんでしたね」ピーボディがぐちった。

「そうかな？」イヴは指先でステアリングをたたいた。「おじいさんの名前は言わなかったけど、彼はたずねなかった。彼にはおじいさんがふたりいて、どちらもニューヨークの住人なの。でも、どっちが死んだのか、きかなかった。きく必要がないから。それに、人生の最後に威厳をはぎとられたって台詞、あれはまさに彼がやったことよ。そうすることを望んで実行した。それから、考えすぎて失敗した。すなおに、友人でハウスメイトのケヴィンといっしょだった時間もあるって言えばいいのに、自分だけに注目を集めたかったから」

「思った以上に収穫があったんですね」

「そう。ささいなミスがいくつも」

18

ロークは玄関で彼らを迎えた。案の定、ひと目見ただけで、イヴがかっかしているのがわかる。そのとたん、ピーボディとマクナブの面前でドアをぴしゃりと閉め、妻を抱きあげてベッドへ運んでやりたくなった。

なんとなくロークの思いを読みとって、イヴはふたりをなかに押しこんだ。「ここに連れてくるほうが早かったのよ」

「ダウンタウンまでタクシーをひろいますから」ピーボディはそう言って、すばらしいベッドで数時間横になる楽しみを断念した。

「ばかなことを言うんじゃない」ロークはイヴの髪に手を走らせ、それとなく安心させた。

「部屋はたくさんあるんだから。だれの拳にぶつかったんだい、イアン？」

「モンロー」にやりとすると、唇の傷がずきずき痛んだ。「向こうも、俺の拳にぶつかりました」

「自慢するようなことじゃないでしょ」イヴはジャケットを脱ぎすてた。「ここに泊まりなさい。とにかく、ブリーフィングは〇六〇〇時。寝室はこの家の両端にとるのよ」

「そんな」ピーボディはひと言つぶやいた。

笑いながら、ロークはピーボディの腕を軽くたたいた。「本気で言ったんじゃない」

「本気よ」イヴは言った。「メイヴィスとトリーナは?」

「プールにいるよ。二時間ほどまえに来たレオナルドといっしょに。彼らがヌード・リレー競争をしようと決めた時点で、僕は失礼してきた」

「みんな裸で?」マクナブがすかさず元気づく。「びしょぬれで裸? ひと泳ぎするのもいいな。ちらっと思っただけだよ」ピーボディが口をゆがめるのに気づくと、小さな声でつけくわえた。

「遊び時間はおしまい。寝なさい」イヴは階段を指さした。「あしたは大作戦がひかえてるんだから。ふたりとも元気を取りもどしておいて。人魚たちとその友だちはどこに寝かせるの?」

「あっちやこっち」ロークはこともなげに言った。「先に上に行ったら? お客は僕が案内しておく」

「助かる。寝るまえにやることが残ってるの」イヴは階段をあがりはじめた。「それから、廊下をこそこそ歩きまわる足音なんか聞かせないでよ」

「ほんとに口うるさいんだから」ピーボディが小声で言った。

「疲れて怒りっぽくなっているんだ。さあ、エレベータで行こう」ロークは手でうながした。「きみたちに気に入ってもらえそうな部屋がある。ふたり分のスペースがたっぷりあるんだ」

イヴはまずロークのオフィスに行き、グリーンピース・パークの見取り図を表示させた。ピクニック・エリアを反転表示にしてから、部下たちを配備するのに戦略上もっとも有利な地点をコンピュータに選ばせる。その選択でいいかどうかは、数時間眠ったあとで確認すればいい。

つぎに、作戦に必要なメンバーを選び、指示を送った。ホイットニー部長にもコピーを送信した。

シャワーでも浴びよう。視界がぼやけている。シャワーを浴びれば、頭のもやもやもいくらか取れて、もう一時間くらい仕事ができるかもしれない。

よろよろと寝室にはいったとき、携帯リンクが鳴った。「ダラス」

「携帯なら連絡がつくと思ってね」モリスが大あくびをした。「今夜のわれわれの客がこの世から飛びたったのは七時四十五分だ。それに先だって、固く重みのある物体と不快な争いをしている。この争いから死を招くまでに、一時間はかかっていない。おそらく、もっと短かっただろう。医学用語で言うなら、脳がぺしゃんこにされたってところかな」

「わかった」イヴは疲れきって立っていられず、リビングエリアにあるソファのアームに腰をおろした。「モリス、こんなこと耳に入れたくないんだけど、その情報はメディアにいる知り合いからもらってる。あなたのところに口の軽いのがいるのよ」

「まさか。おいおい、ショックだ、びっくりしたな。公僕がメディアに情報を漏らすとは。まったく、世の中どうなっているのかね？」

「あなたって、ほんとうに愉快な人ね」

「汝の仕事を愛し、世間を愛せ。きみの知り合いが何もかもつかんでいたとは思わない。毒物検査結果が手にはいったばかりだから」

頭をはっきりさせようと振ったとき、ロークが部屋にはいってきた。「薬物が検出されたの？」

「最初の外傷ととどめの一撃とのあいだに、ドクターは刺激剤を投与されていた」

「生きかえらせようとしたってこと？」一瞬、頭が混乱したが、モリスが返事をするまえにのみこめた。「ちがう、それじゃおかしい。ドクターをもうちょっと生かしておきたかったのね」

「大当たり。レディにパンダのぬいぐるみを進呈しよう。その薬物は心臓の働きをうながし、速やかに吸収された。ここに運ばれたのが二、三十分遅かったら、痕跡は見つからなかっただろう」

「彼らはドクターを生かしておき、遺棄する場所に運んで、そこで殺せるようにした。どっちにしても、ドクターは最初の殴打で死んだんでしょ？」

「応急手当てをしなければね。手当てをしても、ドクターの命が助かる見込みはごく小さかった。それに、とどめの一撃を加えられなくても、溺死していたことはまちがいない」

「どうしても、とどめの一撃を加えたかったのよ。意識不明で無力な相手の威厳まではぎとった」

「とんでもない悪党を抱えこんだもんだな、ダラス。われらが共通の友人のレンフルーにも情報を送っておく。やつの強盗説には添えない結果になったが」

「ありがとう。みずから担当してくれて感謝するわ」

「これも特別サービスの一部だ。頼むから、少しは眠ってくれよ、ダラス。ここにいる死体たちのほうがぴんぴんして見えるぞ」

「ええ、そうする」通信を切っても、イヴはすわりこんだまま携帯リンクをにらんでいた。ロークが武器用ハーネスをはずしてくれると、まばたきをして我に返った。「いっしょの部屋にしたんでしょ？」

「部下の性活動よりほかに心配することはないのかい？」

「ブリーフィングによれよれで来るに決まってる。残り少ない夜をセックスに費やしたせいで……何してるの？」

「ブーツを脱がせている。もう寝るから」

イヴはロークの頭を見おろした。なんてみごとな髪だろう……黒くて、絹のようになめらかで。そう思いながら、いつのまにか前かがみになっていく。その髪に両手をつっこみたい。顔をうずめて、それから……

イヴははっと頭をあげた。「シャワーを浴びて、もうひと仕事するわ」

「だめだ、イヴ、よしなさい」声に怒りをにじませて、ブーツをわきに放った。勢いあまって床ではずみ、滑っていった。「きみが体をこわすのを指をくわえて見ているつもりはない。自分でベッドに行かないなら、気絶させて連れていくぞ」

イヴはロークをにらみつけた。ロークが怒りをあらわにすることはめったにないが、彼のなかに激しく煮えたぎる激情が存在することを、ふたりとも知っている。それが急にあらわれたのを見て、イヴは気づいた。モリスに指摘されたように、自分はすっかりへばって見えるにちがいない。

「あいつの顔を見たのよ。まともに見たの」イヴは静かに言った。「眠れないわ、ローク、またあらわれるだろうから」指で目を押しながら、立ちあがった。「あいつに会ったけど、その正体を知らなかったら、邪悪さに気づかなかったと思う」

イヴは窓辺まで歩いていき、窓をあけて深呼吸した。「彼は若いの。顔にはまだちょっとあどけなさが残ってる。髪は赤毛でカールしてて、なんて言ったらいいのかな、かわいい男の子の人形みたい。でも、彼は今夜、人を殺した――自分と血のつながった人間の命を奪った。冷静さと殺意を持ち凶暴性を発揮して。そのあげく、自宅でわたしと話をした。くやし涙を浮かべて。彼は完璧にその役を演じてたわ。邪悪さはかけらもなかった。正体を知らなければ、きっとわからなかったでしょう」

ロークはイヴの疲れた声を聞きたくなかった。まして、声につきまとう落胆の響きはなおさら聞くのがつらい。「どうして、わからなくちゃいけないんだ？」

「気をつけてたのに、見つからなかったから」イヴはさっと振りかえった。「彼は楽しんでた。直感でそれがわかったのに、表情にも目の色にも出てなかった。彼は……おもしろがってた。またしても、勝負の危険度をあげてやってしまった。おなじゲームを、新しいレベルに。

あいつを痛めつけたかった」イヴはつづけた。「警官としてではなく、拳をたたきこみたかった、あの顔が消えてなくなるまで。あいつを消してしまうまで」

「だが、きみはそのまま立ち去った」ロークはイヴの近くへ寄った。頬が濡れていることにも気づいていないのだろう。「いずれ彼を消してしまえるから。彼を打ち負かして、終生監獄に閉じこめることができるから」イヴの顔を両手でつつみ、親指で涙をぬぐってやる。「ダーリン・イヴ、きみは完全に疲れきっている。ここで休まなければ、だれがあの女性たちのために闘うんだい？」

イヴはロークの手首をつかんだ。「最近見た夢で、わたしに刺されたいくつもの傷から血を流して立ってた父親が、絶対に追い払えっこないと言った。そのとおりだった。ひとりをやっつけると、別のがあらわれる。すぐそこで待ちかまえてるの。だから眠れない、そいつらを見るから」

「今夜はだいじょうぶだ」ロークはイヴを引き寄せた。「今夜はやつらを寄せつけない。眠れないなら……」こめかみに唇をあてる。「……せめて、体を休めよう」

ロークはイヴを抱きあげて、ソファまで運んだ。

「どうやって？」

「映画を見よう」

「映画なんて。ローク――」

「それならまだ飽きていないだろう」ロークはイヴをソファにおろし、映画のディスクを選んだ。「現実を忘れて、空想の世界にはいりこむんだ。ドラマでもコメディでも、喜びや悲しみの感情は、しばらくきみを現実から逃避させてくれる」

ディスクをセットしてもどってくると、ロークはイヴの背後に滑りこんで頭を自分の肩にもたれさせた。「マグダ・レーンのこの映画については、話したことがあるよね。その昔、僕自身の不幸を忘れさせてくれた」

ロークに後ろからやさしく抱かれて横たわるのは、なんて心地いいのだろう。オープニングの音楽が室内にあふれだし、色彩や衣装がスクリーンに渦巻く。「何回これを見たの？」

「そうだな、何十回も。シーッ、出だしの台詞を聞き逃すぞ」

眺めているうちに、イヴはまぶたが重くなってきたが、それでも耳を澄ませていた。やがて、眠りに落ちた。

目覚めたとき、あたりはしんとして、暗かった。イヴはまだロークの腕に抱かれていた。疲労が抜けきらず、また眠りに引きこまれそうになるが、意志の力で跳ねかえして手首をあげ、時間を確かめた。

もう五時過ぎだ。三時間たっぷり眠ったのだから、じゅうぶんだろう。だが、身じろぎすると、ロークが腕に力を入れた。

「もう少し休もう」

「無理よ。シャワーを浴びて頭をしゃんとさせるのに三十分はかかる。横になったままシャワーを浴びられたらいいのに」

「それを入浴と言う」

「こういうことじゃないの」

「なんでささやいてるんだい？」

「ささやいてない」イヴは咳払いした。ガラスの破片を飲みこんだような感触だ。「ちょっとしゃがれてるだけ」

「ライト・オン、一〇パーセントで」ほの暗い明かりのなかで、ロークはイヴをそっとあおむけにした。「おまけに、真っ青だ」そう言って、額に手をあてた。顔に狼狽の色が浮かぶ。

「熱があるようだ」

「熱なんかないわ」イヴの体を案じてロークがおろおろすると、イヴは恐怖を覚える。「病気じゃない。病気になんかかからない」

「きみは一週間に五時間ぐらいしか眠らず、コーヒーだけで暮らして病気になった。ほらごらん、イヴ、免疫システムを働かせすぎたから、とうとうきかなくなってしまった」

「そんなことないってば」起きあがりかけると、部屋がぐるぐるまわって、また倒れこんだ。「どこで寝てたのか確認しただけだから」

「この先一か月は、きみをベッドに縛りつけておくべきだな。手加減しない番人が必要だ」

ロークはソファからおりて、ハウス・リンクに向かった。

「なんでそんなに怒ってるの」まるで風がうなるような声が出て、イヴは愕然とした。「喉がむずむずしてるだけよ」

「ソファを一歩でも離れたら、医者のところへひきずっていく」

「やってみれば、相棒、治療が必要になるのはどっちかしらね」あえぐような声だったので、脅しの効果はあまりなかった。

ロークはイヴをにらみつけただけで、リンクに向かって鋭く言った。「サマーセット、イヴの具合が悪い。こっちに来てくれ」

「えっ？　どうする気？」なんとか体を起こして立ちあがろうとしたが、つかつかともどってきたロークに押さえつけられてしまった。「サマーセットになんかにさわらせないわよ。わたしに手を触れたら、ふたりともぶちのめしてやる。武器はどこ？」

「サマーセットか医療センターか、どっちかしかない」

イヴは息を吸いこんだ。「あなたの言いなりにはならない」

「証明してごらん」ロークは挑発した。「僕を倒してみろ」

イヴはロークを押しのけ、また押しかえされた。憤然として、今度はロークの腹に拳を見舞った。

「いくらか体力が残っているようでよかった。たとえ女の子のパンチでも」

愚弄されて、イヴは言葉を失いそうになった。「チャンスがあったら真っ先に、あそこをぐるぐるに結んでやる」

「それは楽しくなさそうだな」そのとき、サマーセットがはいってきた。「熱があるようなんだ」

「そんなのでたらめよ。わたしにさわらないで。手を触れるな――」ロークがまたがって両腕を押さえつけると、イヴはののしりながら、じたばたした。

「まったく、大人げない」サマーセットは舌打ちして、イヴの額に手をあてた。「体温が少々あがっています」長い指を顎の下から喉に走らせる。「舌を出して」

「イヴ」ロをしっかり結んでいると、ロークが警告に満ちみちた声で言った。イヴは舌を突きだした。

「不快感はありますか?」

「ええ、癪の種が。サマーセットって名前」

「なるほど、減らず口は健在ですね。ウイルス性の軽い病気のようです」サマーセットはロークに言った。「極度の疲労、ストレス、子供じみた食習慣などが原因かと。手当てをすればすぐ治ります。必要なものを取ってまいります。一日か二日寝ていたほうがいいでしょう」

「放してよ」サマーセットが出ていくと、イヴは低い声ではっきり言った。「いますぐ」

「だめだ」ロークの手の下で、イヴの腕は震えていた。腹をたてているせいばかりじゃないだろう。「手当てがすむまでは放さない。寒いのか？」

「べつに」イヴは寒くて凍えそうだった。おまけに、むなしい抵抗を試みたおかげで体じゅうが痛かった。

「じゃあ、どうして震えているんだ？」ロークは悪態を飲みこみ、ソファの背もたれからカバーをはずして、イヴの大脳が指令を出すいとまも与えず体にかけた。

「お願いよ、ローク。あいつがもどってきて、わたしをつっつきまわしたり、妙なものを飲ませようとしたりするわ。熱いシャワーを浴びればいいだけなの。立たせて。思いやりの心はないの？」

「あるさ。心はきみのものだよ」ロークは顔を近づけて額をくっつけた。「そこが問題なんだ」

「具合はよくなってる。ほんとうよ」震えはじめた声で言っても、真実味はなかった。「この事件が片づいたら、丸一日休暇をとる。二十四時間眠って、野菜も食べるから」

ロークは思わずほほえんだ。「大好きだよ、イヴ」

「だったら、あいつをもどってこさせないで」エレベータのドアがあく音が聞こえ、イヴはめまいがした。「あいつが来る」かぼそい声で言った。「一生のお願い、助けて」

「体を起こしてやってください」サマーセットはトレイをテーブルにのせた。乳白色の液体がはいったグラス、白い錠剤が三錠、注射器がのっていた。

イヴは体から力を抜いた。そしてロークがそっと身を引いたとたん、逃げだそうとした。激しい戦いだったが、短時間でかたがついた。サマーセットはまつげ一本動かさずに前に出ると、イヴの鼻をつまんで口に錠剤を落とし、液体で喉に流しこんだ。

つばを吐きだしているイヴを尻目に、サマーセットはロークに笑いかけた。「あなた様にもこんなふうにしなければならなかったことが、一、二度ございましたね」

「それで僕も薬ののませ方を覚えた」

「シャツを脱がせてください。このほうがビタミン剤の効き目が速くあらわれます」

時間の節約とみずからの身を守るために、ロークはイヴのシャツの袖をひきちぎった。

「これでどうかな?」

「けっこうでございます」

イヴは腹立たしさを通りこし、くやし涙を流している。どこもかしこも痛い——頭も体もプライドも。注射器を腕に押しつけられても、ほとんど感じないほどだった。

「おとなしくして、ベイビー、シーッ」おろおろしながら、ロークはイヴの髪を撫で、体をやさしく揺すってやった。「もうすんだから。泣かないで」

「あっち行って」言葉とは裏腹にロークにしがみついていた。「出てってよ」

「ふたりだけにしてくださいますか」サマーセットはロークの肩に手を触れながら、その顔に浮かぶむきだしの感情に心を痛めた。「しばらく時間をください」

「わかった」ロークはなおもイヴを抱きしめてから言った。「ジムにいる」

ロークが離れると、イヴはボールのように身を丸めた。サマーセットはわきにすわって、すすり泣くイヴを黙って見守った。

「あなたへの思いで、ローク様はどうしていいかわからなくなっておいでです」すすり泣きがやむと、話しはじめた。「こんなことははじめてです。あなたに出会うまでは、女性の出入りはあっても気晴らしか、一時的なものでした。ローク様が思いやりのあるかたなのはたしかです。過去にどんなひどい目にあわれても、人を気遣える度量の大きな人間ですから。それでも、あなたのまえには、こんなお気持ちになる女性はひとりもいませんでした。どれほど心配しておいでなのか、わかりませんか？」

イヴは体をまっすぐにし、両手で濡れた顔をこすった。涙を見せたばつの悪さをこすり落とせるかのように。「心配しなくたっていいのに」

「心配なさらずにはいられないんですよ。あなたには休養が必要です、警部補。二、三日、仕事からも考え事からも解放されて、ゆっくりすべきです。ローク様も、そうなさるべきなんです。ですが、あなた抜きでは休暇をとらないでしょう」

「無理よ。いますぐは」

「その気がないんでしょう」

イヴは目を閉じた。「わたしのオフィスに行って、ボードに留めてある死者の顔を見てきなさいよ。仕事を手放せって言うのはそれからにして」

「ローク様にも、そのおつもりはないのでしょう？　しかし、やらねばならない仕事をするためには、体力、気力、知力が必要です」サマーセットは身を乗りだして、グラスを取った。「飲みほしてください」

イヴはグラスをにらみつけた。サマーセットに与えられたものがすでに効きはじめているが、それを認めるのは癪だ。だから、認めないことにした。「毒かもしれないじゃない」

「毒」サマーセットはおもしろそうに言った。「それを思いつけばよかった。では、このつぎにでも」

「はは」イヴはグラスを手に取り、残りを飲みほした。「この下水みたいな味は、もっとなんとかなるんじゃないの」

「もちろん」サマーセットはグラスをトレイにもどして、立ちあがった。「ですが、わたくしにも少しは楽しむ権利がありますので。提案がございますが、ほどよい運動をなさってはいかがでしょう」

イヴには時間がなかったが、とにかくその案を受けいれてジムにおりていった。ロークはめったに使うことのないマシンには目もくれず、せっせとベンチプレスで汗を流していた。スクリーンは音声もつけてあり、株式報告をあれこれ吐きだしている。

内容は符牒のようで、何がなんだかさっぱりわからなかった。

イヴはそばへ行き、顔のかたわらにひざまずいた。「ごめんね」

ロークはバーを持ちあげ、静止し、またさげるという運動をくりかえしている。「気分はよくなったかい？」

「ええ。ローク、ごめんなさい。わたしがばかだった。もう怒らないで。いま、あなたに怒られたら、どうしていいかわからない」

「怒ってなんかいないよ」ロークはバーをセーフティにのせると、その下から滑りでてきた。「状況によっては、きつい言葉になることもある」

「わたしにはこれしかないの。別の人間にはなれない」

ロークはタオルに手をのばし、顔の汗をぬぐった。「僕はそんなことを望んではいない。きみが無理しすぎるのを黙って見ていられないんだ」

「限界に達するまえに、あなたがいつも引きもどしてくれる」

ロークはイヴの顔をのぞきこんだ。まだ、ひどく青ざめている。奥まで透けて見えそうだ。「どうやら今回は少々反応が遅かったようだね」

「メキシコに行きましょう」

「なんだって？」

「メキシコの家」ロークの意表をつけたのなら、自分の体調もそれほど悪くないということだろう。「しばらく行ってないでしょ。この事件が片づいたら、週末をゆっくり過ごしてみない？」

顔をじっと見つめながら、ロークは手に持ったタオルをぴんと張り、イヴのうなじにひっかけて、体を引き寄せた。「引きもどしているのはどっちだい？」

「たがいに引きもどしあうのよ。事件を解決する時間をちょうだい。あなたは数日体があくように準備しておいて。それで、いっしょに逃げだすの。ビーチに寝そべって、酔っぱらって、原始的なセックスをする。眠りこむまで映画を見てもいい」

「それからまた、原始的なセックスにもどる」

イヴはロークの頬に両手をあてた。「ブリーフィングの準備をしなくちゃ。話は決まったわね?」

「ああ」イヴの額に唇を押しつけて、熱がさがっているのがわかって安心する。「本決まりだ」

イヴは立ちあがり、ドアまで行くと、そこで振りかえった。ロークはまだ黒い袖なしのTシャツ姿で、ベンチにすわっていた。引き締まった体は汗みずくだ。髪は後ろで束ねてあったが、靴はまだ履いていない。

そして、こちらを見つめていた。吸いこまれてしまいそうな鮮やかなブルーの目で。

「あなたに会うまでは、だれもいなかった。それだけ言っておきたくて。仕事をしてて、ゆうべみたいに心がひび割れたとき、しっかり捕まえててくれる人はいなかった。わたしもそうされたいなんて思ってなかったけど。あなたがあらわれるまではね。わたしはそれで押し通してきたし、どうにか切り抜けてこられたし、問題はなかった。でも、あのままずっとそんなことをつづけてたら、それ以上できないところまで行ってたかもしれない。そして仕事がつづけられなくなってたら、わたしは終わりだったわ、ローク」

イヴはひと息入れた。「だからあなたが捕まえててくれるってことは、わたしがふたたび立ちあがるのを助けてくれてるってこと。そして死者のためにも、闘ってくれてるのよ。言いたかったのはそれだけ」

イヴは急いで出ていった。後ろ姿を見送るロークを残して。

六時六分にオフィスにはいっていったとき、目はとろりとして、顔は青ざめていたものの、頭はさえていた。マクナブとピーボディはすでにオートシェフを漁っていた。フィーニーは着いたばかりで、イヴのデスクに並べられたごちそうを狙っているところだった。

「ここをどこだと思ってるの、朝食つきの宿屋？」

「燃料を補給しないとな」フィーニーはベーコンをむしゃむしゃやっている。「すごい、豚肉だ。本物の豚を食べてからどのくらいたつか知ってるか？」

イヴはフィーニーの手からくすねて食べた。「なら、皿ぐらい使いなさいよ。みんな、食べながらでいいから聞いてちょうだい。ピーボディ、わたしの手にコーヒーカップがないようだけど。パラレルワールドにまぎれこんじゃったのかしらね」

ピーボディはフォークいっぱいのハムエッグを飲みこんだ。「もしかしたら、こっちの世界ではわたしが警部補で、あなたが……」イヴの恐ろしい目つきにうながされて、さっと立ちあがる。「コーヒーをお持ちいたします、警部補」

「そうして。あとのメンバーは〇八〇〇時に来ることになってる。目標エリアの見取り図は画面上に表示してあるし、人員配置地点もコンピュータに選ばせてある。それで確実かどうか検討しましょう。フィーニー、マクナブは監視車両に乗せたいんだけど」

「俺は公園内の見張りのほうがいいんですが、逮捕に立ちあうチャンスなので」

イヴはマクナブのほうを向きながら、フィーニーが取り分けた皿からもうひと切れベーコンを失敬した。「喧嘩をふっかけて、きれいな顔をだいなしにするまえに、考えるべきだったわね。それじゃ、子供たちが遊び、木立で鳥が陽気にさえずる場所では人目をひくだけでしょ」

「ほらみろ」フィーニーがマクナブに言った。「おまえは僕といっしょだ」

「斥候として、もうひとり電子探査課の人間が必要でしょ」イヴはつづけた。「わたしより部下のことはわかってるでしょうから、あなたにまかせる」

「よかった、もう選んでおいたから。ローク」フィーニーは言って、戸口のほうに指を振った。ちょうど問題の男がはいってきた。

「おはよう」ロークはやはり黒を着ている。上品なシャツとズボン姿だけれど、引き締まった体と危険な香りは、袖なしのTシャツ姿のときと少しも変わらない。「すまない。遅刻かな？」

「後ろめたいんでしょ？」

ロークはイヴがせしめたベーコンを手からさらった。「いや、ぜんぜんそんなことないよ、警部補。自分の立場は心得ている。そこがこの作戦に向いているわけだ」

「あなたが参加するしないは彼しだいだけど」イヴは親指をフィーニー向けた。「でも忘れないで、これはわたしの作戦よ」

ロークはベーコンを嚙み切り、残りをイヴに返した。「忘れるわけないだろ?」

八時半までには、チーム全員へのブリーフィングが終わった。イヴは役割と持ち場の割り当てに移った。

「おい、待ってくれ」バクスター刑事が手を振った。「どうして俺が路上生活者なんだ?」

「あなたなら上手にやれるからよ」イヴは諭すように言った。「それに物乞いのライセンスを首にかけたら、すごくセクシーに見えるわよ」

「トゥルーハートにやらせりゃいいじゃないか」バクスターは言いはった。「新米なんだから」

「自分ならかまいません、警部補」

イヴはトゥルーハートをちらっと見た。「あなたじゃ若すぎるし、健康的すぎる。バクスターのほうが年季がはいってるしね。ピーボディ、あなたとロークはカップルになってこのあたりをぶらぶらしてて」レーザーポインターを使って、画面上の見取り図をハイライト表示にする。「トゥルーハート、あなたは公園整備員で、この区域を担当して」

「わたしがいちばんいい役だわ」ピーボディはマクナブに言った。

「だれも容疑者には近づかないこと」イヴはつづけた。「季節もいいし、午後の約束の時間には人出も多いはずよ。野外でランチを食べる人がいたり、子供たちが走りまわったり。公園は毎日、植物観賞クラブや、バードウォッチング・クラブや、学校の遠足に開放されてる。容疑者が選んだのは、あまり人目につかない地点だけど、それでも民間人がいる。武器はどうしても必要なときでないかぎり抜かないこと。臆病者のせいで男の子が気絶してブランコから落ちた、なんてのはやめてよ」

イヴはデスクの縁に腰かけた。「それから第二の容疑者にも警戒すること。舞台をセットするのにもうひとりが協力してるかどうかを知る手だてがないから。容疑者を見つけたら、それらしい人物を見つけたと思ったら、フィーニーに中継して。くりかえすけど、けっして容疑者には手を出さないで。彼があらわれたら、監視下に置くこと」

イヴは室内を見回した。「檻にしっかり錠をおろすために、わたしはそいつが酒にドラッグを入れて渡すまで待つ。そうなったら、わたしたちは彼を——あるいは彼らふたりを——捕まえる。すばやく、目立たず、完璧に。質問は？」

19

　質疑応答が終わると、メンバーはいったん解散した。公園で所定の配置について監視をはじめるのは一一〇〇時の予定だ。

「作戦はすべて記録される。メンバーは各自、隠しマイクとカメラを装着する。わたしたちはあらゆる角度から敵の動きを追う」イヴはなおもオフィスを歩きまわり、計画の穴をくまなく探っていった。

「彼を掌中にするのは時間の問題だ」ロークはイヴに言った。

「ええ、あいつを捕まえる」イヴは立ちどまり、窓の外を見た。すばらしい天気だ。咲き乱れる花々、暖かな日差し、空に浮かぶふわりとした白い雲。春から夏へと向かって、浮きたっているニューヨーク。

　公園には人がどっとくりだすだろう。彼はそれを望んでいるにちがいない。彼は人ごみを好む。スリルと危険が増し、それだけ満足感が大きいから。

衆人環視のなかでの殺人。

「あいつを捕まえる」イヴはくりかえした。「でも、すばやく、完璧にやりたいの。違法薬物を持ってるだけじゃだめ。飲み物に混ぜるだけでもだめ。だけど、わたしに手渡したら、それであいつはおしまい」

イヴは振り向いてボードを見た。そこに並ぶ顔を見つめた。

「フィンチはわたしが知っておくべき通信をしてる？」

「いっさいしてない」

「よかった。やっぱり利口だから、怖さがわかったのね」

ほかの女性たちは、おびえただろうか。一瞬でもおそれを感じたことがあっただろうか。事態を悟った恐怖で喉をつまらせながら、必死に悲鳴をあげようとしただろうか。

「きみは彼女を救ったんだよ、イヴ。きみがいなければ、彼女の顔はボードに貼られていただろう」

「救うだけじゃ、じゅうぶんじゃないの」ピーボディも似たようなことを言っていた、とイヴは思った。「ケヴィン・モラノには、ききたいことが山ほどある」

「きみを満足させる答えは得られそうもないね」

「捕まえるだけで満足しなければならないときもあるわ」それでじゅうぶんだと納得するしかないのだろう。「武器は持っていかないで」ロークのほうを向いて言った。

「武器？」ロークは何食わぬ顔でききかえした。「おやおや、警部補、民間人の専門家コンサルタントには、武器は支給されないんだよ」

「支給品じゃないわよ。階上《うえ》の博物館に武器が山になってるでしょ。そこから持ちださないで」

「もちろん。約束するよ、正規に登録されている合法のコレクションからは何も持ちださない」

「ローク——警告しておくけど……」

「ほかのコンサルタントたちが近づいてくるようだ」黄色い笑い声が部屋に向かってくる。

「彼女たちにも武器についての方針を注意しておかないとね」

「作戦前にあなたの身体検査をさせたいの?」

「きみがやってくれるなら、ダーリン」なんて愛情のこもった言い方なのだろう。おまけに、アイルランドなまりをたっぷり響かせて。「僕は恥ずかしがり屋だから」

　イヴのにべもない返事は、どやどやとはいってきたメイヴィスたちにかき消された。

「へい、ダラス、ゆうべはパーティを逃しちゃったよ」

「そうみたいね」

「治療も実施するはずだったんだよ」トリーナが念を押した。

「それがほら、やむをえない事情で手があかなくて」トリーナが近寄ってきて顔を見つめると、イヴは一歩も引くなと自分に命じずにはいられなかった。「なんなの?」

「ひどい顔」

「ありがとう。こういう顔が好きなの」

「この事件が片づいたら、全身トリートメントを受けること、リラクゼーション・セラピーもはいってるからね」

「じつは、事件が解決したら街を離れることになってて――」

「トリートメントのあとなら、どこでも好きなところに行っていいわ。新しい顧客の獲得にあなたを利用しようと思ってるのに、その当人に一週間も洞穴生活してたみたいな格好で歩きまわられたらどうすればいいのよ。あたしの評判をだいなしにしようとしてるの？」

「ええ。あなたに出会って以来、ひたすらそれをめざしてきた」

「ああ、おもしろい。じゃ、はじめましょう」

「まかせるよ」ロークは言った。

「どこ行くの？」イヴはロークに手をのばした。溺れかけた人間がぶらさがっているロープをつかもうとするように。

ロークはイヴの手をかわした。「仕事がある」そう言うと、愛する人に背を向けて、振りかえりもせずに出ていった。

「さあ、あなたはあたしのものよ」トリーナは夏草色に塗った唇でにやりとした。「脱いで」

「衣装やなんかはレオナルドが集めてる」しばらくしてメイヴィスが言った。「あんたの手持ちの服には、この外見に似合うのはないんだって」

「だんだん、だんだん慣れてくる」どんな犠牲を払っても、保護と奉仕の精神に身を捧げているのだということを忘れてはいけない、とイヴは自分に言い聞かせつづけた。たとえそれが、頭のおかしな女に九十分も顔や体じゅうに得体の知れぬものを塗りたくられたり、パックされたり、詰めこんだりされることだとしても。

「いい感じよ」緑のスキンスーツの上に明るいピンクのスモックをはおったトリーナは、顎の形を変えるためにフェイスパテを塗った。「具合は？」

「おっぱいが変。重い」

「少し大きくしたからね。一生その状態のままにしてくれるやつを知ってるよ――原価で」

「自分のでいいわ。せっかくだけど」

「あなたの自由よ。動かないで。固まるまでちょっとかかるから」

「変装って、どうしてこんなに時間がかかるの？　あのろくでなしたちがデートの準備に何時間もかけてたなんて、信じられないわね」

「たぶんかけてないよ。やり方がわかってれば、外見なんて一時間もかからないで変えられるもん。だけど、こっちは外見を変えるだけじゃない。別の人にできるだけそっくり似せようとしてるの」トリーナはキーウィの香りがするガムをパチンと鳴らした。「ずっとむずかしいんだから」

「それに、すごくうまくいってる」ぐるぐるまわるネオンサインのような青と黄のスモックを着たメイヴィスが、第一アシスタントをつとめている。「顔がぜんぜんちがって見えるよ、ダラス。顎のくぼみも高い頬骨もなくなって、柔らかい感じ。見てみる?」

「いい。完成してからで。あとどのくらい? 現場に遅れたくないのよ」

「仕上げにかかってるとこ。この色を混ぜて、肌をもっと自然にするの」その色をちょっぴりイヴの手の甲にこすりつけてから、口をすぼめて、ステファニー・フィンチの画像と見比べる。「どう思う?」トリーナはメイヴィスにたずねた。

「もうちょっとピンクが強いかな」

「そうだね」トリーナはテスティング・ボウルに少量の色を加えて混ぜた。「そうそう、これよ。あたしって、超天才。メイヴ、レオナルドに連絡して、衣装を急ぐように言ったほうがいいよ。どのへんまで塗ればいいか知りたいの」

「できるだけ少しにして」イヴは頼んだ。

「顔をリラックスさせて。とりあえず、ここからはじめる。いい顔よ」トリーナはつけくわえると、仕上げにかかった。「びっくりするほどきれい。あなたのほうが人をひきつける顔だけどね」

「ねえ、トリーナ、ひりひりするんだけど」

「基本的なお手入れをしてたら、本格的な整形をしないでもあと五十年から六十年もつよ。骨格がいいから」

部屋の奥では、メイヴィスがハウス・リンクで甘えた声を出している。あのふたりは甘いささやき声じゃないと会話ができないらしい。

「白のスキンスーツに、赤のスウィッシュ」メイヴィスが知らせた。「袖は肘まで、胸元はおっぱいの途中まであいてる。レオナルドが五分で持ってくるって」

「スウィッシュってなんなの？」イヴはすかさずきいた。

「口元が終わるまでしゃべらないで。セクシーだね」トリーナはメイヴィスに言った。「この肌の色にすごく合うよ。手のほう、やってくれる？」

「わーい！　そのどろどろ、いじりたかったんだ。結婚指輪をはずさなきゃならないけど、ダラス、ロークに渡しておく」

とっさに拒もうとして、イヴは指を丸めた。その仕草に乙女心が刺激されて、メイヴィスはため息をもらした。「心配しなくていいから」イヴの手を開かせる。「ロークがこれをあんたの指にはめたときのこと、覚えてるよ。そろそろ一年だね。最高の結婚式だった」

イヴはふたたび力を抜いて、メイヴィスのおしゃべりをうわの空で聞いていた。

メイヴィスが猫なで声で迎えたので、レオナルドがはいってきたのがわかる。しばらく甘いささやきとキスの音がつづく。

「すごいな、トリーナ」レオナルドの豊かな声が頭のそばで響いた。かがみこんで仕事ぶりを観察しているのだろう。「知らなければ、彼女だとはわからなかったよ。ベースはシリトレックス、それともプラスティシナル？」

「シリトレックス。そのほうが柔軟だし、これはべつに長持ちしなくてもいいから」

指で頬をつつかれて、イヴは片目をあけた。レオナルドの輝くような大きな顔が目の前にぼんやりと見える。「もう終わったの？」

レオナルドはほほえんだ。温かな目で、口元を白と金にきらめかせて。「ほとんどね。このできばえなら満足するよ。目には何を使ったの？」レオナルドはトリーナにたずねた。

「テンプ・ジェル。ほぼそっくりになるわよ。琥珀色のサングラスもかけるし」トリーナはイヴの向こうをのぞきこんだ。「すてきな衣装。その赤にぴったりの口紅があるの。頬と目にはくっきりした色を使う。爪はふたりでやってもらえる？」

「爪はなんにもしなくていい」

「わくわくするようなデートに出かける女は、爪もちゃんとするの。手と足と両方」トリーナはそうつけくわえてから請けあった。「あと十五分よ」

その倍近い時間がかかったとき、イヴは逃げだそうかと思った。だが、まわりを三人に囲まれていたので、そのままの姿勢で我慢した。前の晩トリーナが染めてセットしておいたウィッグをつけてくれたときには、ほっとして泣きたくなった。

番人たちが数歩さがって成果を吟味しているあいだ、イヴはじっとすわっていた。

「言いたいことはひとつ」トリーナが口を開いた。「あたしって、すごい」そして指を鳴らした。「衣装とアクセサリー」

変身作業が開始されて二時間後、イヴはレオナルドが運んできた鏡の前に立っていた。最初のショックが過ぎると、できばえをじっくり眺め、点検する余裕ができた。

スウィッシュが何かということもわかった。それはまさにムチ《スウィッシュ》のような素材で、前あきスカートみたいに腰に巻きつけてある。色はどぎつい赤で、ふくらはぎのなかばまで垂れている。どう見ても、スキンスーツの大胆さを隠しているとは言えない。まるで役に立っていない。スキンスーツと呼ばれるからにはそれなりの理由があって、だからイヴはこんなものを着たことがないのだ。

裸で歩きまわっているも同然だから。

その肉体は、イヴのものよりも曲線美が強調されている。胸も自分のものではないけれど、突きだすように見せびらかしていることに、居心地の悪さを覚える。肌がもう一インチよけいに露出していたら、公然わいせつ罪で自分自身を取りしまらねばならなかっただろう。

髪は自分のものよりも長く、淡い色合いだった。薄いブロンドで顎をつつむような長さ。顎は丸く、くぼみがない。頰は柔らかな丸みをおびている。頰や顎のおかげで、口はそれほど大きく見えない。それでも、鮮やかな赤の口紅のせいで、顔から浮きでているようだ。目はかすかに緑がかったはしばみ色。だが、目の表情はまぎれもなくイヴのものだ。

「いいでしょう」イヴがうなずくと、鏡のなかのステファニーがうなずきかえした。「おみごと。でも、念のためにいちばんきびしいテストを受けてくる」

部屋を横切って、ロークのオフィスにはいっていく。

ロークはリンクで通話中だった。レーザーファクスが送られてきていて、デスクの上をホロ設計図が漂っている。「最初の段階まで変更するのは賛成だ。そうだ。しかし、実際に見てみないことには……」言いさして、イヴをたっぷり五秒間まじまじと見つめた。「すまない、ジェイソン、かけなおす」通信を終えると、何かをたたいてホロ映像を消した。

ロークは席を立ち、イヴに近づいて、ひとまわりした。「驚いたな。まったく。きみはちゃんと、そこにいるのかい？」そうつぶやいてから、目をのぞきこんだ。「なるほど。ちゃんといた」

「どういうこと？」

「トリーナは奇跡を起こす人かもしれないが、その警官の目だけはどうにもならないようだ」眉をひそめるイヴの顎を片手で持ちあげる。「手ざわりも自然だね」親指でそっと撫でてから、つけくわえた。

「おっぱいも確認して」イヴの背後からトリーナがうながす。「最新のテンプなの。本物と区別できないでしょ。さあ、さわって。ぎゅっとつかんでみて」

「それほどすすめるなら」ロークはイヴの警告のうなり声を無視して、胸をてのひらでつつんだ。「すごく……大きいね」

「あいつを捕まえしだい、とっちゃうからね。不謹慎な空想はしないでよ」

「味わいも本物そっくりよ」トリーナがロークに請けあった。

ロークの眉があがる。「ほんとかい？」

「想像するだけでもだめ」イヴはロークの両手をたたいて払いのけた。「意見を聞かせて。

あいつ、ひっかかると思う？」

「もののみごとにひっかかるよ、警部補。足どりを少し調節したらどうかな。急ぎ足じゃなくて、そぞろ歩き」

「そぞろ歩き。わかった」

「それから、取り調べ中みたいな見つめ方はしないこと。公園でピクニックをしているんだから。どんな感じか思いだすようにしてごらん」

「公園でピクニックなんかしたことないもん」

ロークはイヴの顎を指で撫でた。ちょうどくぼみがあった場所を。「それじゃ計画しないとな。すぐにでも」


監視車両で公園の北端まで行くと、イヴは点検作業をしているフィーニーの背後から身を乗りだした。

「各自のテスト開始。バクスター」

フィーニーの第一スクリーンに噴水池が映しだされた。跳びあがったイルカの口から水が流れだしている。ほとばしる水音、散歩する人たちのとぎれとぎれの会話にまじって、施しを求めるバクスターの哀れな声が聞こえる。バクスターが動きまわるにつれて、画像が少し揺れた。

「哀れっぽい演技をつづけるのよ、バクスター」イヴが言った。

「了解」バクスターが答えた。

「忘れないで、あなたがカモから巻きあげた金は、全部グリーンピース基金に行くんだからね」

フィーニーの監視が部下のあいだを移動するたびに、状況を判断していく。六月の快晴の午後、イヴの予想どおり、公園はにぎわっていた。植物園では、三人の教師が羊の群れを追うように生徒たちを引率している。

「それらしき人物、発見」ピーボディの声がスピーカーを通して聞こえてきた。「男性、白人、肩までの黒い髪、黄褐色のズボンに、薄いブルーのシャツ。柳細工のピクニックバスケットと黒革のカバンを持って小道を東へ向かっています。絶滅危惧種セクションのほうへ」

「見えるわ」イヴは画面上の男に目をこらした。なるほど、あれがそぞろ歩きか。手にしたバスケットがぶらぶらと揺れている。その手には、ルビーのついた二色の金の指輪をはめている。「指輪に焦点を合わせて」イヴはフィーニーに指示した。

フィーニーがグラフィックス処理をおこない、指輪を拡大すると、ルビーに刻まれた竜の頭が見えた。

「決定的な証拠だわ。犯人を見つけた。彼を見失わないで。バクスター、そっちのセクションに接近中よ」

「わかった。やつのあとを追う」

「ピーボディ、あなたとロークは適当な距離を保ってて。彼は三十分早く到着した。準備のためだわ。必要な時間を与えてやりましょう」

「トゥルーハートが映像をとらえました」マクナブが担当のスクリーン群を見ながら言った。「目下、容疑者らしき男は南へ移動中。約束地点に向かっています。われわれの手のうちにはいったようです」

「距離を保って」イヴは警告した。「トゥルーハート、少し左を向いて。よし、ぴったり。それじゃショーを見物しましょう」

容疑者は小道をはずれ、ピクニック用の草地に足を踏みいれた。すでにそこには二組のカップルと、昼休みにランチをとりにきたらしい女性の三人連れがいた。それに男がひとり、あおむけになって日光浴をしている。イヴの命令で、男はものうげに寝返りをうって横向きになり、肘のそばに電子ブックを立てかけた。ちがう角度から、ケヴィン・モラノが映しだされる。

ケヴィンは立ちどまり、あたりをじっくり見まわしている。やがて日陰を選んで、いちばん大きな木まで進み、柔らかな日差しがまだらにさしこむ草地にバスケットとカバンをおろした。

「付近にいる者は全員、彼から目を離さないで」イヴはそう告げてから、ピーボディのレコーダーからの映像を見て、怒りの声を発した。「ピーボディ、ローク、敵に接近しすぎないで」

「ピクニックに最適の場所だね」ロークが心から楽しそうな声で言う。「ちょっと待って、この毛布を敷くからね、ダーリン。きれいな服が草で汚れるといけない」

「毛布？　そんなもの許可してないわよ」イヴは言った。

「ほんとにびっくりしたわ」ピーボディがぎごちない笑い声をあげる。「ピクニックなんて意外なんですもの」

「意外性のない人生なんて、つまらないだろ？」

ロークは愉快そうな顔をして、毛布をひろげている。

数フィート先では、ケヴィンがそっくりおなじことをしている。

「ほんとうに気持ちのいい場所だね」ロークは会話をつづけ、おもむろに腰をおろしながら声を落とした。「だれの邪魔にもならず、景色を楽しむことができる」

「どの場所からもわたしの邪魔をしないで。だれひとり、もう一度言うけど、だれひとり、合図なしに動かないでちょうだい」

「もちろんだ。シャンパンはどうだい、スイートハート？」

「ピーボディ、ひと口でも飲んだら、交通課に追放するわよ」

そう言いながらも、イヴはケヴィンを見守っていた。バスケットをあけ、ピンクの薔薇を三本取りだして敷物の上に置いた。ワイングラスを持ちあげ、日光にかざして輝き具合を調べる。それから白ワインの栓をあけてグラスに注いだ。

「そうそう、チェイサーも加えなさいよ、このろくでなし」

ところが予想に反し、ケヴィンは自分に乾杯するようにグラスを掲げて、ひと口飲んだ。

それから手首を返して時間を確かめると、携帯リンクを取りだしてどこかへ連絡した。

「ピーボディ、音声をあげて」イヴは命じた。「話が聞こえるかもしれない」

聞こえてくるのは、鳥のさえずり、ざわめき、笑い声、子供の喚声だった。イヴが頼むまえに、フィーニーが雑音を取り除いていた。

ケヴィンの声が明瞭にはいってきた。「最高だよ。すぐ近くに十人いる。公共の場所でのポイントが加算されるな。ここを出るときには、公園警備員たちのそばを通らなくちゃいけないだろう。ボーナスポイントだ」いったん言葉を切って、笑った。若々しい、いかにも楽しそうな笑い声。「そうだ、白昼堂々と公園で彼女にやらせたら、僕のリードはまちがいない。あとで知らせる」

ケヴィンはリンクをしまうと、しばらくそのまま深呼吸しながら、景色に見とれていた。

「ただのゲームか」イヴはつぶやいた。「こいつらを逮捕するのが楽しみだわ」

ケヴィンは準備をつづけている。少し急ぎはじめた様子で、冷えた包みを取りだして開いた。中身はキャビアだ。ひと口サイズのトーストとつけ合わせを並べていく。フォアグラ、冷製ロブスター、新鮮なイチゴ。

「あいつめ、ごちそうの並べ方を知ってるな」

「黙って、マクナブ」イヴは小声で言った。

ケヴィンはイチゴを試食し、ふたつめをつまんだ。味わいながら、目の表情が変わっていく。ほらね、とイヴは思った。冷静さ、抜け目なさ。もうひとつのグラスにワインを注ぐときも、その表情をしっかり浮かべていた。

ケヴィンは注意深くあたりを何度もうかがいながら、黒いカバンをあけた。おもむろに手を入れ、てのひらを体のほうに向けて外に出す。それからさりげなく、その手をふたつめのグラスの上にかざして、中身を入れた。

ロークのレコーダーを通して、少量の液体がしたたるのが見えた。

「入れたわ。準備完了。わたしの出番ね。第三段階突入。もうひとりの姿が見えたら、ただちに報告すること」

イヴは後部ドアへ向かった。「おとり捜査開始」

「成功を祈るよ、嬢ちゃん」フィーニーがスクリーンに目を釘づけにしたまま言った。

イヴは暖かな日差しのもとへ踏みだした。つい早足になっているのに気づき、できるだけゆっくり歩く。公園にはいるなり、昼休みのジョギングをしている男が向かってきた。

「よお、いい女。いっしょに走らない？」

「だぶついた尻を殴られないうちにどいたら？」

「よく言った」ロークのささやきを耳にしながら、イヴは歩きつづけた。

やがてバクスターを見つけた。髪はよれよれにもつれて埃にまみれ、Tシャツは破れ、ズボンは垂れさがり代用卵とケチャップとおぼしきもので汚れている。

行き交う人たちはたいがい、バクスターを避けるように通る。近づくにつれて、汗臭さと小便まじりのすえた酒のにおいが漂ってきた。

すっかり役になりきっていること。

そばを通りすぎると、耳ざわりな口笛を吹かれた。

「失せろ《バイト・ミー》（直訳は〝わたしを嚙んで〟）」

「それを夢見てるんだ」バクスターは聞こえないように言った。「夜も昼も」

公園内を移動するのに五分かかり、そのあいだに四回も声をかけられた。

「ケツを蹴飛ばして食っちまうぞって顔つきはやめたほうがいいかもしれませんね、警部補」マクナブが助言した。「たいがいの男はちょっと引いちゃいますから」

「僕はそんなことなかったな」ロークはそう言ってから、ピーボディにすすめた。「キャビアは？」

「ええ……それじゃ」

イヴはうきうきした表情を張りつけようと、民間人の専門コンサルタントをはじめ、仲間との楽しいおしゃべりを思い浮かべてみた。

そのうち視界が開け、ケヴィンが見えた。そのとたん、ほかのことはいっさい忘れた。

相手にもこちらが見えたようだ。はにかみがちな顔に、少年っぽい笑みがゆっくりひろがる。ケヴィンは立ちあがり、少しためらってから近づいてきた。

「僕の夢をかなえて、ステファニーだと言ってください」

「ステファニーよ。あなたが……」

「ワーズワース」ケヴィンはイヴの手を取り、口元へ持っていった。「想像以上の美しさだ。

期待していたよりずっと美しい」

「あなたは何もかも、わたしが想像したとおりの人だわ」イヴは手を握られたままにしておいた。デートなんて苦手だが、どう振る舞い、何を話すかは入念に考えてあった。「お待たせしたんじゃないといいけど」

「ぜんぜん。僕が早かったんです。ひと足先に来て……」ケヴィンはごちそうのほうを手で示した。「すべてを完璧にしておきたかったんです」

「まあ。すてき。準備がたいへんだったでしょう」

「この日をずっと楽しみにしていたから」ケヴィンは敷物のところへ案内した。ロークたちのすぐかたわらを通った。「キャビアだわ！」イヴはそう言いながら腰をおろした。「ピクニックの楽しみ方をよく知ってるのね」

イヴは身を乗りだし、ワインの瓶をまわしてラベルを読んだ。ブリナ・バンクヘッドのときとおなじ銘柄だ。「これ、大好きなの」口元をほころばせる。「わたしの心が読めるみたいね」

「はじめてメールを交わしたときから、そんなふうに感じていたんです。オンラインでだんだんあなたのことを知るにつれて、昔から知り合いだったような気がしてきた。なんだか運命づけられていたみたいな」

「この男は説得力がありますね」マクナブがイヴの耳元でささやく。

「わたしもつながりを感じてたんです」イヴはステファニーが使っていた言葉を思いだしな

がら話を合わせた。「メールや詩のやりとりを通じて。旅行のお話もどれもすばらしくて」

「たぶん……それが運命なんです。〝運命《キズミット》と言わざる者は彼〟」

何、それ。イヴは混乱した頭のまま口を開こうとした。するとロークが引用のつづきをささやいた。「〝運命《フェイト》を知らざる者は彼〟」イヴはそれをくりかえした。「わたしたちにはどんな運命が待ってるのかしら、ワーズワース？」

「それはだれにもわかりませんよ。でも、答えが待ちきれないな」

そのワインを早くよこしなさいよ、この見下げはてた人殺し野郎。だが、案に相違して、ケヴィンは薔薇の花を手渡した。

「きれいだわ」イヴは香りを嗅いだ。

「なんだか、あなたにはそれがぴったり合いそうな気がして。ピンクの薔薇のつぼみ。柔らかくて、暖かで、ロマンティックなところが」ケヴィンは自分のグラスを持ちあげて、ステムをもてあそんでいる。「あなたにそれを贈って、いっしょに過ごすのを待ち望んでいたんです。乾杯しましょうか？」

「ええ」イヴはケヴィンの目を見つめたまま、グラスを取りあげて手渡せと念じた。媚態を示すように、薔薇のつぼみに頬ずりしてみた。

そしてケヴィンはグラスを取り、イヴに手渡した。

「運命的な出会いに」

「このほうがいいわ。運命に定められた結末に」イヴはグラスを口元に持っていった。ケヴィンがむさぼるような目で見ている。飲まずにグラスをさげると、その目にいらだたしげな影がひろがった。

「あら、ちょっと待って」イヴは短い笑い声をあげ、グラスをわきに置いて、ハンドバッグをあけた。「そのまえに、ひとつだけやりたいことがあるの」

イヴはあいている手でケヴィンの手をつかんでから、手錠を取りだしてはめた。「ケヴィン・モラノ、あなたを逮捕します——」

「なんだって？　これはどういうことだ？」手を引いて逃げようとするケヴィンをイヴは喜びながら打ちのめし、横向きに転がして、腰のくびれを片膝で押さえて動けないようにした。

「ブリナ・バンクヘッド殺害、モニカ・クライン殺人未遂、およびグレース・ラッツ殺害幇《ほう》助《じょ》のかどで」

「いったいなんの話だ？　何するんだよ」ケヴィンは相手を振り落とそうともがいたが、頭に武器を突きつけられただけだった。「きみはだれだ？」

「わたしはイヴ・ダラス警部補。覚えておくのね。おまえの呪われた運命だから。名前はダラス、警部補イヴ」反吐《へど》が出そうになったのでイヴはくりかえした。「おまえはもうこれまでよ」

〝だからなんだ？〟耳元でささやく声がする。父親の声だ。〝また、つぎのやつがあらわれるぞ。永遠に終わりはしないんだ〟

ほんの一瞬、武器にかけた指がひきつる。引き金をひきたくなった。

背後や頭上から声が聞こえてくる――驚いた民間人のざわめき、捜査メンバーのきびきびした指示の声。ロークがいるのも感じる、すぐそばに。

起きあがりながら、イヴはケヴィンをひっぱって立たせた。「どうやら最高のピクニックとはいかなかったようね。あなたには黙秘権があります」イヴは権利を告げはじめた。


イヴは自分でケヴィンを護送車まで連れていった。そうせずにはいられなかった。ケヴィンは黙っていなかった。人違いだの、誤認逮捕だの、有力な身内だのについてしゃべりまくっていた。

弁護士はまだ要求していないけれど、やがて言いだすだろう。まちがいなくそうなる。恐怖とショックがおさまって損得を考えるようになるまえに、十五分でも話をきけたら運がいい。

「わたしも行かなきゃ。すぐに取調べをはじめたいの」

「イヴ――」

イヴはロークに首を振った。「わたしはだいじょうぶ。平気よ」だが、平気ではなかった。頭のなかでドラムが鳴っている。それ以上悪化させないために、ウィッグをむしりとり、髪をすいて風を入れた。「このふざけた変装をとらないと。もとどおりになるころには、逮捕手続きもすんでるでしょう」

「トリーナがセントラルで待っていて、手を貸してくれる」

「それは助かる。たぶん。あなたは先に帰ってて」

「僕もいっしょに行くよ」

「わざわざ来てもらっても——」

「ここで議論しても」ロークは言いかけてやめた。サマーセットが渡してくれた二回目の薬を与えるつもりでいることも知らせなかった。「僕の車で送っていくのは？　そのほうが早い」


本来の肌にもどるのに四十分かかった。トリーナにはロークが何か言って聞かせたとしか思えない。自分の傑作をさっさと破壊することに文句ひとつ言うでもなく、顔と体の手入れについての説教もしなかったのだ。

幸せな気分で顔を冷水で洗っていると、トリーナがすり寄ってきた。「あたしはすごく大事な手助けをしたのよね？」

水滴をぼたぼた垂らしながら、イヴは振り向いた。「そのとおりよ。あなたがいなければ、きょうじゅうにかたはつけられなかった」

「あたしにもその興奮を分けて」トリーナは顔を赤らめた。「あなたはじゅうぶん感じてると思うから。いまから、あいつのタマを締めあげるんでしょ？」

「そう、あいつのタマを締めあげてやる」

「じゃあ、あたしの分もひねっといて」バスルームのドアをあけるなり、ロークがはいってくるのを見てびっくりして、ドアのサインをたたいて言う。「どこから見ても女性には見えないけど、かわいいお尻さん」ウィンクをして、トリーナは出ていった。

「そのとおりよ、どこから見ても女ではない。セントラルと言えども行動規定があって、男は女性用の洗面所にはいっちゃいけないの」

「これには人目のない場所がいいかと思って」ロークは小さなカバンから、包みと錠剤とおぞましい注射器を取りだした。

「なんなの？」イヴはあとずさりした。「そばに寄らないで、サディスト」

「イヴ、二回目の投与の時間だ」

「そんなものいらない」

「それじゃ言ってくれ――僕の目を見て――ひどい頭痛も、体の痛みもないし、きみのかわいい尻もだるくなりはじめていないと。嘘をつけば」ロークは反撃する隙も与えず話をつづける。「僕を怒らせるだけだ。僕はねじれた喜びを覚えながら力ずくで投与することになる。僕にはそれができるのを、ふたりともわかっているよね」

イヴはドアまでの距離を測った。逃げるのは無理だろう。「注射はいや」

「おや、あいにくだが、きみは注射されるんだ。今朝みたいにひと勝負するのは勘弁してくれよ。勇気を出すんだ、健気な兵士よ。さあ袖をまくって」

「あなたなんか大嫌い」

「知っているよ。水薬にはちょっぴり味をつけてある。ラズベリー味だ」

「わーい。よだれが出てきた」

20

イヴはもう片方の袖もまくりながら訊問室Aに向かった。どうやら、電子回路が謀反を起こしているのはイヴの車だけではないらしい。このセクションの温度調節装置も不調で、空気はむっとするほど蒸し暑く、煮詰めたコーヒーの強烈な香りが漂っていた。

訊問室のドアの外では、制服姿のピーボディがうっすらと汗をかきながら待っていた。

「もう弁護士を呼んでくれって訴えてる？」

「まだです。人違いだと言いはっています」

「あら、すてき。マヌケなふりをする気なのね」

「マヌケはこっちのほうだと思っているようです」

「ますますけっこう。さっさと、やっちゃいましょう」

イヴはドアを押しあけた。ケヴィンはぽつんと置かれたテーブルの一方の椅子にすわっていた。彼も汗をかいているが、うっすらどころではなかった。イヴがはいってくるのを見るなり、唇を震わせた。

「ああ、よかった。ここに入れられたまま、忘れられたのかと思いました。これはとんでもないまちがいなんです。僕はオンラインで知りあった女性とピクニックをしてただけだ。ステファニーという名前だということしか知らなかったのに。それが、彼女は急に血迷って警察だと言いだし、僕はここへ連れてこられたんです」

ケヴィンは片手をひろげ、わけがわからないという仕草をした。「どうなってるのか、さっぱりわからない」

「わたしが教えてあげるわ」イヴは椅子を引いてまたがった。「だけど、わたしが血迷ったと言うのはあんまりだわね、ケヴィン」

ケヴィンはぽかんと見つめた。「どういうことですか？　あなたとははじめて会うのに」

「まあ、ケヴィン、きれいな花をくれたり詩を引用してくれたりしたのに、そんなことを言うなんて。男というのは、ピーボディ、あなたなら、なんてつづける？」

「いっしょに暮らしにくいものであり、始末に負えないものである」

ケヴィンはピーボディをさっと見やり、イヴに視線をもどした。「あなたが？　公園にいたのはあなたなの？　どうなってるんだ」

「わたしの名前を覚えておくように言ったでしょ。記録開始」イヴは口述した。「容疑者ケヴィン・モラノにたいする取調べ。ブリナ・バンクヘッド第一級殺人事件、グレース・ラッツ殺人事件の共犯、およびモニカ・クラインとステファニー・フィンチにたいする殺人未遂事件の容疑について。さらに、性的暴行、レイプ、違法ドラッグ所持、相手の了解を得ない違法ドラッグの投与についても容疑があがっている。訊問者ダラス、警部補イヴ。同席者ピーボディ、巡査ディリア。ミスター・モラノはすでに権利を告知されている。そうよね、ケヴィン？」

「さあ――」

「改訂版ミランダ警告は読みあげてもらったわね、ケヴィン？」

「ああ、でも――」

「その警告に盛りこまれていた自分の権利と義務は理解できますか？」

「もちろん、だけど――」

イヴはやや焦れたようなため息とともに指を立てた。「そうあせらないで」相手をじっと見つめて黙りこむ。ケヴィンが唇を舐め、ふたたび口を開こうとすると、指を振って制し、彼のこめかみをひと筋の汗が伝うのを眺めた。「ここは暑いでしょ」気さくな口調で話しかけた。「いま空調を直してるところなの。ウィッグやフェイス・パテをつけたままじゃ、うっとうしいでしょうね。とってしまいたい？」

「なんのことを言ってるのか――」

イヴは何も言わずに手をのばし、ウィッグをぐいっとはずして、ピーボディに放った。

「ほら、そのほうが涼しいわ」

「かつらをつけるのは犯罪じゃない」ケヴィンはかすかに震える手で、短く刈った髪を撫でつけた。

「ブリナ・バンクヘッドを殺した晩は、ちがうウィッグをかぶってたわね。それに、モニカ・クラインを殺そうとした夜も」

ケヴィンはイヴの目をまともに見返した。「そんな女たちのことは知らない」

「そう、知らなかった。あなたにとっては、取るに足らない者たちだから。ただのおもちゃにすぎない。彼女たちを誘惑するのは楽しかった、ケヴィン？　詩や花束、キャンドルやワインの小道具を使って。セクシーな気分になった、それとも男らしさを実感した？　たぶん、相手を薬で無防備な状態にしなければ、興奮できないのね。レイプでなければ、勃起しないんでしょ」

「ばかなこと言うな」怒りに顔をひきつらせている。「失礼だぞ」

「あら、そりゃごめんなさい。でもね、レイプじゃないと興奮しない男は、それ以外のやり方では満足できないものなのよ」

ケヴィンは心もち顎をあげた。「僕は生まれてこのかた、女性をレイプしたことなんかない」

「あなたはそう思ってるでしょう。彼女たちはみずから望んだのよね？　ワインにホアーをちょっぴりしのびこませたあとは、懇願せんばかりだった。でも、あなたが薬を与えたのは、相手を開放的にさせるためだった」イヴは立ちあがり、テーブルのまわりを歩きはじめた。「刺激を強くするためだけ。あなたみたいな男は、レイプする必要なんてない。若くて、ハンサムで、お金持ちで、洗練されてて、おまけに教養もある」

イヴは背後からかがみこみ、ケヴィンの耳元に口を近づけた。「でも、ふつうじゃつまらなかったのよね？　男にはもっと楽しむ権利がある。女は？　女なんて、ひと皮むけば、みんな娼婦だ。たとえば、あなたの母親みたいに」

ケヴィンはイヴから逃れようとした。「何を言うんだ？　僕の母は世間の評価も高くて、大成功をおさめた実業家だ」

「研究所で身ごもっちゃったのはだれ？　相手は名前さえ知らないような男だったんじゃないの？　もっとも、いったん燃えはじめたら、そんなことどうでもよくなったかもね。訴えを取りさげて子供を産むのに、お母さんはいくらもらったのかしら。教えてもらったことある？」

「僕にそんな言い方をする権利なんかないぞ」ケヴィンは涙声で言った。

「あなたは彼女たちのなかにママの面影を見てたの、ケヴィン？　ママをファックしたかったの、懲らしめたかったの、それとも両方？」

「最低だ」

「やっぱり、その点では意見が一致すると思ったわ。結局、彼女は身を売ったんでしょ？　ほかの女たちと、なんのちがいもない。あなたは彼女たちの本性を暴いただけ。彼女たちはネットで男を漁ってたんだもの。当然の報いよね。ちょっと重すぎる罰だけど。あなたとルシアスが考えたのはそういうこと？」

ケヴィンはぎくっとして、呼吸を乱した。「何を言われてるのか、さっぱりわからないな。これ以上、そんな話を聞くわけにはいかない。あなたの上司を呼んでくれ」

「彼女たちを殺すというのはどっちの考えだったの？　ルシアスのほうでしょ？　あなたは粗暴なたちじゃないもの。ブリナの場合は事故だったのよね？　たまたま運が悪かった。それなら、少しなんとかなるかもよ、ケヴィン。ブリナの死が事故だったら、いくらか助かる道があるかもしれない。でもそれには、わたしに説明してくれないと」

「言っただろ。ブリナなんて知らない」

イヴはケヴィンの頰に顔をくっつけた。「あなたはもう尻に火がついてるのよ、ろくでなし。こっちを見なさい。しっぽはつかんでるんだから。黒いカバンにつめた必需品、ワインに混ぜた違法ドラッグ。あなたの行動はずっと監視されてた。公園に足を踏みいれたときから、記録されてたの。あなたが獲得するはずの得点についての相棒との話も聞かせてもらった。それに、あなたはほんとにカメラ写りがいいわね、ケヴィン。陪審員もきっとそう思わよ。違法ドラッグをワインに落としてるディスクを見たら、感きわまって刑を宣告するでしょうた。そうね、三回分の終身刑――仮釈放の見込みはなし――ってところかしら。地球内外の流刑植民地でね。あなただけのための、すてきなコンクリートの檻」

恐怖の表情を浮かべて見返すケヴィンに、イヴは容赦なくたたみかけた。「一日に三度の食事。あ、あなたが食べ慣れてるような食事じゃないのよ」ケヴィンのシャツをいじりながらつけくわえた。「でも、生き延びることはできる。とても長いあいだね。刑務所ではレイプ犯にどんなことが起こるか知ってる？　見た目のいいレイプ犯はとくにそうなんだけど、みんな、あなたをやってみようとするの。あなたをめぐって争って、もっとやろうとする。死にそうになるまでファックされるのよ、ケヴィン。あなたがやめてくれと頼めば頼むほど、懇願すればするほど、彼らは乱暴にねじこんでくるでしょう」

イヴは体を起こしてマジックミラーを見つめ、自分の目に宿る悪夢を見つめた。悪夢はすでに腹の底でうごめいている。

「運がよければ、ビッグ・ウィリーとか呼ばれてるやつがあなたを情人にして、ほかの男たちから守ってくれる。少しは気が楽になった、ケヴィン？」

「これはいじめだ。脅しだ」

「これが現実なの」イヴはぴしゃりと言った。「これがめぐり合わせ、運命、あなたのろくでもない宿命なのよ。あなたはオンラインのチャットで女を漁っていた。詩のチャットで。そこでブリナ・バンクヘッドと知りあい、ダンテという人物になりすまして、つきあいを深めていった。そして、友人であり同胞であるルシアス・ダンウッドと結託して、彼女と会う段取りを整えた」

いったん言葉を切り、内容が相手の頭にしみこむのを待った。「あなたは彼女の職場に花を贈った、ピンクの薔薇を。しばらく、彼女の私生活を監視した。彼女の住まいの向かいにあるサイバーカフェのユニットを使った。わたしたちはそこで、あなたの痕跡を見つけたの。うちにはね、超優秀なコンピュータ・オタクを集めた部署があるのよ、ケヴ。いいことを教えてあげましょうか」

イヴはふたたび身を寄せ、共犯者のようなひそひそ声を出した。「あなたは自分で思ってるほど利口じゃない。そのサイバーカフェにも、五番街のサイバーカフェにも、指紋を残してるの」

ケヴィンの口元が泣きだしそうな子供のように震えるのを、イヴは見守った。「それはともかく、ブリナ・バンクヘッドにもどりましょう。彼女とは〈レインボールーム〉で会った。思いだした、ケヴィン？　彼女は美しかった。あなたたちはお酒を飲んだ。というより、あなたはふつうのワインだけど、彼女はホアーが混入されたワインを飲んだ。相手がじゅうぶん酔ったところで、あなたは彼女の部屋についていき、念のためにドラッグをもう少し与えた」

イヴは両手をテーブルにたたきつけ、かがみこんだ。「あなたは音楽をかけ、キャンドルをともし、ばかばかしいピンクの薔薇の花びらをベッドにまいたあげく、彼女をレイプした。刺激を強めるために、さらにワイルド・ラビットを与えた。彼女の体はもはやそれを受けつけられず、死んでしまった。薔薇をしきつめたベッドの上で。ぎょっとしたでしょうね？　そして腹をたてた。なんで死んだりして計画をだいなしにくれたんだって。あなたは彼女をテラスから放り投げた。ゴミみたいに通りに投げ捨てたのよ」

「ちがう」

「彼女が落ちるところを見た、ケヴィン？　見てないわね。彼女はもう用なし。あなたはアリバイ工作をしなきゃならないものね？　ルシアスのところへ逃げ帰って、どうすればいいか相談しないと」

　イヴは体を起こして背を向け、自分のために水を取りにいった。「あなたは彼に操られてる、そうでしょ？　あなたにはそんな大それたことをする勇気はない」

「僕はだれにも操られてない。ルシアスにも、あなたにも、だれにも。僕は男だ。人から指図は受けない」

「じゃ、あなたの考えだったのね」

「ちがう、それは——僕は何も言わない。弁護士を呼んでくれ」

「いいわよ」イヴはテーブルに腰かけた。「そう言ってくれるのを待ってたの。だって、弁護士が呼ばれてしまえば、あなたに取引を持ちかけなくてすむから。正直言うとね、ケヴィン、あなたと取引するって考えただけで吐きそうになるのよ。でも、わたしの胃はすごく丈夫なの、そうよね、ピーボディ？」

「チタン鋼並みです」

「ほらね、それがわたし」イヴは胃のあたりを軽くたたいた。「でも、あなたにはむかついたわ。だいぶ落ちついたけど。あなたが残りの哀れな人生を檻のなかで暮らすと想像したらね。上等のスーツも着られず、ビッグ・ウィリーと寄り添ってるだけだもの」はずみをつけて、テーブルからおりた。「あなたがいますわってる椅子に、ルシアスをすわらせて話しあうときには、また吐きたくなるわね。彼は取引に応じて、簡単にあなたを裏切るだろうから。目下の賭け金のオッズはどれぐらい、ピーボディ？」

「三対五でダンウッドが優勢です」

「わたしもそろそろ賭けたほうがいいわね。さあ、あなたの弁護士を呼びましょう、ケヴィン。取調べ中止。容疑者が代理人を要求したため」イヴはドアのほうへ向かった。

「待ってくれ」

一月の氷雨《ひさめ》のように冷たい目で、イヴはピーボディと視線を交わした。「何か思いついたの、ケヴィン？」

「いや……ちょっと気になっただけなんだ。取引ってどういうことかなと」

「ごめんなさい、弁護士を呼んだ人には教えられないの」

「弁護士はあとでもいい」

よし、と思いながらイヴは振りかえった。「記録開始。おなじ容疑について、当該容疑者への取調べ続行。記録するからもう一度言ってちょうだい、ケヴィン」

「弁護士はあとでもいい。取引とはどんなことなのか知りたい」

「吐き気どめの薬が必要になりそうだわ」ため息をついて、イヴはふたたび腰をおろした。「さて、何をすればいいかわかるわね、ケヴィン？　洗いざらい白状しなきゃだめよ、いきさつを全部話して。正確かつ詳細に。それから、正直になること、心から後悔してるって態度を見せること。それができたら、あなたのために取りなしてあげる。待遇のいい施設で、男色野郎たちとは別の部屋にしてやってくれって、口添えするわ」

「おかしいじゃないか。それが、どうして取引なんだ？　僕は監獄に行くの？」

「もう、ケヴィンたら」イヴはため息をついた。「あなたの監獄行きは決定なの。投獄されてからどうなるかは、あなたしだいよ」

「僕は処罰を免除されたい」

「わたしはブロードウェイのミュージカルで歌いたい。わたしたちの大切な夢は、どちらも実現する見込みがまったくない。こっちはあなたのＤＮＡをつかんでるのよ、おばかさん。あなたは予防具を身につけなかった。体液も、指紋も入手してる。逮捕手続きのときに、サンプルを採られたでしょ？　いまごろ、照合してるわ。すべて一致するでしょうね、ケヴィン。ブリナとモニカの体に残したものと一致することは、わかってるじゃない。ＤＮＡが一致したという結果が出て、うずうずしてるわたしの手元に来たら、遊びの時間は終わりよ。わたしはあなたをよぼよぼの犬みたいに見捨てる。国じゅうのどんな優秀な弁護士でも、あなたを助けることはできないわ」

「なんとかしてくれてもいいじゃないか。司法取引とか、方法を考えてくれよ。金ならある――」

イヴは相手の胸倉をさっとつかんだ。「袖の下を使おうっていうの、ケヴィン？　あなたの罪状リストに警官の買収も加えろってこと？」

「ちがう、そうじゃなくて、僕はただ……少し手心を加えてほしいんだ」ケヴィンはどうにか心を落ちつけ、理性的で協力の意志を示す話し方をしようとつとめた。「僕は刑務所には行けない。そんな場所にはふさわしくない。あれはただのゲームだった。競争だよ。すべてルシアスの思いつきだった。あれは事故だったんだ」

「ゲーム、競争、他人の思いつき、事故」イヴは首を振った。「これは選択問題なの？」

「僕らは退屈してた、それだけだよ。退屈をまぎらす何かをしたかったんだ！　僕らはちょっと楽しんでみただけなんだ。あいつのイカレじいさんがやった実験の再演みたいなものだった。それが、手違いが生じて、だから事故なんだよ。彼女は死ぬはずじゃなかった」

「だれが死ぬはずじゃなかったの、ケヴィン？」

「最初の女性。ブリナだよ。僕には殺す気はなかった。たまたま、そうなったんだ」

イヴは椅子の背にもたれていた。「どうしてそういうことになったのか話して、ケヴィン。たまたま、そうなったわけを」


一時間後、イヴは訊問室をあとにした。「膿んだおできみたいな人間のくず」

「まったく、そのとおりです。でも、うまく吐かせましたね」と、ピーボディはつけくわえた。「弁護士が束になってかかっても、あの自白をつっつく隙間は針の穴ほどもありません。彼は絶望的です」

「そうね。もうひとりの膿んだおできは、それほど簡単には落ちないでしょう。チームに伝えて、ピーボディ。公園の作戦に参加したメンバー全員に。ダンウッドの逮捕状を要請すると。彼らも第二幕に立ちあう資格があるから」

「了解。ダラス?」

「何?」

「ブロードウェイのミュージカルで歌いたいっていうのはほんとうですか」

「みんな、そう思うんじゃないの?」令状を要請しようとコミュニケータを取りだしたとたん、受信音が鳴った。「ダラス」

「オフィスに来るんだ」ホイットニーが命じた。「ただちに」

「了解しました。ふう、あいつは霊能者か。メンバーを集めておいて、ピーボディ。一時間以内にルシアス・ダンウッドに取りかかる」

訊問の成果やルシアスを捕まえる期待に血をわかせながら、イヴはホイットニーのオフィスにはいっていった。口頭で報告する準備はできていた。だが、レンフルー捜査官ともうひとりの男が部屋にいるのを見て、予定どおりにいかないことがわかった。

ホイットニーは無表情な顔でデスクについていた。「警部補、こちらはヘイズ警部だ。レンフルー捜査官とはもう会っているね」

「はい」

「レンフルー捜査官は、彼が捜査の指揮をとっているシオドア・マクナマラ事件におけるきみの行動について正式に苦情を訴えたいと、上司とともにやってきた。そういう事態になるのを避けるため、きみを呼んで話しあおうと思ったんだ」

頭のなかで鈍いうなりがとどろき、腹の底で静かな怒りが燃えている。「訴えたければ、そうさせてやってください」

「警部補、わたしもわが部門も、避けられるものなら、そういうごたごたは避けてとおりたい」

「部長や組織が何を望もうと、わたしには興味がありません」その噛みつくような口調に、ホイットニーの目に正体不明の光がともった。「苦情を訴えればいいじゃないの、レンフルー。訴えなさいよ、あなたを終わりにしてやるから」

「ごらんのとおりです」レンフルーは歯をむきだした。「彼女はバッジに敬意を払いもしない、仲間にも敬意を払わない。わたしの犯罪現場に乗りこんできていばりちらし、権力をかさにきて捜査を妨害した。現場を荒らさないうちに立ち去ってくれというわたしの要望を無視して、現場鑑識班に質問をした。わたしの陰で検死官に連絡をして、彼女のものではない死体のデータを入手したんです」

ホイットニーが片手をあげ、レンフルーの演説を制した。「申し開きは、警部補?」

「申し開きをしてほしいんですか。わかりました」怒り狂って、イヴはポケットからディスクをひっぱりだし、デスクにたたきつけた。「これがわたしの申し開きです。公式な。このマヌケ」と、レンフルーに向かって言った。「これはほうっておくつもりだったの。わたしがまちがってた。あなたみたいな警官はほうっておいちゃいけない。バッジをなんだと思ってるの。護符かなんか？　なんにでも通用するハンマー？　バッジはね、あなたのつまらない責任であり、本分なの。お守りでも武器でもないのよ」

口をはさもうとしたヘイズを、ホイットニーは指を一本立てて黙らせた。

「本分とやらを教えてもらおうじゃないか」レンフルーは自分の腿を押さえつけて身を乗りだした。「あんたがほかの連中を探ってることはみんなが知ってる。あんたは内部監察部《IAB》の言いなりだ。裏切り者のイメージキャラクターなんだよ」

「一二八分署の件については、あなたに説明するまでもない。警官が殺されてたことをお忘れのようね。彼らの名前を知りたいなら教えましょうか。わたしはまだ覚えてる。彼らの死体を見たからよ、レンフルー、でも、あなたは見なかった。そのことで、文句を言いたいんでしょうけど、職場を離れたところでやるべきだったわね。殺人事件の現場じゃないところで。わたしをやっつけたいなら、わたしたちが守るべき死者の前は避けてよ。わたしはあなたに協力してほしいと頼んだ。どちらの捜査もさっさと解決するために、双方に重要な情報を分けあってほしいと頼んだのよ」

「俺の強盗殺人は、あんたのセックス殺人とはなんの関係もない。許可もなく俺の現場に口出す筋合いじゃないんだ。現場を記録する権利もない。だから、そんな記録なんかインチキだ」

「この横柄で、自分勝手で、無知な、とんちき野郎。あなたがかかえてるのは強盗殺人じゃないの。あなたの殺人犯ふたりのうち、ひとりを捕まえて正式に全面自供させたわ。シオドア・マクナマラの殺人についてもね」

レンフルーは椅子から飛びあがった。「抜けがけして、俺の容疑者を訊問したのか？」

「わたしの事件の容疑者を訊問するために連行したの。だから言ってるでしょ、このマヌケ、双方の事件にはつながりがあるって。あなたが安易な手段をとろうと躍起にならなければ、それほど協力することをいやがらなければ、容疑者を連行する作戦にあなたも加えてたわよ。さあ、とっとと出てって。じゃないと、あなたにふさわしくないそのバッジを取りあげて、口につっこんでやるわよ」

「もうそのへんでいいだろう、警部補」

「よくありません」イヴはホイットニーのほうを向いた。「ぜんぜん、よくない。たったいま、二十二歳の青年の告白を聞いてきたばかりなんです。異常な友人と退屈しのぎにどんなゲームをしたかを。一点につき一ドル。より多くの女性をより独創的な方法で仕留めた者が悪銭を勝ちとる。彼らはどちらが色男かを競うためだけに、女性たちにドラッグを盛ってレイプしたあげく殺しました。孫たちの悪事に気づいたマクナマラが目の前に立ちはだかると、彼の頭をめった打ちにし、刺激剤を与えて生かしておき、丸裸にしてとどめの一撃を加え、川に放り投げた。あいにく、そのひどい事件を担当したのがこの男だったというわけです。

　三人の人間が亡くなり、ひとりは病院でなおも死と闘っています。自分の個人的な恨みを晴らそうという捜査官がいるために、犠牲者の数はさらに増えるかもしれません。だから、まだじゅうぶんではないんです。もうこれでいいということはありません」

「あんたは自分のへまを俺になすりつけようっていうのか」レンフルーが難癖をつけはじめ

た。

「よしなさい、捜査官」ヘイズがおもむろに立ちあがった。

「警部――」

「よせと言ったんだ。それ以上何も言うな。わが署からの苦情はありません。ダラス警部補からの訴えがあるようでしたら――」

「訴える気はありません」

ヘイズは首をかしげた。「わたしなら訴えているところだが、あなたのほうが上等な人間だということだな。そのディスクのコピーをいただきたいのですが、部長」

「許可しよう」

「わたしは記録の中身も、そういう行動をとったことも、しごく妥当だと考える。レンフルー、ちょっとでもその口を開いたら、わたしが手を打つ。きみはおもてに出ていなさい。これは命令だ」

あまりの屈辱に、レンフルーは震えだした。「了解しました。ですが、納得はしていませんん」

「覚えておこう」ヘイズはドアが閉まるまで待った。「つまらないことを持ちこんで申し訳ありません、部長。部下の見苦しい振る舞いについても、お詫びいたします」

「きみの部下には、少々しつけが必要のようだな、警部」

「懲らしめないといけませんね。かならずケツをどやしつけることをお約束します。あなたにもお詫びします、警部補」

「そんな必要はありません、警部」

「あなたと会ってから、はじめて意見が分かれましたね。レンフルーは問題児だが、その問題児をかかえているのはわたしなんだ。署内はつねに清潔にすべきで、汚れがあらわれたら、その責任はわたしにある。お時間をありがとうございました、部長」

ヘイズはドアに向かいかけて立ちどまり、振りかえった。「警部補、クルーニー巡査部長とわたしは同期なんだ。五月に例の一件が明るみに出たあと、面会に行った。あなたのことを汚れなき警察官だと言っていた。そして、捕まえてくれたのがあなたでよかったと感謝していたよ。それがあなたにとって意味があるかどうかはわからないが、彼にはたいへんなちがいだったんだ」

ヘイズは納得するようにうなずきながら退出し、静かにドアを閉めた。

ふたりだけになると、ホイットニーは席を立ち、オートシェフに向かった。「コーヒーは、警部補？」

「いえ、けっこうです」

「すわりなさい、ダラス」

「部長、先ほどは無礼で反抗的な態度をとってしまい、すみませんでした。わたしの振る舞いは――」

「みごとだった」ホイットニーはさえぎった。「この部屋の主はだれかということを思いだして、だいなしにすることはない」

イヴはややたじろぎ、適当な言葉を探した。「弁解の余地はありません」

「弁解など求めていない」ホイットニーはコーヒーを持って、デスクにもどった。「だが、要求するとしたら、ゆうべ何時間眠ったかを教えてもらおうか」

「それがその――」

「質問に答えなさい」

「二時間くらい」

「そのまえの晩は？」

「それは……お答えしかねます」

「すわりなさいと言ったはずだが」ホイットニーはうながした。「命令にしようか？」

イヴは腰をおろした。

「きみが警官を叱りつけているところは見たことがなかった――噂も聞いたことがなかった」そうつけくわえてから、「だがこれで、きみはその評判を得たと言ってもさしつかえないな。クルーニーと一二八分署については、すべきことをやったまでだ。きみがそれで非難されるいわれはない」

「わかりました」

ホイットニーはイヴの顔をしげしげと眺めた。疲れと悲しみと怒りの気配がうかがえた。我慢の限界まで来ているのだろう。「バッジを持ったからいい人間になるとはかぎらない、イヴ、その逆であるべきなんだ」

イヴはファーストネームを呼ばれたことに意表をつかれて、とまどった。「はい、そう思っています」

「きみは公私ともに有名人だ。世にもてはやされたりスクリーンを華々しく飾ったりすれば、嫉妬や恨みをいだく者も出てくる。レンフルーがそのいい例だ」

「彼は個人的にはわたしのことなど気にしていません、部長」

「それを聞いて安心した。ケヴィン・モラノの自白を取ったんだね」

「はい」起立して、口頭の報告をしようとしたが、ホイットニーにとめられた。

「いまは正式な報告はいらない。先ほどのどなりあいで要点はわかった。ルシアス・ダンウッドの令状は出たのか？」

「要請してあります。いまごろはわたしのデスクにのっているはずです」

「なら、ひっとらえてこい、警部補」ホイットニーはコーヒーを飲みながら、立ちあがるイヴに目をやった。「自供が取れたら連絡してくれ。記者会見の手配をする。それがすんだら帰宅し、どんな方法を使ってもいいから八時間しっかり眠るんだ」

部下が退出すると、ホイットニーはディスクを取りあげ、手のなかで裏返した。明かりを受けて、ディスクがきらりと光った。

汚れなき警察官か。言い得て妙だな。光がたわむれるのを見つめながら、ホイットニーは自分の報告をするためにティブル本部長に連絡した。

ブラウンストーンの邸宅のドアを破り、暴動鎮圧用の銃と防弾衣に身を固めた警官隊とともに突入したい誘惑に駆られる。事件の状況と重さを考えれば、そうしてもおかしくなかった。

ルシアスは度肝を抜かれ、事の重大さを思い知るだろう。

だが、それはただの自己満足にすぎない。

イヴは夢を頭から消し去り、ピーボディだけをしたがえて玄関に近づいた。

「各自、持ち場についてるわね。準備はいい？」

「いいよ」イヤホーンからフィーニーの声が聞こえる。「やつがきみを振りきって逃げようとしたら、こっちで食いとめる」

「了解」イヴはピーボディを見やった。「振りきれっこない」

「絶対無理ですね」

イヴは呼び鈴を押し、踵に体重を乗せながらカウントした。十秒かぞえたところで、家事ドロイドがドアをあけた。

「わたしを覚えてる？」イヴはドロイドにこぼれるような笑みを向けた。「ミスター・ダンウッドにお話があるんだけど」

「はい、警部補。どうぞおはいりください。おみえになったことをミスター・ダンウッドに伝えてまいります。お待ちになっているあいだに、お飲み物はいかがですか？」

「けっこうよ、ありがとう」

「わかりました。では、お楽になさってください」

古風な黒いお仕着せ姿のドロイドは、折り目正しく去っていった。

「ロークがサマーセットをお払い箱にしてドロイドを入れたら、わたしだって毎日いまみたいにちゃんと対応するわ」

「ええ」ピーボディはにやりとした。「ほんとにドロイドが嫌いなんですね」

「だれがそんなこと言った？」

「あなたをよく知っている者です」

「自分のことは自分がいちばんよく知ってるわ」イヴは言いかえした。「なんでまたそんな……つづきはあとで」と、ルシアスがホワイエにはいってくるのを見て言った。「ミスター・ダンウッド」

「警部補」今夜も黒い装いで、悲嘆にくれたやや青白いメイキャップを施してあった。午前中、母親に会ったときにはそれがすばらしい効果をあげたのだろう。そしていまは、警察に会うにふさわしく微調整したにちがいない。「祖父のことで何かわかったんですか？　今朝は母と過ごしたのですが、母は……」

語尾が薄れ、ルシアスは気を鎮めるかのように目をそらした。「僕らにはどんなニュースでもありがたいんです。祖父が死んだ理由につながるものならなんでも」

「それをお伝えできると思います。すでにひとりを勾留しています」

ルシアスは視線をもどした。即座に押し隠したが、その顔には一瞬、驚愕がよぎった。

「僕らにとってそれがどれほど大事なことか、言葉では言いつくせません。祖父を殺した者をすばやく法の裁きにゆだねることが」

「わたしの日々も明るくなります」自己満足だ、とイヴは心のなかでつぶやいた。結局のところ、自分を喜ばせてしまった。でも、それがなんだっていうの。「じつのところ、犯人はふたりいます。ひとりは留置されました。もうひとりもまもなく逮捕されます」

「ふたり？　ふたりがかりで、かよわい年寄りを襲ったんですか？」声に怒りをにじませていた。「そいつらを苦しませてやりたい。報いを受けさせたい」

「意見が一致したわね。じゃ、そうしましょう。ルシアス・ダンウッド、あなたを逮捕します」

ルシアスがすばやくあとずさると、イヴは武器をさっと抜いた。「あら、どうしたの」イヴはけしかけた。「いいから、つづけて。お仲間のケヴィンのときには、これを使う機会がなかったの。だから、指がむずむずしてるのよ」

「嫌味なばか女」

「嫌味な女ってのは認めるわ。でも、檻に入れられるのはどっち？　ばかっていうのはね、ばかなことをする者のことよ。手をあげて、頭の後ろに。ほら」

ルシアスは両手をあげた。壁を向かせたときに、隙が生じた。

そのまま悪あがきをさせてもよかった。夜中に目覚めて、その行為が適切だったかどうかを反省することもないだろう。だが、ルシアスが向かってきたとき、イヴは流れるような動きで身を引き、相手に腕を振りまわさせた。そして、空を切った拳の下にもぐりこみ、自分の拳を二度、その腹にめりこませた。

「逮捕への抵抗」手と膝をついて、吐きそうになっているルシアスに告げた。「一生消えない記録がまた追加されたわね」イヴは靴の先でルシアスをうつぶせにしてから、軽くうなじを踏みつけた。「警察官への暴行は加えないわ。空振りだったから。この愚か者に手錠をかけて、ピーボディ。わたしは罪状を言いたてて、権利を読みあげる」

イヴが言いきらないうちに、ルシアスは弁護士を要求した。

21

自宅の石段をのぼるとき、空はまだ青かった。深く夢幻的な、夜のはじまりの青だ。そのころになってようやく、イヴは頭がすっきりし、小鳥のさえずりに耳をかたむけ、ほのかな花の香りを嗅ぎとる余裕ができた。

このまま石段に腰をおろして、自然が与えてくれる甘くやさしい喜びに浸ろうか。だが、よくよく考えてみれば、死は目前のことだけではない。世の中には血を流す者があとを絶たない。そして、甘やかされて育った身勝手な者たちが、生者と死者との運命の鍵を握ろうと、殺傷をくりかえしている。

腰をおろすのはやめて、イヴは壺からあふれんばかりの紫の花の小枝を手折り、家のなかにはいった。そこには新鮮な空気よりも必要なものが待っているから。

手にした花に目をやるなり、サマーセットは顔をしかめた。「警部補、壺に生けた花を切ってもらっては困ります」

「切ってない。折ったの。ロークはいるの？」

「ご自分のオフィスに。お部屋にバーベナを飾りたいのでしたら、温室に命じればすむことです」

「はい、はい」イヴは階段をのぼりながら言った。「やれ、どうした、こうした」

サマーセットは納得するようにうなずいた。薬が効いて、ふだんの彼女にもどったらしい、と。

ロークは窓辺にいて、ヘッドセットを通じて話をしていた。どうやら新しい通信およびデータ・システムの試作品の見直しに関することらしいが、ハイテク関係の専門用語だらけで何を言っているのかさっぱりわからなかった。だから、話の内容にはかまわず、声だけに耳をかたむけた。

その声にまじるアイルランドの響きを聞くと、妙にぞくぞくして、戦士と燃えさかる火のぼんやりしたイメージを連想する。それに、詩を思わせる。女という生き物には、ある種の刺激に反応する性質がそなわっているのかもしれない。

おそらく、十年か二十年たてば、その響きにも慣れてしまうのだろう。ロークにも慣れる日が来るのだろう。

沈みゆく日が窓辺にさしこみ、ロークを金色に染めている。髪は後ろに結わえてある。神経を傾注して何事かにあたっていたのだろう。

光のいたずらで、ロークの周囲に光輪が描かれているように見える。彼がそれにふさわしい人物でないことは、本人はもちろんイヴも承知しているけれど、その光景は信じられないほどしっくりしていた。

スクリーンがついていて、ニュースが流れている。デスクのリンクは応える者のないいま、むなしく鳴りやんだ。

あたりには金と力のにおいが漂っていた。ロークのにおいが漂っていた。イヴのなかで、呼吸とおなじくらい自然な欲求がわきあがった。

そして、ロークがこちらを向いた。

その目を見据えたまま、イヴは部屋をつっきり、ロークのシャツの胸をひっぱって唇をとらえた。

ヘッドセットから聞こえる話し声が、わきたつ血のせいで遠のいていく。ロークもイヴの唇をとらえ、熱い思いに情熱で応えた。

「あとで」マイクにつぶやくと、ヘッドセットをむしりとってわきへ放った。「おかえり、警部補。おめでとう」ロークは手をあげて、イヴの髪を撫でた。「チャンネル75で記者会見を見たよ」

「じゃあ、すべて終わったのは知ってるのね」イヴはバーベナの花をさしだした。「ご協力ありがとう」

「どういたしまして」ロークは花のにおいを嗅いだ。「何か僕にできることはある？」

「それがね」イヴはロークの髪をとめているゴムをはずした。「もうひとつ、任務があるの」

「ほんと？　予定はつまっているが、市民の義務は果たさないとな」バーベナをイヴの耳元にさした。「どんな任務かな？　具体的に言ってくれ」

「具体的に知りたい？」

「そうだよ。ものすごく……具体的に」

笑いながら、イヴは飛びあがってロークの腰に脚を巻きつけた。「あなたを裸にしたいの」

「ほう、極秘任務だな」イヴのヒップをしっかりつかんで、ロークはオフィスにあるエレベーターに向かった。「危険なの？」

「かなり危険。わたしたちふたりとも、生きて帰れないかもしれない」

エレベータのなかで、ロークはイヴの背を壁に押しつけた。イヴの強さと、しなやかさを感じる。「主寝室へ」そう命じると、唇を奪った。「僕は危険を求めて生きている。もっとくわしく教えてくれ」

「肉体を酷使するわ。それにタイミングと……」喉元に歯を立てられて、イヴは一瞬、声がつまった。「リズムと連携が完璧じゃないと」

「がんばってみよう」ロークはどうにかそう言って、イヴをエレベータから寝室へ運びだした。

ふたりでベッドに倒れこむと、そこでふわふわの絨毯のように寝そべっていた猫が、怒りのうなりを発して跳ねあがった。ロークは手をのばし、そっと押しやった。猫はどさっという音をたてて飛びおりた。

「ここは関係者以外、立入禁止だ」

ふふんと笑って、イヴはロークをきつく抱きしめた。「裸になって」すばやく顔じゅうにキスをして、「さあ脱いで。あなたの体に歯を立てたいの」

服をひっぱりあい、ふたりはベッドの上を転げまわった。シャツが武器用ハーネスとからまって、イヴは息をはずませてののしりながら、なんとか両方ともはぎとろうとした。唇がふたたび重なった。唇を、歯を、舌を激しく求めあううちに、熱い血が血管を駆けめぐり、イヴはロークの胸にもぐりこんでいった。

ロークのシャツを思いきりひっぱりおろした。あらわになった肌に指を食いこませ、小刻みに動く筋肉の強靭さをひとつひとつ確かめようと思った。

だが、両手をつかまれて、頭上に持っていかれた。そして、あの限りなく深いブルーの瞳で見つめられ、イヴの筋肉は震えはじめた。

「愛しているよ、ダーリン・イヴ。僕だけのもの」ロークは顔を近づけ、やさしいキスをした。震えていたイヴの筋肉は波打ちはじめた。

ロークは唇を離し、そっと顎から喉元へと滑らせた。イヴの心が苦しみにわななき、自分でもそれに気づいていることはわかる。イヴがいま求めているのは、激しい興奮ではない。甘美なやさしさだ。

イヴは体の力を抜き、それを受けいれた。

くつろいで、甘美なやさしさに身をゆだねている。ロークにとって、イヴを屈服させることほど、イヴが自分を解放することとほど、心をそそられるものはない。イヴが受けとめているのがわかると、ロークは自分のなかに尽きせぬやさしさが満ちてくるのを感じた。

ロークはそっと唇を這わせ、イヴの香りを味わった。そっと肌を撫で、その輪郭をいつくしんだ。舌を滑らせると、イヴの鼓動が強くなった。胸に顔をすりよせると、イヴは手をのばしてロークの頭をかかえこんだ。

イヴはセントラルで浴びたシャワーのにおいがする。セントラルにある味もそっけもない石鹸のにおい。それを思ったら、イヴをいたわってやりたくなった。慣れすぎてしまった厳しさを取り除いてやりたくなった。だから、肌に香油をすりこむように唇を動かし、燃えあがるまえの温かさを引きだしていった。

イヴは感覚の波間を漂い、ほのかでやわらかな悦びに滑りこんでいった。快楽が霧のように全身をつつむ。ロークの髪を指で梳くうちに、霧は川になり、川は穏やかな至福の海になった。ため息をもらし、イヴは凪いだ海に身を沈めた。

体をだんだん下にずらしながら、ロークが何かつぶやいている。たまらなく駆りたてられているときに口にするゲール語だ。それはまるで、異国情緒あふれるロマンティックな音楽のようだった。

「どういう意味なの？」眠たげな声でたずねた。

「愛する人よ。僕の愛する人」

ロークはうっとりとイヴの上半身をキスでなぞった。ほっそりした体の線には、いつも心を奪われてしまう。この引き締まった体の内側に、あれほどの力強さと勇気がこめられているとは。この心に、と思いながらイヴの胸をやさしくさすった。この肌の奥に、と思いながら腹を唇で撫でた。

筋肉をかすかに震わせて、イヴが呼吸を乱しはじめた。なおもゆっくりと、責めさいなむように時間をかけていくと、呼吸はあえぎになり、強靭で引き締まった体はおののきだした。

イヴが最初の山を越えると、解き放ったものが流れこんでくるのをロークは感じた。イヴが漂っている海は、うねりはじめた。至福は渇望と喜悦に変わり、飢えのような痛みが体の奥底から伝わってきた。容赦のない唇の攻撃に体をそらし、悲鳴をあげながら、イヴは悦びをほとばしらせた。

ロークは夢中でイヴの体を責めつづけ、火をつけ、興奮をあおりたてた。イヴを狂おしい気持ちにさせつつ、自分も狂おしいほど駆りたてられていた。「もっと、もっと」荒い息のなかで、指を動かし、熱く濡れた場所に滑りこませる。「きみがのぼりつめるところを見たい。もう一度」

「ああ！」激しいオーガズムに身を裂かれながら、イヴは目を見開き、そして何も見えなくなった。

絶頂に打ち震えるイヴに、ロークは唇を重ね、舌でそっと撫でまわした。やがて、ふたりの息が落ちついてくると、静かにゆっくりとイヴのなかにはいっていった。

目の前が深く澄んできて、イヴはロークの目をしっかりとらえた。銀色のベルベットのような愛が、赤い情熱のもやのなかできらきら光っている。イヴはロークの頰に手をのばしながら、動きに合わせせた。愛する者たちの律動。甘美なやさしさ。

恍惚の境地が、今度は恩寵のように訪れた。ロークが顔を近づけ、頰を伝う涙を唇でふきとった。

「愛する人よ」ロークはふたたび言って、イヴの髪に顔をうずめ、みずからを注ぎこんだ。

イヴはロークのかたわらで、体を丸めていた。外は暗くなっていた。長い一日が終わった。「ローク」

「なんだい？ ちょっと眠ったほうがいいよ」

「あなたみたいに気の利いたことは言えないの。適当なときにそういう言葉が出てこないのよ」

「きみの思っていることはわかるよ」ロークはイヴの髪をもてあそんだ。「頭をからっぽにして、少し休むんだ、イヴ」

イヴは首を振って体を押しあげ、ロークの顔をのぞきこんだ。なんでこの人はなにからなにまで完璧なんだろう。それに、どうしてわたしのものなんだろう。

「さっきの言葉をもう一回言って。アイルランド語のやつ。それをあなたにも言いたいの」

ロークはほほえみ、イヴの手を取った。「きみには発音できないよ」

「いいえ、できるわよ」

なおもほほえみながら、ロークはゆっくりと発音し、イヴが口ごもるのを待った。だが、イヴは真剣な目をすえたまま、ロークの手を自分の胸に持っていき、自分の手をロークの胸にあてて、その言葉をくりかえした。

心を動かされたのが、ロークの顔に出た。自分の手の下で、ロークの心臓が跳ねあがるのがイヴにはわかった。「骨抜きにされたよ、イヴ」

ロークは体を起こし、イヴの額に額をくっつけた。「きみがいてくれて、よかった」心から言葉が出てくる。「きみのおかげだ」


イヴがどうしても眠らないと言いはったので、ロークはベッドで食事をとることを承知させた。シーツの上にあぐらをかいて、イヴはミートボール・スパゲッティをなんとか口に運んでいる。

セックスと食事と熱いシャワーのおかげで、イヴは元気を取りもどした。

「モラノは取調べで自白したの」

「きみが自白させたと言ったほうが正しい」ロークは訂正した。「きみを見ていたんだ」マジックミラーを見つめている様子を、自分の心のなかをのぞきこんでいる姿を見たのだ。

「それがきみにとって、どれほどたいへんなことか、彼にはわからないだろう」

「それほどたいへんじゃなかった。彼を落とせるのはわかってたから。あなたがあの場にいたなんて知らなかった」

「僕も作戦チームの一員だからね」ロークはイヴのパスタをひと口フォークに巻きつけた。「それに、きみの働いている姿を見るのは楽しい」

「あのふたりにとって、すべては競争だった。女はゲームのコマ。わたしは、モラノを身動きできなくさせてゲームを終わらせればよかったの。モラノによれば、悪いのはダンウッドで、自分は彼に合わせてただけなんだって。バンクヘッドは事故だった。クラインは死んでない。マクナマラの場合は、モラノに言わせれば自己防衛みたいなものだったそうよ。あいつをじっくり見たけど、計算されたところもなければ、際立った悪意もなかった。彼は空っぽなの。弱くて、空っぽ。なんだか、まやかしみたいに聞こえるけど、邪悪さがないのよ」

「的確な表現に聞こえるよ。ダンウッドの場合はちがうね？」

「ぜんぜんちがう」イヴはグラスを取りあげてワインを飲んでから、身を乗りだしてロークのリングイーネ・クラムソースを試してみた。「わたしのほうがおいしい」満足して言った。「ホイットニーのオフィスで、レンフルーとやりあってから」

「やりあって？」

「あ、言ってなかった」

そんなわけで、スパゲッティとロークがさしだしたハーブ入りのパンを食べながら、イヴは事情を伝えた。「部長に黙れと命じたようなものだったのよ。自分が信じられない。叱りつけられて当然だったのに、ホイットニーは何も言わなかった」

「頭の切れる人だから。それに、善良な警官だ。レンフルーはというと、こちらにとってはかなり扱いやすい警官だ。その昔の、悔い多き時代の僕だったらね」イヴが顔をしかめたのを見て、ロークはまじめにつけくわえた。「彼は利口というより野心家で、了見や視野がせまく、怠け者だ」

　ロークはイヴのパスタをもうひと口さらった。イヴの言うとおり、こっちのほうがうまい。「それに、彼は僕がそれまでいだいていた彼らのイメージの典型だ。バッジをつけた人間にたいしての印象だが、ある警官と親しくなってから変わった」

「ああいう輩はほんとに腹立たしい、でも彼の上司は……信頼できる。彼ならきっとうまくやるでしょう。とにかく、やれやれだわ」イヴは長い息を吐いた。もうへとへとだったが、まだ話しつづけたかった。「わたしはダンウッドを連行するため、民間人のコンサルタントをのぞいたチーム全員を引き連れて彼の家に向かった。向こうはいきなり弁護士を要求して、それきり黙りこんだ。彼はばかでもなければ弱くもない。彼の欠点は、まわりがみんなばかで弱いと信じてること。そのせいで、身を滅ぼす」

「いや、きみが彼を滅ぼすだろう」

　その信頼しきっている口調に、愛の言葉をささやかれるのとおなじくらいイヴの心は温まった。「わたしにべた惚れなんでしょ？」

「どうやらそのようだ。そのミートボールの残りをもらえないかな？」

　イヴは皿を押しやった。「ダンウッドはこちらの逮捕手続きが終わらないうちに、弁護士を三人も呼び寄せて、自分は何も知らないと言いはった。親友にしてハウスメイトのケヴィンの行動が、少々おかしいことには気づいてたけど。ふだんとちがう時間に出入りしたり、妙な装いで外出したり」

「友情とはかくも美しきものなり」

「まったくね。ダンウッドのDNAは入手してない、向こうもそれを知ってる。彼は無実の罪をきせられた者を、怒れる市民を演じてて、話は全部、弁護士たちにやらせてるの。自宅の研究室のことや、そこにあった薬のサンプルを検査してることを持ちだしても、まばたきひとつしなかった。証拠品がいろいろ見つかったことを告げても、肩をすくめることさえしなかった。寝室のクロゼットからは、ラッツのアパートのセキュリティディスクに写ってた男が身につけてたウィッグとスーツ。バスルームの洗面ユニットからは、彼女の肌やシーツから検出されたのとおなじブランドのフェイス・パテや化粧品。彼の言い分によれば、それはケヴィンが使って、そこに忍びこませておいたんだって。カーロのことについてもそう」と、イヴはつけくわえた。「ほら、違法ドラッグの取引の件。そんなこと、何も知らない。たぶん、ケヴィンがやってたんだろうって」

「そこから、どうやって追いつめていくんだい？」

「フィーニーはタウンハウスから押収したリンクやコンピュータを徹底的に調べてる。きっと何か見つけるわ。ダンウッドは祖父を殺した晩に、だれかとデートの約束をしてた。でも、相手はあらわれなかったんじゃないかな。彼女を探しだして、通信のやりとりをしてたことや、その夜に彼がレシートを持ってた店で会う約束をしたことを確かめて、さらに傍証を固めていく。研究室から押収したサンプルはホアーとラビットだという結果が出るはず。弁護士たちは、実験は違法ではないって言い抜けようとするだろうから、わたしたちはドラッグを実際に使用したり販売したりしてた証拠を見つけなければならない。でも、そうすればつぎの段階に進める。彼がカーロという変名で、チャールズ・モンローの顧客を介してドラッグを売ってたことを突きとめる。科学捜査班はタウンハウスを蛍光透視法で調べて、血痕を検出するわ。こっちにはモラノの全面的な自供がある。起訴されるにはじゅうぶん。すべての証拠をまとめれば、ルシアスを丸二日間拘禁できる。その間に口を割らせる」

きれい好きというよりは、体を動かしたいという欲求から、イヴは皿をベッドから片づけた。「彼にはマイラをけしかけてみる。さすがの彼女でも、あの殻を破るには手を焼くでしょうね。最後には、あらゆる証拠を――物的証拠、状況証拠、法医学的証拠、精神プロファイル、供述――箱に放りこんで、弁護士団に贈ってやる。彼はもう知らん顔はできない」

「きみはどうなの？　知らん顔できる？」

「二十四時間前にきかれてたら、ノーと答えたでしょうね。正直なところは」イヴは振りかえって、ロークと顔を合わせた。「でも、事件をまとめて、訊問でもうちょっと彼を絞ったら、あとのことは検事に任せる。わたしは知らん顔で遠ざかる。事件はつぎつぎに起こるのよ、ローク。いつまでもこだわってたら、つぎの事件に立ち向かえない」

「いっしょに過ごしたいんだ、イヴ。ふたりきりで、どこか遠くへ行きたい。亡霊や責務や悲嘆とは無縁のところへ」

「わたしたち、メキシコへ行くんでしょ？」

「まずはね。二週間はほしいな」

イヴは口を開いた。それほど長く休めない理由が一ダースも口から出かかったが、ロークを見つめたら、かけがえのない人の顔を見つめたら、休むべき理由が見つかった。「いつから行きたい？」

「きみが行けるようになったらすぐ。僕のほうの調整はすんでいる」

「二、三日ちょうだい。事件に締めくくりをつけるから。とりあえずは、部長からの直接指令に従わないと。どんな方法を使ってもいいから、八時間眠れですって」

「方法はもう選んだの、ダーリン・イヴ？」

「ええ、絶対確実なやつ」イヴはロークに飛びのった。

ロークのローブを脱がせて手がふさがっているときに、邸内リンクが鳴った。

「あいつめ、なんだっていうのよ」イヴはどなった。「わたしたちが忙しいこと、知らないの？」

「どんな格好をしているか忘れるな」ロークは映像をブロックしてから応えた。「サマーセット、火事が起きたか大規模な攻撃にさらされているのでもないかぎり、朝までそっとしておいてくれ」

「お邪魔して申し訳ありません。ですが、警部補の上司のかたが、お目にかかりたいといらしてまして。警部補は手が放せないとお伝えいたしましょうか」

「ばか言わないで」イヴはあわてて起きあがっていた。「いまおりていく」

「ホイットニー部長を主応接室にお通ししておくように。僕たちもすぐに行くから」

「いい話じゃないわ。そんなわけない」イヴは抽斗をひっぱり、最初に手に触れたものをつかんだ。「ホイットニーはお酒を飲んだり仕事のあとのおしゃべりをしたりしに寄るような人じゃないもの。まったくもう」

下着をつける手間ははぶいて、イヴは古びたジーンズを穿き、色あせたNYPSDの袖なしTシャツを頭からかぶった。なおもののしりながら、ブーツに足をつっこんだ。

おなじ時間で、ロークは折り目のついた黒のズボンに、真新しい黒のTシャツを身につけ、イヴが息を切らしているのを尻目に、ローファーに足を入れた。

「あのね、こんなに急いでなかったら、うんざりしてるところだわ」

「何がいけないんだろう？」

「二分もかからないで、そんな洒落た格好ができるってこと」ぶつぶつ言いながら、早足で部屋を出た。

主応接室では、木材とガラスがきらめくなかで、ホイットニーと猫のギャラハッドが、たがいを警戒し、なおかつ尊重するような目で見つめあっていた。イヴがはいっていくと、ホイットニーはほっとしたような表情を浮かべた。

「警部補、ローク、夜分にお邪魔してすまない」

「そんなことはかまいません、部長」イヴはすかさず言った。「何か問題でも？」

「きみには直接、顔を合わせて伝えたかったんだ。人づてではなく。ルシアス・ダンウッドの弁護士がただちに保釈審問を要求し、認められた」

ホイットニーの顔を見れば、結果は明白だった。「保釈されたんですね」イヴはそっけなく言った。「第一級連続殺人の容疑者に保釈を認めるなんて、いったいどんな判事なんですか」

「ダンウッド家やマクナマラ家と親しいやつだが、そういう場合は知りあいだからと断るべきだな。ダンウッドには物的証拠がないというのが保釈の理由だ」

「それが見つかるのも時間の問題です」イヴは反論しかけた。

「まだある」ホイットニーはつづけた。「容疑の要《かなめ》は、ダンウッドがかかわっていたというケヴィン・モラノの自白にもとづいている。ダンウッドには前科がない、名門の出であり、ゆうべ祖父の非業の死を告げられたばかりなのだ、というんだ」

「非業の死ではなく殺人です」イヴは吐きすてるように言った。「しかも自分が手をくだした」

「母親も審問に出席して、個人的に保釈を嘆願した。父親を追悼したり埋葬したりするのに、息子の助けが必要だと言ってね。保釈金は五百万ドルで、即座に支払われた。ダンウッドは母親が監督することを条件に解放された」

「冷静に考えてごらん」ロークがイヴの肩に手を置いて制した。「彼は逃げるだろうか？」

イヴはぐっとこらえ、怒りを抑えようとつとめた。「いいえ。彼にとっては、まだ競争だから。べつのゲームのね。彼は勝つつもりなの。だけど、わたしがゲームのやり方を変えたからおもしろくない。だから、何か無茶な行動に出るはずよ。彼はわがままで、しかも怒ってる。鑑識をせかせないと。タウンハウスから押収した化学サンプルの確実な同定がほしいのよ」

「もう出ている」ホイットニーが言った。「ここへ来る途中、ぐず《ディックヘッド》――いや、ベレンスキーと話した。被害者たちの体内から検出された違法ドラッグとサンプルは一致した。その証拠に加えて、容疑者と判事が知りあいであることを理由に、検事は保釈の即時取り消しを申請した」

「許可されるでしょうか？」

「一時間もしないうちにあきらかになる。たいへん残念だが、八時間の睡眠をとれという命令は撤回せねばならないな、警部補。きみの一日はまだ終わっていない。わたしの一日も」と、ホイットニーはつけくわえた。「わたしはセントラルにもどって待機する。うまくいけば、きみは今夜じゅうにもダンウッドをまたしょっぴけるだろう。わたしもきみにつきあう」

「わたしにつきあう？　ですが……」イヴはなんとか自分を抑え、言葉をのみこんだ。「承知しました」

「わたしも現場で働くよ、警部補。約束しよう、デスク勤務だろうがなかろうが、きみの重荷にはならない」

「もちろんです。部長のお力を軽んじるつもりはありません。さしつかえなければ、部長、フィーニーに連絡したいのですが。マクナブを捕まえさせて、証拠課にある電子機器の検査のつづきをやってもらおうかと思うんです」

「これはいまもきみの事件だ。人員の穴埋めをしなさい。検事から知らせがありしだい、連絡するよ」

「部長」ロークがイヴの肩に触れたまま、声をかけた。手の下で、イヴが興奮しているのが――行動に移ろうと、やる気になっているのがわかる。「夕食はおすみですか?」

「いや、まだだが。オフィスで何か食べるよ」

肩に置いた手に二度ほど力をこめるだけで、イヴはロークの意図を理解した。「あの、ここで召しあがっていらしてはいかがですか、部長? 移動の時間もはぶけますし」

「きみたちに迷惑はかけたくない」

「手間なんてかかりません」ロークが請けあった。「イヴが連絡しているあいだ、僕がおつきあいします」ドアのほうを手で示した。「ご家族はお変わりないですよね」

イヴは深い息をつきながら、部屋を出ていくふたりを見送った。どっちがより変だろう。部長が自分の家でゆっくり食事をとることか、その食事の相手が人生の大半において成文化されたあらゆる法を――それに、成文化さえされていない決まりもいくつか――破ってきた男だということか。

「どっちも変だわ」イヴはギャラハッドに言うと、もてなしはロークにまかせて、仕事にもどるため自分のオフィスに向かった。

22

フィーニーの気持ちは手に取るようにわかった――怒ったときの悪態は、自分のものよりさらに独創的だった――ので、気のすむまでわめきちらし、毒づくままにさせた。

それに、リンクに応えたフィーニーは小さな赤いハート模様のパジャマを着ていて、バックには恋人を口説くバスの甘い歌声が流れていることも話題にしなかった。

今宵、愛しい人を誘惑していたのは、イヴだけではないようだった。

「あいつを連れもどす」フィーニーの文句が尻すぼまりになってきたところで、イヴは言った。「母親の住まいと彼のタウンハウスには監視をつける。脱兎のごとく逃げだすとは思わないけど、念のためにね。あの電子機器から何かつかんでよ、フィーニー。補強証拠を見つけて」

「そんな判事は丸裸にして、〝わたしはとんまなくそったれです〟って書いたでっかい看板をペニスにくくりつけて、市中をひきまわしてやるべきだ」

「なるほど、考えただけで気分がすかっとするけど、保釈をただちに取り消すだけで満足しとく。マクナブにはそっちから連絡してね」

「たぶんピーボディの上で飛び跳ねてるだろ」フィーニーがほえた。「兎みたいにな」

こんなまたとない機会にハート柄のパジャマのことを言わないなんて、われながらなんと慎み深くみあげた心がけだろう、とイヴは思った。「たとえそうだとしても、そんなことは知りたくもない。でも、ピーボディにデータが入手できるまで待機せよと伝えてくれてもいいわよ。あなたが何か見つけたら、ピーボディにその裏をとらせて」

「逮捕にピーボディを同行しなくていいのか?」

「いいの、別の相棒がいるから。ホイットニーよ」

「ジャックが?」フィーニーのたるんだ顔が少年のように輝いた。「まさか?」

「そのまさかよ。どう扱ったらいいの、フィーニー? 怪しげな事態に遭遇したら、部長に命令すべき?」

「主任捜査官はきみだ」

「はい、はい」イヴは鼻筋をつまんだ。「成り行きに任せるわ。何か見つけてね。ところで、フィーニー、すてきなパジャマね」

イヴは通信を切った。やっぱり、それほどみあげた心がけじゃないのかも。

連絡をして二か所の監視を要請すると、立ちあがって歩きまわりながら時間をつぶした。なんだって検事はこんなに手間取っているのだろう。自分も階下《した》に行くべきか。そして、女主人役をつとめるべきか。その点では、一年前よりはましになっている。得意ではないが、かなりうまくやりこなせるようになった。とはいえ、そのつとめを果たすのは、グループ相手か、ビジネスディナーか、客がおおぜい集まるパーティのときで、特定のだれかにさほど気を遣わなくてもすむ。

くだけた会話や雑談はロークのお手の物で、自分には向いていない。イヴは弱腰になって、時間稼ぎに武器用ハーネスを取りに寝室へ向かった。

ハーネスを身につけたとたん、自制心がもどってくるのを感じた。

ルシアスもおなじような気分だった。自制心を働かせていた。氷の仮面の下で、激しい怒りと屈辱がどす黒く泡だっていた。煮えたぎった思いが氷に穴をあけそうになることがあっても、それでもまだ冷静だった。

母が自分のために哀れっぽく懇願してくれるのはわかっていた。なんとわかりやすい女。ルシアスの考えでは、女とはそういうものだ。生まれつき、無力で服従する生き物なのだ。指図されたがり、しっかりした管理を必要としている。祖父も父も、つねに母をしっかり管理してきた。

ルシアスはマクナマラ－ダンウッド両家の伝統をになっているにすぎない。

ダンウッドの男は物事をとりしきる。ダンウッドの男は勝者だ。

ダンウッドの男は尊敬、服従、絶対的な忠誠を受けるにふさわしい。並みの罪人扱いされて、こづきまわされ、閉じこめられ、訊問されるべきではない。

なおかつ、ダンウッドの男は絶対に裏切られてはならない。

当局が自分を放免するのは当然だ。釈放されることをルシアスは露ほども疑っていなかった。刑務所にはいる気はない。手をこまぬいて獣みたいに監禁されてやる気はない。

この苦境からは、なんとか勝者として抜けだせるだろう。

しかしそれでは、収監されて法廷に引きだされた屈辱の埋め合わせにはならない。自分の権利が奪われたのだ。

イヴ・ダラスなどどうにでもなる。しょせん、ただの女にすぎないのだから。女は断じて、権限や影響力のある地位につくべきではない。少なくともその点では、悲しむ者のない亡き祖父と意見が合った。

あの女の処置については好機をうかがい、入念に計画するつもりだ。ふさわしい時と場所を選び、準備が整ったところで懲らしめてやる。このルシアスを捕まえ、ゲームをぶちこわしたお返しだ。人前で恥をかかされたお返しだ。

人目につかない場所でおこなわれる、秘密の幕間劇。そうだ、ダラス警部補とてもお熱いデートをしよう。今度はあの女が身柄を拘束されるのだ。ホアーを盛られたらすぐ、女どもが心底ほしがるものを求めだすだろう。だが、ファックなんかしてやるもんか。

あの女を痛めつけてやる。ああそうだ、苦痛を味わわせてやる――強烈な苦痛を――だが、陶酔の極みの解放は与えてやらない。

あの女は絶望に打ちひしがれて死んでいくだろう。またひとり、さかりのついたばか女の最期だ。

想像するだけで勃起して、男の自信がますますみなぎってきた。

だが、ダラスとその懲罰は待たせておける。物事にはそれなりの順序がある。

まず、ケヴィンからだ。

旧知の友人だからといって、裏切りの罪が軽くなるわけではない。ケヴィンには償ってもらわなければ。その結果、こちらの嫌疑が確実に晴れるようにするのだ。

ルシアスはこの目的を遂げるため、入念に身づくろいした。髪は輝きを放つ胴色で、ぴったり合ったヘルメットのように頭に張りついている。肌は乳白色。名前はテランス・ブラックバーンで、それを確認する身分証明書もある。ケヴィン・モラノの担当弁護士だ。

不備はある。変装に不備があるのは認めざるをえない。だが、細部に磨きをかけるより急ぐほうが肝心だ。

いずれにせよ、ルシアスは人間の習性というものを知っている。人はたいてい、見ると予期しているものしか見ないものだ。いまの自分の姿は、身分証明書が示すとおり、かなりブラックバーンに似ている。身なりはやり手の刑事専門弁護士にふさわしく、洒落てはいるが地味な仕立てのスーツ。手にしているのは高価な革のブリーフケース。顔には冷厳な表情を浮かべている。

ルシアスはセントラルのあらゆるセキュリティを支障なく通り抜けた。依頼人と話したいと要求すると、当番の警官は好奇の目を向けるでもなく、いらだちをあらわにした。再度のぞんざいな身体検査にも、ブリーフケースの中身のエックス線検査にも、ルシアスは冷静に従った。やがて面会室に案内され、腰をおろし、手を組んで依頼人を待った。

蛍光オレンジのだぶだぶしたジャンプスーツ姿のケヴィンが連れてこられるのを見ると、ルシアスはわきたつ怒りの上に、穏やかで冷ややかなカーテンをおろした。ぞっとする囚衣を着た友人の顔は、土気色でひきつっていた。だが、ルシアスを目にするや、一瞬、希望の色が浮かんだ。

「ミスター・ブラックバーン、今夜じゅうにまた会えるとは思っていませんでした。あすの手配があると言っていたので。僕の情緒面の依存度をあきらかにする鑑定の件です。何かもっとよい方法が見つかったんですか？」

「それを話しあいましょう」ケヴィンがすわると、ルシアスは何気ない仕草で看守を追い払ってから、ブリーフケースをあけた。ドアがしっかり閉まる音が聞こえた。「気分はどうですか？」

「ひどいもんです」ケヴィンは指を組みあわせたりほどいたりしている。「僕は独房にいる。ダラス警部補が約束を守ってくれた。でも、暗いし、それに――臭くて。おまけにプライバシーなんか、ぜんぜんない。刑務所にはいるなんて、僕には考えられないんです、ミスター・ブラックバーン。まったくありえない。鑑定を手配していただければ、僕に有利な結果を出す方法があるはずだ。しばらく私立の更生施設にはいるか、それとも――自宅拘禁なら耐えられると思う。でも、刑務所には何があっても行けません」

「そうならない方法を見つければいいでしょう」

「ほんとうに？」ほっとして、ケヴィンは身を乗りだした。「でも、最初のお話では……いや、そんなことはどうでもいい。ありがとう。ありがとうございます。いろいろ考えてくださるのがわかって、ずっと気が楽になりました」

「さらに費用がかさみます。根回しのために」

「いくらでもどうぞ。必要なだけ使ってください」ケヴィンは両手に顔をうずめた。「こんなところにはいられない。ひと晩でさえ、どう乗りきればいいのかわからない」

「落ちつかなければいけません。水を持ってきましょう」彼は立ちあがり、部屋の隅にある冷水器まで行った。カップに水を満たすと、シャツの下のチェーンにさげておいた小瓶の中身を加えた。

「あなたの自白では」カップを持ってもどってくると、ルシアスはふたたび切りだした。「責められるべきはルシアス・ダンウッドだと言明しています。すべては彼の発案によるゲームで、リードしているのも彼だと」

「そのことでは後味が悪いんです。でも、ほかにどうすることもできなかった。そうしなければ、ダラスに言われたとおりの目にあっただろうから」ケヴィンは水をがぶがぶ飲んだ。

「それにあれは僕のせいじゃない。僕が悪くないのはだれでもわかる。ルシアスにそそのかされなければ、あそこまでやれなかった」

「ルシアスはあなたより頭が切れる。力も上だということですね」

「いや、そうじゃない。彼はただの……ルシアスだ。負けず嫌いで、思いつきの天才。どっちが悪いかときかれれば、彼だと答えるしかない。とにかく……」ケヴィンはなんとかほほえんだ。「こうなると、勝者は僕のほうじゃないかな」

「そう思ってるのか？　とんでもないまちがいだ」

「わからないな。あなたは何を……」目の前がぶれはじめ、視界の隅が灰色になってきた。

「なんだか気分が悪い」

「おまえはまず気を失う」ルシアスは静かに言った。「ゆっくり昏睡状態におちいる。診療室に運ばれたときには死んでる。裏切ってはいけなかったんだ、ケヴ」

「ルシアス？」うろたえながら立ちあがろうとしたが、足ががくりと折れた。「助けて。だれか助けてくれ」

「手遅れだ」ルシアスは立ちあがり、首につけていたチェーンをはずしてケヴィンの首にかけ、ジャンプスーツの下にきちんと入れた。

「まさか本気じゃないだろ」ケヴィンは友人の腕を力なくつかんだ。「ルシアス、きみに僕を殺せるはずがない」

「もう殺したんだよ。ただし苦痛を与えずにな、ケヴ、長年のよしみで。警察ははじめのうち自殺だと思うだろう。訪問者がブラックバーンじゃないとわかるまでには、しばらく時間がかかる。おまけに僕は母親と家にいたから、犯人ではありえない。ひとつ慰めがある」床にくずおれる友に向かって、ルシアスは言いそえた。「おまえは刑務所に行かなくてすむんだよ」

ルシアスはブリーフケースに手をのばして閉め、上着のほこりを払ってつぶやいた。「ゲーム終了。僕の勝ちだ」テーブルの下の非常ボタンを押してから、かがみこんでケヴィンの頬をたたきはじめた。

「依頼人が失神した」ルシアスは看守に告げた。「刑務所にはいることを考えただけで耐えられなくなったようだ。わめきちらしたあげく倒れた。手当てを頼む」

死にゆく友人が診療室に運ばれるあいだに、ルシアス・ダンウッドは颯爽とコップ・セントラルをあとにした。


ホイットニーとロークは食後のコーヒーと葉巻を味わっているところだった。ホイットニーが声をあげて笑うのをたしかに聞いた——ときおり耳にする低い含み笑いではない。愉快そうに腹から笑っているのを聞いて、思わずイヴは足をとめた。

床からどうにか足を引きはがし、ダイニングルームを歩いていくあいだも、まだホイットニーはにやにやしていた。

「こんなメニューから選んでいるのに、きみたちふたりはよく太らずにいられるものだね」

茶目っ気のある表情を浮かべて、ロークはカップをあげた。「僕たちは……たっぷり運動していますから。そうだね、ダーリン？」

「ええ、運動は健康にいいです。ゆっくり召しあがっていただけたようですね、部長。フィーニーが電子探査にかかってくれています。ダンウッドのタウンハウスと母親の家の監視は手配しました。ピーボディは待機し、新たな情報がはいりしだい調査に移ります。科学捜査班の尻をたたいたところ、リビングルームの床と敷物からマクナマラの血液型と一致する血痕が見つかったそうです。RHマイナスのO型。ダンウッドもおなじ血液型ですが、勤務中の技術者をせかしてDNAを調べてもらっており、すでにマクナマラを示しているとの報告を受けています。朝までには確認が得られると思います」

ホイットニーは葉巻を吹かしている。妻からはとめられているささやかな贅沢だ。「きみはねじをゆるめたことがあるのか、ダラス？」イヴのぽかんとした表情を見て、首を振った。「すわって、コーヒーでも飲みなさい。やれることは万事やってある。検事から返事が来るまでは動けないんだ」

「命令なら反抗しませんよ」ロークが指摘した。

「彼女の家でそんなことはしたくない。頼むよ」ホイットニーは椅子を指さした。「ロークの話では、メキシコに二週間ばかり出かけるそうだね。休暇は申請してあるのか？」

「いいえ、まだです」落ちつかず気がすすまないが、イヴは腰をおろした。「午前中に処理します」

「そうしなさい。きみはひじょうに優秀な警官だ、警部補。優秀な警官は並みの警官より早く燃えつきる。よい結婚がそれを防ぐのに役立つ。わたしがその証拠だ。子供たちだよ」ホイットニーは言い足し、イヴのぞっとした顔を見て笑った。「いつかそういうときが来たらな。友情。家族。言い換えるなら、生活だ。仕事を離れた生活。仕事にはかかわりのないことで、自分がつとめを果たす理由を忘れられる。その重要さを忘れることができる。事件を解決して手を離れるたびにひとつ事件が減るということをね」

「ええ、部長」

「きみの家で食事をごちそうになり、きみの大事な人の高級葉巻を吹かしているんだから、ジャックと呼んでくれてもいいんじゃないか」

イヴは三秒ほど考えてみた。「いいえ、部長。せっかくですが呼べません」

ホイットニーは椅子の背にもたれ、煙の輪をゆるゆると吐きだした。「そうか」そう言ったとき、自分のコミュニケータが鳴った。

ホイットニーはすぐさま、くつろぎモードから指揮官モードに切り換わった。「ホイットニーだ」

「保釈は取り消されました」検事が告げた。「ルシアス・ダンウッドは、すべての容疑が有効のまま、ただちに再勾留されます。これから保釈取消命令と新たな逮捕状を送信します」

ホイットニーは書類がデータスロットから吐きだされるのを待った。「おつかれさん」そう言って、コミュニケータをしまった。「警部補、職務を果たしにいこう」

ロークもいっしょに立ちあがると、ホイットニーはうなずいた。「この事件の民間コンサルタントから同行の許可を求められたから、承認しておいた」イヴに書類を手渡す。「問題はあるかな、警部補？　主任捜査官として」

ぐっと息をのむかたわらで、ロークが穏やかな笑顔を向けている。「いいえ、部長、大いに役立つでしょうから、なんの問題もありません」


サラ・ダンウッドのメゾネット形式のアパートメントは、息子の家から数ブロックしか離れていない静かな建物にあった。セキュリティシステムがお決まりの文句を並べる——「今晩はもうお休みになりました」「訪問客はお受けできません」——ので、とうとうイヴはバッジと令状と鋭い脅しをたたきつけて障害を突破した。

「恐れいった」エレベータに乗りこむなり、ホイットニーが言った。「だが教えてくれ、マザーボードをはぎとってコンピュータなんぞものともしないことも、技術的には可能なのかね？」

「そこまでやる羽目になったことはありません、部長。たいていは脅しでじゅうぶんなので。ダンウッドは抵抗するでしょう」イヴはつづけた。「こんなふうに妨害されるのは好まない。だから自制心を取りもどすまえに、とっさに攻撃してくるはずです」そこで、ややためらった。「部長、コンサルタントに武装させたいんですが。護身用に」

「きみが決めることだ、警部補」

うなずくと、イヴはかがんで、足首にとめた小型武器をはずした。「低レベルのショックにしてあるけど、そのままにしておいて。本来はあなたが手にするものじゃないの。身に危険がおよばないかぎり使用しないように。わかった？」

「よくわかったよ、警部補」ロークが武器をポケットにしのびこませたとき、一同はダンウッド家があるフロアに出た。

「わたしが先に行く」イヴは指示をつづけた。「ことは迅速に。なかにはいり、敵の居場所を突きとめ、拘束する。あなたたちは一般人が巻きこまれないように遠ざけて」

イヴはブザーを押した。ドアが開くなり、なかに押しいった。「警察よ。ルシアス・ダンウッドの保釈は取り消されました。即座に出頭を求めます」

「そんなふうに押しいらないで！　ミス・サラ！　ミス・サラ！」

ロークが金切り声をあげるメイドをわきに寄せて、イヴの通り道をあけてやった。「すわっていたほうがいい。怪我するからね」

あらゆるドアに目を配りながら、イヴはリビングエリアに踏みこんだ。武器に手がのびるが、階段を駆けおりてくる女性を見て、その手をひっこめた。

「何事なの？　どういうことですか？　あなたはどなた？」

小柄で痩せほそった女性が、カールした輝くような赤毛を乱しながらあらわれた。温和で美しい顔は、左目の下と柔らかな顎の線にできたあざのためにだいなしになっている。

「ミセス・ダンウッド？」

「ええ、わたしがミセス・ダンウッドです。警察のかたね。息子を逮捕した人でしょ」

「ＮＹＰＳＤのダラス警部補です」バッジをさしだしながらも、あらゆる動きを追い、あらゆる物音に聞き耳をたてた。「ルシアス・ダンウッドの保釈は取り消されました。彼を拘引しにきました」

「そんなことできるはずない。保釈金は払ったのよ。ちゃんと判事が――」

「取消命令書と逮捕状があります。ミセス・ダンウッド、息子さんは階上《うえ》ですか？」

「息子はここにはいません。逮捕はできないわ」

「顔のあざをつくったのは息子さんですか？」

ミセス・ダンウッドの声音におびえがまじった。「転んだんです。どうして息子をそっとしておいてくれないの？」母親は泣きだした。「まだほんの子供なのに」

「その子供があなたのお父さんを殺したんです」

「そんなの嘘よ。そんなわけないわ」ミセス・ダンウッドは両手で顔を覆い、激しく泣きじゃくりはじめた。

「部長？」

「行きなさい。ミセス・ダンウッド、腰をおろしたほうがいいでしょう」

ヒステリーの介抱は男たちにまかせて、イヴは武器に手をかけ、捜索をはじめた。まず階上から。階下でルシアスがなんらかの動きを見せても、対処してもらえるだろう。各部屋ごとに、さっと見まわしてから、なかにはいって調べる。鍵のかかった部屋に来たとき、イヴはマスターキーを取りだしてロックを解除した。

ルシアスがここにも部屋を確保していたことが、なかにはいってわかった。甘やかされて育ったわがままな若者の部屋は、高級なおもちゃであふれていた。壁一面にひろがる娯楽用ユニット——ビデオ、オーディオ、スクリーン、ゲーム機器。L字型のカウンターの大部分を占めているのは、データ&通信システム。棚にはディスク、書物、記念の品々がぎっしりとつまっている。

隣には完全装備のミニ研究室があった。

どちらの部屋も、窓にはカーテンがきっちり引いてあり、廊下に通じるドアには錠がおりていた。秘密の小世界だ、とイヴは思った。

クロゼットから調査を開始すると、ここにもさまざまなウィッグが透明の箱に入れられており、ルシアスが予備とみなしていたであろう衣装も保管されていた。

バスルームでは、フェイス・パテとファンデーションのあとがカウンターに残っていた。ルシアスはここにいない。別人になって出ていったのだ。

武器をしまってから、イヴはデータ・システムにもどった。

「コンピュータ、最後に開かれたファイル、画像またはデータを表示して」

パスワードがないと応じられません……

「さあ、それはどうかしらね」イヴは部屋を出て、階段まで走った。「ローク、ちょっと手を貸して」

それから寝室を通って研究室に行き、無断でシール・イットの缶を拝借してきた。

「メイドの話では、ダンウッドは母親と大声で言い争った」ロークははいってくるなり知らせた。「というより、ダンウッドが一方的にどなりちらしていたそうだ。母親の泣き声と、殴りつける音が聞こえて、メイドはキッチンを飛びだした。ダンウッドがドアを閉めて出ていく音が響き、ミセス・ダンウッドは床に倒れていたというわけだ。どうもダンウッドが母親を殴るのははじめてではないらしい。祖父や父親も、彼女に拳をふるっていたようだ。父親は仕事でシアトルにいて、ここで過ごすことはあまりない」

「まったく幸せな家族だこと。なんでもいいから、ここから入手できるものを引きだして。まずは最後に開かれたデータを。パスワードが必要なんですって。何かにさわらなきゃならないなら、これを使って」

イヴはシール・イットの缶を放った。「すぐもどる」

コンピュータはロークにまかせて、イヴは階下に行った。「彼はここにいません」部長に告げる。「ミセス・ダンウッド、ルシアスはどこへ行ったんですか?」

「散歩に。息子は散歩に出かけただけです。気持ちが混乱しているから」

そうでしょうとも、と思いつつも、かたわらにかがみこんだ。「ミセス・ダンウッド、このままでは息子さんのためになりません。あなた自身のためにもならない。捜しだすのに時間がかかればかかるほど、彼を追いつめることになります。居場所を教えてください」

「知らないんです。あの子は動転して怒っていました」

「出ていったときは、どんな扮装でしたか？」

「どういうことかしら」

「いいえ、わかっているはずです。彼はまた変装した。そんな格好をごらんになったとき、心のどこかであなたは気づいた。息子さんにかかっている容疑はすべて事実だと」

「ちがいます。そんなこと信じてません」

コミュニケータの合図に、イヴは声が聞こえないところまで離れて、相手の話に耳をかたむけた。それから全域指名手配を命じた。

「ケヴィン・モラノが死にました」イヴは抑揚のない声で告げ、ショックと恐怖にミセス・ダンウッドの顔が青ざめるのを見つめた。

「ケヴィンが？　そんな、まさか」

「ケヴィンは毒を盛られました。今夜、面会室で訪問者と会っています。その人物がどんな外見だったかおわかりですね、ミセス・ダンウッド。息子さんが友人を訪ねて、殺した。そして立ち去ったのです」

「どうやって警備の網をかいくぐったんだ？」ホイットニーが鋭くきいた。

「こんな扮装で」ロークがもどってきて、画像のプリントアウトをさしだした。「このデータはいちばん最近使われたものです」

「ブラックバーン」イヴはプリントアウトも見ずに言った。「モラノの担当弁護士です。だから警備の者は、最小限のチェックをしただけで通してしまった。有名な刑事専門弁護士ですから」

「ほかにも驚くものがある」ロークはプリントアウトをもう一枚イヴに渡した。「ゲームのルールだ」

「誘惑して征服せよ」イヴは読みあげた。「ルシアス・ダンウッドとケヴィン・モラノのロマンティックな情事コンテスト」

残りにもざっと目を通した。

一切がそこに書かれていた。細部まで丹念にまとめられていた。設定、ルール、賞金システム、ゴール。

嫌悪感に胃を締めつけられながら、イヴは振り向いた。「よく見て」サラ・ダンウッドに命じる。「これを読んで。これが彼のやったこと。これが彼の正体なの」イヴはコピーをミセス・ダンウッドの面前に押しやった。

「わたしには何も残してもらえないの?」涙で頬を濡らし、ミセス・ダンウッドはプリントアウトではなくイヴを見つめた。「わたしはあの子を身ごもった。何か月もの検査と治療、悲嘆と希望のすえにようやく、あの子をおなかに宿した。それなのに、何も残してくれないの?」

「あなたに何も残さないのは、わたしではありません、ミセス・ダンウッド。彼がみずからそうしたんです」イヴはふたたび顔をそむけ、制服警官ふたりに部屋にあがってくるよう命じた。

「彼には変装をとく場所が必要です」イヴはアパートメントを出ながら言った。「最後にはここへもどってくるでしょうけど、ここには肝心なものがそろっていません。おもちゃがもっとほしいでしょう。衣装も」

イヴはルシアスの身になって考えようとした。「まずは変装に使ったものを始末しなければならない。モラノの死が知れれば、わたしたちが訪ねてくることはわかっている。変装の痕跡はなにひとつ残しておけない。でも彼は、警察がのろまで愚かだと思っています。頭が切れる男だけに、まわりがばかに見えるんです。急ぎはするけど、軽率な行動には出ない。家に帰って、メイクを落としウィッグをはずす。身なりを整える。しばらく満足げに眺めてから、持ちだすものをまとめ、自分を罪におとしいれかねないものを処分する」

「警官を家の周囲に張りこませているね」ホイットニーが念を押した。「彼は目撃されているだろう」

「そうかもしれないし、そうじゃないかもしれない。彼は警官がいることを想定していますから。運転してくださいますか？」外に出たところで、イヴは部長に頼んだ。「民間人には図面を用意してもらいたいので」

ホイットニーはサイレンを鳴らさず、スピードをあげた。イヴの要請でロークがすばやくタウンハウスの青写真をＰＰＣに呼びだすのを見ても、眉をあげただけで、何も言わなかった。

「ホロ画像にできる？」

「もちろん。データをホログラフィで表示せよ」ロークが命じると、立体画像がイヴの膝元に浮かんできた。

イヴはつぶさに眺めて、計画を練った。「監視チームを裏手に移動させます。ひとりはなかに、ひとりは外に。応援部隊はここと、ここからはいる。わたしたちは正面玄関から。ローク、あなたは左側から階段をあがって。部長は右側からはいってメインフロアを調べてください。わたしは地下におります。ルシアスはビデオつきのセキュリティを完備しています。彼が警戒していれば、彼はつねに警戒していますが、わたしたちが来たことには気づくでしょう。芯は臆病者ですから、背後に用心しあってください」

ホロ画像を記憶しようとつとめるいっぽう、イヴは追加の応援を要請した。

監視車両の後ろに車をとめると、イヴは外に飛びだして部下に状況をたずねてから、事態をこまかく説明し、すばやく指示を与えた。

「立入禁止の封鎖は破られていないな」正面玄関に近づきながら、ホイットニーが言った。

「正面玄関を使わなかったのでしょう。ほかにも入り口は三か所、一階の窓は十二か所ありますから」イヴは小走りで監視車両からいちばん遠い横手にまわった。「ガラスが割られていいます」ふたりに報告する。「彼はなかにいます」

イヴとホイットニーが同時にマスターキーを取りだした。「失礼しました、部長」

「いや、いいんだ。わたしに気を遣うな。やれ」ホイットニーはマスターをもどして武器を抜いた。

イヴは封鎖を解除した。「三つ数えたら突入します」

「イヴは低い姿勢で行きます」ロークがホイットニーに告げ、イヴのカウントとともに、上方に注意しながらなかにはいった。

彼らは三方向に分かれて進んだ。イヴは所定の警告を発しながら、壁に背をつけたまま階下へおりていった。

階段の下では、ドロイドが待ちかまえていた。

「許可なく建物に侵入する者は、ひとり残らず追放するか、制止するか、妨害するようにプログラムされています。それ以上一歩でも近づくと、危害を加えなければなりません」

「さがりなさい。警察よ、建物に侵入してルシアス・ダンウッドを再勾留する許可も令状もあるの」

「追放するか、制止するか、妨害するようにプログラムされています」ドロイドは言いつづけて、イヴのほうへ近づいてきた。

「これでもくらえ」イヴはつぶやいて、ドロイドを撃った。

火花を散らし、体を震わせているドロイドをわきに蹴飛ばして「ライト・オン」と命じる。命令は無視されたが、悪態もつかなかった。暗闇のなかを移動して、ドアに近づくたびに武器を向けてから進んだ。

背後に低い足音が聞こえたので、武器を握る指をひきつらせながら、振り向いた。「もう、ロークったら」

「一階には警官をふたり配備しただろう。応援部隊もこっちに向かっている。ふたりで調べるほうが早いし、それに」ロークはイヴの背後を守りながらつづけた。「やつがいるのはここだ」

イヴの本能もおなじことを告げている。だから地下を受け持つことにしたのだ。

「研究室はこの奥のはずよ」イヴは静かに言ったが、天井の隅々に防犯カメラが隠されていることにはすでに気づいていた。「彼は追いつめられてるけど、わたしたちが来るのに備えてる」

研究室のドアは鍵がかかっていた。

「裏をかいてやる」イヴはロークの耳元でささやいた。「向こうはわたしたちが飛びこんでくると思ってるはず。それに備えてるのよ。合図するまでドアからはいらないで」

イヴは錠をそっとはずし、ドアを蹴るなり、すばやく離れた。

その動きがイヴを救った。暗がりのなかで、ブーツのつま先近くで何かが音をたてて砕けた。煙があがるのが見え、シューッという音が聞こえる。床を溶かす酸が革靴にまで達しないうちに身をよけるほかなかった。

内部から閃光がひらめく。イヴは左肩に強烈な衝撃をともなう痛みを感じた。「しまった！」

「撃たれたな」ロークは稲妻のような攻撃がつづくなか、開いた戸口の反対側からイヴめがけて飛びこみ、おのれの体を盾にした。

「こっちを向いて」イヴの腕は肩から指先まで麻痺していた。「ポケットからコミュニケータを出して。左手が利かないの」

ロークは言われたとおりにして、コミュニケータにつぶやいた。「いちばん下の階の東端。ダンウッドは武装している。警部補が撃たれた」

「たいしたことないわ」イヴはいらだって、さえぎった。「倒れてはいない。くりかえす。わたしは倒れていない。セキュリティパネルはそっち」頭をぐいとねじって、ロークに言う。「小癪な音声命令システムを無効にして、明かりをつけて。ダンウッド！」大声で呼びかけながら、役立たずの左腕をだらんと垂らしたまま、右手に武器をかまえ、身をかがめて戸口に向かった。「ゲームは終わりよ。ここは包囲されてる。もう逃げられないわ。武器を捨て、両手をあげて出てきなさい」

「僕が終わりと言うまでは終わりじゃない！　僕はまだやられてない」ルシアスはまた武器を発射した。「僕が女なんかに負けると思うか？」

明かりがつき、足元の床に黒ずんだ穴があいているのがはっきり見えた。「誘惑して征服せよ。あなたのゲーム・ルールを手に入れたわよ、ルシアス。警察のためになにからなにまできちんと記録しておくなんて、あまり利口じゃないわね。あなたがケヴィンを殺したのはわかってる。うまい思いつきだけど、化学の知識ほどには法律に通じてないようね。ケヴィンの自白は有効よ。それに間が抜けたことに、バスルームにはフェイス・パテとファンデーションの痕跡が残ってた。どんどん減点されていくじゃない？」

室内からガラスの割れる音や、怒りを募らせてわめきちらす声が聞こえてくる。「これは僕のゲームだぞ、このばか女。ルールも僕が決めるんだ」

警官隊が階段を駆けおりてくる足音に、イヴは銃を持った手をあげて、さがっているように合図した。

「ゲームの内容もルールも新しくなったの。あなたは勝てないわ、ルシアス。わたしのほうが有能だから。武器を捨てて、出てきなさい。そうしないと、怪我するわよ」

「おまえなんかに勝たせるもんか」ルシアスはいまや泣いていた。甘ったれ坊やが癇癪を起こして泣きじゃくっている。「だれにも負けない。僕は無敗だ。ダンウッド家の男だ」

「援護して」イヴは息を吸いこむと、体を丸めて室内に転がりこんだ。遮蔽物をもとめて突進するや、麻痺銃から発射された衝撃が頭上を通過し、腰のあたりの床をかすめていく。

「ばかね、ルシアス」イヴは大きな戸棚に背中を押しつけた。「ぜんぜんなってない。はずれてばっかり。むやみに撃ってるだけじゃない。それ路上で買ったんでしょ？　ちゃんと充電してあるって言われたの？　それは嘘っぱち。放電率をチェックすれば、もう半分以上使ってるのがわかるわよ。こっちはちゃんと充電したのを持ってる。おまけに的ははずさない。ゲームの勝者はこっち。わたしの賞品は、一生あなたを刑務所に入れておくこと。女の手で閉じこめられるというわけよ、ルシアス」

イヴは向きを変え、ロークに自分の右側を撃つよう合図した。発射と同時に、跳びあがる。悪態をつきながら、狙い撃った。しかしすでに手遅れだった。

小瓶が手から滑りおち、ルシアスは体を震わせてくずおれた。

「医療チームを呼んで」イヴは叫び、割れたガラスを飛び越した。ルシアスの武器を蹴飛ばして、かたわらにかがみこむ。「何を飲んだの?」

「ケヴィンに与えたもの」ルシアスは冷然とほほえんだ。「結果を早めるために倍量を。女なんかに刑務所に入れられてたまるか。僕のやり方でゲームにけりをつけたんだから、僕の勝ちだ。僕は無敗の勝者だ。おまえは負けたんだよ、ばか女」

ルシアスが死んでいくのを見守りながら、イヴにはなんの感情も浮かばなかった。「いいえ、勝ったのはあなた以外のみんなよ」

エピローグ

外に出て、イヴはきりきり痛みはじめた左腕を右のてのひらでさすりながら、夜気を吸いこんだ。

サラ・ダンウッドは父親と息子のふたりを葬ることになる。まちがった愛と忠誠の落とし穴にはまりこんだ、娘として母として。

おそらく、愛や忠誠とは道理にかなわないものなのだろう。

「治療が必要かな、警部補？」

イヴはホイットニーに目をやった。「いいえ、部長」指を曲げてみる。「感覚がもどりかけています」

「きみはあの男をうまくあしらった。あれ以上はだれにも無理だ」ふたりはいっしょに、ルシアス・ダンウッドを入れた黒い袋を見守った。二十二歳の天才青年、愛された息子にして略奪者が運びだされていくのを見送った。「彼がきみに降伏するよりも自殺を選ぶとは予想できなかっただろう」

いいえ予想していた、とイヴは思った。心のどこかでは、自分がやっていることを正確に把握していた――そしてやり遂げた。冷静に計算したうえでルシアスを扇動した。

自分の父親も、あの凍えるような不潔な部屋から黒い袋で運びだされたのだろうか。

やがてイヴは目を閉じた。警官だから——バッジは正義の象徴だから……あらゆるものの代表だから。「危険は承知のうえでした、部長。わたしはわざと彼を怒らせました。追いつめられたら、負けを認めるより自殺しそうだとじゅうぶん気づきながら。室内に突入を命じることもできました。そうしていたら、いまごろはモルグではなく留置場に向かっていたかもしれません」

「彼は武装していて、危険だった。ブラックマーケットで手に入れた武器の威力を最大にして、きみを撃っていた。今夜、家族のもとへ帰る者たちのなかに、殉職者が出たかもしれない。怪我人はきっと出ただろう。きみはあの男をうまくあしらった。あれ以上はだれにも無理だ」ホイットニーはくりかえした。「報告書を提出したら、帰って少しは眠りなさい」

「わかりました。ありがとうございます」

感覚がもどってきた肩をまわしながら、イヴは通りを横切って、ロークが待つ場所へ向かった。「セントラルにもどって、報告書を書いて提出しなきゃ」

「腕はどうだい？」

「六百万本の熱い針に刺されてるみたい」イヴはふたたび指を曲げてみた。「正常にもどるには二時間はかかるかな。ちょうど書類を仕上げるぐらいの時間」

　ロークはイヴをよく理解していたから、彼女の心中にある思いを口にした。「彼がいなくなって、世界は少しましになったね、イヴ」

「そうかもしれないけど、わたしが判決をくだすことじゃなかった」

「きみが決めたわけじゃない。ルシアスが自分で決めたんだ。降参するしかなくなったから。きみは彼を逮捕して、司法の手に引き渡すことで満足していたはずだ」

「ええ」そう思っていたのはまちがいないので、イヴの心は落ちついてきた。「警察のカウンセラーを母親のところにやるわ。わたしから聞く必要はないし、だれかに適切な言葉をかけてもらいたいでしょ」

「しばらくたって、悲嘆がそれほど生々しくなくなったら、虐待サポートセンターから話し相手を送りこんでもいいね」ロークはイヴの無事なほうの手を取った。「さあ前進しよう、イヴ」

　イヴはうなずいた。「今晩、出発しましょう」車のほうへ歩きながら言った。

「出発って？」

「ほら、メキシコに行くの。事件を締めくくったら、すぐ出発しましょう。あなたの洒落た輸送機関に乗って、この街から逃げだすの」

　ロークはイヴの手にキスしてから、車のドアをあけてやった。「さっそく手配しよう」

訳者あとがき

読者のみなさま、長らくお待たせしてたいへん申し訳ありませんでした。イヴ&ローク・シリーズの第十三作をお届けします。

ロークの留守中、イヴはまたしても恐ろしい夢を見ます。いまわしい過去の記憶が徐々によみがえるいっぽうで、だんだん父親のことを克服しつつあるのに、夢に出てくるその姿は凄みと鮮明さを増し、においまで嗅ぎとれるほど。そんな苦悶の眠りから、自分の悲鳴で目が覚めたイヴのもとへ、事件の知らせがはいります。

高層アパートの前の歩道には、墜落死したとおぼしきうら若い女性。死体は全裸で、洒落たイヤリングと香水をつけていた。女性の部屋には高級ワインとグラスがふたつ。キャンドルの芳香とロマンティックな音楽、ベッドを覆うピンクの薔薇の花びら。開いたバルコニーのドアから吹きこむ風にのって漂う誘惑の気配。

捜査を進めるうちに、死んだ女性が詩のチャットルームに参加していたこと、ダンテと名乗る男性とデートの約束をしていたことが判明します。イヴは電子探査課《EDD》の協力をあおぎながら、匿名のサイバー・カサノヴァを突きとめにかかるのですが、敵もさる者、なかなか正体をあらわそうとしません。

　ともすれば穴をひろげようとする心の傷口に蓋をかぶせ、イヴは事件の状況を分析します。官能的な舞台を整えてはいるものの、これはレイプではないのか。ロマンスだというのは犯人の体《てい》のいい言い訳で、肚にあるのはおのれのエゴを満足させることだけではないのか。そうこうするうちに第二の事件が発生して……イヴはそれ以上死の罠に魅入られた被害者を出さぬよう、敵に敢然と立ち向かっていきます。

　さて本物のロマンスのほうはというと、結婚生活も一年を迎えようとするイヴとロークの結びつきはさらに深まり、たがいを思いやる気持ちにもだんだんバランスがとれてきたようです。ロークは自分のなかにこれほどのやさしさが潜んでいたのかと驚き、イヴもそのやさしさをすなおに受けとめ、みずからも与えようとする。そんなふたりの愛には、成熟した余裕すら感じられます。

　かたや、あいかわらずすったもんだの絶えないのが、助手のピーボディとＥＤＤのマクナブ。事件の性質上、殺人課とＥＤＤの連携は不可欠なのに、このふたりにはどうも協調性が見られません。頭の痛いイヴは窮余の策としてふたりを組ませてみるのですが、はたして結果は吉と出るのか凶と出るのか。さらに、意外なカップルも誕生して、そちらの恋の行方もおおいに気になるところです。

気になるといえば、イヴと執事のサマーセットとの関係ですが、こちらは両者とも大人げない技を駆使して、相手をいらだたせようと躍起になる構図に変わりはありません。しんみりさせる場面があるかと思えば、やっぱりいやがらせの応酬をしてみたりと、ほんとうにほほえましい（？）かぎりです。

シリーズに興を添える脇役陣のなかでも、個性的なキャラクターでサマーセットと人気を二分するのはメイヴィスでしょう。今回はトリーナ、レオナルドを加えたトリオが、捜査に重要な協力をする場面が読みどころのひとつになっています。

事件にたいするイヴの真摯な取り組み方を目にすると、「こんなに謙虚な推理作家はいなかった」という植草甚一のエッセイのタイトルを思いだします。『女には向かない職業』の著者P・D・ジェイムズをあらわしたものです。謙虚という言葉がイヴにあてはまるかどうかは疑問ですが、直感や推理力や判断力を過信せず、「自分は何を見たのか」「そこから結論できるのはどんなことか」と地道に努力していく姿にじんときて、ふと、「こんなに謙虚な女警部補はいなかった」と言ってみたくなります。そんなところも、一見、勝ち気で荒っぽいイヴの数ある魅力のひとつだなと、感慨をあらたにさせられました。

それでは、ますます好調イヴ＆ローク・シリーズの次作をどうぞお楽しみに。

二〇〇六年九月

イヴ&ローク 13
薔薇の花びらの上で

著者　J・D・ロブ

訳者　小林《こばやし》浩《ひろ》子《こ》

2006年10月20日 初版第1刷発行

発行人　鈴木徹也

発行所　株式会社ヴィレッジブックス
〒102-0075 東京都千代田区三番町8-1
三番町東急ビル7F 株式会社ウィーヴ内
電話 03-5211-6262 http://www.villagebooks.co.jp

発売元　株式会社ソニー・マガジンズ
〒102-8679 東京都千代田区五番町5-1
電話 03-3234-5811(営業) 03-3234-7375(お客様相談係)

印刷所　中央精版印刷株式会社

ブックデザイン　鈴木成一デザイン室

 ISBN4-7897-2984-2 Printed in Japan

ヴィレッジブックスの好評既刊

イヴ&ローク12
春は裏切りの季節
青木悦子[訳]　定価：893円（税込）

ノーラ・ロバーツが別名義で贈る話題のロマンティック・サスペンス・シリーズ！

残虐な殺し屋の真の目的はロークの心を苛むこと!?

五月のNYを震撼させる連続殺人の黒幕の正体は？
FBIに捜査を妨害され、イヴは窮地に立たされた…

イヴ&ローク1
この悪夢が消えるまで
青木悦子[訳]　定価：777円（税込）

イヴ&ローク2
雨のなかの待ち人
小林浩子[訳]　定価：798円（税込）

イヴ&ローク3
不死の花の香り
青木悦子[訳]　定価：840円（税込）

イヴ&ローク4
死にゆく者の微笑
青木悦子[訳]　定価：819円（税込）

イヴ&ローク5
魔女が目覚める夕べ
小林浩子[訳]　定価：819円（税込）

イヴ&ローク6
復讐は聖母の前で
青木悦子[訳]　定価：840円（税込）

イヴ&ローク7
招かれざるサンタクロース
青木悦子[訳]　定価：840円（税込）

イヴ&ローク8
白衣の神のつぶやき
中谷ハルナ[訳]　定価：903円（税込）

イヴ&ローク9
カサンドラの挑戦
青木悦子[訳]　定価：882円（税込）

イヴ&ローク10
ラストシーンは殺意とともに
中谷ハルナ[訳]　定価：882円（税込）

イヴ&ローク11
ユダの銀貨が輝く夜
青木悦子[訳]　定価：893円（税込）

Eve&Roarke
イヴ&ローク